KB124304

사설탐정사의 밤

사설탐정사의 밤

곽재식 추리 연작소설집

펴낸날   2023년 6월 15일

지은이   곽재식
펴낸이   이광호
주간   이근혜
편집   허단 김필균 이주이 방원경 윤소진 유하은
마케팅   이가은 최지애 허황 남미리 맹정현
제작   강병석
펴낸곳   ㈜文學과知性社
등록번호   제1993-000098호
주소   04034 서울 마포구 잔다리로7길 18(서교동 377-20)
전화   02)338-7224
팩스   02)323-4180(편집) / 02)338-7221(영업)
대표메일   moonji@moonji.com
저작권 문의   copyright@moonji.com
홈페이지   www.moonji.com

ⓒ 곽재식, 2023. Printed in Seoul, Korea
ISBN 978-89-320-4131-5 03810

사설탐정사의 밤

곽재식
추리 연작소설집

문학과지성사

차례

범인이 탐정을 수사하다

1

1948년. 해가 지고 있었다. 늦가을이었지만 날씨가 따뜻하고, 또 시원한 좋은 날이었다. 나는 아무도 없는 사무실에 앉아 창밖을 보았다. 그냥 이렇게 해가 또 지는 것이 아까웠다. 내다본들, 해가 늦게 질 리 없건만 창문을 열고 거리에 지는 저녁 빛을 계속 바라보고 있었다.

길 건너편 사무실을 오가는 사람들이 보였다. 기분이 좋은 듯 크게 떠들고 있었다.

"4281년이라고 연도까지 붙여서, 날짜 써주셔야 되고요."

"오늘 날짜로 '해결'이라고 써주세요."

요즘에는 4281년이라고 불러야 한다는 것을 남자는 잘 알고 있었다. 대한민국 정부가 생긴 뒤에 연도를 부를 때 단기檀紀를 쓰라고 했다. 이제 넉 달째이지만, 나는 아직도 익숙하지 않다. 하지만 요즘 한창 경찰이나 기자들을 많이 상대하는 저 사람들이야 꼬박꼬박 4로 시작하는

큰 숫자를 챙기고 있다. 그날은 유독 큰 숫자를 부르는 데
서 영예라도 느끼고 있는 것 같은 목소리였다.

그들은 '남선 탐정 사무소' 사람들이었다. 경찰에서 젊
고 잘생긴 남자 한 명을 붙들어 간 직후였다. 기자들은 경
찰을 따라가는 것을 포기하고 탐정 사무소 앞으로 모여들
었다. 무슨 구경거리인가 싶어 거리의 사람들도 모여들었
다. 애들도 있었다. 무엇이든 재미난 것을 보지 못해 지루
해 죽을 지경인 이 동네 어린애들은 재미난 구경거리다 싶
으면 죽은 쥐를 가져가는 고양이에게 돌을 던지며 방해하
는 데에도 열을 올렸다. 그 아이들이, 탐정이 붙잡고 경찰
에 끌려가는 사람을 보고 관심을 가지지 않을 리 없었다.

남선 탐정 사무소 사람들은 모여든 사람들에게 자기
들이 '백주 대낮 투명화 사건'의 범인을 잡았다고 설명했
다. 그렇게 해서, 남선 탐정 사무소 사람들은 건국 원년 도
깨비가 저질렀다는 다섯 가지 사건 중에 세 가지를 자기
네들이 해결했다고 떠들었다. 사실 말이 도깨비 사건이
지, 건국 후에 경찰에 일손이 부족하다 보니 바로 해결되
지 못한 사건들은 뭐든 방치되기 십상이었다. 그러니 바
로 용의자가 안 잡힌다 싶으면, 신문에서는 그저 뭐든 "수
수께끼"니 "불가사의"니 떠들어댔다. 도깨비 사건이라는
것도 대개 그런 것들이었다.

"이제 가세요. 이게 끝입니다."

"그래서, 범인은 어떤 사람이오? 더 이야기해주오."

"어허, 더 이야기해줄 게 없다는데 그러시오."

남자는 사건에 대해 묻는 사람들을 귀찮아하면서도, 한편으로는 자랑스럽게 대답해주고 싶어 하는 기분을 숨기지 못하고 드러냈다.

아이들이나 기자들이 떠드는 소리는 계속 들려왔다. 이상하게도 조용한 가운데에 "도적을 잡았다!" "탐정이다!" 하고 아이들이 내는 소리는 먼 데서부터 메아리치는 것처럼 들렸다. 길게 비치는 저녁 햇빛이 거리의 소리들을 씻어가고 있다는 느낌마저 들었다. 길바닥과 낡은 건물의 벽에 비치는 붉은 저녁 빛을 보면, 오늘을 마지막으로 이런 저녁이 영영 다시 없을 것 같다는 생각이 들었다.

경찰이나 경찰에 붙어먹는 사람들이나, 경찰에 붙어먹지도 못하는 사람들 사이에 떠들썩했던 도깨비 사건도 결국 하나하나 풀리고 있었다. 황량한 길에는 정말로 히죽히죽 웃고 있는 도깨비 하나가 아무도 보지 못하는 사이에 걸어가도 어울릴 것 같았다.

그런데 그때, 문에 달린 단추를 눌렀을 때 나는 전기 기계 소리가 들렸다. 그 소리는 날쌘 벌레가 내리치는 손을 피하면서 날아오를 때 내는 소리 같았다. 나는 창문을 닫고 문 쪽을 보았다. 창문을 닫는 것만으로 사무실 안은 캄캄해졌다. 그늘진 쪽으로는 캄캄한 밤이었고, 틈새로 새는 빛이 닿는 쪽은 마지막으로 눈부시게 빛나고 있었다.

무슨 말을 하기도 전에 문이 열렸다. 그리고 한 여자가 걸어 들어왔다. 겉늙어 보였지만 눈빛은 쌩쌩했다. 이런 거리에서 보기 드문 완벽한 양장을 차려입고 있었다. 그녀는 오른쪽 눈 아래의 작은 점을 화장으로 살릴 줄 알았다. 얼굴 살갗은 지금껏 평생 단 한 번도 울어본 적이 없는 사람의 그것처럼 보였다.

그녀는 형편없는 내 사무실 전경을 쓱 둘러보는 것만으로도 훌륭하게 멸시를 드러낸 뒤, 내 쪽으로 걸어왔다. 바닥에 구두가 닿을 때 나는 소리가 이미 나에게 말을 뱉고 있는 것 같았다.

"당신이 탐정이오?"

그녀가 나에게 물었다. 두 잔쯤 독한 술을 마신 목소리 같았다. 하지만 그런 목소리에도 손아랫사람을 여러 번 부려본 말투의 힘은 분명히 남아 있었다.

"그렇소. 어떻게 오셨소?"

"살인 사건 때문이오."

살인 사건 같은 무서운 단어를 발음할 때에도 변함없는 말투였다. 하지만 나는 그녀의 입술이 떨리는 것은 알아볼 수 있었다. 겁이라고는 없는 사람 같은 똑떨어지는 머리칼과 옷, 구두 차림이었지만, 입술 안쪽에는 희미하게 겁이 밴 듯했다.

나는 그녀에게 말했다.

"탐정이라고 하지만, 누군지도 모르는 살인자를 천재처럼 잡아들일 수 있는 탐정은 아니오. 할 수 없는 일과 할 수 있는 일이 있소."

"그러면 당신도 탐정이라고 명패를 걸어놓고, 부자들과 좌파 단체가 패싸움할 일이 생기면 돈 받고 부자 편들어주는 일을 하오?"

"탐정이라면 그런 일이라도 성실하게 하는 것이 요즘 세상 돌아가는 판에 먹고사는 수단 아니겠소? 그렇지만 나는 사람 때리는 일은 잘할 줄 몰라서, 그런 일은 안 하니 이런 꼴이오만."

"그러면 경찰 일을 받아서 하오? 경찰에는 아는 사람이 있소?"

"경찰과는 알고 지내오. 그렇지만 경찰이 부탁해도 사람 때리는 일은 하지 않소."

나는 내 책상 위를 일부러 둘러보았다. 그리고 다시 말했다.

"보시다시피 갖고 있는 것이 아무것도 없어서, 이 몸이 상하면 먹고살 길이 없소."

그녀는 미소를 지었다. 더 크게 웃어주면 좋겠다고 생각했다. 나는 그녀에게 앉을 의자를 내주었다. 그녀가 앉았다.

"경찰에서 사람이 부족해서 못 하겠다는 수사를 당신이 할 수는 있소?"

"누가 살인자인지 짐작 가는 사람이 있다면, 그 사람이 진짜 살인자가 맞는지 아닌지 캐보는 일은 할 수 있소."

"그러면 잘되었소. 누가 살인자인 줄은 내가 알고 있소."

"누구요?"

내가 묻자, 그녀는 다시 웃음을 지었다. 하지만 눈은 웃고 있지 않았다. 그녀의 눈이 웃는다면 이 방 안 가득히 웃을 수 있을 것 같았다. 그렇지만, 그때는 깨진 유리잔만큼도 웃고 있지 않았다.

"내가 '백주 대낮 투명화 사건'의 진짜 범인이오."

그녀가 말했다. 그사이 이미 해는 완전히 저물어 밤이 되어 있었다.

2

나는 그녀가 부탁한 일을 하기로 했다.

즐겁기만 한 일은 아니었다. 그녀는 자기를 감옥에 집어넣어달라고 하고 있었다. 그녀는 감옥에 어울리게 생긴 얼굴도 아니었고, 감옥에 어울리는 차림도 아니었다.

"내가 그 사람을 죽였소. 내가 살인자요. 그런데 남선 탐정 사무소에서는 엉뚱한 사람을 용의자라고 잡아간 거요. 경찰에 이야기하려고 해보았지만, 남선 탐정 사무소에서 잡아 온 사람이 자기가 살인을 했다고 이미 실토했다면서 듣지도 않고 나를 돌려보냈소."

"그러면, 그냥 잘됐다고 하고 집에 가서 잠이나 자면 되는 것 아니오? 왜 일부러 감옥에 들어가려 하시오?"

그러자 그녀는 자기가 죄를 지었다는 사실이 짜증스럽기 때문이라고 대답했다.

내가 쉽게 이해할 수 있는 설명은 아니었다. 그녀는 양심의 가책이라는 식의 말을 쓰지 않았다. 그녀 말에 따르면, 자기가 고약한 상황에 몰렸고 결국 달리 헤쳐나갈 방법이 없어서 살인하는 수밖에 없었다는 것이 화가 난다고 했다. 언제나 다른 사람들이 만들어놓은 구름 위를 걸어 다니는 것이 그녀의 삶이었는데, 살기 위해 살인이나 해야 했고 그게 들킬까 봐 겁을 내며 사는 것이 진절머리가 난다는 정도의 설명이었다.

그나마 그녀가 일해주는 값으로 치르겠다는 돈은 이해하기 쉬웠다.

"일단 이만큼을 주겠소."

그녀는 만주국 돈과 일본 제국 정부가 발행했던 채권을 한 뭉치 꺼냈다. 하나같이 망해버린 미친놈들이 만들어냈던 돈이었다. 지금은 받아주는 은행이 없는, 숫자가 인쇄된 휴지일 뿐이었다. 그렇지만 뭐든 사고팔 수 있다는 양키 시장에 들고 가면 미국 달러 몇 장으로 바꿔주는 사람들이 있을 것이다. 거기에서 처분하면 그래도 쌀값은 넉넉히 되지 싶었다.

"그러면, 내가 남선 탐정 사무소에 붙잡힌 그자가 가짜 살인자라고 밝히고, 당신이 진짜 살인자인 것을 증명해서 경찰에 넘기면 되겠소?"

"그렇게만 된다면, 오늘 드린 것만큼의 돈을 더 드리겠소."

그녀는 당당했다. 자기가 내민, 한때는 돈이었던 뻣뻣한 종이 뭉치들이, 지금은 얼마의 값어치를 갖는지 잘 모르고 있는 것이 분명했다. 내가 지금보다 조금만 덜 가난했다면 그녀의 당당한 표정을 측은하게 여겼을 것이다.

"돈은 더 안 받겠소. 대신에 나를 도와주시오."

나는 그녀에게 무슨 일이 있었는지 물었다. 그녀는 자기가 살인자임이 확실하며, 어떻게 그 사람을 죽였고, 어떻게 흔적을 남기지 않았는지 이야기해주었다. 그러는 동안 두 번쯤 더 감상적인 눈을 보여주고, 세 번쯤 더 기가 막히게 비웃는 표정도 보여주었다.

"알겠소? 백주 대낮 투명화 사건으로 죽은 피해자가 내 남편이오."

적어도 그 부분은 믿을 수 있었다. 그녀는 죽은 남자의 부인이었다.

사무실 안은 이미 깜깜해져 있었다. 다만 바깥의 가로등 불빛이 희미하게 비쳐 들어올 뿐이었다. 그녀는 자리에서 일어나면서 전등을 켜려고 했다. 하지만 스위치를 움직여봐도, 전등은 들어오지 않았다.

"요즘 이북에서 남쪽으로 전기를 안 보내주고 있소. 서울에서 밤에 전기를 쓰기는 어렵소."

내가 대답했다. 그녀는 다시 희미하게 웃었다. 그녀는 눈동자로 창밖을 가리켰다. 그녀에게는 그렇게 하는 것만으로도 정확한 방향을 가리킬 수 있는 능력이 있었다.

"그럼 저기는?"

나는 그녀가 가리키는 곳을 보았다. 거기에는 남선 탐정 사무소가 있었다. 그곳에는 창마다 노란 전등불이 환하게 빛나고 있었다. 직원들의 검은 그림자가 음악에 맞춰서 움직이는 것처럼 보였다.

"그러면, 일단 저기에 가서 일을 해보는 것이 어떻소?"

나는 자리에서 일어나 문을 열었다. 그녀는 열린 문 바깥으로 불 꺼진 복도의 시커먼 공간을 보았다. 그녀는 자리에서 일어나, 그 검고 어두운 곳으로 걸어 나갔다. 다시 그녀의 구두 소리가 말처럼 들리기 시작했다. 나도 뒤따라 나갔다.

3

남선 탐정 사무소에는 아는 얼굴이 몇 있었다. 그들은 나를 쳐다보았다. 대부분 먼저 사무실을 냈지만 뾰족한 수 없이 망해가고만 있는 나를 마음속으로 조롱하는 듯 보였다. 그렇지만 내 뒤를 따라온 그녀를 보자 모두 표정이 변했다. 이유도 모르지만 그냥 함부로 쳐다보면 안 될 것처럼 여겨져서인지 눈길을 피했다.

"나는 이분에게 고용되어 여기로 모시고 왔소. 이분은 피해자의 부인이오."

나는 나와 그녀를 동시에 소개했다. 해방 전 나에게 신세를 진 적이 있던 남자가 앞으로 다가왔다. 탐정 조수라도 하겠다면서 얼마 전 나를 찾아온 남자였다. 나는 조수를 둘 형편은 못 된다고 설명하고는, 길 건너편 남선 탐정 사무소로 가보라고 소개해주었다. 그는 벌써 훌륭한 탐정 조수가 되어 있는 것 같았다. 굽실거리는 허리는 비굴해 보였지만, 원한은 언제까지나 잊지 않을 것 같은 눈을 하고 있었다.

그는 나와 부인을 맞아주었다. 나에게는 반갑다는 말도 몇 마디 했다. 나는 대답하지 않았지만, 그 역시 내 대답을 기다리지 않았다. 그는 커다란 창문이 있는 방으로 우리를 안내했다. 새로 단 창문은 맑고 깨끗했다. 역시 깨끗한 의자와 책상에서도 희미하게 새 나무 냄새가 났다. 조수의 밝은 태도와 잘 어울려 보였다.

"경찰을 찾아가셨다고 하셨는데, 우리가 붙잡은 살인자 놈을 보셨습니까?"

그녀는 아무 말도 하지 않았다. 아직 그녀는 살인자라는 남자를 만난 적이 없다고 내가 대신 대답했다. 그는 몇 마디 농담을 섞어가며 백주 대낮 투명화 사건에 대해 설명했다.

한 남자가 가을볕이 비치는 오전에 가만히 길을 걷고 있었다. 그런데 갑자기 번쩍하는 빛과 함께 사라졌다. 투명 인간으로 변해버린 것처럼. 그리고 어디로 갔는지, 어디에서도 모습을 보이지 않았다. 이후엔 아무 소식도 없었다. 시체가 발견되었다는 말도 들리지 않았다. 그것이 도깨비 사건이라고들 떠들었던 백주 대낮 투명화 사건이었다.

"어떻게 해서 사람을 그렇게 없앨 수 있었던 건가?"

내가 물었다. 조수는 그녀를 쳐다보았다. 조수는 죽음을 이야기하며 너무 킬킬거리지 않도록 조심하려 했다. 하지만 자기네 회사가 일을 해결했다는 통쾌함은 나도 그녀도 알아볼 수 있었다.

"요즘 서울 길거리 포장이 형편없다는 걸 이용했다고 합니다. 진흙 길바닥에 곰 잡는 깊은 함정을 파놓고 거기에 빠지게 한 거랍니다. 남자가 빠지는 순간에 숨어 있던 그놈이 현장을 쳐다보고 있던 두 사람을 향해 거울로 빛을 비추는 바람에, 모두 눈이 부셔서 잘 못 봤다고 합니다."

조수의 말을 듣는 그녀의 얼굴에, 잘 어울리던 예의 그 비웃음이 다시 떠올랐다. 내가 조수에게 물었다.

"그러면 시체는 어떻게 한 거지?"

"함정 안에 있는 동안에는 눈에 안 뜨이도록 진흙으로 덮어놨다가, 밤에 몰래 와서 시체를 꺼내서는 한강에 버렸다고 합니다. 그자 말로는 지금쯤이면 벌써 서해, 그 바다 멀리까지 떠내려갔을 거라고 합니다."

그의 말에 따르면, 그녀의 남편은 투명화의 묘약을 마시고 바람 사이로 사라진 것이 아니었다. 대신 거울이 반짝거릴 때에 진흙 구덩이에 처박혀 몸 이곳저곳이 칼과 가시에 꿰뚫린 채로 죽은 것이라고 했다.

"그자는 남자를 왜 죽였다고 했나?"

내가 다시 묻자, 조수는 그녀를 또 흘깃 쳐다보았다. 그러고는 대답했다.

"왕십리 쪽에서 생긴 무슨 문제 때문이라고 들었는데, 저는 잘 모르겠습니다."

조수는 잘 모르지 않았다. 그가 한 말은 은어였다. 그녀의 남편이 여자 문제 때문에 죽었다는 것이었다. 그러니까 그녀의 남편은 바람을 피우며 만나는 여자가 있었고,

그 여자와 어떤 원한이 생기는 바람에 죽었다는 것이다.

　나는 그녀를 한 번 쳐다보았다. 그 말을 듣고도 그녀의 표정은 전혀 변하지 않았다. 그렇지만 표정을 바꾸려 하지 않는다는 것이 얼굴을 찡그리는 것보다도 더 강하게 감정을 드러내고 있었다. 남편이 여자를 만났고, 남편은 그 여자 때문에 어떤 골치 아픈 일을 저지르고 다녔을 것이다. 조수의 말은, 남편이 그러다가 그 사실을 들켜서 아내에게 쫓겨날 형편이 되자, 이번에는 그 여자를 배신하려 했고, 거기에 화가 난 여자의 친구나 여자를 좋아하던 다른 남자가 남편을 죽였다는 뜻이었다.

　그녀는 바로 그런 이유 때문에 남편을 굉장히 '짜증스럽게' 여기게 된 것인지도 모른다. 그녀가 정말로 남편을 자기 손으로 죽였을까?

　"소장님은 계신가?"

　"요즘 도깨비 사건을 세 건이나 해결하시는 바람에 워낙 바쁘십니다만, 한번 여쭈어보겠습니다. 잠깐 뵐 수는 있을 겁니다."

　조수는 그렇게 말하고 방을 나갔다. 계단을 오르내리는 발소리조차 쾌활하게 들렸다.

　"저 사람 말은 헛소리요."

　그녀가 말했다.

　"함정으로 사람을 단번에 그렇게 죽일 수 있겠소? 떨

어지면서 꽥 소리를 지른다면 어쩔 테요? 혹시 함정에 떨어진 뒤에 아직 숨이 붙어 있어서 살려달라고 죽을 때까지 소리를 한참 지른다면 어쩌겠소?"

"그것도 가릴 방법이 있지 않겠소? 만약에 소리가 났다면 폭죽이라도 터뜨려서 소리를 덮을 생각이었는지도 모르오."

"거울로 보는 사람들의 눈을 비춘다는 것도 말이 되지 않소. 다행히 두 사람만 보고 있기에 거울 두 개로 두 사람 모두 눈부시게 할 수 있었지만, 만약 세 사람, 네 사람이 보고 있었다면 어떻게 했겠소?"

"그러면 거울을 세 개, 네 개 썼을 거요."

"혼자서 거울 네 개를 네 사람의 눈 위로 정확히 비추는 것을 할 수 있겠소?"

"도와주는 사람이 있었을지도 모르오. 저 사람이 죄를 자백하게 된 것도 공범까지 잡히는 것이 너무 미안해서 혼자 죄를 인정하는 것일지도 모르오."

내 말을 듣고 그녀는 소리를 내어 웃었다. 결코 일부러 그런 것은 아니었겠지만, 아기의 웃음처럼 아주 맑게 들렸다. 그녀는 나를 똑바로 쳐다보고 말했다.

"그런 구질구질한 이야기보다 내 이야기가 훨씬 믿음직스럽소."

그녀는 다시 한번 그녀야말로 진짜로 남편을 죽인 범

인이라고 말하고 있었다.

그녀의 말에 따르면, 남편은 아예 집 밖으로 나가지도 않았다고 했다. 백주 대낮 투명화 사건의 희생자인 남편은 백주 대낮에 투명화되지 않았다. 그 비슷하게 된 일도 없었다고 말했다.

그녀는 집 안에서 남편의 목을 졸라 죽였다고 했다. 자루에 넣어둔 시체는 이북으로 도망치려는 사람인지, 아버지나 어머니 중 한쪽이 일본인이었는데 서울에 남아 있다가 뒤늦게 일본으로 떠나려는 사람인지에게 맡겼다고 했다. 그 사람에게 돈을 집어 주는 대가로, 38선 북쪽이나 대한해협 남쪽으로 시체를 갖다 버리라고 시켰다고 했다. 설령 이북이나 일본에서 나중에 시체가 발견된다고 해도, 어느 쪽이든 우리 경찰에 연락해올 이유는 없었다. 둘 다 대한민국의 적이었으니까.

그녀는 경찰에게 남편이 없어졌다고 알린 뒤에, 길을 가다가 갑자기 남편이 사라졌다고 지어내서 말했다고 했다. 그리고 길가에서 동냥이나 좀도둑질을 하던 아이에게 돈을 주고 "눈부신 빛이 보이더니 사람이 사라졌다"라고 말하라고 시켰다. 그녀의 말로는 사탕 몇 알만 먹게 해주면, 두 시간 후에 사탕이 들어 있는 자기 위장을 뽑아 가도 좋다고 하는 아이들이 널려 있다고 했다.

나는 그녀에게 말했다.

"부인의 말대로 하려면, 돈 몇 푼에 부인 말이면 뭐든 따르려는 사람을 구할 수 있어야 하오. 당장 어찌 되든 알 바 없이 어디든 절박하게 도망치려고 하는 사람이 둘이나 있어야 하는 거요."

"그런 사람들이야 지금 이 나라에 얼마든지 널려 있지 않소?"

그녀는 하얀 이를 드러냈다.

내가 그녀의 주장을 경찰에 내세운다면, 누구를 믿을 것인지 생각해보았다. 남선 탐정 사무소에서 데려온 남자인가, 내가 데려가는 이 여자인가. 둘 중에 누가 진짜일까. 거짓말을 하는 사람은 누구라고 생각할까. 어느 부분이 가장 믿기지 않을까. 나는 누구를 믿고 있나.

나는 얼마간 그녀와 더 말을 나누었다. 그녀의 목소리는 말을 할수록 조금씩 낮아지고 작아졌다.

그녀의 말이 맞다면, 그녀는 언제 남편을 죽일 결심을 했는지, 왜 죽이려고 했는지 묻고 싶었다. 그런 상황에서 남편을 죽여야만 그녀의 손에 들어오는 무엇인가가 있었을 수도 있었다. 어쩌면 보험 사기인지도 모른다. 광복이 되고 일본 사람들이 떠나면서 서울에 들어와 있던 일본 보험회사들의 관리자들이 죄다 빠져나갔고, 그 바람에 세세한 업무를 아는 사람들이 없어서 요즘 보험 일 처리가 혼란스럽다는 이야기를 들은 적이 있었다. 이 기회에 남편이 죽으면 생명보험금을 받을 수 있도록 얼렁뚱땅 서류를 만들어놓고, 남편을 죽여서 더 큰 부자가 되고 싶었는지도 모른다. 아니면, 그 덕분에 지금처럼 부자가 된 것일 수도 있었다.

그렇지만 그녀는 옛날부터 부자였던 것처럼 보였다. 어릴 적부터, 태어나기도 전부터, 오래오래전부터, 세상이 생겨날 때부터 부자였던 것 같았다. 심지어 그녀는 부자가 아닌 상태에 놓일 일은 영원히 없을 사람처럼 보이기까지 했다. 겨우 보험금을 탐내서 살인자가 될 리 있으랴 싶었다. 그러면 그녀는 살인자가 아닌 것인가.

그녀는 지금도 같은 얼굴이었다. 남편을 왜 죽였는지 물어본다면, 역시 "짜증나게 해서"라고만 대답할 것 같아 보였다.

그러고 있는데, 조수와 함께 남선 탐정 사무소의 소장이 방으로 들어왔다. 소장은 말끔하게 면도를 한 남자로 깨끗한 옷을 입고 있었다. 그 선량해 보였다.

"저희가 범인을 잡은 것이 부인의 슬픔에 작은 위로라도 되기를 바랍니다."

소장이 말했다. 그녀는 말없이 고개만 잠깐 숙였다.

"살인범이라는 자가 어떤 사람인지 설명해주실 수 있을까요?"

그녀가 소장에게 물었다. 소장은 몇 번 더 부인에게

위로한다는 말을 하면서 살인범에 대해 설명했다.

소장의 위로에는 예의 바른 진심이 들어가 있었다. 백주 대낮 투명화 사건으로 갑자기 그녀의 남편이 사라졌기 때문에, 사람들은 오늘 아침까지만 해도 세상 어디엔가 아직 남편이 살아 있을 수도 있다고들 이야기했다. 투명한 모습으로 귀신처럼 형체 없이 소리만 내며 어느 집 귀퉁이에 숨어 있을지라도, 죽은 것이라고 확신할 수는 없었다. 그런데 이제 범인을 잡으면서 남편의 죽음이 확실해졌기 때문에, 소장은 마치 그것이 자신의 잘못이기라도 한 것처럼 미안해하고 있었다.

"괜찮습니다."

그녀는 미안해하는 소장의 말들을 끊어내버리려고 했다. 소장은 그래도 계속 몇 번이나 예의를 차리는 말을 하고 나서야, 남선 탐정 사무소에서 잡은 범인에 대해 이야기했다.

붙잡힌 범인이라는 사람은 일본에 유학을 가서 일본 문학을 공부한 사람이라고 했다. 해방 전만 해도 고향 마을에서는 다들 그를 학식 있는 젊은 수재로 생각했다고 한다. 그러던 것이 일본 제국이 패망하면서 갑자기 그가 해온 공부가 쓸모없어져버렸다. 일본이 망하고, 미국 사람, 소련 사람 들이 들어오고, 대한민국이 건국되는 판에 몇 년간 일본 문학을 익힌 것 따위는 영원히 여름뿐인 나라에 떨어진 털모자처럼 쓸모없어졌다. 오히려 그는 무심코 일본어로 시구를 중얼거리다가 단지 일본어를 썼다는 이유만으로 길거리에서 그 말을 들은 술 취한 사람에게 괜히 얻어맞은 적이 있다고도 했다.

실망한 그는 여기저기 떠돌아다녔고, 서울에 들어와서는 술에 절어 환락가 이 골목 저 골목에 붙어 지냈다고 했다. 그렇게 지내면서 사람이 점점 망가졌다고 한다. 그러던 중 남녀 문제로 고약한 소문이 있다는 그녀의 남편에 대해 전해 듣게 되었고, 뒤틀린 마음에 그런 악한 인간 이야말로 자기를 망하게 한 원수라고 생각해서 죽일 생각까지 했다는 것이었다.

소장은 그녀의 남편에 대한 이야기를 최대한 숨기기 위해 말을 돌려가며 말했다. 그렇지만 무슨 말을 하는지 그녀가 모를 것 같다는 생각은 조금도 들지 않았다. 나는 소장에게 물었다.

"어떻게 해서 그가 범인인 것을 아셨습니까?"

"피해자가 사라졌다는 길에 갔을 때, 피해자가 사라진 곳의 흙이 다른 곳의 흙과 썩은 정도가 조금 다른 것을 보았습니다. 그래서 땅을 파헤쳐보았습니다. 그 안에는 함정을 파두었던 흔적이 있었습니다. 함정을 만들기 위해 구덩이를 팠다가 다시 흙을 부어 넣은 자국과 함정에 떨어진 사람을 공격하기 위해 뾰족한 나무와 쇠를 꽂아놓았던 흔적이 있었습니다."

그는 조수와 달리 자신이 공을 세운 일을 설명하는 중에도 조금도 흥겨워하지 않고 있었다. 그가 계속 말했다.

"그다음에는 다 저희 직원들과 함께 열심히 노력한 덕분입니다. 구덩이를 파거나 감추기 위해 그곳을 흙이나 삽 같은 것을 들고 오간 사람이 있는지 주위에 묻고 다녔습니다. 오래전 일이라 정확히 기억하는 사람을 찾기는 어려웠습니다. 그렇지만 논밭도 아니고 길 한가운데에 갑자기 삽을 들고 사람이 나타나는 일도 흔한 일은 아니라 기억하는 아이 하나를 제가 찾았습니다. 거기서부터 차근차근 거슬러 올라가서 범인을 잡아낸 것입니다."

우리는 말없이 있었다. 남편이 죽은 부인의 무거운 분위기가 방 안에 새는 바람처럼 들어오는 듯했다. 그녀는 혼자서 여러 생각을 하는 것처럼 보였다. 어두운 표정이었다. 보기에 따라서는 죽은 남편에 대한 슬픔에 빠져 있는 얼굴로 볼 수도 있을 만했다. 그렇지만 내 눈에는 처음부터 계속 그녀의 얼굴에 있었던 비웃음이 그대로 보이는 것 같았다.

그녀의 마지막 질문은 범인이라는 남자가 어떻게 될 것 같냐는 것이었다.

"아마, 사형선고를 받을 것 같습니다. 초대 검찰청장 권승렬이 흉악범은 엄단하겠다고 벼르고 있는 데다가, 철

28

저하게 준비해서 사람을 죽인 큰 죄인이니까 사형을 피할
길은 없을 것입니다."

사형이라고 말할 때 탐정의 목소리는 진지했다. 그녀
에게 축하한다는 투로 말하지 않았다. 그녀는 그 말을 들
을 때 잠깐 얼굴이 달라지는 것처럼 보이기도 했다.

소장은 예의를 차리는 말을 몇 마디 더 건넨 뒤에, 다
시 조수를 불러들였다. 소장은 조수에게 우리에게 나가
는 길을 안내해드리라고 말했다. 소장은 우리에게 공손
히 작별 인사를 건네고 방을 나갔다. 소장은 밝은 사람이
었다. 크고 훌륭한 탐정 사무소에서 이름을 드날리는 일
을 하고 있는 그에게 질투를 품었던 내가 부끄러워질 정
도였다.

그녀는 이 탐정 사무소와 가까운 곳에 내 사무실이 있
기 때문에, 내가 이 탐정 사무소를 싫어하고 또 잘 알고 있
을 거라고 여겨 나를 찾아왔다고 했다. 그녀의 짐작은 사
실이었지만 지금 나는 그것이 옹졸한 모습이었다고 생각
하고 있었다.

조수는 아직도 활기에 차 있었다.

"전등이 환하게 켜져 있으니까, 요 앞까지 가시는 데
길이 어둡지는 않을 겁니다. 이달에 몇 건이 잘 풀리면서
할 일이 많아져서 겨우 밤에 전등을 켤 수 있도록 허가를
땄는데, 덕분에 술 취한 사람들이 길바닥에서 한잔 더 한

다면서 비치는 불빛 앞으로 모여들어 골칫거리입니다."

정말로 탐정 사무소 건물 한쪽 옆에는 술에 취한 비렁 뱅이 둘이 있었다. 내가 그에게 물었다.

"일이 그렇게 많나?"

"도깨비 사건 다섯 개 중에 세 개를 이렇게 빨리 해결 하지 않았습니까? 나머지 둘도 우리가 해결하려고 열심 히 하고 있습니다."

"자네도 하고 있는 일이 있나?"

"일이 많으니 저 정도 재주밖에 없는 사람도 이것저 것 손을 대고 있습니다. 선생님께서도 혹시 생각 있으시 면 저희 사무소에 들어오셔서서 일하셔도 좋을 겁니다. 일 손은 모자라니까요. 정말 생각 있으시면, 말씀만 하십시 오. 제가 소장님께 말씀 올리겠습니다."

나는 소장의 선한 얼굴을 떠올려보았다. 그 밑에서 일 한다고 가정했을 때 과연 괴로운 일은 적을 것 같았다. 그 렇지만 얼굴만 보고 이 일을 하는 것은 아니었다.

나는 텅 비어 있는 캄캄한 내 사무실을 잠깐 생각했 다. 나는 그의 물음에 대답하지 않고 말을 돌렸다.

"일이 많기는 많나 보구먼."

"정말 요즘 시내는 개판이니까요. 도둑이니 강도니 어찌나 많은지, 하루건너 하루씩 도깨비 사건이니까요. 웃는 얼굴 살인 사건이 첫번째 사건인데 건국되던 날인

8월 15일에 일어나서 첫번째 사건이 일어났고, 동서남북 연쇄살인 사건이 그달 22일, 다음 달 9일, 그다음 달 21일, 이번 달 1일에 일어나서 두번째 사건이지요. 백주 대낮 투명화 사건이 지난달 19일에 일어나서 세번째 사건이고, 허공 추락 사건이 그 이틀 후에 일어나서 네번째 사건이지요. 그리고 지난달 30일에 일어난 살인 전화 사건이 다섯번째 사건입니다."

개판이라고 하는 말 중에 남편이 죽은 사건이 끼어 있는 것을 듣고는 그녀는 눈썹을 움직였다. 그러나 조수는 알아채지 못했다. 그는 계속 말했다.

"그중에 두번째, 세번째, 네번째 사건은 저희가 해결했으니까, 내친김에 웃는 얼굴 살인 사건과 살인 전화 사건도 어떻게 해보려고 다들 달라붙어서 애쓰고 있습니다."

그는 경찰의 문제라든가, 이북에서 전기를 보내주지 않는 것에 대해서도 좀더 웃으며 투덜거리고 떠들었다. 한참 떠들어댈 때는 막걸리 두 사발만 먹이면 통일의 그날까지 쉬지 않고 계속 떠들 수 있을 것처럼 보였다. 그러나 그는 곧 자기가 바쁘다는 것을 깨달았고, 우리에게 인사를 하고는 자기 자리로 돌아갔다.

"웃기는 소리가 참 많기도 많소."

건물 밖으로 걸어 나올 때 그녀가 말했다. 전기가 들어오지 않는 거리는 깜깜했다. 건물 바깥에서 창문으로 새는 불빛에 의지해 술 마시던 남자 둘이 낄낄거리는 소리가 들렸다.

　나는 그녀의 말이 맞는지, 탐정 사무소에서 들은 이야기 중에 누구의 말이 맞는지 고민해보았다. 그리고 그녀의 얼굴을 보았다. 잠깐 전등 아래 밝게 비치었던 얼굴은 그녀가 발걸음을 옮기자 빛이 사라진 거리로 들어가 보이지 않게 되었다.

4

　나는 그녀와 함께 경찰서를 향해 걸었다. 그녀의 남편을 죽였다는 남자를 만나보기 위해서였다. 피해자의 부인이 용의자를 만나는 것을 경찰이 금지할 수도 있었다. 그렇지만 생긴 지 반년도 안 되는 정부 공무원의 금지 정도야, 미제 담배 몇 갑 정도만 찔러주면 녹아 없어질 것 같았다.

　"탐정 사무소에서는 엉뚱한 사람을 경찰에 넘긴 것이 분명하오."

　그녀가 말했다. 나는 그녀보다 약간 앞서서 걷고 있었는데 그 말을 듣고 그녀 옆으로 갔다. 그리고 그녀에게 대답했다.

　"그게 부인 주장인 것은 알고 있소. 그렇지만 잡힌 사람이 자백을 했다고 하지 않소? 일부러 자기가 죄를 저질렀다고 자백하면서 범인이 되고 싶어 하는 사람이 있겠소?"

"탐정 사무소에서 돈을 주고 일부러 죄를 뒤집어쓰라고 한 것이 아니겠소? 이런 사건을 해결했다고 하면 경찰에서도 꽤 돈을 받을 것이고, 이름도 알려질 것이니 선전도 될 것이오. 남선 탐정 사무소에서는 그걸 기대하고 멀쩡한 사람에게 돈을 좀 집어 주고 대신 범인인 척해달라고 한 것 아니겠소?"

나는 웃었다.

"경찰이 탐정 사무소에 협조를 구하면서 돌리는 돈은 사건 해결하는 동안 구걸을 하면 벌 수 있을 돈보다도 적을 거요. 그 돈을 다 준다고 해도 몇 푼 되지 않소. 그 돈에 죄를 뒤집어쓴다는 사람이 있겠소?"

"남선 탐정 사무소에서 돈을 더 얹어 주었을 수도 있을 거요. 돈이 좀 있어 보이지 않았소?"

전등불에 환하게 빛나고 있는 건물은 확실히 부유해 보였다. 그렇지만 원래부터 그런 것은 아니었다. 얼마 전까지만 해도 그곳 소장이라는 자도 나와 별다를 바 없어 보였다. 요즘 갑자기 사정이 좋아진 것이지 원래부터 돈을 베풀 만큼 재력이 있는 곳은 아니라고 생각했다.

그렇다면 어디서 횡재를 해서 돈을 쓸 길이 트인 것일

까. 그게 아니라면 어차피 망해 먹는 마당에 마지막으로 어디서 큰돈을 빌려서는 한번 요란하게 광고나 해보자고, 그렇게 마지막으로 큰 도박 한번 걸어보자고, 이 사건도 자기네들이 해결했다, 저 사건도 자기네들이 풀었다 하고는 한번 쿵작쿵작 떠드는 것일 수도 있었다.

내가 그녀에게 말했다.

"그렇지만 살인이란 말이오, 사형을 당할 수도 있소. 아무리 돈을 많이 준다고 해도 목숨까지 버리겠소?"

"너무 가난하다면, 가족에게 돈을 남겨주고 자기 목숨을 파는 사람도 있지 않겠소?"

그녀가 대답했다. 그 정도로 가난하고, 그 정도로 목숨을 값어치 없게 생각하는 사람을 본 적이 있었던가 생각했다. 언뜻 떠오르지는 않았다. 그렇지만 그녀가 하는 말을 들어보니 그런 사람도 있을 수 있겠다는 생각이 들었다. "나는 어차피 살길이 없습니다. 그러니 한 3년 세끼 밥만 처자식에게 먹여주신다면 내가 그 살인 저질렀다고 하겠습니다" 하는 그런 사람.

그녀야말로 그저 기분이 짜증스럽다고 자수를 하겠다는 사람이니, 이런 이야기에 대해서는 나보다는 그녀가 더 잘 알 것 같았다.

"그게 아니라면 애먼 사람을 아무나 붙잡아 고문하면서 괴롭혔는지도 모르지."

그녀가 말했다. 그럴 수도 있었다. 남선 사무소 소장도 일본 제국이 망하기 전에 일본 경찰에서 일을 배운 사람일 가능성은 있었다. 그렇다면 고문 기술을 배웠을 수도 있다. 어떤 사람이든 그 사람에게 어울리는 적당한 고문 방법을 찾아내기만 한다면 무슨 짓이든 하게 할 수 있다는 것이, 조선인 고문 기술자들 사이에 도는 기본 원리 같은 것이었다.

그랬을까? 별 볼 일 없는 비렁뱅이나 다른 죄를 저지른 사람을 하나 붙잡아서, 한편으로는 돈을 주겠다고 유혹하고 한편으로는 고문으로 괴롭혔을 수도 있었다. 살인범이 되어달라고 부탁한 것이다. 어쩌면 누군가의 부탁을 받고 살인범 누명을 쓸 사람을 찾아다녔는지도 모른다. 진짜 살인범이 부탁한 것은 아닐까? 진짜 살인범인 사람이 다른 사람을 대신 잡아달라고 남선 탐정 사무소와 계약했는지도 모른다.

하지만 나는 곧 이런 생각이 속으로 소장을 부러워하는 내 질투심 때문에 생긴 것 아닌가 싶었다. 게다가 그녀야말로 자기가 진짜 살인범이니 자수를 하겠다고 나서고 있다. 그리고 소장의 얼굴을 떠올리면, 아무래도 그자가 무시무시한 속을 숨기고 있지만 겉으로만 선하게 보이는 사람이라기보다는, 그저 선량한 사람이라고 생각하고 싶었다.

경찰서까지 가는 길은 가깝지 않았다. 드문드문 불이 켜진 가로등이 있는 길이라 걷는 것은 쉽지 않았다. 골목 안쪽에는 혹시 강도질의 제물로 삼을 만한 사람이 지나가면 덮쳐서 배를 채워볼까 하는 생각을 하는 퀭한 눈이 하얗게 보이기도 했다. 그렇지만 그런 자들은 며칠씩 굶은 몰골이어서 마른 얼굴에 세게 침만 뱉어도 쓰러질 것처럼 보였다. 길바닥에는 추위를 피할 곳 없는 걸인이나 어디서 몰래 구한 아편을 피우고 정신이 반쯤 사라진 사람이 주저앉아 있었다. 그중에는 가끔씩 추위를 피할 곳 없는 걸인인 동시에 어디서 몰래 구한 아편을 피우고 정신이 반쯤 사라진 사람도 있었다.

"누구요?"

경찰서에 가까이 다가갔을 때 경찰 하나가 우리를 불러 세웠다. 가래가 끓는 목소리는 딱정벌레가 자동차 뒷바퀴에 깔릴 때 나는 소리 같았다. 그는 밤늦게 길을 걷고 있는 우리를 수상하게 여기고 있었다.

나는 사정을 설명하고 그녀를 가리켰다. 그녀를 보자 그의 태도가 바뀌었다. 그것을 보니 오늘 저녁 내가 그녀에게 어떻게 보였을지 짐작이 갔다. 그 경찰은 우리를 경찰서까지 데려다주었다.

가장 먼저 나를 알아본 경찰은 술에 취해 코가 벌겋게 달아오른 남자였다.

"또 경찰서에 들어왔나? 자네, 요즘 같은 때에 서로 너무 자주 얼굴 보면 좋을 거 없을 텐데. 경찰에서만 알고 있고 세상에는 숨기려고 하는 일들을 자네는 벌써 많이 알고 있잖은가. 위험해. 위험해. 거, 왜 있잖은가……"

나는 그가 술김에 무슨 소리를 하려는가 싶어 쳐다보았다. 그러나 나와 눈이 마주치자 지저분한 음담패설을 하기 시작했다. 능글거리는 얼굴로 낄낄거리며 그저 주위를 웃기려고 했다. 경찰서에 붙잡혀 온, 화장이 짙은 여자 하나가 같이 웃어주었다. 그는 아직 완전히 술에 취한 것은 아닌 것 같았다.

몇 사람에게 인사를 하고, 몇 개의 문과 계단을 지났다. 그리고 나서 우리는 그녀의 남편을 죽였다는 자를 만날 수 있었다.

젊은 남자였다. 가난뱅이라고 보기에는 비싼 안경을 쓰고 있었다. 고문을 당했다고 보기에는 아직 제정신인 것 같았다.

5

그녀는 서서도 졸 수 있는 능력을 가진 경찰 하나와 함께 어느 방으로 들어가 용의자와 이야기했다. 나는 그들의 말소리를 들으면서 옆방에서 그에 대한 서류를 살펴보았다.

용의자로 붙잡힌 남자는 가난하지 않았다. 오히려 고향집은 몇 대째 부유한 집안이었고, 그는 그 재산을 물려받은 사람이었다. 몇 년 전만 해도 일본 도쿄에서 유학 생활을 하며, 문학이니 예술이니 똑똑한 학생들이 갖는 취미는 모두 쫓아다니던 사람이었다. 아무래도 돈을 받고 일부러 살인을 저지를 만한 처지에 처한 사람은 아닌 것 같았다. 그렇다고 탐정 사무소에서 들은 대로, 일본 문학을 전공한 것이 소용이 없어지고 그것 때문에 할 일이 없어졌다고 절박해질 만한 사람도 아닌 것 같았다. 그는 그어떤 문학을 한들, 일평생 걱정거리가 없어 보이는 사람이었다.

너무나 자기 공부를 중요하게 여겼기 때문에, 비록 돈 문제는 아니었지만, 단숨에 실망해서 인간이 타락하고 살인까지 저지르게 되었을까? 나는 그 심정을 잘 짐작할 수 없었다. 부자들이 사는 세상에서는 그런 일도 일어날 수 있을지 모른다. 내가 그만큼 부자라고 상상하며 그의 마음을 가늠해보려고 했다. 그렇지만 그런 상상은 잘되지 않았다.

"당신이 내 남편을 죽인 게 아니라는 걸 알고 있소."

"아닙니다. 제가 한 일이 맞습니다."

그녀의 목소리가 커졌다. 그녀와 남자의 대화가 들려왔다.

"왜 내 남편을 죽였다고 하는 거요?"

"제가 정말로 그 일을 저질렀기 때문입니다."

"나는 그날 남편이 그 길로 가지도 않았다는 것을 알고 있소. 그런데 당신이 함정을 만들고 함정에서 시체를 다시 파내고, 또 시체를 들고 가서 버렸다는 것을 어떻게 믿겠소?"

"사실입니다."

"함정을 파는 삽과 곡괭이는 어디서 구했소? 어느 가게에서 샀는지 말할 수 있겠소? 삽과 곡괭이로 어떻게 함정을 만드는지 보여줄 수 있겠소? 지금 사람의 눈에 정확하게 거울을 비추는 재주를 보여줄 수 있겠소? 거울은 어디서 구했소? 거울을 당신에게 판 사람이 당신을 기억하겠소?"

그녀는 남자를 몰아붙였다. 남자는 말을 하지 못했다. 그녀가 다시 말했다.

"당신은 거짓말을 하고 있소. 거짓말하는 것을 내가 모른다면 당신을 믿고 거짓말에 속을 수도 있소. 그렇지만 나는 당신의 말이 거짓말이라는 것을 알고 있소. 당신이 거짓말하는 것을 아는 이상에는 계속 말의 뿌리를 찾아, 하나하나 캐가다 보면 틈이 나타나기 마련이오. 계속 들추어가다 보면 결국 당신이 가짜 범인이라는 것을 밝혀내는 것은 시간문제란 말이오."

"제가 저지른 일이 맞습니다. 궁금해하시는 일이 있고 조사하려고 하시는 것이 있다면 털어놓고 돕겠습니다. 저는 제 죄를 후회하고 있고, 부인께 사죄합니다. 저는 처벌을 기다릴 뿐입니다."

그의 목소리는 떨렸다. 애원하는 어린아이처럼 들렸다. 몇십 년 동안 어느 반찬부터 먼저 집어 먹을까 하는 것보다 심각한 고민은 모르고 살아오던 사람이 어느 날 갑자기 죽을병에 걸렸다는 소리를 듣고 흐느끼는 장면을 떠올렸다. 그때 나는 그가 범인일지도 모른다고 생각했다. 일부러 죄를 뒤집어쓸 이유가 없다고 생각했다.

그가 갇혀서 처벌을 기다리게 된 것은 역시 그가 정말로 죄를 지었다는 이유밖에 없다고 생각했다. 어떤 다른 이유로, 공범을 숨겨주고 싶다든가, 자기와 엮인 다른 사람이 휘말리지 않게 하기 위해, 약간 속인 것이 있기는 했을지도 모른다. 하지만 적어도 남선 탐정 사무소에서 피할 수 없는 증거를 잡았기 때문에, 그는 순순히 자백하기로 하고 대신에 몇 가지 일을 짜고 숨겨주기로 한 일일 수도 있었다. 그때까지는 그 모든 일을 영영 알 수 없을 것 같았다. 나는 남선 탐정 사무소에서 해결했다는 다른 두 사건에 대해서도 간단한 자료를 부탁했다.

동서남북 연쇄살인 사건. 여자들을 속여서 환락가에 팔아넘기는 일로 재산을 모은 남자들이 피해자였다. 남선 탐정 사무소에서 용의자라고 붙잡은 사람은 지방의 한 부유한 집안 남자였다. 역시 대학 공부까지 한 사람이었다. 허공 추락 사건의 피해자는 원자폭탄이 떨어지던 날을 맞혔다면서 괴상한 종교를 만들어서 여러 사람을 패가망신시킨 사람이었다. 남선 탐정 사무소에서 용의자로 붙잡은 사람은 역시 남쪽 해안 지역의 부잣집 출신 남자였다. 그는 반쯤 취미 삼아 학교 교사로 일하던 사람이었다.

그동안 그녀와 남자의 대화는 더 아슬아슬해지고 있었다. 나는 그녀와 그녀의 남편에 대해서도 차분히 읽어보았다. 그녀의 남편 역시 죽은 다른 두 사람과 비슷한 부류의 사람이었다. 나는 그녀의 목소리에 좀더 귀를 기울였다. 무슨 감정이 어떻게 변하고 있는지 알고 싶었다.

그녀와 남자의 대화는 끝나가고 있었다. 남자는 태도를 바꾸지 않았다. 그녀가 여러 가지 방향으로 이야기를 몰아가도, 남자는 자기가 범인이라고만 말했다.

남자가 다시 쇠창살 안으로 끌려 들어가고, 그녀는 내가 있는 방으로 왔다. 나는 그녀의 얼굴을 보았다. 지쳐 보였다. 그리고 그렇게 지쳐서 짜증스러워하는 얼굴이었다. 나는 그녀가 왜 남편을 죽였고, 그리고 그런 죄를 저질렀다는 자체가 짜증 나서 자수해버리려고 한다는 게 어떤 기분이었는지 다시 생각해보았다.

그때까지 알아낸 사실을 바탕으로 나는 속으로 한 가지 결론을 내렸다. 나는 그녀를 믿기로 했다. 그렇지만 경찰차를 타고 다시 사무실로 돌아오는 동안 그녀에게는 아무 말도 하지 않았다.

6

사무실 안은 캄캄했다. 역시 아무도 없는 깊은 밤이었다. 새삼 책상과 의자가 모두 죽은 나무로 되어 있다는 것을 알 수 있었다.

나는 배터리로 연결하는 작은 전등을 켰다. 그녀의 얼굴을 볼 수 있을 만큼만 빛이 생겼다.

"내가 자수할 수 있게, 사실을 밝힐 수 있게 도울 수 있겠소? 일이 그렇게 될 것 같소?"

그녀가 물었다. 나는 일단 전화를 내밀었다.

"먼저 한 가지 확인해보고 싶은 것이 있소. 경찰서에 전화를 걸어 당신 남편을 죽였다는 사람과 다른 두 사건의 범인이라는 사람들의 집 주소가 어떻게 되는지 알아봐주시지 않겠소? 정확한 주소를 알려주지 않는다면 대략이라도 좋소. 당신이 죽은 남편의 부인이라고 말한다면 알려줄 거요."

그녀는 전화를 넘겨받아 전화를 걸었다. 몇 마디 대답을 기다리는 것뿐인데도 오랜 시간이 걸렸다. 기다리는 것만으로 요즘 경찰답다는 믿음이 강하게 생길 만큼 오래 걸렸다.

나는 아무 말도 없이 기다리기만 하는 그녀를 쳐다보다가 고개를 돌렸다. 창밖을 보니 사무실 안처럼 하늘도 검고 어두웠다. 불빛이 줄어든 거리의 하늘에는 꽤 많은 별들이 보였다. 오히려 바깥이 별빛 때문에 더 밝아 보일지도 모른다는 생각을 했다.

그녀는 경찰서 측의 대답을 들었다. 그녀는 그 말을 나에게 그대로 전해주려고 하다가 잠깐 생각에 잠긴 것 같았다. 나는 그녀에게 말했다.

"남선 탐정 사무소에 붙잡힌 세 남자는 일부러 자신을 범인으로 잡아가달라고 부탁하면서 도리어 사무소에 돈을 준 것 같았다는 생각이 들었소. 이들은 무슨 이유 때문인지 일부러 범인이 되고 싶어 했고, 그렇게 일을 꾸며달라고 돈까지 준 거요. 그 돈으로 남선 탐정 사무소는 넉넉해졌고, 가구도 새것으로 바꾸고, 밤마다 전기도 끌어다 쓸 수 있게 된 것 아니겠소."

그녀는 내 말을 듣고 있었다. 곧 그녀는 눈을 감았다. 내가 말했다.

"처음부터 이상했던 것은 도대체 왜 일부러 그렇게 돈을 내고 죄를 뒤집어쓰려고 했느냐는 거요. 죄를 뒤집어쓰면 죽을 것이 뻔한데도. 목숨보다 뭐가 얼마나 더 중요한 것이 있길래 자기 목숨에 돈까지 얹어 주며 그런 일을 하는지, 그게 이상했소."

그녀는 잠시 가만히 있었다. 그러다가 그녀가 말했다.

"내 남편을 죽였다는 사람은 순천, 나머지 두 사람은 광양과 구례 사람이었소."

"그 사건들이 며칠에 일어났는지 말해줄 수 있소?"

"10월 19일과 21일."

그녀가 대답했다. 내 귀에 그 목소리는 무겁게 들렸다. 나는 그녀의 눈길을 피했다. 내가 말했다.

"그렇소. 다섯 사건 중에서 세 가지 사건이 풀렸는데, 하필 그 세 사건이 10월 19일과 21일에 일어난 사건이오. 그러니까 그 세 사건이 일어난 때는 바로 대한민국군 14연대가 반란을 일으켜서 여수순천십일구사건이 일어난 때였단 말이오. 그리고 용의자 세 사람은 그때 사건이 일어난 서울이 아니라 반란군이 점령한 바로 그 지역에 있었을 거요."

그녀는 웃음소리 같지만 웃음은 아닌 이상한 소리를 냈다. 나는 계속해서 말했다.

"세 사람 다 부유한 집안의 사람이었으니, 공산당이

중심이 된 반란군들에게 붙잡힌 뒤에 인민재판을 당해 죽을 줄 알았을 거요. 지금껏 목숨이 붙어 있는 것을 보면 아마 그때 반란군들에게 돈을 바치고 겨우 풀려났겠지. 그런데 이제 반란군이 망했으니, 경찰과 군인이 그때 반란군에게 협력한 사람들을 잡아 죽이자는 판이 되었단 말이오."

"세 사람 다 부잣집 자식이니, 반란군에게 위협당해서 어쩔 수 없이 협력했다고 설명하면 되지 않겠소?"

"아마 세 사람 모두 공부하던 시절에는 분명히 노동운동에 관심을 갖거나 좌익 사상을 공부했던 적이 있었을 거요. 그런 빌미가 있으니 반란군에게 돈을 건네고 협력했던 공산당이라고 누가 한 소리만 하면 배겨내기가 어려웠을 거요. 10월 28일부터 그런 식으로 억울하게 죽은 사람들이 끝이 없다는 게 그쪽 소식이오."

공산당 반란군에게 당했던 사람들이, 국민학교 운동장에 전부 모여 줄을 선 동네 사람들을 쳐다보며 지나갔다. 장터에 깔아놓은 반질반질한 사과 더미를 보는 것처럼 겁먹은 사람들을 보며 지나가다가, 손가락으로 가리키기만 한다. 하는 말도 없고 들을 말도 없다. 그렇게만 하면 그대로 붙들어 가서 학교 뒤편 구석 버드나무 밑에서 총을 쏜다. 그런 일이 열 번이고 스무 번이고 계속해서 일어난다. 어딘가에 숨어 있는 공산당 협력자를 붙잡겠다고 경찰은 집에 불을 지르기도 한다. 시내가 온통 불타서, 밤이 훤

하도록 연기가 빛나며 너울거리는 것이 보인다. 하지만 그것을 보는 운동장에 줄 서 있던 사람들은 불을 꺼야겠다, 내 집이 괜찮을까, 겁을 먹어 한마디도 하지 못한다.

나는 다시 그녀를 쳐다보았다.

"거기다가 세 사람은 부자라고 하지 않소? 평소에 싫어하는 사람들이 있었을 거요."

내가 그녀에게 물었다.

"어떻게 하겠소?"

그녀는 나를 쳐다보았다. 나는 그녀에게 다시 말했다.

"그 세 사람이 공산당 반란군 협력자로 경찰에 붙잡히면 자기만 죽는 것이 아니라 가족들까지 죽소. 혹 살아남은 친척들도 무슨 일을 하든 공산당 핏줄이라고 손가락질당하며 행패를 당하오."

"그만하면 자기 목숨과 바꿀 만한 일인가?"

그녀가 말했다. 질문에 대답을 듣고 싶어 하는 것 같지는 않았다. 나는 이어서 말했다.

"그때 소장이 여수에 가서 세 사람을 빼내 온 것이오. 그리고 차라리 살인범이 되지 않겠느냐고 제안했을 거요. 서울에서 바로 그 시각, 살인을 저지른 살인범으로 확인되기만 한다면 그때 공산당 반란군이 득세했던 여수, 순천 지역에 없었다는 것을 증명해주는 것이 되니까. 그것도 경찰과 검찰이 직접 그렇게 확인하게 되는 일이오. 소장은 그렇게 해서 공산당 반란군의 협력자 명단에서 확실히 벗어나게 해주겠다고 한 거요. 그렇게 하는 대가로 돈을 받고, 경찰이 공산당 협력자를 찾아내겠다며 온 여수 시내를 들쑤시는 틈을 타, 세 사람을 빼내어 서울로 데려왔을 거요. 그리고 서울에서 경찰 쪽에 이야기를 엮어주고, 그럴듯한 설명을 만들어주었을 거요."

그녀는 또 아까처럼 웃었다. 나는 다시 그녀에게 물었다.

"어떻게 하겠소? 나는 경찰서에서 부인이 한 말을 믿소. 거짓말이라는 것을 알기만 한다면, 캐다 보면 언젠가는 거짓이라는 것을 증명할 수 있을 것이오. 여순 사건이 일어난 직후에 소장이 여수에 내려갔던 사실을 알아내거나, 여수와 순천 지역을 뒤져서 살인이 벌어진 날, 서울이 아니라 반란군 점령지에서 세 사람을 목격한 사람을 찾아낼 수 있을지도 모르오. 그렇게 되면 세 사람과 그 가족은 모두 공산당 반란군 협력자로 죽을 것이오. 속임수에 끼어들었으니 소장과 소장의 가족도 비슷하게 죽을 수도 있소. 만약 부인께서 그래도 어쩔 수 없지 않냐고, 나라에서 하는 일이 이런데, 그게 나라를 위한 길이라고 믿는다면, 그렇게 할 수도 있을 거요."

그녀는 말없이 가만히 자리에 앉아 있었다. 나는 그녀에게 한 번 더 물었다.

"반대로 부인이 이대로 돌아간다면, 세 사람은 자기들이 구하려고 한 것을 구할 수 있을 거요. 물론 덕택에 세 사건의 진짜 범인은 처벌을 피할 거요. 소장이 부인에게 진심으로 미안해했던 것은 그 때문일지도 모르오. 하지만 그 세 사건의 피해자들이 죽은 게 정말로 안타깝다고 생각하시오?"

그녀는 그 말에도 대답하지 않았다. 나는 그녀의 대답을 듣는 데 꽤 오랜 시간이 걸릴지도 모른다는 생각이 들었다.

창밖의 불빛이 줄어들었다. 이제는 건너편 사무실의 불까지 꺼졌다. 아직도 새벽은 무척 어두웠다.

천사가 모터사이클을 타고 내려오다

1

1949년 1월, 거리에는 보궐선거 벽보가 붙어 있었다. 밤이 되자 거리는 한결 더 추워졌지만, 길 가다 멈춰 서서 벽보를 쳐다보는 사람들은 많았다. 차가운 한 손을 지폐 한 장 없는 호주머니에 집어넣고 헤진 옷을 여미며 덜덜 떨던 사람도 포스터 앞에서는 멈춰 섰다.

서 있는 몸 구석구석으로 냉기는 비린내처럼 스며들 것이다. 그러나 선거의 환상은 추위를 잠시 잊게 만든다. 이 사람이 벼슬아치가 될지 말지 바로 여러분이 정할 수 있습니다. 이런 거창한 어르신들이 여러분 마음에 들고자 어릿광대짓을 할 겁니다. 세상이 바뀌어 여러분이 이런 걸 할 수 있게 되었답니다! 길 위에 쌓인 흰 눈이 가로등 불빛을 반사하면 벽보 속 얼굴들은 꼭 서커스단의 광고판처럼 보였다. 한참 그것들을 구경하던 행인은 녹은 눈이 신발 안으로 스며들고 나서야, 갈 길이 얼마나 멀고 오늘 밤이 얼마나 추운지 깨닫고 그 앞을 떠났다.

나도 창가 쪽에 서 있었다. 창밖으로 벽보가 잘 보이는 쪽이었다. 하지만 선거 포스터를 보려고 서 있었던 것은 아니다. 서울 시내에 또 전기가 끊겼기 때문에 나는 그나마 전기가 들어오는 가로등 불빛에 가까운 쪽에 있고 싶었다. 거리의 가로등 불빛이 사무실 창문으로 들어오면서 창틀과 바닥과 내 얼굴 위에 네모 그림자를 드리웠다. 십자 모양의 그림자가 얼굴을 덮치자, 탈락자의 얼굴에 가위표를 한 노래자랑 대회 광고판 꼴이었다. 국회의원 후보들 중에는 평양에 말을 잘해서 전기를 보내 달라고 할 거라는 자들이 한둘이 아니었다는 것이 기억 났다. 그런 자들 중에 인기 있다는 사람 198명을 뽑아두었지만 손님 없는 탐정 사무실에서 저녁을 버틸 전기는 아직도 모자랐다.

이래서야 아무도 사무실에 찾아올 것 같지 않았다. 이미 문 밖 복도는 무덤 속처럼 캄캄해 보였다. 나는 자리에서 일어섰다. 그러나 고개를 돌렸을 때 또 다른 몇몇 행인들이 선거 벽보 앞에 서 있는 것이 보였다. 그러자 또 한 번 선거철은 탐정들의 크리스마스라는 오래된 격언이 떠올랐다.

선거에 나온 후보들은 다른 후보들이 옛날에 도적은 아니었는지, 사기꾼 전력은 없는지, 그 집 자식이 망나니는 아닌지 알아내서 흠을 잡고 싶어 한다. 하다못해 상대 후보의 머리가 가발이라거나 상대 후보의 할아버지가 누구네 집 노비였다든가 하는 소식이라도 캐내보려고 한다. 거느리고 있는 똘마니의 숫자가 많지 않은 후보라면, 그런 조사는 탐정들에게 맡길 것이다. 선거가 치열해지면 불 꺼진 사무실 앞에 떨어질 일거리라도 한두 개쯤 있을지도 모른다.

나는 벽보 앞에 멈춰 서는 사람이 셋만 더 지나가기를 기다렸다. 술 취한 중년 남자 떼들이 거리에 몰려오고 있었고, 단숨에 벽보 앞에 멈춰 서는 사람이 셋이 되었다. 멀리서 트럼펫 소리가 들려왔다. 근처 술집에서 연주하는 영감이 새로운 곡을 연습하는 소리였다. 나는 너무 빨리 세 사람을 채웠으니 무효라고 마음속으로 중얼거렸다. 다시 저 트럼펫 곡이 끝날 때까지만 기다리기로 했다. 나는 트럼펫 소리에 귀를 기울였다. 영감의 연주는 같이 울어 주는 것 같았고, 실력이 모자라서 어려운 부분은 한없이 반복되었다.

그러고 있는데, 어둠 속에서 문 두드리는 소리가 들렸다. 나는 들어오라고 말하면서 내 얼굴이 잘 보이도록 창 옆으로 섰다. 그리고 들어온 사람의 얼굴을 보려고 했다.

문이 열리고 걸어 들어온 사람은 멀지 않은 곳에 있는 회사의 제복을 입고 있었다. 어둠이라든가, 소리 없는 복도라든가, 일거리가 없는 탐정이라든가 하는 따위는 조금도 두려울 것이 없다는 표정을 짓고 있는 여자였다. 제복을 자세히 보니 제법 번듯한 회사의 사무실에서 온 사람인 것 같아 보였다. 걸어오는 동안 희미한 빛에 그 얼굴이 점점 더 뚜렷이 보였다. 왼쪽 얼굴에 더 짙은 화장이 앉아 있었다. 뒷골목 사기꾼들과 매시간 부딪히며 야박한 세상을 언제까지나 뛰어다닌 것 같은 눈빛이었는데 그러면서도 이상하게 깊은 산골에서 자라난 사람 같은 억세고 강한 느낌도 있었다.

그녀는 인사도 없이 나에게 물었다. 여기에 오게 되었다는 것 자체가 진절머리 난다는 듯한 목소리였다.

"이런 데서도 사람을 따라다니면서 지켜봐주는 일을 할 수 있나요?"

"그 사람이 열두 살 이상이라면 할 수 있습니다. 열두 살이 안 된다면, 아래층 국수 가게에서 일하는 할머니에게 부탁하시면 될 겁니다."

내가 대답하자 그녀는 나에게 웃어 보였다. 빙판에 나자빠진 사람을 보고 킥킥거리는 것같이 들렸다.

"열두 살이 넘기야 했지."

나는 그녀에게 다시 물었다.

"보호해야 할 사람이 선거에 나온 후보입니까?"

격렬한 선거에서는 상대방 후보 쪽의 지지자들이 후보의 드잡이를 하자고 몰려드는 때가 있기도 하고, 손쉽게 선거를 이기기 원하는 사람들은 권총과 납 총알로 가장 확실한 선거운동을 원할 때도 있었으니까.

"반대."

그녀는 고개를 저었다. 그리고 그녀는 자기 명함을 나에게 내밀었다.

"거기 뒤에 적혀 있는 주소로 가보면 서른 살 좀 넘은 남자 둘이 있을 거예요."

"그 두 사람이 선거와 관련이 있는 사람들입니까?"

"뭐, 대충 그런 셈이지요."

"어떤 식으로 그런 셈입니까?"

"걔네들이 다른 후보를 몽둥이로 때리려고 하거나 총질을 하려고 하지는 않는지 봐주면 돼요."

"선거에 이기기 위해 한 후보에게 고용되어서 상대 후보를 해치려고 하는 사람들이란 말입니까?"

"정말 그럴지 어떨지는 확실히 몰라요. 그래서 감시해달라고 하는 거예요. 그 둘이 정말로 무슨 짓을 할 것 같거든 명함에 있는 전화번호로 연락해주면 되고."

명함에는 아래쪽에 여자 이름과 경리 및 비서라는 직함이 전화번호와 함께 인쇄되어 있었고, 그 중앙에는 찬란한 명필로 농기계 유통 회사의 상호가 거대하게 자리 잡고 있었다.

"이 회사의 사장이 선거에 나왔는데 총을 맞을까 걱정

을 하고 계신 겁니까? 아니면 회사 중역 중 한 분과 친한 어떤 양반이 선거에 나왔는데 도와드리려고 하는 겁니까?"

그녀는 내가 묻는 말에 답하지 않았다. 대신 다른 이야기를 이었다.

"지켜봐야 한다는 그 둘은 광복 전에 독립운동을 한답시고 여기저기 내내 떠돌던 사람들이라서, 젊은 시절 동안 다른 일 하는 것 없이 권총에 폭탄만 붙들고 살았던 사람들이에요."

"그것이 문제입니까?"

"독립운동 한다면서 열심히 쫓아다니던 시절에, 무슨무슨 선생이다, 무슨무슨 장군이다 하는 굵직한 분들이 열심히 도망치시는 동안 망을 봐주고, 쏘라면 총 쏘고 던지라면 수류탄 던지는 게 개네들 일이었지. 광복이 되고 민주주의 세상이라니까 한 10년 그러고 다닌 재주가 무슨 쓸모가 있나? 따라다니던 선생님이란 양반의 일이 잘 풀렸으면 그 줄로 따라가서 벼슬자리라도 하나 하는 건데, 개네들이 따라다니던 선생님이란 사람은 원래 반공파였다가 막판에 돈이 없어서 공산당 쪽에 또 잠깐 붙었거든. 그러니 남쪽에서는 공산당 취급이지, 북쪽에서는 원래 반공파였던 가짜 공산당 취급이지. 아주 끔찍스럽게 인기가 없어졌어요. 그래저래 할 일이 없다 보니, 그 선생님이란 사람은 이제 소식도 끊겼고, 따라다니던 둘은 이상한 짓이라도 하려는지 모르겠다고 하니까."

나는 그녀에게 물었다.

"그래서 그 두 사람이 먹고살 길이 없어서 이번 선거에서 후보에게 총질해달라는 일거리라도 받았다는 겁니까? 어디서 그런 일을 알게 된 겁니까?"

그녀는 대답을 하지 않고 잠깐 두 눈을 감았다. 더 이상 입을 열어 자세히 말할 수 없는데, 입은 이미 닫고 있으니 눈꺼풀도 닫아주자는 것 같아 보였다. 마침 트럼펫 영감이 드디어 어려운 부분을 부드럽게 연주해내는 데 성공한 소리가 들렸다. 곡조는 그가 연주한 것 중에 가장 구슬프게 들렸다. 그런데 그 슬픈 소리에 그녀의 얼굴은 아주 조금도 어울리지 않아 보였다.

나는 그녀에게 다시 물었다.

"제가 따라다녀야 할 그 두 사람에게 이름이 있습니까?"

"하나는 '봉천 곰 콧구멍'이라고 하고, 다른 하나는 '하얼빈 모기 다리'."

나는 다시 그녀의 얼굴을 쳐다보았다. 이유는 정확히 알 수 없었으나 더욱 더 진절머리 난다는 얼굴이었다. 우연의 일치로 사실 오늘 점심때까지 나도 같은 표정을 짓고 있었으므로, 괜히 호감이 생겼다.

"할 수는 있습니다만, 왜 이런 일을 해야 하는지 좀더 알았으면 좋겠습니다.”

“왜라니. 민주국가 대한민국에서 선거에 총질하는 놈들 없게 하면 좋은 것은 당연하지 않아요?”

그러면서 그녀는 얼마나 돈을 내면 되는지나 대답하라고 채근했다. 내 말을 듣더니 그녀는 들고 있던 가방을 챙겨서 일어나려고 했다. 그러면서 말했다.

“선금은 못 드리고. 값은 부르신 대로 쳐드릴 거고. 그 둘을 별일 없이 잘 잡아 두시면 선금만큼 보너스를 드리지요.”

“선금을 못 받으면 곤란합니다.”

나는 명함의 상호를 다시 쳐다보았다.

“이 정도면 제법 넉넉한 회사 아닙니까? 고작 몇 푼 안 되는 선금을 아끼려는 이유가 있으십니까?”

그러나 그녀는 나를 쳐다보지 않고 걸어 나갔다. 문을 닫기 직전에 나를 다시 돌아보았다.

“하기 싫으면 마시든가. 나도 이제 이런 짓 더는 안 하려고.”

그녀는 캄캄한 복도 속으로 사라졌다. 추운 사무실에 나는 혼자 남게 되었다.

곰곰히 생각해보니, 아무래도 이 어두운 사무실에 다시 걸어 들어올 사람이 또 있을 것 같지는 않았고, 하기 싫은 일은 아니라는 쪽으로 결론을 내리고 싶었다. 나는 그녀가 명함 뒤편에 써준 주소로 찾아가보기로 했다.

"언제부터 일을 하면 됩니까?"

복도에서 그녀의 목소리가 돌아왔다.

"지금부터."

2

주소를 따라가보니 그곳은 소를 잡는 도축장 근처였
다. 그곳에 선술집이 하나 있었는데, 나무를 덕지덕지 갖
다 대어 몇 차례 억지로 넓힌 모양을 하고 있었다. 나무 판
자 몇은 썩어 있었고, 그로부터 풍기는 이상한 냄새와 함
께 바깥까지 기름 냄새와 술 냄새가 섞여 나왔다. 석유등
으로 빛나고 있는 선술집 내부는 추위를 피해 걸어 들어온
사람들 모두를 찐득한 쇠기름과 독한 술 냄새에 빠뜨릴
수 있는 늪처럼 보였다. 내가 걸어 들어가야 할 곳이었다.

안을 들여다보니 무엇이 즐거운지 히히거리며 웃는
늙은이가 둘, 서로 술 마시는 모습이 익숙한듯 겨루고 있
는 애송이가 셋 있었고, 그녀가 말해준 대로 서른 살이 좀
넘어 보이는 남자 둘도 앉아 있었다. 술집 안의 사람들은
대체로 소 내장 요리를 불에 구워가며 술을 마시고 있었
는데, 얼핏 보아도 두 남자 앞에 놓여 있는 음식의 양은 매

우 적었다. 그런데도 둘은 그것을 집어 먹지 않고 꺼멓게 타도록 끝없이 뒤적거리고만 있었다.

나는 두 사람의 말을 듣기 위해 근처 자리에 앉았다. 내 앞에 나타난 가게 주인은 그 대가로 돈을 짭짤하게 벌고 있는 사람만이 할 수 있는 즐거운 태도로 굽신거리며 주문을 받았다. 두 사람의 근처에 앉기 위해 나는 문 앞자리에 앉아야 했으므로, 바람이 불 때마다 콧잔등이 얼음망치로 두들겨 맞는 것 같았다.

그에 비해 일은 어렵지 않게 풀렸다. 곁눈질로 둘의 얼굴을 보자마자 나는 누가 봉천 곰 콧구멍이고 누가 하얼빈 모기 다리인지 바로 알 수 있었다. 기가 막히게도 그 둘은, 곰 콧구멍과 모기 다리가 백 일 동안 동굴에 들어가 사람이 되기 위해 기도해서 변신한다면 바로 이런 모습이 될 것이라고 할 만한 모습이었다.

"동지, 참으로 통탄할 일이 아닌가, 이 말이야. 대한의 독립을 위해서 밤낮을 잊고 목숨을 걸었던 우리 같은 지사들은 추운 밤, 탁주 한 사발에 나라 걱정을 달래며 떨어야 하는데. 어찌, 선거에 나오는 작자들은 죄다 돈밖에 없는 멍청이 아니면, 책만 읽은 학자 따위냐, 이 말이야. 정치학자, 경제학자, 수학자, 과학자 따위가 무슨 나라를 세우고 지키는 큰 일을 알겠는가, 이 말이야."

곰 콧구멍은 술에 취했는지 큰 소리로 말하고 있었다.

그러나 술집 안의 사람들은 비슷한 정도로 취해가고 있었기 때문에 다들 그만한 소리로 말하고 있었다. 안쪽 자리에 앉아서 떠들고 있는 사람이나, 뒷자리에 앉아서 뭔가를 끊임없이 욕하고 있는 사람들에게는 곰 콧구멍의 말소리가 멀리서 환청처럼 들려오는 죽어가는 소 울음소리와 별반 다르지 않게 들리는 듯 보였다.

화로의 온기에서 나오는 연기처럼 그 많은 시끄러운 말소리들이 술집 안을 휘돌며 탁하게 가득 차고 있었다. 나는 그 사이에서 곰 콧구멍의 말에 답하는 모기 다리의 이야기를 듣기 위해 다시 귀를 그쪽으로 향해보았다.

"그러니 우리는 우리를 알아주는 그 어른을 위해 거사를 할 수밖에 없다는 것일세. 우리가 세상을 뒤엎으면 그 어른이 선거에 이길 걸세."

곰 콧구멍은 거사라든가 뒤엎는다는 말의 어감이 즐거운지, 그 운율에 맞춰 술잔을 들이켰다. 안타깝게도 술잔은 이미 비어 있었다.

둘은 잠깐 말없이 숯덩이가 된 소 창자를 보았다. 곰 콧구멍이 다시 먼저 말했다.

"그런데 이보시게, 동지. 그 어른은 작년까지만 해도 우리가 모시던 선생님을 욕하던 사람 아니었는가? 그런 자가 정말로 동포를 위하고 대한을 위하는 마음을 갖고 있다고 할 수 있겠는가?"

"나도 그 때문에 사실 이번 일을 받아 오기까지 고민이 많았다네. 동지."

모기 다리는 그렇게 말하며 심각한 얼굴을 했다. 그 표정은 대단히 우스워서 그대로 영화를 찍어 극장에 걸면 2분 동안은 관객들이 자지러지게 웃을 만해 보였다.

"그러나 생각해보시게, 동지. 이미 우리 선생님께서는 뜻이 꺾이어 세상사에 미련을 두지 않고 숨어 지내시기로 하지 않았는가. 이러한 마당에 이 어른과 우리 선생님이 비록 옛일에 작은 원한이 있다 한들, 그것이 큰 일을 따지는 데에 무슨 큰 상관이겠는가? 소련이나 미국에 댈 연줄이 없고, 돈 떨어지면 찾아주는 이가 없는 이 세상에서 우리에게 일을 맡기고 싶어 하신다는 것 자체가 우리를 믿고 있다는 뜻 아니겠는가?"

"그 말은 맞는 말일세, 동지. 그 어른이 우리를 찾아주기 전까지 우리를 찾는 사람은 오래도록 없었으니."

"그렇다네, 동지. 그렇게 우리를 믿는다는 것은 또 우리와 뜻이 같다는 뜻이 아니면 무엇이겠는가? 그렇다면 그것은 바로 나라를 위하고 동포를 위하는 우리의 뜻과 같다는 것 아니겠는가? 그 어른이 비록 우리 선생님과 작은 옛 원한은 있다고 하나 지금은 오히려 큰 그림에서 우리의 애국 충정과 같은 뜻이란 말 아니겠는가?"

"과연 그렇구먼. 자네의 말이 참으로 명쾌하네, 동지."

곰 콧구멍과 모기 다리는 다시 껄껄 웃으며 술잔을 부딪혔다. 여전히 두 술잔 안에는 술이 없었다. 두 사람은 다시 말이 없어졌다. 나는 내 술이라도 좀 나눠 주고 싶었다.

곰 콧구멍은 부질없이 불탄 소 창자를 한 번 뒤적였다. 그러다가 다시 말을 했다.

"그러면 우리가 거사를 치를 장소와 목표가 될 사람은 정해졌는가?"

"그렇다네, 동지."

그리고 모기 다리는 주위를 두리번거렸다. 그는 연극에서 두리번거리는 연기를 하는 것처럼 눈을 굴리며 좌우를 돌아볼 뿐이어서, 바로 자기 등 뒤쪽에서 대화를 다 엿듣고 있는 나는 전혀 알아보지 못했다. 그런데도 그는 조심스러운지, 고개를 곰 콧구멍 쪽으로 가까이 해서 한결 작은 목소리로 속삭이듯 말했다.

나는 그 소리를 듣기 위해 집중했다. 그런데 마침 그때, 술집 안쪽의 세 사람이 큰 소리로 노래를 부르기 시작했다. "발길을 돌리려고—" 무엇이 그리 기쁜지 노랫소리는 우렁찼고, 술 취한 사람들 중에는 옆자리에서 들리는 그 노랫소리에 같이 장단을 맞추는 사람도 있었다. 그 때문에 곰 콧구멍과 모기 다리의 대화는 들리지 않았다.

노래가 다 끝나고 나서야 나는 이어지는 둘의 대화를 들을 수 있었다.

"선거 연설회가 내일이니, 그 전에 거사를 해야 깨끗하게 적을 막을 수 있다네."

"그렇다면, 당장 부지런하게 움직여야 하지 않겠는가? 동지."

"그렇다네, 동지."

"그럼 어서 발길을 옮기세. 눈길을 밟는 취한 청년들의 가난한 한 걸음이지만, 이 걸음이 세상을 바꾸는 길로 가는 걸음이 될 걸세."

곰 콧구멍과 모기 다리는 그러고는 자리에서 일어났다.

먼저 곰 콧구멍이 외투를 입었는데, 그의 외투는 대단히 낡아서 어디가 팔을 넣는 곳인지, 어디가 단추를 잠그는 곳인지도 제대로 구분할 수 없을 것 같은 모양이었다. 곰 콧구멍이 그 외투를 입는 모양은 마치 거대한 굴속에 들어가는 모습처럼 보였다. 그 외투를 입고 옷깃을 여민 채 걷는 모습은 항아리를 묻어놓은 구덩이가 땅 위를 걸어다니고 있는 것 같았다. 뒤따라 모기 다리도 외투를 입었는데, 그의 옷은 어떻게 세탁을 했는지 색이 기이한 모습으로 바래 있었다. 그의 옷은 곰 콧구멍의 옷 못지않게 낡아 있었는데, 크기가 작으니 더 초라해 보였다. 보고 있으면 건강한 사람이라도 어쩐지 코가 막힌 느낌을 들게 할 수 있는 모습이었다.

두 사람은 술값을 치르러 일어서서는 누가 먼저랄 것

도 없이 온몸의 주머니를 바닥까지 긁었다. 이상하게도 요란하게 쩔그렁거리며 쇠 부딪히는 소리는 크게 났지만, 둘이 꺼내놓은 것을 합쳐도 주인이 오래 헤아려야 하는 액수밖에 되지 않았다. 결코 돈의 액수가 많아서 헤아리는 데 시간이 오래 걸리는 것은 아니었다.

그러나 주인은 끈기가 있었고 둘의 술값을 마지막 한 푼까지 정확하게 받아내는 것을 포기하지 않았다. 세상을 뒤엎는 거사를 논하며 떠들던 두 남자를 언제나 친절한 얼굴로 웃으며 하얀 치아를 드러내는 주인이 간단히 위압하고 있었다.

나는 그 사이에 다른 직원에게 먼저 돈을 내고 일어났다. 뒤따라가는 것을 들키지 않으려면 먼저 가게에서 나서는 모습을 보여주는 것도 좋은 방법이다. 나는 가게 밖으로 멀리 걸어 나가는 듯이 했다가 옆 골목으로 들어가서 서성이기로 했다. 하는 일 없이 기다리고 있을 때, 등잔에 쓰는 석유를 팔고 다니는 사람과 마주쳤고, 나는 그와 깡통에 담은 기름값을 흥정하면서 시간을 보냈다. 기름 파는 사람은 욕심이 많았다. 하지만 밀매꾼다운 조바심도 많은 사람이어서 지루하게 숫자를 주고받는 것을 오래 버티지 못했다.

기름 파는 사람이 나와 거래를 마치고 투덜거리며 골목을 벗어날 때까지도 곰 콧구멍과 모기 다리는 술값 계산을 끝내지 못하고 있었다. 결국 그 둘은 내놓은 돈 중에 옛날 엽전까지 더해 계산을 마치고 나서야 가게를 나설 수 있었다.

그들은 거의 동시에 한숨을 쉬었다. 그리고 좁은 길을 통해 어두운 공간으로 걸었다. 그 시각, 어두운 서울 길거리마다 낡은 옷을 입고 빈 주머니로 걷고 있는 지친 사람들을 헤아려보면 대략 천2백 명쯤은 될 것이다. 두 사람은 그 무리에 이제 합류한 것이다.

처음에는 두 사람을 몰래 따라가는 것이 어려운 일이라고 생각했다. 곰 콧구멍과 모기 다리는 걷다 말고 이상하게 고개를 좌우와 앞뒤로 움직이곤 했다. 정말로 주위를 살펴보는 것인지, 아니면 단순한 버릇인지는 정확히 알 수는 없었다. 어디서 배운 재주인지도 알 수 없었지만, 몰래 뒤따라가는 사람이 있다면 시선의 방향에 걸릴 때마다 깜짝깜짝 놀라게 할 수 있는 솜씨였다. 둘은 항상 그런 식으로 걸었다. 그렇게 걸으면서 어색해하지도 않았다. 주절주절 술 취한 말을 중얼거리며 밤길을 걷다가, 문득 고개를 돌리는데 그러면서도 중얼거리는 잡담은 부드럽게 이어졌다.

하는 수 없이 나는 점점 더 멀리 떨어져 걷기로 했다. 만약 곰 콧구멍이나 모기 다리가 나를 유심히 살펴보는 것 같다면 그때부터 방향을 바꾸어 다른 길로 걸어도 이상해 보이지 않을 정도로 거리를 띄우기로 했다. 그러다 보니, 이번에는 보이지도 않는 밤길에서 앞서가는 둘을 놓칠 것이 걱정되었다.

그러고 있는데, 멀지 않은 곳에서 사람 때리는 소리가 났다. 소리만으로도 때리는 사람 쪽이 적극적이고 의욕적이라는 것을 느낄 수 있었다. "통행금지 시간이 지난 것을 모르나?" "이놈들아, 내가 누구인지 알고 이러느냐?" "법을 지키는 시민이라면 모두 통행금지 시간을 지켜야 하는데, 통행금지 시간을 어기고 걷는 자라면 그자는 도적인가 강도인가?" 술 취한 흥에 빠져 있던 어느 알 수 없는 목소리가 들리고, 그를 다그치는 목소리가 이어졌다. 다그치는 목소리는 길 가는 사람을 붙잡아 윽박지를 수 있다는 사실에 분명히 뿌듯해하고 있었다. 민보단 단원이겠지 싶었다. 아마도 어제 오후쯤 처음 단원에 가입하게 됐고, 그래서 이제 자기도 다른 사람을 겁줄 수 있게 되었다는 점을 생각하면서 마음속으로 기뻐 견딜 수 없어 하고 있는 것 같았다.

나는 곰 콧구멍과 모기 다리가 민보단 단원과 싸우게 되면 어떻게 될지 상상했다. 곰 콧구멍은 벌컥 소리를 지르다가 먼저 민보단 단원에게 한 대 얻어맞을 것이다. 그러면 모기 다리는 웃고 있는 민보단 단원의 눈을 찌르려고 하겠지. 아마 술에 취한 그 손은 빗나갈 것이고 그러면 그냥 다리를 붙잡고 늘어지며 뒹굴어보려고 할 것이다. 눈밭에서 셋이 엉켜 뒹굴면서 때리고 맞는 소리를 내면, 깊은 밤 멀리 울려 퍼지는 그 소리에 먼 동네의 개들이 놀라 같이 짖어 응답해주겠지.

실제로 그런 일이 벌어질지 어떨지 주의 깊게 쳐다보면서 나는 계속 둘을 뒤따라 걸었다. 한편으로 통행금지 단속에 걸렸을 때 뭐라고 핑계를 댈지 궁리하는 일도 시작했다. 내가 탐정 사무소를 처음 열면서 했던 일이 통행금지 단속에 걸리면 뭐라고 대답할지 미리 짜두는 일이었다. 나는 열여섯 가지 핑곗거리를 만들어두었다. 첫번째 의뢰인이 찾아오기까지 시간이 더 걸렸다면 열일곱 가지나 열여덟 가지, 2백 가지가 될 지도 몰랐다. 그중에서 나는 지금 내가 걷고 있는 장소, 내 행색과 오늘 날씨에 가장 잘 어울리는 핑계를 골랐다. 그러고 보니, 곰 콧구멍과 모기 다리도 그런 핑계를 준비하고는 있을지 궁금했다.

그런데 곰 콧구멍이 말없이 외투 주머니에서 뭔가 새카만 것을 꺼내는 것이 보였다. 새카만 것이지만 희미하게 빛을 반사하는 광택이 있었다. 그것은 잘 닦아놓은 권총이었다.

그러자 모기 다리는 곰 콧구멍의 팔을 붙잡고 두 번 정도 가볍게 툭툭 쳤다. 그리고 다른 손을 허공에 들어 옆쪽 방향을 가리켰다. 내 생각에는 곰 콧구멍이 통행금지 단속

반과 싸울 준비를 하고 있는데, 모기 다리가 그것을 말리고, 다른 골목길로 숨어들자고 이야기하는 듯싶었다.

곰 콧구멍은 잠깐 멈칫거렸다. 그러는 사이에 모기 다리가 먼저 샛길로 빠졌다. 곰 콧구멍은 잠시 서서 권총을 매만졌다. 권총은 곰 콧구멍의 손에 들려 있으니 아주 작아 보였다. 결국 그는 권총을 다시 주머니 안에 집어넣었다. 그리고 모기 다리가 손짓하고 있던 샛길로 방향을 돌렸다.

나는 두 사람을 놓칠까 싶어 뛰어갔다. 내 뛰는 발소리와 아직도 사람을 때리고 있는 누구인지 모를 민보단원의 소리가 뒤섞여 들렸다. 샛길에 들어서보니, 길이 구불구불해서 이미 모기 다리는 보이지 않았다. 다만 곰 콧구멍의 커다란 등만 보였다.

나는 다시 발걸음을 늦춰 곰 콧구멍이 뒤따르는 사람이 있다는 것을 모르게 하려고 했다. 좁게 이어지는 길은 어느 수풀 옆을 지나고 있었다. 무너진 성벽의 돌 같은 것이 널브러져 있는 가파른 내리막길을 지나자, 거리의 건물과 인적이 몇 발자국 만에 드물어졌다.

그리고 그 앞에는 제법 넓은 개천이 흐르고 있었다. 두 사람은 그 물가를 따라 걷고 있었다. 나는 두 사람이 눈치채지 못하도록 물가로 들어서지 않고 좀더 기다리면서 거리를 벌렸다.

썩은 냄새가 희미하게 풍겨왔다. 온갖 더러운 것이 얼마나 떠다니는 개천인지 알 수가 없었지만, 밤에 보기에는 어느 맑은 물과 다를 바 없이 그저 검기만 했다. 그 썩은 물에 새하얀 달이 잘 다듬은 보석처럼 비치고 있었다. 새벽이 다가오도록 걷는 길은 계속해서 이어졌다. 허옇게 빛나던 눈길은 우리가 지날 때마다 발에 밟혀 진흙탕으로 변해갔다. 하룻밤 사이에 그런 진흙탕에 닿은 발자국이 몇 천 개씩 생겨났다. 그 옆으로 끊임없이 찰랑이는 작은 물결은 자기들끼리만 빠져 있는 연인들이 지겹게 사랑을 속삭이는 소리 같았다.

그렇게 걸어서 서울을 벗어나 인근의 어느 소도시로 접어들었고, 그러고 나서도 적지 않은 시간을 걸어갔을 무렵이었다. 곰 콧구멍인지, 모기 다리인지, 누구 하나가 흥얼흥얼 노래를 부르는 소리가 들려왔다. 물소리 말고는 아무 소리도 들리지 않는 밤이라서 그 소리는 멀리까지 퍼졌다. 나는 그 가사를 들어볼 수 있었다. 무슨 군가나 행진곡에 붙여 부르는 노래 같았다.

얼마 후 노래에 다시 흥이 올랐는지, 두 사람이 취해서 고래고래 소리를 지르듯이 나누는 대화가 다시 들려왔다.

"동지, 우리 옛날 동지들이 다시 또 보고 싶네."

"상하이에서 도망쳐서 양자강 변을 따라 말을 타고

달릴 때가 꼭 이런 밤이었던 것 같네, 동지."

"그럴 리가 있겠는가. 이렇게 춥지는 않았지."

"그러나 동지, 뒤쫓아오는 놈들의 총알이 쏟아져서 머리통 위의 머리카락을 쑥쑥 스치고 지나가는데, 오히려 이보다 더 서늘하지 않았겠는가?"

"동지, 그러나 나는 오히려 그때 우리와 함께 싸웠던 동지들의 뛰는 가슴을 생각할 제 그렇게 온몸이 뜨거웠다네."

그리고 나서 둘은 끝도 없이 무슨무슨 산에서 있었던 총격전이라든가, 무슨무슨 성에서 목숨을 잃을 뻔했던 이야기 등을 계속 떠들었다.

귀를 틀어막고 싶을 정도로 그런 이야기를 길게 하다가, 곰 콧구멍이 목소리를 한결 낮추어 다른 이야기를 했다. 그러나 그래도 곰 콧구멍의 목소리는 여전히 보통 이상으로 컸고, 밤은 보통 이상으로 훨씬 고요했다. 때문에 내 귀에는 그 대화가 그대로 다 들려왔다. 대화에서 조금이라도 알아듣기 어려운 부분은 술에 취한 발음이었기 때문이지, 목소리가 작은 것 때문은 아니었다.

"그래서 이번에 우리가 잡을 놈은 그 흉악한 적의 자식이란 말인가?"

"그렇네, 동지. 자식을 우리가 붙잡고 선거에서 물러나라고 한다면, 자식의 목숨이 아까울 테니 선거를 그만

두지 않을 도리가 있겠는가? 그러면 우리를 믿어주시는 그 어른이 선거에서 이길 수 있게 되는 거라네. 어디에서 어떤 아이를 붙잡아서 어디에다 가두어놓아야 하는지는 정확하게 알고 왔으니, 찾기는 어렵지 않을 걸세."

그 대목은 재미없는 이야기만 들으면서 추운 밤을 새며 걸었던 값을 할 수 있는 내용이었다. 나는 날이 밝고 전화가 있는 곳을 찾아내기만 하면 바로 의뢰인에게 연락해야겠다고 생각했다.

곰 콧구멍의 질문은 계속 되었다.

"동지, 이 선거가 이렇게 해서라도 이겨야 할 만큼 중요한 선거인가?"

"지금 세상 돌아가는 정세를 보면, 지방자치단체 선거 제도를 지금 거진 다 만들어놓고도, 당파 간에 다툼이 심해서 시행을 못하고 있다고 하네. 그래서 정식 시행 전에 시범으로 도시 몇 군데에서 먼저 시장을 뽑아보면서 시험을 하게 되었네. 그게 바로 이번 선거일세. 그러니 이 선거가 어떻게 되느냐에 따라, 앞으로 천년만년 이어질 대한민국의 지방자치단체 제도가 바뀌는 것이나 다름없단 말일세."

"역시 자네의 세상 꿰뚫어 보는 안목은 참으로 놀랍네. 놀라서 감탄하고, 또 감탄할 만하네."

"동지, 그 무슨 말인가. 하늘도 울리게 하고 땅도 떨게 하는 자네의 의기와 비할 바이겠는가."

그리고 둘은 웃기 시작했는데, 웃음이 20분은 족히 지속되는 것 같았다.

달이 지고 샛별이 떠오를 즈음, 둘은 물가에서 벗어나 언덕배기를 오르는 쪽으로 길을 바꾸었다. 장터가 있는 소도시의 읍내 방향이었다.

3

두 사람은 읍내의 소학교 앞에 도착했다. 그들의 걸음이 눈에 띄게 느려지는 것이 보였다. 나는 그들이 오려고 했던 곳이 이 학교라고 짐작했다. 그렇다면 혹시라도 의심받기 전에 내가 그들 옆을 지나서 다른 곳으로 간다는 모습을 보여주는 것이 좋을 것이다. 나는 약간 술 취한 걸음을 흉내 내어 학교 담장 옆을 걸었다. 그리고 두 사람과 마주칠 뻔하다가 옆으로 돌아 지나갔다. 두 사람이 이야기할 때마다 입에서 하얀 입김이 나오고, 그 작은 온기가 차가운 공기에 삭아 사라지는 것이 보였다.

"항상 학교에 맨 먼저 온다는데. 또래보다 키가 조금 크고, 하얀 털이 달린 귀마개를 하고 있다고 하네, 동지."

나는 모기 다리가 그렇게 말하는 것을 들었다. 두 사

람이 노리고 있는 상대방 후보의 자식에 대해 이야기한 것이었다.

둘은 학교 담장 옆에서 날이 밝고 어린이들이 몰려들 때까지 기다리려는 것 같았다. 그러니 그들은 술에 취해 눈 쌓인 길옆 담장에 기대어 서 있어도 얼어 죽지 않는 재주를 오늘도 열심히 연습하고 있었다. 나는 그런 재주를 익히는 데는 아무 관심이 없었다. 어딘가 따뜻한 곳에 앉아 있으면서도 두 사람을 멀리서 지켜볼 수 있는 장소를 찾아야 했다.

마침 오르막길을 좀더 올라간 곳에 국수 가게가 한 군데 있었다. 부지런한 가게 주인이 막 가게 문을 열고 이른 새벽 장사 준비를 하고 있었다. 국수를 삶는 따뜻한 물의 훈기가 길옆까지 퍼져 나왔다.

"안녕하십니까?"

나는 인사를 하고 가게 안으로 들어갔다. 밤새도록 술취한 유괴범 뒤를 따라 진창길을 걸었던 것치고는 친근하게 인사하려고 노력했지만, 나를 보는 가게 주인의 표정은 바닥에 엎어진 국수처럼 보였다.

"아직 장사 안 합니다."

"날이 추워서 난롯불에 몸이라도 녹이려고 합니다. 국숫값은 드릴테니, 국수는 주지 않으셔도 됩니다."

"그래도 장사 안 합니다. 좀 있다 6시 반이나 되거든

다시 오시오."

　나는 가게 주인과 몇 마디 말을 더 나누며 그의 얼굴을 들여다보았다. 비틀거리는 주정뱅이 몇을 새벽에 가게에 앉게 해주었다가 주정뱅이들이 몇 번 행패를 부리거나 몸을 가누지 못하고 자빠진 통에 아침 장사를 망친 경험이 그 얼굴 속에 있었다. 나는 좀더 좋은 말로 설득하려고 애를 쓰다가, 밀매꾼에게 구한 등잔 기름을 국숫값 대신 그에게 치르겠다고 제안했다.

　역시 좋은 말보다 나쁜 기름이 더 효과가 좋았다. 가게 주인은 나를 길가 쪽 자리에 앉게 해주었다.

　앉아서 학교 쪽을 보니 건물 윤곽이 희미하게 보였다. 먼동이 터오는 시각이 가까워지고 있었다. 학교는 구식 벽돌 건물이었고, 엎드린 채 잠들어 있는 거대한 짐승처럼 보였다. 겨울방학 중이라 아이들이 드나들지 않기 때문에 더 생기가 없어 보이는 것 같기도 했다.

　그래도 가만 보니 아주 사람이 없는 것은 아닌 듯싶었다. 운동장에는 눈을 치운 흔적이 있었고, 눈을 치우지 않은 곳에는 오가던 작은 발자국들이 보였다. 아마도 중학교 입시를 위해 시험공부를 하는 아이들이 드나드는 것이거나, 그 아이들을 부러워하며 따라다니는 아이들의 발이 남긴 자국일 것이라고 짐작했다. 학교 담장 쪽에 그 아이들이 남긴 쓰레기를 태우는 곳이 있었다. 아직도 불이 다

꺼지지 않고 남아 있는지 담장 위로 연기가 피어 올랐다.

모기 다리는 더러운 것이 타서 없어지고 있는 그 연기를 바라보았다. 그는 곰 콧구멍에게 손짓을 했다. 곰 콧구멍은 모기 다리를 따라갔고, 둘은 쓰레기 태우는 곳과 붙어 있는 담벽 아래에 서게 되었다. "동지, 이쪽 벽은 따뜻한 온기가 있다네." "그렇구먼. 참으로 따뜻하기가 황제의 침실이나 다를 바 없네." 그 둘은 다시 껄껄 웃더니 그들이 황제의 침실이라고 부르는 쓰레기 태우는 곳 옆 담벽에 등을 딱 붙였다.

그들은 거기에 붙어서 날이 샐 때까지 가만 있었다. 처음에는 또 동포와 겨레에 대해서 떠드는가 싶더니, 또 만리장성을 넘고 초원을 달리는 이야기를 했다. 그러나 그 모든 말들은 점차 흩어지는 것 같았고, 대화는 차츰 느려졌다. 해가 뜰 때쯤 되자, 두 사람은 벽에 기댄 채 주저앉아 쿨쿨 잠이 들어버렸다.

국수 가게 주인은 자리를 차지하고 앉아 가만히 학교 쪽을 보는 나를 가끔 곁눈으로 보았다. 그러다 텅 비어 있는 탁자 위가 보기 싫은지 사발 하나를 내왔다.

"국수 삶은 물이오. 숭늉처럼 마시면 되오."

그리고 국수를 주문하려면 값이 얼마라고 묻지도 않은 이야기를 내게 해주었다. 나는 두 손으로 따뜻한 사발을 잡았다. 마시고 싶은 마음은 없었다.

그러고 있는데, 아이 하나가 학교 쪽으로 걸어오는 것이 보였다. 아이는 짐작되는 나이보다 키는 커 보였고, 귀마개를 하고 있었는데 그 색깔은 하얀색이었다. 졸린 모습이나 지친 모습은 조금도 없는 야무진 표정이었다. 아이는 학교 정문을 통과하려고 했다. 그런데 그러다 담벼락에 기대어 자고 있던 곰 콧구멍과 모기 다리를 보게 되었다.

아이는 두 사람이 주저앉아 있는 곳으로 걸어갔다. 얼굴 표정은 그대로였다. 아이는 두 사람 앞에 다가섰다. 나는 국수 가게 문 옆에 차양을 칠 때 사용하는 긴 나무 막대가 있는 것을 발견했다. 나는 나무 막대를 들어 무게와 단단한 정도를 가늠해보았다. 나는 그것을 무기처럼 한 손으로 들고 두 사람 곁에 가까이 간 아이 쪽을 향해 빠르게 움직였다.

그런데 아이는 두 사람의 어깨를 흔들어 둘을 깨웠다. 모기 다리가 먼저 눈을 떴다. 아침 햇빛에 눈이 부셔 그는 눈을 찌푸렸다. 아직 잠이 덜 깬 두 사람에게 아이가 말했다.

"선생님들, 이런 곳에서 주무시면 동상 걸리십니다. 일어나십시오."

아이의 목소리는 밝았고 예상보다 훨씬 컸다. 곰 콧구멍도 일어나 아이를 보게 되었다.

"이제 아침이니 몸을 녹일 곳을 찾으실 수 있으실 겁니다."

곰 콧구멍은 아직도 꿈을 꾸는 것 같은 목소리로, "고맙소, 동지"라고 말했다. 그러다 앞에 서 있는 것이 아이인 것을 깨닫고 눈을 더 크게 떠보려고 했다.

곰 콧구멍의 안색이 바뀐 것을 보고 모기 다리는 자기도 아이를 똑바로 쳐다보았다. 핏줄이 벌겋게 선 눈이 재빠르게 움직였다. 그 눈은 아이의 키를 가늠하고 아이의 귀마개 모양을 확인했다. 그는 오른손을 뻗어 주머니에 넣었다. 손아귀에 권총 손잡이가 들어왔을 터였다.

그런데 그때 곰 콧구멍이 모기 다리의 오른손을 붙잡았다. 그리고 모기 다리의 얼굴을 말없이 쳐다보았다. 곰 콧구멍은 다시 아이를 쳐다보고, 한 번 더 고맙다고 말했다. 그러자 아이는 고개를 까딱해서 인사를 하고는 둘을 떠나 학교 안으로 들어갔다. 그 모습을 보고 나는 들고 있던 나무 막대를 등 뒤로 숨기고 그대로 물러나서 다시 가게 쪽으로 되돌아갔다.

모기 다리와 곰 콧구멍의 말소리가 들렸다.

"저 아이가 그 흉악한 후보의 자식이 틀림없지 않은가? 저 아이를 잡아야 그 흉악한 후보가 선거를 포기하게 만들 수 있단 말일세."

"그러나 동지, 아무래도 어찌 우리가 고작 저런 어린

아이를 겁주는 일을 할 수 있단 말인가?"

"지금 저 야비한 적들은 온갖 비열한 수법으로 동포들을 괴롭히고 애국지사들의 피를 빨아 먹고 있는데, 그 적들과 싸우는 우리로서 이 정도는 할 수 있는 일 아닌가?"

"우리는 옛날 백만 적병의 기관총 앞에서도 헝겊 조각 군복 한 장을 방패처럼 내세우고 맨몸으로 뛰어들었고, 폭탄을 매단 적의 전투기가 나타날 때에도 권총을 들어 그 조종사를 맞히겠다고 창공을 조준하겠다는 기개가 있었네. 그럴진대, 아무리 그래도 어찌 저런 어린아이를 상대하겠는가? 동지. 하물며, 저 아이는 우리가 자신을 잡아가려는 것도 모르고 도리어 우리가 얼어 죽지 않을까 걱정하고 깨워주었으니 이는 곧 생명의 은인인 셈 아닌가? 우리가 어찌 생명의 은인을 배반할 수 있겠는가?"

곰 콧구멍의 말이 끝나자 모기 다리는 하늘을 올려다보며 탄식했다. 그 입에서는 꼭 술 취해서 우는 사람 같은 소리가 흘러나왔다.

"가슴이 찢어지는 한이로구나. 큰 뜻을 위해 동포의 적을 무찌르자니 비겁한 짓을 해야 하고, 당당하고 의롭게 살고자 하니 큰 뜻을 놓쳐야 하는가."

그런 등등의 말을 둘은 몇 차례 더 주고받았다. 하나둘 학교로 걸어 들어오는 아이들이 늘어나고, 그 아이들이 감정을 절제하지 못하는 어른 둘을 이상한 눈으로 쳐다보게 되었을 때, 겨우 모기 다리가 새로운 해결책을 제시했다.

"우리가 세상을 뒤엎으려면 반드시 그 흉악한 후보를 선거에서 패배하게 해야 하네. 그렇다면, 꼭 그 자식을 괴롭힐 필요가 있는가? 당당하게 그 후보를 찾아가 그놈을 직접 만나 해결하도록 하세."

"그런데 우리는 그 후보가 어떻게 생겼고 어디에 사는지 모르지 않는가?"

"그 자식은 이미 찾았으니, 그 아이가 학교에서 집으로 돌아갈 때 몰래 따라가면 반드시 그 후보를 찾을 수 있을 걸세, 동지."

"과연, 동지의 지략은 삼봉*이 놀랄 만하구먼."

그때부터, 그 둘은 한나절 내내 학교 옆을 맴돌며 아이가 학교를 마칠 때까지 마냥 기다렸다.

음악 수업을 하는 교실에서 노랫소리가 들려올 때가 되면 그들은 그 옆에서 곡조가 흥겨운지 발을 까닥까닥 움직이며 장단을 맞추기도 했고, 담장 너머 보이는 교실에서 국어 시간이 되어 시를 배울 때에는 멋진 구절이 들릴 때마다 "옳거니"라거나 "좋구나"라고 감탄하기도 했다. 점심때가 가까운 수업 시간에 교사가 이순신이 싸운 이야기와 그 최후에 대한 이야기를 하자, 둘은 넋을 읽고

---

* 조선의 개국공신인 정도전(1342~1398)을 말함.

거기에 빠져들었는데, 이야기를 잘 듣기 위해 담벼에 매달리듯이 붙어 있을 정도였다. 그러다 이순신이 죽는 대목에 이르자 거의 눈물을 흘릴 듯이 안타까워하며 쿵쿵 소리가 나도록 주먹으로 담을 때리기도 하는 것이었다.

나는 두 사람이 목표를 후보의 자식에서 후보 본인으로 바꾸었다는 사실을 의뢰인에게 알리고 싶었다. 그래서 나는 둘이 학교 가까이에 머물고 있는 동안 근처 가게를 모조리 돌아다니며 전화가 있는 집을 알아보았지만, 전화가 있는 집은 두 집밖에 없었으며, 그나마 한 곳은 전화가 고장이 났고, 다른 한 곳은 전화선이 고장 났다고 했다.

나는 전화선이 고장 난 집의 전화를 떼어다가 전화기가 고장 난 집으로 들고 가서 전화를 해보려고 두 가게 주인을 설득하려 했다. 그러는 동시에, 갑자기 두 사람이 마음이 바뀌어 벌컥 학교 안으로 아이를 붙잡으러 쳐들어가지는 않는지도 지켜봐야 했다.

"전화선은 전화선 주인 것을 쓰고 전화기는 전화기 주인 것을 써서 내가 통화를 할 테니, 전화 요금만큼은 전화선 주인에게 드리고, 그 절반만큼을 전화기 주인에게 드리면 어떻겠습니까? 전화선이 있는 곳으로 가서 통화를 할 테니 제가 그 자리를 차지하는 값으로 전화선 주인에게는 2할을 더 얹어 드릴 것이고, 전화기를 제가 잠깐 옮겨 다른 곳으로 가져가야 하니 그 위험 부담금으로 전화기 주인에게도 2할을 더 얹어 드릴 것입니다."

"그런데 원래대로 다시 되돌려놓았을 때, 우리 전화 선과 전화기가 망가지지 않고 그대로라는 것을 어떻게 알 수 있소? 원래 전화기와 전화선은 고장 나 있으니 전화 통 화가 잘된다는 것으로 증명할 수는 없는 것 아니오?"

전화 주인들을 설득하며 배배 꼬인 대화를 나누는 도 중에, 나는 아이들이 학교 밖으로 와르르 뛰어나오는 것 을 보았다. 반대편에서 같은 모습을 본 곰 콧구멍과 모기 다리는 빠른 걸음으로 이동하기 시작했다. 결국 아이를 따라가서 후보 본인을 찾아내 해친다는 계획을 실행하려 는 것이었다.

갑자기 졸음이 몰려왔다. 이제 어린애를 몰래 따라가 는 총잡이 둘을 몰래 따라가는 것이 내 역할이었다. 명배 우들이 서로 맡겠다고 다툴 만한 역할과는 거리가 멀었다.

4

두 사람은 어린이가 집에 들어가는 모습을 숨어서 지 켜보았다.

"아버지, 다녀왔어요."

둘은 어린이가 인사한 사람을 쳐다보았다.

어린이의 아버지라는 사람은 턱수염을 길게 기른 모습으로, 백범이 신문에 실릴 사진을 찍을 때 입는 것과 꼭 같아 보이는 두루마기를 입고 있었다. 왜정 시절에 어떤 사람이 나라를 잃은 분개에 차서 반드시 나라를 되찾는 호걸이 되겠다고 결심하고 깊은 산에 들어가 30년 동안 무예와 도술을 갈고 닦았는데, 마침내 자신의 무예와 도술이 완성되었다고 믿고 산에서 내려왔더니 그사이에 일본 제국은 원자폭탄을 맞고 이미 패망했더라는 이야기를 나는 알고 있었다. 턱수염 기른 남자는 바로 그 이야기의 주인공이 되면 썩 어울릴 법한 모습이었다.

그곳에 있는 사람 중에 완력이 정말로 강한 사람은 곰 콧구멍이었다. 어린이가 집 안으로 들어가고 그 아버지인 턱수염 난 남자가 눈을 쓸겠다고 마당 앞쪽으로 나오자, 곰 콧구멍은 뛰어 들어가 턱수염의 팔을 꺾고 입을 틀어 막았다. 고장 난 트럭이 내리막길로 미끄러져 덮쳐 오는 듯한 기세였다. 모기 다리는 그를 뒤따라가서 턱수염의 얼굴 앞에 권총을 꺼내 들었다.

"겨레와 동포의 이름으로 흉적을 처단하는 것이니, 선생은 오늘 이렇게 된 것이 다 선생의 죄악 때문임을 생각하고 자신의 행적을 조금이라도 후회하기 바라오."

마침 눈이 내리기 시작해 주변에서는 더욱 아무 소리도 들리지 않는 느낌이었다. 모기 다리의 목소리는 결코 크지 않았지만, 사방으로 메아리쳤다.

턱수염은 뭐라고 소리를 지르거나 대답하려는 것 같았다. 그러나 곰 콧구멍이 그의 입을 틀어막은 더러운 헝겊 조각은 단단히 조여 있어서, 행주로 탁자 얼룩을 지울 때 나는 소리 정도밖에 나지 않았다. 가만 보니, 어쨌건 제발 그 더러운 헝겊 조각만은 빼달라고 애원하는 것 같기도 했다.

그런데, 곰 콧구멍이 모기 다리가 들고 있는 권총을 붙잡았다.

"동지, 굳이 이자를 저승으로 배달해줄 필요야 있겠는가? 선거에서 지게만 하면 되는 것 아닌가? 오늘 아침 우리 생명을 구해준 은인의 아버지인데, 정오도 되기 전에 부고를 듣게 하는 것은 영웅다운 행동이 아니지 않은가?"

모기 다리는 그 말을 듣고 고민하는 듯 보였다. 그러나 이미 총을 빼어 들 때부터 곰 콧구멍과 같은 생각을 하고 있던 것 같았다.

"자네의 말이 참으로 호걸답다 할 만하네, 동지. 그렇다면 원래 아이를 잡아 두려고 했던 곳으로 이 흉적을 잡아가는 것이 어떻겠는가?"

곰 콧구멍은 고개를 끄덕여 대답하고는 품속에서 커다란 자루 하나를 꺼냈다. 자루를 꺼내고 나니 곰 콧구멍 외투의 이상하게 부풀었던 모양이 조금은 정상으로 돌아와 보였다. 그 자루 안에는 굵은 끈이 몇 개 있었는데, 곰 콧구멍은 그 끈으로 턱수염의 몸과 사지를 단단히 묶고 그를 통째로 자루 안에 집어넣었다. 끈을 묶는 곰 콧구멍의 손은 날렵했는데, 그 손이 그렇게 재빠르게 움직일 수 있을 거라고는 상상도 못 했기에 나는 서커스를 구경하는 기분이었다.

묶인 채 자루로 들어가는 턱수염 얼굴 앞에 모기 다리는 다시 권총을 바짝 들이댔다.

"선생은 우리가 알아서 잘 모시고 갈 테니, 조용하게 얌전히 계시오. 만약 소리를 내면, 이 총을 써서 납덩어리로 된 팝콘을 입속에 처넣어주겠소."

두 사람이 나오는 기색이 보이기에 나는 길모퉁이로 걸어 나가 숨었다. 눈발이 굵어져, 길가에 나와 있던 사람도 다들 어딘가로 들어가고 있었다. 검은 발자국으로 더러워진 눈길에 다시 하얀 눈이 덮이기 시작했다. 그 위를 곰 콧구멍과 모기 다리는 빠른 걸음으로 달리듯이 걸었다. 곰 콧구멍은 턱수염 기른 남자가 든 커다란 자루를 짊어지고 있었다.

제법 먼 거리를 걸어 두 사람은 옆 동네 뒤편의 산기슭으로 갔다. 인적 없는 길은 오르막이기는 했지만 많이 가파르지도 않고 의외로 폭이 아주 좁지도 않아서 다른 사람을 붙들고 가는 유괴범들에게 유용했다. 그들은 탱자 나무 가시가 우거진 울타리 뒤편을 따라 산을 올랐는데, 눈에 미끄러져 곰 콧구멍이 자루를 떨어뜨리자 그 안에서 신음소리가 들렸다. 그러자 모기 다리는 다시 권총을 자루에 들이대며 뭐라고 떠들며 조용히 하라고 말했다. 썩은 낙엽과 더러워진 눈이 곰 콧구멍에게 잔뜩 묻었지만, 그는 그것을 털지도 않고 다시 빨리 걸으려고만 했다.

걷고 있는 두 사람과 붙들려 있는 한 사람이 가는 길 끝에는 무당이 신령에게 기도를 하는 조그만 당집이 있었다. 영험이라고는 완전히 없다는 사실이 진작에 증명되었는지, 족히 20년은 아무 무당도 찾아오지 않은 형편으로 보였다. 지붕에는 시든 풀꽃이 군데군데 자라나 있고, 반이 넘게 썩은 기둥 옆에는 무릎 높이까지 눈이 가득 쌓여 있었다. 모기 다리가 그 당집으로 들어가자고 손을 들어 가리켰다.

거기까지 보고 나는 걸음을 돌려 반대로 내려왔다. 이제는 의뢰인에게 알려야 했다. 나는 두 사람을 제압하고 한 사람을 구해내려면 경찰에게도 연락하는 편이 좋겠다고도 생각했다.

나는 산에서 가장 가까운 집을 찾아 대문을 두드리며 전화가 있느냐고 물었다. 그 집에 사는 영감은 전화라는 말을 들어본 적도 몇 번 없던 사람이어서 한 번에 말을 알아듣지도 못했다. 나는 그다음 집으로 가서 다시 전화를 찾았는데, 그 집주인은 전화가 어떤 용도의 기계인지에 대해 좀더 깊은 이해를 갖고 있었을 뿐 전화를 갖고 있지 않다는 점에서는 마찬가지였다.

전화를 찾아 돌아다니는 동안, 나는 모자에 쌓이는 눈을 세 번 털어냈다. 눈은 곧 그칠 듯했지만 여전히 내리고 있었다. 농기계 도매 회사의 명함을 꺼내서 그녀와 연결되는 번호를 확인할 때, 명함 위에도 눈이 내려앉았다. 햇빛 아래 그 명함을 다시 보니 명함이 반듯하고 보기 좋다는 생각이 들었다. 그녀의 직장은 적어도 밤새 술 취한 총잡이들을 좇는 일은 하지 않아도 되는 곳일 것이다.

그러나 곧 나는 그런 감상에 빠져 딴생각하고 있었던 것을 후회했다. 겨우 전화기를 찾아 통화를 마치고 나올 때, 그때는 이제 아무도 나에게 더는 말을 걸 필요가 없는 때였는데, 누군가 나에게 말 거는 소리가 들렸기 때문이다.

"아무 소리 내지 말고 내가 가자는 쪽으로만 가시오."

돌아보니 내 앞에는 소리 없는 걸음으로 나를 따라온 모기 다리가 서 있었다. 그렇게 해서, 나는 어린애를 몰래 따라가는 총잡이 둘을 몰래 따라가는 나를 몰래 따라온 총잡이에게 걸려든 셈이 되었다.

총구가 등을 찌르고 있는 채로 걸으면서, 나는 이제 눈이 그쳤고 하늘이 파랗게 열리고 있다는 것을 알았다.

5

　허물어져가는 당집 안은 비좁았다. 모기 다리, 곰 콧구멍, 턱수염 기른 남자와 내가 들어앉아 있고 원래부터 그곳에 머무르고 있었던 들쥐 몇 마리까지 모여 있자니 천장까지 무엇인가로 꽉 채우고 있는 느낌이 들었다. 그런데도 찬바람이 불 때마다 온 집이 덜컹거려서 온몸이 오들거렸다. 무슨 생각을 할 수 있는지, 무슨 말을 하는지는 저마다 다른 네 사람과 들쥐 몇 마리가 모여 있었지만, 바람 불 때마다 모두가 같이 달달 떠는 모양은 합창을 하는 것 같았다.

　"선생이 선거에서 물러나는 것이야말로 도리를 따르는 일이오. 사람으로 태어나서 도리를 따르는 일을 하고 살아야 하지 않겠소?"

　모기 다리가 턱수염에게 말했다. 턱수염은 눈을 지그시 감더니 무슨 경전을 외는 듯한 목소리를 냈다. 말소리는 이상하게도 매우 느렸다.

　"나는 선거에서 물러날 수가 없소."

　이번에는 곰 콧구멍이 말했다.

　"이보시오, 선생. 우리는 선생을 해칠 생각이 지금은 없소. 선생이 선거 후보를 포기해주기만 하면 된단 말이오."

　"나는 선거에서 물러날 수 없소."

"선생이 끝까지 도리에 맞지 않은 길을 걷는다면, 그때는 우리도 어쩔 수가 없지 않겠소? 그것은 내가 바라는 바가 아니고, 내 동지가 바라는 바도 아니오. 선생 또한 그것을 바라지는 않을 것이오."

"무슨 말을 해도 선거에서 물러날 수가 없소."

모기 다리가 끼어들었다.

"나날이 학식을 키우며 의로운 인재로 자라고 있는 선생의 훌륭한 자식을 생각해보시오. 비록 선생이 지금은 흉악한 자라고는 하나 개과천선하여 오래오래 그 자식 곁에 있어줘야 하지 않겠소?"

"그래도 나는 선거에서 물러날 수가 없소."

턱수염은 주문처럼 한마디 대답을 반복했다. 무병장수를 비는 주문이라기 보다는 천당에 가기를 바라는 주문에 가까운 셈이었다.

곰 콧구멍과 모기 다리가 주머니에 손을 넣고 총을 만지작거리는 것이 보였다. 턱수염은 한쪽 눈을 살짝 뜨고 주위를 살펴보더니, 다시 짐짓 평온하면서도 진지한 표정을 지으며 눈을 감았다. 무엇인가를 마음속으로 가만히 계속 끌어모으는 것처럼 보이기도 했다.

모기 다리가 턱수염을 마주 보고 앉았다. 모기 다리가 다시 말했다. 그의 목소리는 한층 커져 있었다.

"그래도 상관없소. 이제 곧 연설회가 시작될 거요. 지금 여기 선생이 우리에게 붙들려 있으면 선생은 연설회에서 연설을 할 수가 없소. 그러면 사람들은 선생이 선거를 포기했다고 생각할 것이오. 그러면, 어쨌거나 선거에서 질 거요."

모기 다리의 말에도 턱수염의 얼굴은 전혀 바뀌지 않았다. 턱수염은 아까와 똑같은 말투로 대답했다.

"당신들은 연설을 막을 수 없소."

모기 다리는 혀를 찼다.

"유럽이나 미국과 같이 선거를 많이 치러본 나라에서는 홍보 팸플릿을 나눠 주고, 라디오방송으로 자기 뜻을 전파하는 것만으로도 선거운동이 되어 좋은 글을 쓰고 좋은 방송을 한 사람이 선거에 당선되는 수도 있다고 들었소. 그러나 선생, 대한민국에는 이제 고작 첫번째, 두번째 선거를 치르는 사람들밖에 없단 말이오. 게다가 라디오를 갖고 방송을 들을 수 있는 사람도 많지 않은 편이니, 연설회에 참석하지 않는다면 아무도 선생이 선거를 치르고 있다고 생각하지 않을 거요. 연설회에 못 나가면 어차피 선거에 질 것은 뻔한 일이오. 연설회에 나가서 소리 지르는 함성과 박수 소리에 맞춰서, 연단 위에 올라서서는 허공에 주먹을 휘두르고 탁자를 내려치면서 한바탕 소리를 지르는 공연을 해야, 그게 선거라고 생각한단 말이오."

모기 다리는 정치인들이 연설하는 흉내를 냈다. 몇 번

쯤은 연습해본 솜씨였다. 그러나 턱수염의 태도는 그대로였다.

"당신들은 이번 연설회를 막을 수 없소."

그 말을 듣자 곰 콧구멍은 갑자기 내 쪽으로 오더니 내 팔목을 비틀어 시계를 보았다.

"선생, 이미 시간이 늦었소. 연설회 시간까지는 3분도 남지 않았소."

모기 다리도 다가와 시계를 보았다.

"그렇구먼, 동지. 선생, 지금 여기에서 연설회가 열리는 학교까지 기찻길이 뚫려 있고 선생이 기관차에 탄다고 해도 연설회장까지는 도착할 수 없소. 그런데 어떻게 연설회에 가겠단 말이오?"

턱수염은 눈을 뜨고 잠시 두 사람을 쳐다보았다. 그리고 깊게 호흡을 하면서 주위를 둘러보았다. 지루할 정도로 긴 시간 동안 그런 행동을 반복하더니, 다시 천천히 눈을 감았다. 턱수염은 눈을 감은 채로 말했다.

"연설회 일정을 늦출 필요는 없소."

그러자 곰 콧구멍이 성을 냈다.

"그게 무슨 소리요? 선생이 축지법이라도 쓸 수 있단 말이오? 아니면 분신의 도술을 써서 몸을 둘로 만들어서 숨겨둔 몸 하나를 연설회에 대신 내보낼 수라도 있단 말이오?"

그 말에 턱수염은 더 느린 소리로 대답을 했다. 그것은 다 죽어가는 사람이 온 힘을 다해 생일 축하 노래를 부르는 것처럼 들렸다.

"당신들은 연설을 막을 수 없소."

턱수염은 정신을 집중하는 듯이 눈썹에 힘을 주고 있었다. 곰 콧구멍이 다시 소리쳤다.

"그게 아니면 무슨 다른 도술로 이곳에서 소리를 내지만 다른 곳에 말을 할 수 있는 수법이라도 있단 말이오? 무선통신 장치 같은 것을 숨겨 왔소? 그런 것은 없지 않소? 단숨에 연기와 함께 사라졌다가 구름을 타고 학교로 날아갈 수 있는 도술을 익혔단 말이오?"

곰 콧구멍은 그리고 아주 짧지만 아주 큰 소리로 웃었다. 한편 모기 다리는 점차 말이 없어져 가만히 턱수염을 쳐다보고 있었다. 곰 콧구멍도 더는 말을 하지 않았다.

모기 다리는 내 시계와 눈을 감고 있는 턱수염을 번갈아 쳐다보며 시간을 보냈다. 정말로 갑자기 턱수염이 자리에서 사라져버리거나, 하늘로 붕 떠오르지는 않을지 조마조마하게 기다리는 것처럼 보일 지경이었다. 초침이 움직이고 연설 시각이 다가오는 것에 맞춰서 둘은 점점 말이 없어졌다. 시간이 거의 다 되어서는, 당집 안에 조금도 온기가 생기지 않았는데, 모기 다리와 곰 콧구멍의 이마에는 땀방울이 맺혀 있었다.

둘은 한동안 그렇게 턱수염을 노려보고만 있었다. 이 집에 있는 사람들은 묶여 있는 사람이나 풀려 있는 사람이나 아무 말도 하지 않고 있었다. 찍찍거리는 들쥐 소리만 들렸다.

"이제 당신이 연설할 시간이오. 그런데 당신은 여기 그대로 있지 않소? 어떻게 연설을 하며, 어떻게 선거에 이기겠다는 거요?"

모기 다리는 말을 하며 웃는 소리를 냈다. 그 웃는 소리는 악쓰는 소리이기도 했다. 턱수염이 대답했다.

"당신들이 나에게 총을 쏜다고 해도 선거를 막을 수는 없소."

그 말을 듣자, 모기 다리는 정말로 권총을 꺼내서 턱수염에게 겨누었다. 문틈으로 들어오는 한 줄기 한낮의 햇살을 받아 권총 가늠쇠가 번쩍거렸다.

"죽으면 무슨 선거를 한단 말이오? 귀신이 표를 받아 시장이 되고 국회의원이 되는 수가 있소?"

아무도 대답하지 않고 있는데, 마침 멀리서 귀신 우는 울음소리 비슷한 것이 들렸다. 나는 전에 귀신 우는 울음소리를 들어본 적이 없었으므로, 곧 다른 소리라고 짐작했다. 다시 가만 들어보니, 그것은 이곳으로 다가오고 있는 경찰의 사이렌 소리였다.

모기 다리는 황급히 나를 돌아보았다. 나는 케케묵은

수수께끼에서 헤매고 있는 두 사람을 이제 도와주어야겠다고 생각했다.

"애초에 부탁받은 대로 선생들이 어린애를 유괴해서 협박 편지를 보냈다면 일이 이렇게 되지는 않았을 거요. 선생들이 아는 것은 그 어린애가 다니는 학교와 어린애의 모습뿐이었지 않소? 그런데 선생들은 무슨 마음을 먹었는지 계획을 바꿔서 어린애의 부모인 후보를 직접 공격하기로 했소. 그러다 이 꼴이 된 거요. 저 사람은 정말로 선거에서 물러나려고 해야 물러날 수가 없는 사람이란 말이오."

"그게 무슨 소리인가?"

곰 콧구멍이 나를 보고 물었다. 그러나 모기 다리는 이제 무슨 일인지 알았다는 얼굴이 되었다. 모기 다리는 얼굴이 질려 벽에 기댔다. 나는 이어서 말했다.

"선거에 나선 후보는 여기 있는 그 어린이의 아버지가 아니라, 어머니란 말이오. 선생들은 엉뚱한 사람을 붙잡아 왔소. 지금 학교의 연단에는 아이의 어머니가 예정대로 올라서서 한창 연설을 하고 있다는 거요."

그 말을 듣고 곰 콧구멍은 "뭐?" "뭐라고?"와 같은 소리를 몇 번 하다가 결국 모기 다리와 같은 모양이 되어 벽에 기댔다.

나는 두 사람에게 말했다.

"경찰은 최소한 네 명은 올 것이고, 그중에 둘 이상은 카빈 소총을 들고 올 거요. 권총을 버리고 바짝 엎드려서 빈손부터 보여주며 살금살금 기어나가면 경찰도 죽이지는 않을 거요."

그러나 둘 중 누구도 내 말에 대답하지 않았다. 대신 모기 다리는 곰 콧구멍에게 물었다.

"동지, 동지는 총알이 몇 발이나 있나?"

"두 발 있다네."

모기 다리는 권총 탄창을 뽑아 들었다. 질렸던 그의 얼굴에는 그사이에 이상한 미소가 감돌고 있었다.

"나는 사실 한 발도 총알이 없네. 동지, 총알을 나눠 줄 수 있겠는가?"

"같이 싸우는 동지에게 무기를 나눠 주는 것을 아낄 수 있겠는가? 내가 갖고 있는 모든 화력의 절반을 동지에게 나눠 주겠네."

곰 콧구멍의 얼굴은 벌겋게 변해 있었다. 그런데 그도 모기 다리와 비슷한 미소를 지었다. 곰 콧구멍은 한 발의 총알을 자기 총에서 꺼내어 차갑게 얼어 있는 모기 다리의 손에 쥐여 주었다.

"동지, 또 언제 다시 만날 수 있겠는가?"

"걱정 말게. 우리는 항상 헤어지면 만나고, 헤어지면 또 만나지 않았는가? 동지."

둘은 서로 웃어 보였다. 그리고 권총을 세워 들고 경

찰이 쳐들어올 문 앞에 양쪽으로 섰다. 경찰 사이렌 소리
가 점점 더 크게 들려왔다.

그런데 빠른 속도로 높고 날카로운 엔진 소리가 다른
방향에서 들리기 시작했다. 그 소리는 하늘에서 번개가
꽂히는 소리 같았다. 그리고 뒷문 너머에서 다급하게 부
르는 소리가 들렸다.

"이쪽이다!"

곰 콧구멍과 모기 다리는 동시에 달려가 뒷문을 활짝
열었다. 흰 눈이 덮힌 길은 맑은 오후 하늘이 비쳐서 눈이
아플 정도로 빛을 내뿜고 있었다. 그리고 그 위에는 농기
계 부품을 배달하던 모터사이클이 있었다. 모터사이클을
타고 있는 사람은 바로 나의 의뢰인이었다.

"백두산 기관총 천사!"

곰 콧구멍과 모기 다리가 그녀를 보고 소리쳤다. 둘의
얼굴이 환해졌다.

그러나 의뢰인의 표정은 조금도 즐거운 것이 아니었
다. 그녀의 옷깃과 머리칼은 찬 겨울바람에 온통 휘날리
고 있었다. 화장을 하지 않은 그녀의 왼쪽 뺨에는 선명하
게 탄환이 스친 흉터가 있었다.

"이놈들아, 세상이 바뀌었으면 바뀐 세상에 맞춰 살아
야 하지 않겠느냐? 도대체 언제까지 내가 네놈들을 건져
주러 다녀야 하느냐? 이게 정말로, 정말로 마지막이다."

"동지, 동지, 이게 얼마만이오!"

"동지, 그동안 무사하셨소!"

눈의 색깔만큼 밝아진 두 사람의 얼굴에는 눈물이 흐르려 하고 있었다. 사이렌 소리 사이로 의뢰인이 버럭 소리를 질렀다.

"아가리는 나중에 벌리고 얼른 뛰어와서 타란 말이다."

경찰이 도착하기 전에, 세 사람을 태운 모터사이클은 눈밭 먼 곳으로 사라졌다. 옛 동지가 엉뚱한 짓을 하고 다니는 것 같아 사비를 털어서 나에게 사건을 의뢰했던 농기구 도매 회사 경리이자, 왕년의 독립운동가를 본 것은 그때가 마지막이었다.

1949년 1월 보궐선거에서는 대한민국에서 처음으로 여성 국회의원이 당선되었다. 그리고 얼마 후, 나는 그 학교에 일찍 오던 어린이의 어머니가 시장 선거에서 승리했다는 소식도 들었다. 공교롭게도 같은 날, 의뢰인이 보내준 수고비가 우편으로 도착했다.

유령들이 잔치를 벌이다

1

4282년, 그러니까 서기로는 1949년. 5월의 그날 하루도 아무 소득 없이 지나가고 있었다. 해는 벌써 많이 길어져서 태양이 늦도록 성실하게 반짝거리던 날이었다. 그런데 그 낮이 다 가도록 내 앞에 떨어지는 일거리는 없었다.

사무실에 누구도 찾아오지 않은 것은 아니었다. 택시 문제 행동단이었던가, 택시 문제 대책단이었던가 하는 곳의 단원이라는 남자가 오기는 했다.

"탐정 선생, 한번 직접 생각해보십시오. 말이 안 되지 않습니까? 나라에 가솔린이 부족하니까 가솔린을 아낀다고 택시를 먼저 줄이겠다는 정책이 어떻게 옳단 말입니까? 가솔린 절약 정책 때문에 저희는 택시를 날리게 생겼습니다. 나라 경제를 살리겠다는 정책 덕택에 저희는 졸지에 일자리를 잃게 생겼다, 이 말입니다. 관공서에서 관리들이 나와서 저희들 택시를 그냥 확 끌고 갔습니다. 그걸 다 폐차해버린다는 겁니다."

단원은 제법 울분에 찬 것 같은 투로 말할 줄 알았다. 하지만 행색은 아무래도 택시 기사라기보다는 책 외판원이라든가 신문광고를 만드는 업자 같아 보였다.

"그래서 누가 이 일의 범인인지 제가 찾아보란 말입니까? 결국 따지고 보면 이 박사가 잘못했다고 해야 하는지, 아니면 진범은 윤 시장이라고 해야 하는지, 그런 일을 맡기시려고?"

단원은 내 말에 얼굴색이 변했다. 그의 얼굴색이 바뀌는 양상은 진흙을 묻힌 카멜레온과 비슷했다. 그러더니 껄껄거리며 웃었다.

"그런 게 아닙니다. 관공서 상부에서 이미 정해서 내려온 명령인데 이제 와서 우리 같은 사람들이 높은 사람들에게 항의해본들 무슨 소용이겠습니까? 하물며 국민회의의 높으신 분이 그 정책을 만들었다는 이야기도 있고, 국방부 제4국의 높으신 분 생각이라는 이야기도 있는데요. 그 택시를 되찾을 수는 없습니다. 그런 게 아닙니다. 그게 아니라 다른 일이 있습니다."

"무슨 일입니까?"

"택시가 폐차장에 들어가게 되면 그대로 폐차되는 것이 아니라 폐차되었다는 서류만 만든 뒤 폐차장 바로 옆 자동차공업사로 넘어갑니다. 그러면 그 자동차공업사에서는 택시를 다른 사람들한테 팔아먹는단 말입니다. 서류상으로는 폐차장의 쓸 만한 부품을 모아 다시 활용해서 자동차를 새로 하나 생산했다고 처리하는 거지만. 이 업자들은 택시를 폐차로 만들고 폐차를 다시 택시로 만드는 요술을 부리고 있습니다. 그리고 그런 요술로 제법 많은 돈을 벌어들이고 있습니다."

"그러면 누가 그런 일을 주도하는지 그 대장을 붙잡아달라는 겁니까?"

내 질문에 단원은 더 유쾌하게 웃었다.

"아닙니다. 그렇게 돈을 벌어들일 때마다 업자들은 공무원들에게 선물과 감사금을 줍니다. 게다가 그런 것을 안 받는 공무원이라고 하더라도 구내에 자동차 생산 대수 실적이 높아지니 그것만으로도 기쁜 일 아닙니까? 그러니 어차피 공무원들도 그 업자들을 좋아하지 붙잡히길 바라지는 않습니다."

"그러면, 누구를 조사해달라는 겁니까?"

"누구를 조사해달라는 게 아닙니다. 우리 단체 소속 택시 기사들은 내일 폐차장과 공업사의 업자들을 찾아가서, 택시를 폐차할 때마다 남겨 먹는 돈을 그 택시를 몰던 우리에게도 나눠 달라고 요구할 생각입니다. 만약 나눠주지 않는다고 하면, 지금 벌어지고 있는 이 상황을 신문사와 검찰과 야당에 알리겠다고 말할 겁니다. 탐정이 필요한 이유는, 그놈들을 찾아가서 대화할 때 우리 편에 탐정 한 사람이 같이 가서 권총을 들고 서 있어주면 분위기가 좋겠다고 생각했기 때문입니다. 혹시 그놈들과 대화를 나누다가 예의가 흐트러질 것 같다거나 할 때, 탐정 선생께서 권총을 보여주면서 예의범절 교육을 짧게 해주시기를 부탁드리는 것입니다."

점심으로 먹은 국수 때문에 속이 더부룩하지만 않았다면, 나는 그 의뢰를 받아들였을지도 몰랐다. 저녁이 되어 다시 배가 고파진 지금 그 단원의 얼굴이 계속 떠오르는 것을 보면 정말 그랬을 것 같기도 했다.

해가 지면서 창문으로 붉은빛이 가득 들어왔다. 아름답지만 아름다운 만큼 사람을 울적하게 만들기에 좋은 빛깔이었다. 노을을 보고 슬퍼서 우는 사람도 있을 것 같다는 생각이 들었다. 막상 노을 때문에 울고 나면 후련해질까, 멍청한 기분이 될까? 쉽게 알 수 있는 방법이 있겠지만 그렇게까지 궁금하지는 않았다.

전등 스위치를 만져보았다. 역시 이 건물에는 전기가 들어오지 않았다. 몇 차례 딸깍거려보았지만 소용없었다. 오늘도 이북에서 전기를 안 보내주고 있었다. 나는 창문을 열면 조금 남은 햇빛이라도 들까 싶어 창가로 갔다.

저편에 남선 탐정 사무소 건물이 보였다. 건물 안팎을 들락거리는 분주한 사람들이 있었다. 일을 하고 들어오는 힘찬 발걸음, 일을 마치고 나가는 보람찬 발걸음. 요즘에는 백범 김구가 직접 찾아와 남선 탐정 사무소에 일을 맡긴다는 소문까지 있어서, 혹시나 백범을 구경해볼까 하는 영감님이나 아이들까지 괜히 건물 옆에 늘어서 있었다.

내 사무실을 처음 소개해주었던 복덕방 영감의 목소리가 다시 기억났다. "큰 탐정 사무소 옆이 이 사무실이오. 그러니까 오다가다 이쪽에 들르는 사람이 없지는 않을 거요." 세상 사람들이 들어앉은 집들이 다 복덕방 영감 말만큼만 좋다면 천국도 필요없겠지.

남선 탐정 사무소의 문이 열리더니 직원 한 사람이 또 나왔다. 걸음이 무거워 보였다. 하루 종일 일했는데 저녁에도 일해야겠냐고 투덜거리는 것 같았다. 그런데 그 지친 사람의 걸음걸이조차 나에게는 으스대는 것처럼 보였다. 거기 2층 구석 어두컴컴한 사무실의 탐정 나리, 자네는 피곤해볼 기회조차 없지 않은가? 나는 일이 많아서 정말 피곤한데, 하하하.

그렇지는 않다네. 내가 겪어보니 일이 이렇게 하나도 없으면 오히려 사람이 더 지친다니까. 다리는 안 아프지만 가슴이 아프고 머리가 아프오. 신기하지 않은가? 하하하. 그런 따위의 전혀 웃기지 않은 농담들을 혼자서 지어내며 시간을 보내다가, 만약 조금도 웃기지 않다면 그런 이야기를 과연 농담이라고 부를 수 있을까 하는 생각에 빠졌던 즈음이었다.

구둣발을 내딛는 소리가 들렸다.

"탐정 일 보는 분 맞으신가요?"

나는 문 쪽으로 돌아섰다. 질문을 건넨 사람은 굳은 표정의 여자였다. 그 두 눈은 가만히 있어도 옅게 눈웃음을 짓고 있는 것처럼 보였다. 그러나 가만히 들여다보면 실제로는 조금도 웃고 있지 않았다.

"그렇습니다. 어떤 일을 부탁하러 오셨습니까?"

"저는 새로 생긴 무역 회사의 총무과 직원인데요. 저희 회사에서 조사를 부탁드리고 싶은 일이 있어서요."

총무과 직원은 처음 들어선 자리에 그대로 서 있었다. 앉으라고 청하지 않으면 눈앞에 보이는 의자에도 앉지 않는 성격인 듯싶었다. 그렇다면 탐정을 찾아와야 할 일에 휘말리기에는 불리한 성격이다.

내가 앉으라고 권했을 때, 그 직원은 가방에서 명함을 꺼내던 중이었다. 내 말을 듣고 나서도 명함을 먼저 건넸다. 의자에 앉을 때 겉옷 단추가 조금 조이는 것 같았는데, 가볍게 손을 움직여 그 단추를 풀었다.

"조사가 필요하다는 일이 무엇입니까?"

직원은 나를 쳐다보았다. 어쩐지 조금은 꺼리는 기색이 있는 것 같았다. 어디서건 돈을 내는 입장이면서도 두려워하는 기색이 있다면 착한 사람이라 믿고 싶었다.

직원의 목소리는 전보다 낮고 차분했다.

"저희 회사와 계약한 광산이 있는데, 그곳에서 귀신이 나온다는 이야기가 있어요."

"이 세상에 귀신이라는 것은 없습니다."

내 대답에 직원은 잠깐 말을 멈추었다. 그리고 가방에서 수첩을 꺼냈다. 써둔 내용을 한번 읽어보는 것 같았다. 직원은 내 얼굴을 다시 바라보았다.

"그렇지만 귀신 이야기는 그 광산에 분명히 돌고 있다고 해요."

"귀신 이야기를 조사해달라는 부탁이라면, 신문기자나 소설가 같은 사람들이 훨씬 더 잘하지 않겠습니까?"

"그렇기는 하겠죠. 그렇지만 글을 써서 남들에게 보여주고 싶어 안달 난 사람들이 광산을 들락날락거린다면 분명히 귀신 이야기가 더 떠들썩하니 퍼질 겁니다. 저희는 더 이상 소문이 나지 않게 조용히 일을 처리해주실 분이 필요하거든요."

"알겠습니다. 그렇지만 그런 뜬소문 정도라면 회사에 계신 분이 직접 찾아가도 되는 일 아니겠습니까? 굳이 탐정을 고용해 부탁하신다면 제가 특별히 주의해야 할 점이 있지 않겠습니까?"

"저희 회사 직원들은 약간 위험한 일이 아닐까 싶어 꺼림칙하게 생각하고 있거든요. 그래서 탐정을 찾고 있고요."

돈이 없는 탐정은 귀신을 두려워하지 않는 법이라는 이야기였다. 하기야, 세상에 부러워할 것이 없어서 일 많은 앞집 탐정 사무소 직원들을 부러워하는 탐정이라면, 새벽 귀신과 커피를 마시면서 증권 시세 이야기라도 할 수 있다.

"어떤 귀신 이야기인지 좀더 자세히 말씀해주시겠습니까?"

직원은 다시 수첩을 쳐다보았다. 무엇인가 생각하는 것처럼 보였다. 잠깐 웃을 것 같아 보이기도 했는데, 여전히 웃지 않았다.

"저희와 계약한 광산이 강원도 영월에 있는데요. 광산이 있는 곳이 단종 무덤에서 멀지 않아요. 걸어가려고 하면 충분히 가능한 거리예요."

"단종이면 조선 시대 임금님 말입니까?"

"맞아요. 그 단종 임금의 무덤을 감싼 산이 몇 개 있는데, 용이나 호랑이가 웅크린 모양으로 무덤을 보호하고 있다고 하거든요. 그런데 광산이 굴을 너무 깊이 파고들어 가는 바람에 그 산의 혈穴 자리까지 다다랐다고 하더라고요. 그게 송곳으로 호랑이 갈빗대 사이를 찌른 형국이라고 하거든요. 그래서 단종이 노해서 그 귀신이 광산에 나타난대요. 단종이 삼촌에게 배신당해 임금 자리에서 쫓겨나 억울하게 죽었잖아요. 그러니까 한 맺힌 게 많아서 화가 나면 무섭대요."

나는 그 이야기에 대해 느낀 점을 말해주었다.

"정말로 조금도 쓸데가 없는 이야기입니다."

"그 이야기 때문에 광산에서 일하는 사람들이 굴속으로 안 들어가려고 한대요. 단종 귀신을 만나면 죽을 거라고 믿는 사람들이 제법 있어요."

들을수록 웃음이 나올 만한 이야기였다. 하지만 역시 아무도 웃고 있지 않았다.

"도대체 그런 이야기를 누가 만들어낸 겁니까? 광산의 굴이 혈을 찔렀다니, 도대체 혈이란 게 뭐라고 생각하는 겁니까?"

"그냥 중요한 급소 비슷한 거라고 생각하는 것 같아요."

"그러면 그냥 어쩐지 중요한 느낌이 드는 곳이라고 말하면 되지, 왜 굳이 혈이라는 알듯 말듯한 이상한 이름을 붙인 겁니까. 무언가 신비로운 느낌이 나니까 그런 이름을 붙인 것뿐 아닙니까?"

직원은 짧게 한숨을 쉬었다.

"단종 귀신이 나온다는 말을 안 믿는 사람도 그런 이야기가 도니까 점점 겁을 내는 것 같거든요. 혈이라고 하는 자리는 분명 옛날 사람들이 오래전부터 중요하다고 생각했던 자리인 게 맞을 테고, 그런 중요한 곳에 굴을 뚫었다면 혹시 산이 무너져서 그 자리에 묻힐 수도 있는 것 아니냐고 생각하는 거죠. 지형상 위험한 자리에 굴을 뚫은 것이 맞다면 굴이 무너져서 죽을 수 있는 거니까요."

"그렇지만 그게 단종 귀신하고는 아무 상관 없지 않습니까?"

"몇백 년 전에 조선의 풍수지리가들이 산의 형세를 잘 헤아려서 단종의 무덤을 썼을 것이고, 그렇다면 풍수지리로 따졌을 때 보이는 산의 혈 자리가 굴을 뚫을 때 조심해야 하는 자리와 겹칠 거라는 뜻이죠."

"그렇다는 근거가 있습니까?"

"아니요, 그런 이야기는 못 들었어요."

"그러면 혹시 광산의 굴이 실제로 위험할 가능성도 있습니까?"

"그런 이야기도 못 들었어요."

나는 고개를 숙였다. 낡은 책상이 보였다. 돈 버는 재주가 없는 사람의 재주가 없는 책상으로는 더할 나위 없이 어울렸다. 이번 의뢰를 받아들인다면 책상부터 바꿀까?

"혹시 단종의 넋을 달래는 굿을 하겠다는 무당이나 점쟁이 같은 사람들이 있습니까?"

"두 사람이 있어요."

나는 책상을 다시 한번 만져보았다. 하는 수 없었다.

"그런 의뢰를 받아들일 수는 없습니다. 아마 가짜 무당 두 사람 중 하나가 소문을 퍼뜨렸을 겁니다. 아니면 둘이 같이 퍼뜨린 것일 수도 있겠지요. 굿하는 값을 벌기 위해 그냥 퍼뜨린 소문일 뿐입니다. 그냥 무시하고 계시면 소문은 잦아들 겁니다."

직원은 다시 수첩을 들여다보았다. 내 대답을 반기지 않는 눈치였다.

"그렇지만, 정말로 뭔가를 본 사람이 있다고 하던데요?"

"광산을 파헤치면서 사람들이 산에 올라오니까 갈 곳을 잃은 멧돼지나 곰 같은 동물이 굴속으로 들어간 모양입니다. 그게 아니면, 지난번 여순 사건 때 산으로 도망친 공산당 병사들이 북쪽으로 향하다가 영월 동굴에 잠깐 몸을 숨긴 걸 수도 있겠습니다만. 어느 쪽이든 지금쯤이면 벌써 도망치고 없을 겁니다."

"귀신은 관공서의 기운이나 벼슬 높은 사람의 기운을 무서워한다고 해서, 영월 군수라든가 관공서에서 나온 사람들이 제사를 지내야 한다는 주장이 있어요. 경찰서 높은 분 제복이라도 가져다 놓고 귀신 쫓는 굿을 해야 한다는 소문도 있고요. 그냥 넘어갈 일은 아니라고 하던데요."

"귀신이 관공서의 기운을 무서워한다는 이야기는 조선 시대에 가짜 무당들이 지어낸 아주 잘 알려진 수법입니다. 무당이 사람들을 부추겨서 돈을 받고 굿을 하기로 했는데, 관리들이 조사하러 나오면 골치 아픈 일 아닙니까? 조선 시대 벼슬아치들은 무당이 굿하는 것을 그렇게 싫어했다고 하니까, 분명히 귀신이 어디 있느냐, 굿을 하면 귀신이 나오는지 증명해보라고 했을 겁니다. 그러면 난감해진 무당은, 귀신들은 원래 관공서와 벼슬의 기운을 무서워해서 도망갔다고 둘러댄 거지요."

"그래서 영월에 못 가시겠다는 건가요?"

"하려야 할 일이 없습니다. 정 사람들이 굿이건 뭐건 하기를 바란다면, 그냥 아무나 좀 근엄해 보이는 사람을 한 명 대표로 보내서, 팥죽이나 한 그릇 쑤어놓고 절이나 몇 번 하도록 만드십시오. 동네 목사님이나 그 산에 있는 절의 스님 중 누구라도 돈을 덜 받는 분에게 부탁하셔도 될 겁니다. 탐정이 할 일은 없습니다."

직원은 어떻게 해야 할지 고민하는 것 같았다. 사무실에서 나가지 않고 어째 더 앉아 있으려는 것 같기도 했다. 어둡고 칙칙하기만 한 이 사무실에 뭐든 마음에 드는 것이 하나라도 있을까? 그러나 직원의 얼굴은 무엇이라도 마음에 든다는 표정은 아니었다. 확실히 더 할 말이 남아 있지도 않았다. 결국 직원은 그대로 돌아서서 처음 찾아올 때와 같은 구둣발 소리를 내며 떠나갔다.

직원이 떠나고, 해가 완전히 지고, 깊은 밤이 되고, 바깥의 가로등 불빛으로도 더는 사무실 안에서 버티지 못할 때까지 나는 사무실을 지키고 있었다. 그렇지만 역시 아무도 나타나지는 않았다. 결국 오늘 하루 동안에도 돈은 한 푼도 벌지 못했다는 결론이었다.

나는 건물에서 내려왔다. 거리에는 어느 댄스홀에서 새어 나오는 신나는 음악이 찬바람처럼 떠돌고 있었다.

사람 그림자가 내 앞을 가로막았다. 밤이 깊어 얼굴 쪽은 검은 그림자가 져서 전혀 볼 수 없었다. 그렇지만 가 지런한 정장 차림의 외곽선만으로도 그 사람이 누구인지 알 수 있었다. 다시 찾아온 직원이 이번에는 다른 이야기 로 나에게 말을 걸어왔다.

"이상한 괴물 같은 것이 찍힌 사진이 있어요."

얼굴은 볼 수 없었지만, 이번에도 그 표정에 웃음기는 전혀 없을 것 같았다.

2

"왜 그걸 괴물 사진이라고 하는 겁니까?"

"산 위쪽으로 넘어가는 하얀 빛 덩어리 같은 게 사진 에 찍혔어요. 그 방향이면 영월에서 정선 쪽으로 가는 방 향이에요."

"산을 넘어가는 빛이 괴물이라는 이야기입니까?"

"저렇게 빛 모양으로 덩어리진 사람이나 짐승은 세상 에 없잖아요. 그리고 저 사진을 찍던 때에 저걸 본 사람도 없고요."

"사람 눈에는 안 보였던 형체지만 사진기에는 찍혔다는 말씀이십니까?"

"저희 회사 사람이 광산에서 들었다는 이야기는 그래요. 그리고 말씀하신 대로, 이제는 그 굴속에 뭐가 있다는 생각은 아무도 안 하고 있는 것 같아요. 오히려 굴속에서 저 괴물이 튀어나왔다고 생각하지요."

"굴속에 귀신이 아니라 사람 눈에는 안 보이는 빛 모양의 괴물이 있었고 그게 튀어 나가다가 사진에 찍혔다고 생각하십니까?"

"그렇게 믿는 사람들이 정선 쪽에 있다는 거예요."

나는 직원이 건네준 사진을 보았다. 길이 어두워 잘 보이지 않았다. 그러거나 말거나 직원은 이야기를 계속했다.

"말씀하신 대로 회사 쪽에 전해줬더니, 광산 쪽에 다시 연락을 했어요. 단종 귀신 이야기는 가짜가 맞는 것 같다고 하더라고요. 그런데 이야기를 듣다 보니까 사실 더 큰 문제가 있다고 하면서 이 사진을 줬어요."

이웃 탐정 사무소의 불빛에 사진을 다시 비추어 보았다. 그제야 그 더 큰 문제라는 것이 제대로 보였다. 확실히 직원의 말대로, 산을 넘어가는 방향으로 이상한 빛 덩어리가 사진에 찍혀 있는 것처럼 보였다. 한국에서는 어디든 쉽게 볼 수 있을 만한 산이 배경에 있었고, 그 앞에는 무슨 직위인지 제법 옷을 잘 차려입은 사람 서넛이 함께 서 있었다.

"이게 뭡니까?"

"그걸 알아봐달라고 탐정님께 부탁하고 싶은 거예요. 저희 광산에서 일하는 사람들 사이에서는 굴에서 살던 용이 정선 쪽으로 날아간 게 사진에 찍혔다고 하는 사람도 있고요. 이상한 얘기 좋아하는 사람들은 요즘 잡지에 실리는 짧은 소설처럼 다른 행성에서 온 우주선이 엄청나게 빠르게 날아가는 모습이 찍힌 것 아니냐는 소리도 하고. 아니면 천년 묵은 이무기가 튀어나왔다고 하는 사람도 있어요."

"이무기?"

"강원도 산골의 땅속 깊은 곳에 수백 수천 년 동안 잠자던 용이나 그 비슷한 게 있었는데, 그게 20세기가 되어 광산을 개발하면서 파고들어가다 보니까 깨어나서 튀어나와 날아갔다, 뭐 그런 이야기가 도는 거라고 해요. 이렇게 사진이라는 증거가 있으니까 더 피곤하게 될 듯싶다고 하거든요. 정선에 있는 회사 창고 사무실 쪽 사람들은 아마 그런 이야기에 넘어갈 거라고요. 그러면 또 누가 용을 잘못 건드려서 화를 입었네, 용이 화가 나서 산을 무너뜨리네, 그런 소문이 돌 거라고도 하고."

"용이나 이무기 이야기가 많이 퍼진다면, 오는 여름에

비라도 많이 내리면 그 지역 사람들 중 용을 화나게 해서 홍수가 났다며 항의하는 사람들이 생길 겁니다."

"그래서 직접 정선으로 오셔서 용이나 이무기가 있는지 없는지, 사진에 찍힌 게 뭔지 밝혀달라고 저희 회사에서 부탁하는 거예요. 가능하면 바로 착수해주시면 좋겠는데요."

나는 선 채로 잠깐 생각해보았다. 하지만 용을 붙잡으러 떠나는 기사가 되는 게 요즘 시대에 유망할 거라는 생각은 들지 않았다. 그런데도 사진을 더 들여다보고 있자니 이런 용을 잡는 건 별로 어렵지 않다는 목소리 내 귀에 속삭이는 것 같았다.

사진을 안주머니에 넣고 나는 다시 직원을 쳐다보았다. 옆 건물에서 뿜어져 나오는 빛이 한쪽 얼굴만 어렴풋하게 비추었다. 모든 단어를 어린이의 줄넘기처럼 리듬감 있게 발음하던 그 입술은 닫혀 있었다. 다만 불빛에 드러난 한쪽 눈이 나를 바라보며 대답을 재촉했다. 빈털터리 탐정의 답을 듣기에 그 눈동자 하나면 충분했다.

나는 의뢰를 받아들이기로 하고, 내가 일하는 금액을 말해주었다. 의뢰인은 수첩에 잠시 끄적이더니, 고맙다고 말했다. 오래간만에 들어보는 단어였다.

"밤이 깊기는 했습니다만, 오래 걸리지는 않을 테니 잠깐 저하고 같이 가주실 수 있으시겠습니까?"

"지금 바로 강원도로 가시는 거예요?"

"아닙니다. 그 용을 잡으러 그렇게 멀리까지 갈 필요는 없습니다."

의뢰인에게 동의를 구한 뒤 나는 택시 한 대를 잡았다. 택시 기사는 낮에 찾아온 단원인가 하는 사람과 매우 닮아 있었다. 너무 닮아서 나에게 반갑다고 인사라도 하지 않을까 나는 잠시 기다리기까지 했다.

전기가 거의 들어오지 않는 거리는 대단히 어두웠다. 차 안에서 볼 수 있는 것도, 차창 바깥으로 볼 수 있는 것도 거의 없었다. 아주 가끔 빛나고 있는 건물 옆을 지나칠 때마다 깜빡이듯 의뢰인의 모습이 보였다. 의뢰인은 차 안에서도 의자에 등을 완전히 기대지 않고 허리를 세운 채 앉아 있었다. 물먹은 휴지를 내던진 꼴로 차 구석에 자빠져 있는 내 모습과는 전혀 달랐다. 좋은 일이 예정되어 있지 않아도 좋은 일이 일어날 수 있다고 생각하는 사람이 앉는 자세라고 할 만했다.

택시는 곧 촛불, 석유램프, 전등이 뒤섞여 빛나고 있는 길 뒤편으로 들어갔다. 당국에서 전기를 주든 말든 어떻게든 밤을 새야 하는 사람들이 모인 거리였다. 급한 야간작업을 해야 하는 작은 목공소, 인쇄소, 철물점, 잡화점 등이 다닥다닥 뭉쳐 있었다. 불빛이 부족해 글자가 한둘밖에 보이지 않는 작은 간판들이 퍼즐 조각처럼 밤하늘에 이리저리 떠 있었다.

차에서 내린 우리는 그 작은 불빛들 사이로 걸어 들어갔다. 골목 한 곳으로 접어드니 어느 수리점에서 유성기를 고치는 소리가 들렸다. "알 수 없어요, 알 수 없어요" 하는 가사가 반복적으로 흘러나왔다. 원래 그런 노래였는지, 유성기가 고장 나서 그 부분이 반복되는지 모를 일이었다. 건물들 사이의 작은 틈 구석구석에는 몇 년 전 철거된 일본어 간판이라든가 뭔가 고치면서 떼어낸 잡동사니 따위가 가난한 사람들의 꿈처럼 처박혀 있었다.

의뢰인은 서울의 그런 거리를 처음 보는지, 고개를 이쪽저쪽 돌려 여러 가게들을 훑어보며 내 뒤를 따라 걸었다. 큰 눈동자에 서로 다른 빛깔의 불빛들이 한꺼번에 담겼다. 재미있어 보였는지, 불결하다고만 생각하는 것인지는 알 수 없었다. 분명히 아까와는 다른 표정이었지만 역시나 감정을 드러내지 않는 얼굴이었다.

"이쪽으로 오십시오."

나는 옆으로 걸어 들어가야 하는 골목에 위치한 문을 가리켰다. 의뢰인은 키가 큰 편이어서 좁은 골목에 널린 여러 가게의 부품이나 재료 사이를 춤을 추듯 경중거리며 건넜다.

"여기는 뭐 하는 가게인가요?"

"사진 현상하는 가게입니다. 그리고 그와 관계있는

118

다른 일도 조금씩 합니다."

작은 나무 문을 열어젖히자, 깜깜한 내부에 희미한 바깥 빛이 아주 약간 들어갔다. 그 정도의 빛으로는 이 어두운 가게의 아무것도 보이지 않았다.

"이 선생님 계십니까?"

"누구시오?"

어둠 안쪽에서 대답이 돌아왔다. 그리고 달그락거리며 무엇인가를 헤치고 나오는 소리가 들렸다. 쇠고기 요리가 담긴 은접시를 움직이는 소리 같기도 했고, 시체를 치우는 소리 같기도 했다. 곧 목소리의 주인공이 희미한 빛 앞에 모습을 드러냈다.

방금 대답한 목소리가 아주 젊은 여자 목소리 같았던데 비해 직접 드러낸 얼굴이 사십대나 오십대는 되어 보여, 의뢰인은 조금 놀란 것 같았다. 나타난 사람은 이 선생이었다.

"자네가 또 왜 찾아왔나?"

"사진 때문에 왔습니다."

"요즘에는 다른 일은 안 하고 그냥 찍은 사진 현상해주는 일만 한다니까. 부잣집 도련님들이 유람 가서 찍은 기념사진 현상해주는 일. 선보는 용도로 필요한 인물 사진 찍어주는 일. 그것밖에 안 해."

이 선생의 옷매무새는 헝클어졌고 단추도 몇 개 풀려

있었다. 그렇지만 자세히 보면 옷 자체는 제법 좋은 제품이었다. 그러고 보니 가게 안이 조금 더운 듯싶기도 했다.

이 선생은 나와 의뢰인을 살펴보았다.

"두 사람은 보아하니, 선볼 때 쓸 사진이 필요한 사이는 아닐 것 같고. 혹시 둘이 어디 나들이라도 가면 내가 따라가서 사진을 찍어주기를 바라나? 자네가 그런 흥이 있는 사람인 줄은 절대 몰랐는데."

이 선생은 굉장히 작은 소리로 웃었다. 남에게 보이려는 웃음이 아니라, 정말 스스로 즐기기 위한 웃음이었다.

나는 의뢰인에게 받은 사진을 내밀었다.

"이 사진을 한번 봐주십시오."

"그런 일 안 한다니까."

이 선생은 고개를 돌렸지만, 그러면서도 눈동자가 빠르게 사진을 훑었다.

"이 선생님이 왜정 때 일본인들 도와주었다고 반민특위*에 붙잡혀 갔을 때, 사실은 독립운동하는 사람들도 도와주었다고 말해준 사람이 누구였는지 잊으신 것은 아니지요?"

"자네가 안 도와줬어도 나는 금방 풀려났을 거야. 내

* 반민족행위특별조사위원회. 1948년 5월 31일에 구성되고 1950년 1950년 5월 30일까지 활동한 대한민국 제헌국회에서, 일제강점기 일본 제국에 적극 협조한 자를 조사하기 위해 설치한 특별위원회이다.

가 일본 경찰이 사람들 고문한 것 숨기려고 들 때 사진 조작하는 일만 했다는 건 사실이 아니야. 정말로 독립운동 하겠다고 설치는 애들도 도와줬거든."

이 선생은 등을 돌려 장비들을 정리 정돈하고 있었다. 무엇인가 다른 사람에게 들키면 안 될 것을 숨기는 것처럼 보이기도 했다. 그렇다고 그게 무엇인지 알고 싶지는 않았다.

그는 말을 이었다.

"도쿄 관청의 높은 사람하고 같이 사진을 찍었다는 것처럼 조작하고 싶을 때 날 찾은 애들이 얼마나 많았는데. 독립운동한다는 애들한테는 내가 돈도 반밖에 안 받았다고."

"그렇다고 선생님이 은인이라고 여기면서 구하러 온 독립투사가 있었던 것은 아니지 않습니까?"

"어쨌든 상관없다니까. 반민특위는 벌써 다 흐지부지되고 있잖아. 그냥 있었어도 풀려났을 거라고."

"그래도 이 좋은 봄날에 따뜻한 바람이라도 쐬일 수 있는 신세인 것과 아직 감옥에 갇혀 있는 신세인 것은 확실히 다르다고 말씀드리고 싶습니다."

이 선생은 다시 나를 쳐다보았다. 그 얼굴은 술에 취해 있는 것 같아 보이기도 했다. 의뢰인도 그런 느낌을 받은 듯싶었다. 의뢰인은 내 귀 가까이에 속삭이듯 말했다.

"믿을 만한 분인가요?"

내가 대답하기 전에 이 선생이 먼저 입을 열었다.

"믿을 수야 없지. 누굴 믿는 게 애초에 쉬운 일은 아니 잖소. 그렇지만 내가 사진 조작하는 일에 대해 잘 아는 것은 사실이오. 기미년 만세 운동하던 때 신문에 실린 사진을 조작해달라던 것부터 이 짓을 시작했으니 벌써 30년째요. 청나라 황실 창고에 보물이라고 모아놓은 필름부터, 미군 병사가 오리건인가 오하이오인가 고향에 보낼 사진 찍을 필름이라고 보낸 것까지, 만져본 필름 가짓수만 해도…… 이 옷은 단추가 왜 이렇게 안 잠겨."

의뢰인은 이 선생이 아니라 다시 나에게 물었다.

"저희가 보여드린 사진이 조작된 사진 같다는 뜻인가요?"

이 선생이 나 대신 대답했다.

"사실 그 사진은 보고 말고 할 것도 없소. 조작이고 뭐고 아무것도 아니오."

나는 용 사진일지도 모른다는 사진을 다시 바라보고는, 이 선생에게 물었다.

"조작이 아니라면 진짜란 말입니까?"

"진짜라면 진짜지만."

"진짜?"

의뢰인은 사진 속 빛나는 용 모양의 형체를 쳐다보았

다. 이 선생은 아까보다 더 작은 소리로 웃었는데, 그 소리는 더 선명하게 들렸다.

"사진기를 잘못 건드리면 필름에 빛이 새어 들어갈 때가 있단 말이야. 빛이 필름을 다치게 하면 그렇게 한쪽이 새카맣게 타게 된다고. 그걸 그대로 현상하면 뭔가 번쩍거리는 게 사진에 지나가는 것처럼 보이지. 사진을 찍으면 눈에 보이는 걸 똑같이 종이에 담아내니까, 그게 무슨 요술이라서 귀신이나 신령 같은 신기한 존재도 찍힐 것 같소? 그런 게 아니오. 사진은 필름에 묻은 약품이 빛에 얼마나 녹느냐에 따라 서로 다른 밝기로 종이에 물감을 바르도록 하는 기술일 뿐이오. 용이 사진기 속에 들어가서 필름에 묻은 약품을 굳이 골라서 녹이는 재주가 있으면 모를까, 신비한 기운이 요술을 부려 사진에 드러나는 수는 없소. 그냥 빛이 들어오면 약품이 녹아서 종이에 찍히는 것뿐이란 말이오."

"정말 사진기 오작동 때문에 생긴 모양일 뿐입니까?"

나는 다시 물었다. 하지만 이 선생은 대답하지 않았다. 다른 이야기를 중얼거리는 이 선생의 목소리는 한결 더 취한 사람처럼 들렸다.

"그런 걸 갖고 어떤 사기꾼은 자기가 주문을 외웠더니 몸에서 신비한 에네르기가 나와 사진에 찍혔다고 하질 않나, 자기가 믿는 영험한 신령이 기도에 응답하여 천사를 보낸 게 사진에 찍혔다고 하질 않나."

가게에서 나온 의뢰인은 비용을 곧 치러주겠다고 이야기했다.

"일이 너무 빨리 끝나서 허무하지 않아요?"

"빨리 끝낼 수 있는 일은 빨리 끝내드리는 것이 의뢰인을 위해 가장 좋을 거라고 생각합니다."

나는 고맙다고 인사를 덧붙이고는, 의뢰인이 작은 가게들의 미로 사이를 빠져나올 수 있도록 안내했다. 같은 거리를 걸어 들어왔는데도 그사이에 길이 이리저리 바뀌어 있는 듯한 느낌이 들 정도로 혼란스러웠다. 하지만 의뢰인은 내 곁에 바짝 붙어서는, 들어올 때보다 더 능숙하고 빠르게 걸었다.

차를 탈 수 있는 곳까지 나왔을 때, 의뢰인은 지금 직장이 서울에 와서 얻은 첫번째 일자리라고 말했다. 그리고 이번 주가 첫 출근이었다고 설명했다.

"무슨 생각을 하는 분들인지. 왜 이런 정도의 일이 이렇게 급박하고 중요하다고 생각하는지 모르겠어요. 한밤중에 급하게 여러 번 사람을 보낼 정도로 무서워하는 게 있는 건지."

"원래부터 무역 회사에서 일할 생각이셨습니까?"

내 질문에 의뢰인은 고개를 흔들었다. 차를 타기 직전에 의뢰인은 이렇게 말했다.

"원래는 영화배우가 되려고 했어요."

피식 웃으면서 말하면 더 어울릴 만한 말이라는 생각도 들었다. 하지만 역시 의뢰인은 웃지 않았다.

이제 다음 의뢰를 맡기 전까지 조금이라도 더 오래 버틸 수 있도록, 나는 차비를 절약하기로 했다. 꾸준히 걷는다면 통행금지 시간까지는 충분히 사무실에 갈 수 있었다. 사무실에 잠깐 들렀다가 시간을 확인한 다음 집에 가든지 말든지 하면 되겠지. 만약 통행금지 시간까지 여유가 없다면 그냥 사무실에서 잘 생각이었다. 좋은 봄날이니까 사무실에서 자도 춥지는 않을 것이다. 그러고 보면 봄에 어울리는 직업이다. 도련님들은 꽃 피는 동산으로 놀러 가고, 일 없는 탐정은 사무실에서 웅크리고 잠을 자고.

걸어갈수록 밤은 더 깊어갔다. 거리도 같이 점점 더 어두워졌고, 인적도 드물어졌다. 사무실에 도착했을 즈음에는, 가끔 전조등을 켠 채 지나가는 자동차 이외에는 거의 모든 불빛이 사라져 있을 정도였다. 모든 것이 어둠 속에 굳어가면서 사람들이 희미해져가는 모습을 보자니 세상이 조금씩 멸망하는 풍경 같다는 생각도 들었다. 쉼 없이 걷는 내 두 발은 아무것도 없는 허공에서 제자리걸음만 계속하고, 이대로 차츰 별빛마저 하나둘 꺼져 밤이 영원히 이어진다고 해도 어울릴 것 같았다.

그러나 결국 길은 끝이 났고 나는 사무실 건물 앞에

도착했다. 그곳에는 커다란 빛이 한 덩어리 기다리고 있었다. 누구냐고 물어보니, 택시 기사가 모습을 드러냈다. 빛 덩어리는 택시 전조등 불빛이었다. 뻗어 나가는 전조등 불빛에 택시 기사의 그림자는 끝이 없을 정도로 키가 큰 거인처럼 보였다.

"여기 사무실에서 일하시는 분입니까?"

나는 그렇다고 대답했다. 눈이 부셔 한 손을 들어 빛을 가려야 했다. 택시 기사가 쪽지 한 장을 펴 보였다.

"이것을 전해 주라고 어떤 분이 말씀하셨습니다."

의뢰인이 들여다보던 수첩의 종이를 찢은 쪽지였다. 급한 요청이 주소와 함께 적혀 있었다.

"비슷하지만 더 큰일이 생겼어요. 좀 있으면 이 세상은 더 이상 없을 거라는 이야기입니다. 저희 사무실로 가능한 한 빨리 와주시면 말씀드리겠습니다."

3

택시가 도착한 곳은 서울 중심에서 떨어진, 높은 언덕 기슭으로 조금 올라간 동네였다. 지은 지 오래되지 않은 작은 집들이 서로 줄을 맞추지 않고 조금씩 다른 각도로 들어서서 마치 멋대로 비틀거리는 것처럼 보였다. 너무 늦은 시간이라 어느 집에 사람이 살고 어느 집이 빈집인지, 어느 집이 가정집이고 어느 집이 가게나 사무실인지 구분할 수 없었다. 별빛에 지붕의 선 한쪽, 기둥이나 벽면 모서리의 직선 일부만이 심드렁하게 눈에 띄었다.

나는 자동차 불빛에 비춰 쪽지의 주소를 다시 살펴보았다. 언덕을 좀더 걸어 올라간 방향의 주소였다. 내가 내리자 택시 기사는 아무 말 없이 그대로 차를 돌렸다. 고요한 밤에 자동차 소리만이 집들 사이로 크게 울려 퍼졌다. 늦도록 술을 마시는 취한 손님을 내쫓으면서 술집 주인이 소리치는 작별 인사처럼 들렸다.

그 소리는 점점 멀어지면서 작아졌다. 귀를 기울이고 있으면 몇 시간이고 미약하게 이어질 것 같다는 생각을 했다. 그러나 실제로는 그 대신 다른 소리가 들려왔다. 값진 현악기와 관악기의 소리. 이런 도시의 이런 동네에서 실제로 듣기 어려운 소리. 아주 희미해서 유령이 밤거리를 배회하는 소리라고 하면 어울릴 것 같았다.

나는 찾아가야 할 건물 앞에 섰다. 값싸고 쉽게 지은 시멘트 건물로 아무런 장식도 없었다. 하지만 크기만은 널찍하니 커 보였다. 건물 입구 바로 옆에 지하로 내려가는 계단이 보였다. 그 계단 이외에 지상의 건물은 꼭꼭 잠겨 있었다. 지상의 건물 속에 살아 있는 사람이라고는 아무도 없을 것 같다는 느낌이 들었다. 가만 귀를 기울여보니 낡고 무거운 기계 소리가 낮게 울려 퍼지는 듯하기도 했다. 텅 빈 통로를 도는 바람 소리가 들리는가 싶더니, 곧 아까부터 울리던 작은 음악 소리와 섞였다. 그 음악 소리가 지하에서 들려오고 있었다.

소리는 더 커졌다. 하지만 곡조는 더 알아들을 수 없었다. 누군가 고통에 비명을 지르는 것 같은 소리가 문득 섞인 게 아닌가 싶었다. 내가 잘못 들었을까?

다시 비슷한 소리가 들릴 때까지 기다려보았는데, 빠른 음악이 끊임없이 이어지기만 할 뿐이었다. 나는 다시 손에 든 쪽지를 보았다. 어두워서 글씨는 읽을 수 없었다. 하지만 주소의 마지막 부분이 지하층이라는 것은 기억해낼 수 있었다. 나는 지하로 내려가보기로 했다.

문을 열자, 어디서 어떻게 구했는지 환한 전기 불빛이 터져 나왔다. 요란한 음악 소리와 함께. 스피커 몇 대를 연결한 커다란 유성기가 돌아가면서 내뿜는, 음질이 떨어지는 소리였지만 크기만큼은 그 안에 들어서는 사람이라면 누구든 내리누를 만했다.

지하 공간에는 지상에서 볼 수 없는 모습으로 자신을 꾸민 온갖 알록달록한 사람들이 가득했다. 음악에 맞춰 움직이며 낄낄거리며 소리 지르는 수많은 사람들은 저마다 이상한 복장을 입고 있었다. 갖가지 동물과 같은 모습으로 꾸민 사람이 있는가 하면, 목에 밧줄을 건 사형수

나 커다란 칼을 든 망나니 모양으로 꾸민 사람도 있었다. 특히 머리를 빨갛게 물들인 사람들이 많았다. 공간 중앙에는 칼이 꽂힌 심장 모양의 덩어리가 있었는데, 그곳에서 시뻘건 액체가 흘러나와 아래 통을 가득 채웠다. 붉은 액체는 음료인 모양으로, 개구리로 가장한 사람과 전갈로 가장한 사람이 그대로 유리잔으로 떠다가 벌컥거리며 마시다 웃고 있었다. 구석에는 '열탕 지옥'이라고 적힌 곳에 팝콘 기계가 수북수북 팝콘을 튀겨 아무 데나 뿜어내고 있었다. 어떤 사람은 히죽거리며 그것을 다른 사람에게 던졌고, 또 다른 사람은 바닥에 쌓인 팝콘 무더기 위에 올라가 콩콩 뛰었다.

제대로 춤을 추는 것처럼 보이는 사람은 아무도 없었다. 하지만 춤을 추지 않는 사람도 없었다. 다들 뭘 나타내는 것인지 모를 서로 다른 몸동작을 격렬히 보여주고 있었다. 시끄러운 음악 소리에 그 사람들의 소음이 섞이면서 귀가 아팠다. 수천만 명이 온힘을 다해서 집어던지듯 웃음을 웃는 것 같았다. 그 사이로 누군가 더없는 즐거움에 빠져 긴 소리를 질러댔다. 그 소리가 소음 사이에서 아주 잠깐 동안 모든 이의 귀를 뚫고 지나갔다.

곧 내 앞에 두 사람이 비틀거리는 걸음으로 나타났다. 한 사람은 강아지 모양, 또 한 사람은 고양이 모양이었다.

"어떻게 오셨어요?"

"누구를 찾아요?"

두 사람이 입을 벌리자 전혀 다른 술 냄새가 진하게 퍼져 나왔다. 두 냄새는 섞여서 칵테일이 되었는데, 당장 지옥에 가더라도 먹고 싶지 않을 냄새였다.

"이 주소에 있는 무역 회사의 직원을 만나러 왔습니다."

고양이는 내 말을 듣지 못한 것 같았다. 그렇지만 고개를 끄덕이더니 내 곁으로 와서 술잔을 쥐여 주었다. 나는 강아지 쪽을 쳐다보았다. 강아지는 내 말을 알아듣고 뭐라고 대꾸하는 것 같았지만, 뭐라고 하는 건지 내 쪽에서 알아들을 수가 없었다.

"뭐라고 하셨습니까?"

내가 재차 묻자, 고양이와 강아지는 대단히 웃긴 이야기를 들은 것처럼 고개를 휘저으며 크게 웃었다. 강아지는 내가 들고 있는 술잔에 술을 따라주었다.

"데려올게요. 데려올게요."

둘은 노래에 맞춰서 그렇게 합창했다. 하지만 대답과 상관없이 고양이가 내 머리를 붙잡았고 강아지는 술을 내 입속에 넣으려고 했다. 고양이는 보기보다 힘이 셌다. 나는 고개를 돌려 술을 먹지 않으려고 했다. 그러자 강아지 쪽이 내 다리를 걸었다. 내가 주저앉자, 고양이는 기뻐하며 내 배 위에 걸터앉아서는 얼굴에 술을 뿌려댔다. 두 잔쯤은 될 술을 마시고 나서야 고양이와 강아지를 뿌리칠 수 있었다.

　가운데 무대처럼 생긴 곳에는 피가 묻은 커다란 칼이 몇 개 꽂혀 있었는데, 가까이서 보니 장난감 가게에서 살 수 있는 싸구려 장식품이었다. 그 앞에는 빨갛고 파랗게 물이 든 커다란 안경을 쓴 사람 둘이 바닥에 엎드린 채 다리를 까딱거리고 있었다. 그들 옆으로 빈 의자가 하나 있었다. 의자 앞 탁자 위에는 머리에 뿔이 달린 괴물 한 명이 누워 있었다. 그는 누운 채로 옆에 세워둔 북을 두들겼다.

　나는 그 의자에 일단 앉아야겠다고 생각했다. 무엇 때문이었는지 잠깐 사이에 갑자기 졸음이 확 쏟아지는 것 같았다. 진흙 무더기가 무너져 내리듯 바보 같은 생각들이 머릿속에 갑자기 가득 찼다. 웃음소리, 기뻐서 지르는 비명, 음악 소리가 합쳐졌다 나뉘어졌다 하면서 양쪽 귀를 오락가락하는 느낌이 들었다. 나는 결국 앉았는데, 똑바로 앉아 있기가 어려웠다. 한 팔로 탁자를 짚었다. 이마 한가운데가 문득 지끈거리며 아파왔다.

　잠시 후 머리를 풀어헤친 귀신 하나가 유성기에 다가갔다. 귀신은 음악을 바꾸려고 했다. 잠깐 음악이 멈춘 사이에 사람들의 목소리만 들릴 때는 건물이 휘청거리는 느낌이었다. 바뀐 음악은 좀더 느린 곡이었다.

　그리고 의뢰인이 나타났다. 흰옷을 입은 의뢰인은 목

걸이를 걸고 있었다. 눈물을 얼려 만든 것 같아 보이는 영롱한 보석이 잔뜩 엮인 목걸이였다. 옷에는 유리구슬들이 휘감듯 여럿 달려 있어서, 몸을 움직이거나 걸음을 내디딜 때마다 반짝거렸다. 고개를 돌려 머리카락이 찰랑거리면 머리카락 끝이 내린 명령에 따르듯 옷은 빛을 쏘아댔다.

기쁨에 넘쳐서 어쩔 줄 몰라 하는 많은 사람들 한복판에서 의뢰인은 노래를 부르기 시작했다. 밝고 흥겨운 곡이었지만 가사는 슬픈 내용이었다. 다들 노래에 빠져들었다. 의뢰인은 가사에 어울리는 얼굴로 목소리를 주변에 흘려보냈고, 그러자 온갖 짐승 모양의 사람들이 그 목소리를 술잔으로 받아 핥는 것 같았다. 주변의 공기가 통째로 술로 바뀌기라도 하는 듯했다. 나는 거기에 질식하면 안 될텐데 하고 생각했지만, 어느새 노래를 마음속으로 따라 부르고 있었다.

노래가 끝나자 박수 소리가 쏟아졌다. 유령 하나는 휘파람 소리를 길게 냈다. 갈고리와 낫을 든 흥분한 마귀들이 제자리에서 뛰어올랐다. 의뢰인은 등에 숨겨놓은 하얀 깃털 날개를 펼치더니 내 앞으로 날아왔다. 적어도 잠깐 동안은 그렇게 보였다.

의뢰인은 나에게 술잔을 내밀며 이렇게 말했다.

"이무기가 정말로 정선까지 넘어오지 않은 것은 알겠대요. 그렇지만 그렇게 빛이 새어 나올 이유가 없는 사진기가 하필 공교롭게 고장이 나서 빛이 새어 들어온 우연 이야말로 분명히 무슨 징조라고 생각하는 사람들이 있다고 해요. 그 사람들은 옛날부터 하늘에서 빛 덩어리가 내려와 자기들의 정신을 모두 다른 경지로 높여줄 거라고 믿었다는데, 이번에 사진에 찍혔던 빛 덩어리가 바로 그 징조라는 거예요. 그 사람들은 강릉에 자기들의 궁전을 만들고 모여 있었는데, 이제 그때가 왔다고 믿는대요."

나는 술잔을 비웠다. 그리고 의뢰인의 눈을 쳐다보았다. 하늘 위에서 나를 내려다보는 눈길이었다.

"무슨 때가 왔다는 이야기입니까?"

"세상이 뒤엎어지고 자신들의 세상이 올 거라고 생각한대요. 그래서 너무 기뻐서 축제를 열고, 돈을 얼마를 쓰건 나중에 무슨 일이 벌어지건 아까워하지 않고 온통 놀고 즐기고 노래 부르고 춤도 추고 술도 마시고 놀리기도 하고 바닥을 뒹굴며 장난을 치기도 하고."

의뢰인의 말은 계속 이어지는 것 같았다. 나는 그냥 듣고 있었는데, 파랑새와 인간이 반반 섞인 것 같은 두 명이 다가왔다. 그들은 내 양팔을 잡더니 일으키려 했다. 이대로 함께 춤을 추자는 뜻일까, 아니면 건물 밖으로 나를 집어 던지겠다는 뜻일까.

다음 날 오전, 나는 사무실에서 웅크린 채로 잠을 자다가 깨어났다. 그것만은 정확히 계획했던 대로였다. 아

직도 옷 여기저기에 술인지 무엇인지가 묻은 채 축축했
다. 향수병에 담긴 구정물을 연상시키는 냄새가 온몸을
휘감았다. 사무실로 올라오는 계단을 걷다가 발을 한 번
헛디뎌 넘어졌던 것이 기억났고, 새벽빛이 창문 너머로
들어올 때 갑자기 배가 너무 아파 사무실 바닥을 몇 번 데
굴데굴 굴렀던 것이 기억났다. 그리고 또 무엇이 기억나
는지 생각해보았다. 별로 선명하게 떠오르는 것이 없었
다. 내가 간밤에 마신 술이 보통 술이 아니라는 것 정도는
똑똑히 알 수 있었다.

　나는 옷 주머니 곳곳을 뒤졌다. 다리 한쪽과 오른팔
위쪽, 왼팔의 아래쪽에 누가 각목으로 때린 듯한 통증이
느껴졌다. 주머니에는 여전히 주소가 적힌 쪽지가 들어
있었다. 다만 어떤 이유에선지, 화장품 같은 게 묻은 채로
구겨져 있었다. 한쪽은 붉은색, 한쪽은 푸른색, 중앙은 밝
은 갈색이었다. 내 손에도 묻어났다. 그 주소를 괜히 소리
내어 중얼거려보았다. 한마디 하는 것뿐이었는데도 머리
가 울리듯이 아팠다. 턱도 아픈 것 같았다.

　나는 사무실 바깥으로 나갔다. 새로 고용한 청소원들
이 낡은 먼지로 잔뜩 덮인 건물 입구를 치우고 있었다. 내
가 간밤에 자빠지기 전에 깨끗하게 치워두었다면 아주 약
간이라도 상쾌한 아침을 맞는 데 도움이 되었을 거라는
생각이 들었다.

오전의 거리로 나서자 햇빛이 지나치게 눈부셨다. 서울 햇빛이 이렇게 밝게 느껴진 것은 정말 오래간만이었다. 나는 한쪽 눈을 반쯤 감은 채였지만 최대한 빨리 걸었다. 그러면서 혹시 내가 탈 수 있는 택시나 전차, 뭐가 되었든 빨리 움직일 수 있는 교통수단이 있는지 두리번거렸다.

주소에 적힌 곳을 다시 찾아가보니, 밝은 햇빛 아래 모든 것이 확실하게 보였다. 어젯밤에 생각한 것보다 훨씬 더 초라한 동네여서 놀랐다. 이번에는 아무 음악 소리도 들리지 않았다. 취해서 길바닥에 주저앉은 사람이 있진 않은지 골목 이쪽저쪽을 살펴봤지만, 아무도 없었다.

나는 의뢰인의 회사 건물을 찾아냈고 다시 지하로 내려갔다. 계단은 가팔랐다. 간밤에는 거의 아무것도 볼 수 없었는데 이런 계단을 안 다치고 무사히 내려갔다는 사실이 신기할 정도였다. 그렇지만, 그다음 내가 본 광경에 비하면 그런 정도는 전혀 신기한 것이 아니었다.

4

어제 그 모든 일이 벌어졌던 건물 지하에는 잘 닦아놓은 책상 네 개와 책꽂이가 있을 뿐이었다. 혹시 교실이 부족하다면 당장 천주교 계열 학교에서 대신 사용해도 될 만큼 정갈하게 잘 정돈된 모습이었다.

어쩌면 잘못된 주소로 찾아온 게 아닌가 싶어 다시 쪽지를 꺼내보았다. 적힌 주소로 제대로 온 게 맞았다. 그러면 어제 그것들은 다 어디로 갔을까? 그것들은 다 무엇이었을까?

나는 처음 본 쪽지와 지금 본 쪽지가 서로 다른 것일지도 모른다고 생각했다. 내가 취해 있을 때, 누군가 딴판으로 주소를 써넣은 쪽지를 바꾸어 넣었다면, 오늘 내가 찾아온 건물은 어제 찾아간 건물과 다른 곳일 수도 있다. 내가 그곳에 다시 가지 못하도록 이 주소를 대신 적은 것이다. 그렇다면 서울 시내 지도를 구석구석 뒤져보면서 비슷한 건물이 어디에 있을지 따져봐야 할지도 몰랐다.

그런데 조금 멀리 위치한 책상에 의뢰인이 앉아 있는 뒷모습이 보였다. 보석으로 장식한 의상을 입고 노래를 부르는 모습은 아니었다. 의뢰인은 깨끗한 정장 차림으로 수첩에 정리된 내용을 읽고 있었다. 나는 그 앞으로 걸어갔다.

"다시 찾아왔습니다. 무슨 일인지 설명해주실 수 있습니까?"

의뢰인은 나를 올려다보았다.

"급한 일이 생겼다고 해요. 저희 사무실의 다른 직원들이 전부 다 강릉으로 가버렸어요. 지금 강릉에 이상한 예언

136

을 하는 사람들이 있는데, 그 예언을 믿는 사람들은 곧 세상이 뒤집어진다고 생각한대요. 저희 회사 사람들 중에도 그런 사람들이 있고요. 그들이 무슨 일이라도 낼 것 같아서 전부 그쪽으로 갔어요. 강릉에 가서 일이 어떻게 돌아가는지를 보고 어쩌면 경찰에 신고해야 할 것 같고요."

의뢰인은 나에게 편지 한 장을 내밀었다. 회사의 사장이나 부사장쯤 되는 사람이 쓴 것 같았다. 지금 바로 자신들을 도와줄 수 있도록 강릉으로 와달라, 수고비는 넉넉히 쳐주겠다는 내용이었다. 봉투 안에는 선금으로 주겠다는 수고비도 같이 들어 있었다. 아낀다는 느낌은 조금도 느낄 수 없을 정도의 액수였다.

나는 의뢰인에게 말했다.

"이상한 일 아닙니까? 도대체 왜 이런 아무 쓸모도 없는 사건이 잇달아 저에게 생기는 겁니까?"

의뢰인은 대답이 없었다.

"제가 부유한 사업가였다면 이 모든 일이 저를 속여서 무슨 사기를 치기 위한 준비라고 생각했을 겁니다. 그렇지만 제가 가진 재산은 누가 그 정도로 애를 써서 훔칠 만한 액수가 전혀 못 됩니다. 그러니 도대체 알 수가 없었습니다. 이런 일이 왜 생기는 건지 말씀해주실 수 있겠습니까?"

의뢰인은 자리에서 일어났다. 무엇인가 말을 하려다가 마땅치 않은지 입을 다물었고, 그대로 책상 위에 걸터

앉았다. 잠깐 캄캄한 바닥을 내려다보더니 다시 나를 바라보았다. 의뢰인의 눈동자는 갈색이었다.

갈색 눈동자 중에는 눈웃음이 잘 어울리는 경쾌한 눈도 있다. 또 맑은 날 하늘을 바라보는 고요한 순간에 어울리는 눈도 있다. 한편으로는 힘든 순간을 맞이했을 때 조금도 두려워하지 않고 반짝거리는 눈도 있다.

그렇지만 만날 수 없는 사람을 생각하면서, 이제는 너무 시간이 오래 흘러서 생각이 나지 않는다고 생각하면서, 그래도 가끔 생각이 나면 이렇게나 오랫동안 그 생각만 할 수 있구나 하며 스스로를 비웃게 되는 갈색 눈동자도 있다. 그러다가 눈물을 흘리기 직전까지 눈이 젖어들면 거기서 멈추고 그냥 웃고 마는 눈도 있다.

처음 만났을 때부터 깊이 기억하게 되고 두 번, 세 번 마주칠 때마다 그 기억을 더 선명하게 만드는 눈도 있다. 우연히 이름을 불러 고개를 돌려서 눈이 마주쳐 그 갈색 눈동자를 들여다보면 이유도 모른 채 잠깐 호흡을 멈추다가, 말없이 서로 바라보는 것만으로도 들뜨고 기뻐서 무슨 말을 하려 했는지, 또는 무슨 말을 해야 듣기 좋고 재미있을지 모두 잊게 되는 그런 눈도 있다.

어떤 마음을 갖고 있는지 궁금하게 만들다가 그 생각을 떨치지 못해 하루 종일 따라붙는 갈색 눈동자도 있다. 아침부터 저녁까지 머리 한구석에 남아 있던 그 생각이 그대로 밤까지 이어져 꿈속까지 온통 가득 채우는 그런 눈도 있다. 그 생각 때문에, 몇 날 며칠이 지나도록 세상에서 무슨 일이 벌어지든 그 눈을 다시 보며 내 마음이 그 눈 속에 들어 있음을 확인하기만 한다면 다른 문제들은 전부 녹아 없어질 것만 같은 그런 눈도 있다.

어떻게 이럴 수가 있냐며 화가 나서 따지고 더 이상 보기 싫다고 결심했다가도, 막상 만나서 다시 이야기를 나누게 될 때 어쩔 수 없어서 그랬다고 변명하면서 눈꼬리를 내리고 겨우겨우 슬픔을 참는 것을 보게 되면, 그저 모든 것을 용서해주고 싶고 그래도 내가 도와줄 수밖에 다른 수는 없겠다는 생각을 들게 하는 그런 갈색 눈동자도 있다. 그렇기 때문에 지난밤 내내 생각할 때에는 미워하다가도, 막상 만나면 고작 몇 초만에 다시 좋아할 수밖에 없게 되는 그런 눈도 있다.

하루 이틀 살아가는 것이 1년, 2년 쌓일 때마다, 모든 것이 다 낡아지고 망가지기만 한다는 생각이 들 때, 오랜만에 나를 바라보며 중요한 것들은 전부 그대로라고 말해주는 눈도 있다. 뜻대로 되는 일이 없고, 하고 싶었던 일의 기회는 사라지고, 당연히 할 수 있었던 일이라고 생각했던 것조차 점점 할 수 없게 될 때에, 사실은 그 모든 것이 얼마나 우스꽝스러운지 돌아보게 하면서 그냥 기분을 좋아지게 만드는 그런 갈색 눈동자도 있다. 대단한 지성을 갖춘 설교를 하는 것도 아니고, 온갖 경력을 짜내어 핵심을 찌르는 한마디를 던지는 것도 아니지만 함께 대화하며 몇 가지 쓸데없는 이야기에도 반가워하며 웃어주는 것으로, 다시 살아갈 힘을 주는 그런 친절한 눈도 있다.

그렇지만 내가 본 의뢰인의 갈색 눈동자는 지쳐 있었다. 그 두 눈은 그저 도대체 계속해서 닥치는 것들을 어디까지 견뎌야 하는지 답답해하며 갇힌 듯했다. 정오 무렵이 다 되어 해가 높아지면서 햇빛이 사무실에서 사라졌다. 그리고 눈동자의 갈색빛도 같이 사라졌다.

나는 다시 말했다.

"분명히 이 회사가 진짜 무역 회사는 아닐 겁니다. 의뢰인께서도 며칠 일을 하다 보니 이제 그 정도는 확실히 아셨을 겁니다. 어쩌면, 회사 사람 중 몇몇은 예전에 정말로 강원도 지역에서 무당 비슷한 일을 하거나 무당을 따라다니는 무리 중 일부였을 수도 있을 겁니다. 그러다가 굴속의 귀신이나 용을 찍은 사진 따위의 이야기를 듣기도 했을 겁니다. 그러니까 무슨 관계는 있을 겁니다. 그런데 도대체 지금 왜 이런 일을 벌이고 있는지, 그걸 모르겠습니다."

그때 의뢰인이 해준 말이 내 고민을 해결해주었다.

"이번에는 반드시 탐정이 강릉에 가야 한다고 했어요."

의뢰인에게 나를 아는 경찰의 이름을 알려주며 바로 경찰서로 가라고 말해준 뒤, 나는 급히 택시를 불러 다시 사무실로 돌아갔다.

낡아빠진 사무실 문을 열어젖히자, 청소원 옷을 입은 남자 두 명이 보였다. 그중 하나는 긴 소총 하나를 꺼내 들었고, 나머지 한 사람은 창문 바깥을 보고 있었다. 나는 그들에게 말했다.

"내 사무실 청소까지 부탁한 적은 없소만."

창밖을 보던 남자가 급히 내 쪽으로 돌아섰다. 그는 권총을 꺼내어 겨누었다. 나는 계속해서 말했다.

"왜 가치도 없고 쓸데도 없는 귀신이 있다느니, 이무기가 사진에 찍혔다느니 하는 이야기를 자꾸 말단 직원을 시켜 내게 전달하는지 그게 이상했소. 알고 보니 사실 뭘 조사하든 뭘 알아내든 상관이 없었소."

소총을 든 남자는 나를 쳐다보면서도 계속 총에 총알을 집어넣었다. 나는 말을 이었다.

"내가 무슨 사건을 조사하건 간에 하여튼 다른 지역으로 떠나 이 사무실이 비어야 한다는 점이 당신들에게는 중요했소. 빈 사무실에 몰래 들어오기 위해서 직원을 하나 고용하여 나한테 자꾸만 일을 맡기면서 영월로, 정선으로, 강릉으로 가게끔 시킨 거요. 이 사무실 안에는 좋은 거라곤 아무것도 없지만, 창문 바깥으로 건너편 건물이 잘 보이니까, 당신들은 그걸 노렸겠지. 건너편 건물에 백범 김구가 찾아올 때를 기다려서 몰래 총을 쏘려던 거요?"

권총을 든 남자가 대답했다. 목소리에는 제법 열의가 있었다.

"과거의 젊은 백범 김구는 민족의 광복을 위해 싸우는 용사였을지 모르나, 오늘의 늙은 백범 김구는 민족의 앞길을 막는 정치계의 커다란 걸림돌이오. 우리 민족 전체의 앞날을 위한 큰 뜻으로 김구를 처단하려는 거사를 치르고자 하니, 자네도 민족의 앞날을 생각하는 충심이 있다면 우리에게 잠시 이 방을 빌려주길 바라오."

나는 내 자리로 걸어가 앉았다. 소총을 든 남자는 창문 끝으로 총구를 돌리면서 나를 쳐다보았다. 나는 가짜 무역 회사의 사장과 부사장임에 틀림없는 두 얼뜨기에게 말했다.

"그런데 한 가지 궁금한 게 있었소. 그렇게 중요한 일이거든 그냥 나를 없애버리거나 흠씬 밟고 두들겨서 병원에 던져버리면 되지 않소?"

소총을 든 남자가 대답했다.

"우리는 민족의 미래를 위해 기꺼이 어쩔 수 없는 큰일을 치르려는 용사들이지, 날건달이 아니오. 당신 같은 평범한 민중의 한 사람을 어떻게 그저 없애버릴 수가 있겠소. 이제 곧 김구가 나타나면 이 창문에서 민족의 이름으로 그의 심장에 탄환을 조준하고 발사할 것이니, 우리를 방해하지 마시오."

내가 실망스러운 대답을 들려줄 차례였다.

"오늘 백범은 나타나지 않소. 오면 안 된다고 내가 저쪽 탐정 사무소에 연락을 전했단 말이오. 대신 지금쯤 경찰이 여기로 신나게 달려오고 있을 거요. 당신들은 그냥 도망치든지, 날 죽이고 도망치든지 둘 중 하나밖에 할 수 없소. 당연히 내 생각에는 그냥 도망치는 것이 더 좋은 선택이라고 말해주고 싶소."

두 남자는 어쩔 줄 몰라 하며 망설이는 것 같았다. 나는 다른 이야기를 물어보았다.

"거사를 저지르기 전날 밤에 정신없이 노는 건 옛날 무슨 독립운동 조직 중 한 군데에서 하던 걸 따라한 거요?"

다음 달, 두 남자가 경찰에 잡혔다는 소식이 들려왔다. 공교롭게도 그로부터 이틀 후, 두 남자와 조금도 상관이 없는 또 다른 사람이 백범 김구를 암살했다는 소식이 신문에 실렸다.

그리고 다시 얼마쯤 지나, 나는 새로 개봉하는 영화에서 신인 배우로서 조연을 맡은 의뢰인을 보았다. 의뢰인은 밝게 웃고 있었다. 어찌나 멋지게 활짝 웃고 있는지, 커다란 극장의 은막이 부족해 보일 정도였다.

도망치던 사람이 영화에 나오다

1

4282년, 그러니까 서기 1949년 6월에는 「여성 일기」라는 영화가 극장에 걸렸다. 흑백영화가 아니라 색깔이 보이는 영화라고 잔뜩 선전하는 영화였다. 일부러 포스터와 간판도 더욱 알록달록하게 색칠되어 있었다. 나는 색깔이 있는 영화를 본 것이 언제였는지 생각해보았다. 「오즈의 마법사」? 그러나 이 영화는 오즈 대신 이제 막 장사를 시작한 민주공화국이 배경이었고, 마법사 대신 유부남을 사랑하는 여자가 나오는 것이었다. 주인공은 진심으로 연기하고 있었지만, 촬영 기술이 부족해 색상은 속임수처럼 흐릿해 보였다. 극장 간판을 쳐다보는 사람이라고는 이 영화가 언제 망할지 내기를 건 도박꾼들뿐이었다.

나는 내 탐정 사무실이 언제 망하는지를 두고도 누가 도박을 하면 좋겠다고 생각했다. 그러면 나는 돈을 걸고 그 날짜를 맞힐 것이다. 그것만은 쉽게 맞힐 수 있다. 오늘 망할 것이다. 망하는 것을 구경하러 나온 것도 아닌데 나는 새벽부터 사무실 책상 앞에 앉아 있었다. 방세 내는 날이 오늘이었다. 오늘 망한다. 나는 도박꾼이라고는 아무도 없는데도, 정말 그런 내기라도 할 수 있는 것처럼 상상하고 있었다. 내가 직접 돈을 걸면 반칙이라고 내기에 안 끼워줄 테니 누군가를 대신 시켜서 몰래 돈을 걸어야 할 거라고, 누가 적당할지 궁리까지 했다. 남들이 모르는 것을 알고 있다면 그게 곧 돈이 되는 세상이라고 하지 않는가. 나는 내가 오늘 망한다는 것을 알고 있다. 어떻게 이 사실을 돈으로 바꿀 수 없을까?

돈을 대신 걸어줄 사람을 세 명까지 떠올리고 셋 다 나를 배신할 것이 분명하다고 결론을 내렸을 때였다. 사무실 문을 두드리는 소리가 들렸다. 사무실에는 사람을 부르는 단추가 달려 있었지만 누르지 않았다. 그렇다면 서울 시내 전기 사정을 개선한다는 당국의 발표를 조금도 믿지 않는 현명한 사람이라는 뜻이었다. 나는 들어오시라고 말했다. 그리고 문이 열리는 동안 조금이라도 더 공손한 태도로 앉아 있으려고 했다. 그렇지만 사무실 꼴을 살펴보니 어떻게 앉든 공손해 보이기란 쉽지 않을 것 같았다.

문이 열리고, 많은 것을 포기한 듯한 표정의 사람이 들어왔다. 저런 표정을 가진 사람은 편안하게 거래할 수 있는 상대이다. 질질 시간을 끌면서 수고비는 다음 주까지 주겠다든지 절반으로 값을 깎아야 마땅하다고 화를 낸

다든지 하는 일은 없다. 일이 잘되건 못 되건 내가 한다고
한 일까지만 하면 주겠다는 돈을 군말 없이 준다. 가끔은
말 없이 권총을 꺼내는 경우가 있기는 하지만, 빚진 돈 안
주면서 거꾸로 큰소리치는 인간보다야 권총 탄환이 더 사
랑스럽다고들 한다.

"사람을 찾아주는 일을 할 수 있나요?"

내 행색을 다 살핀 후, 그녀는 나에게 물었다. 창문으
로 들어오는 아침 햇빛이 그녀를 치장해주고 있었다. 온
통 빛나는 모습에 비해 목소리는 깨끗하지 않았다. 그렇
지만, 병들거나 힘들거나 불안해서 그렇게 들리는 것은
아닌 것 같았다. 이유를 찾는다면 지쳤기 때문에 그렇게
말하는 것이지 싶었다.

그녀는 혼자서는 만들 수 없는 머리 모양을 하고 있었
고, 얇고 시원하지만 모양을 내는 데 조금도 부족함이 없
는 옷을 입고 있었다. 나는 너무 좋은 옷을 입고 있다고 생
각했다. 대한제국 시절에 임금님이 백성 생각을 하는 척
을 하기 위해 농사 짓는 시늉을 하는 행사가 있었다고 한
다. 그런데, 아무리 임금님이라고 해도 곤룡포를 입고 모
내기를 하지는 않았다. 이승만 박사라고 해도 민주공화국
의 대표라며 사진기 앞에 설 때에는 무명 흰옷 한 벌만 걸
치고 있다.

나는 적당히 좋은 옷을 하나둘 팔아버리고 가장 아끼

는 옷만 몇 벌 남겨둔 망한 부자를 상상했다. 오늘은 망한 사람에 대해 생각하기 좋은 날이었다.

"누구를 찾아야 합니까?"

"내 남편이 될 사람이오."

"사진은 갖고 계십니까?"

그녀가 사진을 꺼냈다. 사진 속의 남자는 일부러 사진에 잘 나오려고 아무것도 없는 곳을 향해 뭔가 중요한 것이 있는 양 응시하고 있었다. 언뜻 보기에도 미남이었다.

나는 다시 그녀를 쳐다보았다. 사람 찾아주는 일을 한다는 탐정은 나 말고도 여럿 있었다. 특별히 순진한 성격이라면 경찰에게 실종 신고를 한다는 우스운 방법도 있었다. 아침 일찍 망하는 상상만 하고 있을 탐정에게 찾아올 이유를 생각해내기는 어려웠다.

나는 그녀에게 앉을 곳을 안내해주었다. 그녀는 고맙다고 말했다. 그녀가 앉아 나를 바라보자 나는 그녀와 눈이 마주쳤다. 눈동자는 아주 맑았지만 역시 피곤한 것 같아 보였다.

"경찰은 찾아가보셨습니까?"

"아니오."

"찾아가지 않은 이유가 있으십니까?"

"이유가 있는지 없는지, 그런 걸 꼭 아셔야 하나요? 그냥 착수금을 받고 일을 해주시면 안되나요?"

즐거운 제안이었다.

"그렇게 할 수도 있습니다. 그렇지만 정말 이분을 찾으시려고 한다면 최대한 상황에 대해 아시는 것을 저에게 다 말씀해주셔야 그만큼 제가 그분이 지금 어디 있는지 추측하고 찾아보기에 유리해집니다. 그게 아니라면, 제대로 사람을 찾을 수 있거나 말거나 착수금만 먹고 대충 일할 수도 있습니다만."

그녀는 예상 밖으로 쳇 하고 웃어버렸다.

"처음부터 경찰에게는 찾아가지 않기로 했어요."

그녀는 잠깐 말을 멈추었다. 나는 남자가 돈을 훔쳐 도망갔는데, 아직도 여자는 남자를 사랑하고 있기 때문에 경찰에게 남자가 도둑이라는 말은 하기 싫어한다는 줄거리를 상상해보았다.

그러나 내 상상과는 달랐다. 남자가 돈을 한 뭉치 집어 간 것은 맞았지만 훔쳐 간 것이 아니라 그녀가 준 용돈이었다. 그녀의 이어지는 이야기를 듣기 위해서는 메모할 종이가 필요했다.

"특위 아시죠?"

"반민특위 말씀이십니까?"

"예, 맞아요. 그 반민특위에서 친일파들 잡아들인다고 하는데, 저희 아버지께서 화양기업 대표였기 때문에 저희도 친일파라고 조사 대상이거든요."

새로 정부를 차렸으니, 이제 그전에 총독부에 협력했던 사람들은 골라내 처벌하겠다고 작년 10월에 판을 벌린 것이 바로 반민특위였다. 반민특위에는 조사관들이 있고, 조사관들과 함께 뛰어다니는 특경대라는 것이 있어서, 여기저기 들추고 다니며 친일파들을 잡아내고 있었다.

내 사무실 앞 길가 아이들 사이에서는 이 반민특위 특경대 흉내를 내는 놀이만큼 신나는 놀이가 없어 보였다. 나쁜 놈을 붙잡는 경찰보다도 더욱더 특별한 특경대란 것이 있다는 것부터가 아이들 마음에 드는 이야기였다. 친일파 역할을 맡은 아이를 후려잡으며 "민족의 이름으로 비겁한 친일의 악행을 처단한다!" 하고 긴긴 대사를 소리지르는 아이는 언제나 만족스러워하는 표정이었다.

나는 그녀에게 특경대에 대해 내가 아는 이야기를 들려주었다.

"그런데 반민특위 특경대와 보통 경찰은 오히려 사이가 안 좋습니다. 경찰은 특경대가 경찰을 무시하고 마음대로 들쑤시고 다닌다고 특경대를 싫어하고, 특경대는 경찰 중에서도 친일파가 많았다고 경찰을 싫어하는 형편입니다. 경찰에 찾아가셔도 특경대를 만날 일은 없을 텐데요."

"아니오. 그래서 오히려 경찰을 만나서 경찰과 친해 보이면 친해 보일수록 특경대에서 저희를 싫어하게 돼요. 괜히 특경대 쪽에서 저희를 더 의심할 겁니다. 저희가 무슨 수작이라도 부려서 특경대에게 덤비려 할 거라고 상상할 거고. 그게 싫은 거죠. 저는 반민특위 일은 그냥 조용히 가고 싶어요. 받으라는 조사 다 받고 그냥 나쁜 놈이라고 하면 나쁜 놈이란 소리 듣고. 뭐 돈 내라면 돈 내고."

그녀의 말을 듣고 보니 그 말이 맞게 들렸다. 나는 멍청하게도 친일파 앞에서 공무원 대하는 법에 대해 조언하고 있었던 것이다. 내 생각보다 그녀의 생각이 훨씬 깊고 현실적이었다. 나는 우스꽝스러운 잘난 척을 한 것이 몹시 부끄러웠지만, 그녀는 역시 예의 바른 사람이어서 드러내놓고 나를 경멸하지는 않았다.

"그런데, 얘는 그걸 그렇게 못 참고 무서워하더라고요. 당장 특경대가 들이닥치면 반민특위에 끌려가서 나라를 팔아먹은 친일파 매국노 역적이라고 이마에 칼로 새기고 다섯 조각으로 몸을 잘라버리는 줄 걱정하는 것 같았어요."

그녀가 '얘'라고 부르는 사람은 사진 속, 그녀의 남편이 될 거라는 남자였다.

"원래 얘가 순진해요. 다른 사람 말 잘 믿고요."

그녀는 내 앞에 놓인 남자의 사진을 보았다. 나는 다시 사진 속 남자를 유심히 보았다. 그 사진 한 장만 봐서는 순진한 선비인지, 팔도를 좁게 여기는 난봉꾼인지 알 수가 없었다. 다만 볼수록 잘생긴 남자라는 것만은 분명했다. 눈썹은 짙었지만 예리했고 묘한 매력을 지닌 크고 깊은 눈을 지녔는데 눈웃음만은 한없이 친근한 느낌을 주었다. 직선으로 뻗은 턱선 때문에 사람이 강인하고 거칠어 보이는 동시에 착해 보이기도 했다.

"그래서 이분이 특경대에게 잡힐까 봐 도망쳐서 어디로 숨어버린 겁니까?"

그녀는 "응" 하는 소리를 내고는 고개를 끄덕였다.

"먼저 나한테 와서 그러더라고요. '큰일 났어. 우리 같은 사람들 잡으러 온대. 독립운동하던 사람들이 아주 벼르고 있대.'"

그녀는 남자의 말을 옮겼다. 그런데 그 말을 하면서 그녀는 남자가 자기에게 그 말을 하던 그 순간을 다시 기억해내고 있었다. 조금도 듣기 좋은 말이 아니었지만, 그녀에게는 그 남자의 가장 선명히 기억나는 마지막 목소리였다. 그녀는 그것을 간절하게 그리워하고 있었다.

"나하고 같이 도망가자고 그랬는데. 내가 그렇게 걱정할 필요 없다고, 몇 번이나 그랬는데도, 어디서 무슨 말을 들었는지 결국 도망쳤어요. 다른 여자랑."

그녀는 그리고 나에게 종이 한 장을 내밀었다. 남자가 그녀에게 남긴 편지였다. 필체가 분명하고 글씨의 획이 세련된 것부터 먼저 보였다.

그 내용은, 미안하다고, 더 안전하게 멀리 도망칠 기

회를 찾아내면 꼭 다시 돌아와서 데려가겠다고 약속하는 편지였다. 다른 여자랑 같이 도망치는 겁쟁이가 남기는 편지치고는 대단히 위선적인 내용이었다.

"어디로 갔는지, 어디에 있는지 조금이라도 짐작 가는 것이 있으십니까?"

"많이 있지요."

그리고 그녀는 가방에서 넘겨 보기 좋게 노끈으로 잘 꿰어놓은 종이 뭉치 하나를 꺼냈다.

"다른 탐정 사무소에 부탁해서 먼저 일을 시켰던 건데요. 이게 그 보고서고요."

"거기서는 결국 그분을 못 찾아낸 겁니까?"

"일하던 도중에 걔네들이 그만두겠다고 했어요. 더 급한 일이 생겨서 더 일을 못하겠다고 그러면서."

"무슨 급한 일인지도 말을 하던가요?"

그녀는 또 "응" 하는 소리를 내며 고개를 끄덕였다.

"거기도 반민특위 특경대. 특경대에서 친일파 찾아다니는 일을 하는데 일손이 부족하다고 탐정 사무소 쪽 사람들한테도 부탁한 일들이 있다고. 숨어 있는 사람 찾는 일 잘하는 사람이라면 뽑아서 친일파 잡는 일 시킨다고."

나는 이제야 가장 큰 궁금증이 풀렸다. 그 때문에 유명하고 일 잘한다고 소문난 탐정들은 지금 너무 바쁜 것이다. 그녀가 하필 나에게 찾아온 이유는 그것 때문이었다.

우리는 좀더 울적한 대화를 더 나누었고, 그 후 그녀는 나에게 착수금을 주었다. 그녀는 떠나기 전에 마지막으로 나에게 영화표 한 장을 건넸다. 새로 개봉한 재미없는 영화였다.

그녀의 말대로 나는 그 영화를 보러 갔다. 나는 15분 정도를 보고 자리에서 일어났다. 15분쯤 되었을 때, 여자 주인공이 춤을 추는 장면이 나왔는데, 그 장면 뒤에 배경으로 찍힌 사람들 중에 그 남자가 있었다. 알 수 없는 여자와 함께 어딘가로 도망치다가 그냥 우연히 영화에 찍힌 것이었는데도, 화면은 그 남자를 한참이나 붙들고 있었다. 남자는 자기가 카메라에 찍히고 있는 것을 알고 멋쩍게 웃었는데, 화면에 나오는 그 어떤 것보다 더 좋아 보였다.

극장을 나오면서 그녀가 준 착수금을 헤아려보니 방세를 내기에는 넉넉한 금액이었다. 내기하지 않기를 잘했다는 생각이 들었다.

2

전차를 타고 가면서 나는 그녀가 준 보고서를 읽었다. 남자는 어디 머슴 살던 집안에서 태어난 사람이었다. 그러다가 그녀를 만났고, 작년까지는 그녀가 이끄는 길을 그대로 잘 따라가며 별일 없이 살았다. 그녀가 던져주는 일을 직업이라고 믿고 성실하게 했고, 자선 행사에 참석하는 것부터 여우 사냥을 다니는 것까지 그녀가 취미로 하는 일은 뭐든 같이 했다.

그러다 남자는 어떤 여자와 함께 도망쳤다. 그렇지만 그 여자와 계속 도망친 것은 아니었다. 남자는 얼마 후 다른 여자를 만나 다시 다른 곳으로 도망쳤다고 했다. 그리고 며칠이 지나서 이번에는 다시 또 다른 여자와 함께 움직였다.

보고서 앞부분에서 남자를 뒤쫓는 일은 어렵지 않게 풀리는 것처럼 보였다. 반대로 수월하게 일이 진행되는 것 같았다. 나에게 탐정 일이라고 들어오는 일도 다 그렇게만 풀린다면 얼마나 좋을까 싶었다.

- 남자가 예전에 너무 혼자 재밌게 지낸 죗값을 받는 거라는 말을 했다고 함.
- 남자는 잡혀가서 벌받는 것을 생각하며 밤에 잠을 못 자기도 했음.
- 신문에서 반민특위에 관한 내용을 거듭 살펴보며 항상 고민했다고 함.

보고서에는 남자와 헤어진 여자들을 만나 물어보고

들은 내용도 몇 실려 있었다. 남자에 대해서 하는 말은 서로 다른 사람들 간에도 비슷했다. 다른 것은 남자에게 협력한 여자들이었다. 직업, 나이, 재산이 각양각색이었다. 그런데도 그 여자들은 모두 그 남자를 도와주고 같이 도망쳤다. 돈을 준 사람도 있었고, 잘 곳을 마련해준 사람도 있었고, 남자를 숨겨준 사람도 있었다.

　나는 남자의 다른 사진을 다시 넘겨 보았다. 익살스러운 표정을 짓고 있는 것도 있었고, 약간 화가 난 듯이 진지해 보이는 얼굴도 있었다. 그 표정들은 모두 다 잘 어울렸다.

　영화 찍던 카메라 기사는 우연히 화면에 들어온 배경에서 지나가는 남자의 얼굴을 보고 주연배우도 깜빡 잊고 그 남자의 얼굴을 화면 중앙에 잡았다. 그럴 만해 보였다. 심지어 그렇게 이상하게 촬영된 장면인데도 감독조차 그것이 아까워서 편집에서 도저히 잘라 내지 못하고 영화에 그대로 포함시켜버렸다. 주연배우는 처음에는 화를 냈지만, 결국 그 주연배우는 그 남자와 함께 도망친 세번째 사람이 되었다. 그 배우는 남자에 대해 이렇게 설명했다.

　• 같이 있으면 꼭 좋은 일이 생길 것 같고, 이 사람이 나쁜 일은 아무것도 생기지 않도록 든든하게 막아줄 것 같다. 그렇지만, 정작 지내다 보면 이 사람에게 나쁜 일이 생기지 않

도록, 이 사람이 기뻐하도록, 무슨 일이건 내 쪽에서 해주고 싶었음.

나는 다시 남자의 사진을 보았다. 겁먹은 표정이 더 마음을 가게 만드는 요인일까 하고 생각해보았다. 사진이야 아무리 들여다보고 있어도 그대로 자신만만한 얼굴이었다.

아침 먹을 때가 조금 지났을 무렵, 나는 길거리의 영감 한 명에게 담배 한 갑을 주고는 종이쪽지 하나를 전봇대 밑에 달려 있는 신고함에 넣어달라고 부탁했다. 신고함은 누가 친일파인지 알거나, 친일파에게 어떻게 당했는지 겪은 일이 있으면 누구든 써서 넣으라고 반민특위에서 달아놓은 것이었다. 영감은 그게 그런 것인지 뭔지 알려고 하지도 않고 담배만 받자 그길로 내가 준 쪽지를 신고함에 넣었다. 쪽지에는 커다란 글씨로 그냥 "이완용" 석 자만 적혀 있었다.

몇 번 때를 기다리자, 신고함에 종이를 넣는 것을 보고 있던 경찰 몇 명이 다가왔다. 그 경찰들은 이제 이런 식으로 아무 근거 없는 신고를 받는 것은 정확하지도 않고, 자칫 엉뚱한 사람 모함하는 데 악용될 수 있는 것으로 결론이 났는데, 그만둬야 하지 않느냐고 성을 내고 있었다. 그러자 특경대의 덩치 좋은 사람 몇이 나타나더니 그렇건 아니건 왜 특위에서 설치한 신고함에 경찰이 함부로 간섭을 하느냐고 따졌다.

재미있는 것은 그다음부터였다. 그러자 경찰은 특경대에게 왜 고운 말투로 말하지 않고 큰 소리로 욕을 하냐고 했고, 특경대는 지금 이 마당에 욕을 안 할 판이냐고 했다. 경찰은 왜 멋대로 사람을 하대하느냐고 소리 질렀고, 그러자 특경대는 경찰이야말로 지금 떼로 나타나 겁을 주는 것 아니냐고 더 화를 냈다.

그때 특경대가 민족과 정의에 대해 이야기하자, 경찰 하나가, "성 주사, 이 자식, 하와이에서 바나나나 까 먹으면서 살던 꼬마였을 때, 무슨 민족 거시기 단체 모금함에 미국 동전 10센트 두어 개 던져 넣어보고는, 저 혼자 독립운동은 다 한 척하지"라고 비아냥거렸다. 그러니 그 말의 운율이 신난다고 생각했는지, 경찰 몇이 킬킬거리며 웃었다.

사람들은 멀찌감치 빙 둘러 원을 그리고 두 패거리가 다툼하는 것을 보고 있었다. 더 크고 화려한 싸움이 되기를 기대하는 사람도 분명히 꽤 있을 것 같았다. 흥분한 경찰이나 특경대 중 한 사람이 총을 꺼내 총격전이 벌어지면 좋겠다고 기대하는 얼간이도 최소한 둘은 되었다.

나는 싸우는 도중에 언급된 '성 주사'라는 사람의 이름을 기억해두었다. 그리고 잠시 후, 아무도 총을 쏘지 않은 채 다툼이 끝나고 실망한 사람들이 흩어지자, 돌아가는 특경대 사람들의 뒤를 몰래 따라갔다. 철공소 건물 뒤에 나 있는 계단을 따라 내려간 지하실이 그 사람들이 모이는 곳이었다.

나는 빈 철공소를 지키고 있는 경리 담당 직원에게 아무 쓸모도 없는 질문을 하며 시간을 보냈다. 나는 누구인지도 모르고 언제 나타날지도 모르는 사장을 기다리는 사람인 것처럼 흉내 냈다.

"사장님은 오늘은 안 오시나 봅니다."

"오다가 말다가 그래요. 알려주고나 오다가 말다가 하면 나도 사장 올 때만 출근할 텐데."

경리 담당 직원은 농담을 즐기고 자신의 화사한 옷차림에 대해 자랑하기 좋아하는 사람이었다. 나는 적당히 장단을 맞춰주었다. 장단에 흥이 조금 들어간 것뿐인데, 그 직원은 그 장단에 맞춰 굿이라도 하듯이 깔깔거리며 별별 이야기를 다 나누고 싶어 했다.

시간이 지나서 특경대 사람들이 다시 사무실에서 빠져나갔다 싶을 때 나는 경리 담당 직원과 대화하던 것을 끝냈다. 억지로 재미있는 척하며 재잘거리는 말을 들을 때에는 울고 싶었지만 막상 특경대 사무실로 들어가기를 앞두고 있으니 그 정도면 탐정이 하는 일 중에서는 목가적인 일이었다는 생각이 들었다.

"성 주사님 좀 뵐 수 있겠습니까?"

"없는데, 왜 그러시오?"

특경대 사무실로 찾아가 성 주사의 이름을 대는 것으로 나는 말을 시작했다. 그리고, 아까 경찰과 특경대가 싸웠던 일에 대해 내가 본 것을 말했다. 이야기를 하면서 경찰이 얼마나 비열하고, 특경대와 반민특위가 얼마나 숭고한지 떠들자, 그는 흥분하기 시작했다. 나는 나도 탐정이라고 말했다. 그러고 나서 적당히 멍청한 척을 하면서 보수는 조금만 받아도 상관없으니 나도 할 수 있는 일이 있는지 알고 싶다고 밝혔다. 그는 잠깐 알아보겠다고 하고는 자리를 비웠다.

나는 아무도 없을 때, 책상 위의 서류들을 건너다보았다. 복잡한 은어와 암호를 쓰고 있는 것들이 많아서 그렇게 넘겨봐도 알 수 있는 것은 거의 없었다. 다만, 이 지역에서 활동하고 있는 보조 조사관의 이름 하나는 알아볼 수 있었다. '황금 오뚝이'라는 별명으로 불렀는데, 나 역시 이런저런 일로 몇 번 들어본 사람이었다.

얼마 후, 지금은 안타깝게도 내가 할 일은 없다는 말을 듣자, 나는 안타까워하는 표정을 5, 6초 정도 보여주고는 재빨리 그곳을 나왔다.

3

황금 오뚝이의 집을 찾는 것은 조금 어려웠다. 하지만 대강 위치를 찾는 것까지가 고비였다. 일단 어느 방향인지 알고 나니 산기슭 아래에 숲 뒤로 파고들어 간 그 큰 집터가 한눈에 드러났다.

어떻게 그 집 안으로 들어가 황금 오뚝이를 만날 수 있느냐 하는 것은 그보다 훨씬 더 어려운 일이었다. 나는 오늘 일은 여기까지만 하고 다른 수를 하나 낸 뒤에 다음 날 다시 찾아올까 하는 생각도 해보았다.

그렇지만 오늘은 무엇이건 간에 일이 잘되는 날 같았다. 회사가 망하지도 않았고 집세도 냈으며 재미없는 영화였지만 15분만 보고도 보람찬 기분까지 느낄 수 있었다. 기왕 오늘 잘 풀리고 있는 일, 안 풀릴 때까지는 한번 붙들고 나아가보고 싶었다. 벌써 12시가 넘어가고 있었는데 그때까지 아무에게도 한 대도 맞지 않은 상태였다. 나는 처음으로 얻어맞고 쫓겨날 것을 각오하고 모든 것을 사실대로 말하며 부탁했다.

"화양기업 사장님 가족의 일을 맡아서 처리하는 사람입니다. 뒤쫓는 사람이 하나 있어서 그것 때문에 여쭤보려고 찾아왔습니다."

내 말을 들은 문지기는 그러냐고 하고는 누군가에게

뭘 물어보려고 갔다. 그는 이제 곧 내쫓으라는 말을 듣는 즉시 나를 걷어차주리라, 기대하고 있는 것 같아 보였다. 계획했던 것보다 오랫동안 사람을 걷어차지 못했으므로 규칙적인 생활이 어그러져 애가 타는 모양이었다. 그러니, 이제 사람을 쫓으라는 명령이 떨어지면, 경쾌하게 발길질할 감촉을 만끽하려고 그러는지 구두를 바지에 문지르며 반질반질하게 만들고 있었다.

얼마 후 문지기는 대단히 실망한 표정으로 돌아왔다.

"들어오라고 하시네요."

나 역시도 놀랐다. 문지기는 아쉬워하며 자갈돌을 괜히 걷어찼다. 닦아놓았던 그의 구두에 흙먼지가 묻었다.

입구의 길을 돌아서자 황금 오뚝이의 집, 넓은 마당이 먼저 보였다. 일부러 정원을 만드는 대신 산속의 나무를 적당히 남겨두고 베어 내어 자연스럽게 나무가 집 주변을 벽처럼 감싸게 만든 구조였다. 그리고 그 가운데에는 널따란 수영장을 만들어서 근처 계곡에서 끌어온 물을 퍼붓고 있었다.

수영장 안팎에는 젊고 건장한 남녀들이 한낮의 여흥에 빠져 있었다. 찰박찰박 조용히 손길로 물결을 일으키며 미소를 짓고 있기도 했고, 소리를 지르며 물속으로 뛰어 들기도 했다. 그 주변에는 반대로 은행장 비서실에서 선택할 만한 단정한 옷을 차려입은 사람들이 술과 음식을 나르고 있었다.

그중에서 황금 오뚝이를 찾아내는 것은 쉬웠다. 그 모든 사람들과 가장 공통점이 없어 보이는 사람은 그 가운데의 중년 남자 딱 한 사람뿐이었다. 황금 오뚝이는 옷을 반쯤 벗은 행색으로 수영장 바깥 의자에 비스듬히 누워 있었다. 황금 오뚝이는 필리핀의 장군들이 쓸 법한 검은 색안경을 쓰고 있었다.

"화양기업 거기는 왜 그렇게 됐대? 거기 사장님이 너무 일찍 돌아가셔서 그런가."

황금 오뚝이는 내가 어느 정도 가까워졌을 때 묻지도 않았는데 먼저 그렇게 말을 했다. 고개는 돌리지 않았고, 색안경을 쓰고 있어서 그가 나를 보면서 그렇게 말했는지 다른 방향을 보고 말했는지조차도 제대로 알 수 없었다.

그러나 그의 정면에는 수영복을 입고 노는 사람들뿐이었다. 그들은 물 밖으로 막 나온 사람을 다시 물속에서 잡아채어 끌어들이며 웃어댔다. 어떤 회사의 사장이 일찍 죽었다는 이야기의 대답 대신 취하는 동작이라고 보기에는 무리가 있었다. 그러니 나를 보고 말하는 것일 가능성이 높았다.

"화양기업 댁과도 잘 알고 지내시나 봅니다."

"그 댁과는 같이 한 사업이 꽤 많았으니까. 그 양반처럼 세상 바뀌기 전에 먼저 세상 뜨는 것도 좋은 건데. 그렇지 않소?"

그에게 직원이 돼지고기 요리가 담긴 접시를 공손히 갖다주었다. 그는 그걸 질겅질겅 씹으면서, 그와 화양기업 사람들이 몇 년 전까지 얼마나 의기투합한 친일파였는지 설명했다.

"그래도 그때 사업보다는 요즘 이 사업이 낫지. 저걸 보시오. 저게 광복되던 해 다음 해에 새로 나온 완전히 다른 형식의 수영복이오. 보기 좋지 않소."

그녀는 고기를 집어 먹던 젓가락 끝으로 수영장에 발을 담근 사람 쪽을 가리켰다.

"화양기업네가 요즘 내가 하는 사업이 뭔지 아는지 모르는지 확실하지 않은데…… 가서 그거나 좀 똑바로 이야기해주라고."

"무슨 사업인지 말씀해주시겠습니까?"

"아, 사업. 탐정 선생도 내 사업을 잘 모르는구먼."

그는 그게 재미있는지 웃었다. 그의 웃음소리는 신발에서 흙을 터는 소리와 비슷했다.

"이게, 이것도 사업이란 말이오. 그것도 애국하는 사업이오. 여기서 노는 판을 벌리는 사람들 사이에 내가 소문을 퍼뜨리면 서울 바닥에서 노는 것 좋아하던 유산자들 사이에는 곧 이야기가 돌거든."

"무슨 이야기를 퍼뜨리시는 겁니까?"

"내가 배를 갖고 있고, 그 배를 타면 돈을 갖고 이 나라 밖으로 몰래 도망칠 수 있다는 이야기지. 반민특위에 잡혀갈까 봐 겁먹은 친일파들 중에는 그러고 싶은 사람들이 많으니까."

"그러면 돈을 받고 미국이나 캐나다로 사람을 빼돌려 주는 일을 하시는 겁니까?"

"그럴 수야 있나. 그래서야 대한을 위한 애국 사업이라고 할 수 있겠소? 그중에 절반은 슬쩍 반민특위 쪽에 넘겨서 반대로 붙잡혀 가게 하는 거요."

다시 신발에서 흙 터는 소리를 내며 그는 웃었다.

"아시겠소? 내가 친일파 죄를 용서받는 값으로 나는 다른 친일파들을 다 붙잡아 넘기겠다고 한 거요. 그래서 내가 직접 반민특위 보조 조사관이 된 거란 말이오. 나만큼 친일파 잘 아는 사람도 흔하지는 않으니 나를 통하면 더 쉽게 친일파들을 잡을 수 있지 않겠소? 황금 오뚝이 옛날 장사하던 가락으로 알던 사람들이 어디서 들은 소문을 듣고 미끼를 물면 특경대 사람들에게 말해서 붙잡아 가게 하는 게 바로 내 사업이오."

나는 그가 웃는 것을 그칠 때까지 기다렸다가 물었다.

"그런데 그러면 왜 전부 다 특위에 넘기지 않고 절반만 넘기신다는 겁니까?"

"그렇게 장사를 하면 오래 장사를 못 하지. '나라 밖

으로 도망가게 해 준다는 업자들은 다 사기꾼들이라더라'
하고 소문이 나면 그다음부터는 누가 속겠소? 적당히 정
말로 도망치게 해주는 사람들도 있어야, 잡힌 사람들도
'아, 어쩌다가 잘못해서 특경대에 붙잡혔구나' 하고 생각
하지 않겠소. 무슨 장사건 좀 손해 보는 듯해야, 장사를 오
래할 수 있는 것이지."

　　황금 오뚝이는 그러고 나서도 장사 잘하는 법에 대해
서 뭔가 농담이라고 몇 마디를 더했다. 그렇지만, 수영장
에 있는 사람들 중에 요란하게 소리를 지르며 크게 웃는
사람이 있어서 그 말은 들리지 않았다.

　　"알겠소? 내가 옛날 인연을 생각해서 이렇게 다 털어
놓고 화양기업에는 이야기를 하는 거요. 화양기업 사람들
이라면 내가 다른 수작 부리지 않고 정말로 정확하게 캐
나다로 빠져나가게 해주겠소. 화양기업 쪽 인맥으로도 좀
입소문이 더 확확 나야 사업이 잘되지 않겠소? 요즘 공기
로는 왜인지는 몰라도 이제 이 장사도 거의 다 끝나가는 것
같단 말이오. 그 전에 벌일 수 있는 만큼은 일을 벌어야지."

　　나는 일단 말은 전하겠다고 대답했다.

　　"혹시 그 댁의 이 남자분은 모르십니까?"

　　내가 내민 그 남자의 사진을 보고, 황금 오뚝이는 간
단히 그 얼굴을 기억해냈다.

　　"이 도련님, 내가 알지. 전에 한번 우리 직원 중에 하

나랑 이야기해서 도망치는 배편을 찾니 마니 했던 것 같고. 그때는 화양기업 사람인 줄을 몰랐소. 내가 우리랑 같이 일하는 사람들 시켜서 붙잡아보려고 했다고."

"한 번도 찾지는 못하셨습니까?"

"거의 찾을 뻔도 했소. 날렵하기도 하고 체력도 있고 조심할 때는 조심할 줄도 아는데, 그래도 우리가 조사하니까 걸리더라고. 항상 도망칠 때는 여자랑 짝이 되어서 도망을 치던데. 첫번째 여자랑 4일을 같이 지내며 도망 다녔지, 두번째 여자랑 2일, 세번째 짝과는 8일, 네번째 짝과는 2일 동안 같이 지내다가 헤어졌소. 마지막이 다섯번째인데, 이 다섯번째 여자랑은 15일 동안 같이 있었던 것까지는 확실하지만 그 후로는 찾아내는 데 실패했소."

그녀에게 건네받은 조사 보고에도 그대로 나오는 기록이었다. 황금 오뚝이도 그 탐정만큼은 잘 추적하고 있었다.

"그런데 신기한 게 뭔 줄 아오?"

나는 뭐가 신기한 줄 알고 있었다.

"짧게 같이 있었던 첫번째에서 네번째까지 같이 지낸 날짜가 4일, 2일, 8일, 2일인데, 이 숫자 4, 2, 8, 2가 올해 연도와 같다는 겁니다."

"그렇지. 그렇지. 이거 신기하지 않소? 서기 년도 대신에 단기 년도를 박아놓고 시작한 게 작년에 정부 수립한 후인데, 마침 올해 서기 1949년이 단기로 4282년이란 말이야. 이거 재미있지 않으냔 말이야. 아니, 아무리 특이한 사람이라도 그렇지. 세상에 만나고 헤어지는 날짜 수로 무슨 숫자나 암호를 나타내려는 사람이 어디 있느냐고. 아무리 이 남자가 여자들에게 인기가 많고 재주가 좋아도 그렇지, 어디 그럴 수가 있겠느냐고."

그것도 보고서에 들어가 있던 일이었다.

"나는 그래서, 거기에 무슨 비밀이 있는 줄 알았어. 설마 일부러 그렇게 한 걸까? 일부러 그렇게 하면 그렇게 할 수는 있을까? 그렇게 누구든지 마음대로 만났다가 헤어질 수 있는 사람일까. 도대체 뭘 나타내려고 그런 짓을 한 걸까? 아니면 이 도련님이 돌아버려서 무슨 귀신이 그렇게 해야 액을 때울 수 있다고 시킨 건지. 그것도 아니면 이상한 미신을 믿어서 그렇게 한 걸까. 왜, 나이에 9가 들어가는 해에는 결혼을 하지 않는다는 것처럼."

"뭐라고 생각하셨습니까?"

"답이 없소. 나는 그냥 우연이라고 생각했지. 4, 2, 8, 2. 숫자 네 개쯤 들어맞는 일이야 어쩌다 보면 생기겠지. 뭐 별 뜻도 없고. 그렇지 않소? 그러다가 다섯번째부터는 어디로 더 꽁꽁 숨었는지 잘 찾아지지도 않고. 그 양반이 화양기업 사람이라는 이야기도 듣게 되고 해서 관뒀지."

"잘 알겠습니다. 감사합니다."

나는 황금 오뚝이에게 인사를 했다. 그는 문득 놀고 있는 사람들을 향해 크게 소리쳤다.

"종을 쳐보라고. 땡땡땡!"

무슨 뜻으로 자기들끼리 정해둔 말인 듯싶었는데 그 의미를 추측할 길이 없었다.

"탐정 선생은 그게 뭐라고 생각하시오?"

"저도 우연일 수밖에 없다고 생각합니다. 그냥 우연히 그렇게 되었던 것 때문에 거기에 신경을 쓰느라 조사가 어려웠던 것 아닌가 합니다. 그러니까 네번째까지 숫자가 괜히 너무 눈에 뜨이는 바람에, 다섯번째 짝은 그만큼 눈길을 덜 끌었던 것 같습니다."

"그런 건지, 어떤 건지."

그는 잠시 생각했다. 내가 다시 그에게 물었다.

"처음에 너무 쉽게 추적할 수 있었던 것 같지 않습니까? 저는 그래 보입니다. 어떻게 생각하십니까?

"그 사람 행동이 주의 깊어 보이는 것치고는 쉽긴 쉬웠던 것 같소. 사업이 너무 쉽기만 하면 그것도 좀 불안한 법이지."

황금 오뚝이와 그녀가 고용했던 탐정, 모두에게 너무 쉬운 일이었다면, 그것이야말로 무슨 확실한 이유가 있어서였을 것이라고 나는 짐작했다.

"저는 그 사람이 너무 잘생겨서 주변 사람들이 우연

히 한 번만 봐도 또렷이 기억했기 때문에 일이 쉬웠다고 생각하고 있습니다. 누구라도 한번 본 즉시 그 얼굴에 한참 빠지고 싶을 정도라고 한다면, 어디에나 목격담을 남기지 않겠습니까? 그래서 추적이 쉬웠던 겁니다."

"잘생긴 얼굴이기는 하지."

황금 오뚝이는 그의 사진을 다시 한번 쳐다보았다. 그러나 그는 더 이상은 자기 시간을 빼앗기기 싫어했다. 그에게는 더 집중하고 싶은 일이 있는 것 같아 보였다.

"탐정 선생. 선생의 직감이 얼마나 좋은지 나쁜지. 공정하게 한번 시험해보겠소."

그는 나를 보고 미소를 지었다. 그 웃음만 잘라 내서 따로 떼어놓고 볼 수 있다면 엉뚱하게도 아주 친근해 보일 만한 웃음이었다. 그는 나에게 몸을 기울여 속삭였다.

"앞에 저 두 직원을 보시오. 저기 뒤에서 살금살금 몰래 기어 오는 사람이 둘 중 하나를 붙잡고 물속에 빠뜨리는 장난을 치려고 하고 있소. 둘 중에 누굴 고를 것 같소?"

그는 과일 접시를 들고 있는 직원 두 사람을 가리켰다. 나는 아무 대답도 하지 않았다.

"나는 오른쪽이라고 생각하오. 왜냐하면 옳은 쪽이 오른쪽이니까."

그리고 그는 다시 아까처럼 웃었다. 그리고 얼마 후 수영복을 입은 사람 하나가 몰래 오른쪽 직원의 다리를 낚아채어 그 직원을 물속에 빠뜨렸다.

"보았소? 이건 정말로 짜고 한 게 아니오."

주위 사람들은 모두 쾌활하게 웃었다. 물에 빠진 직원조차 젖은 머리카락을 손으로 쓸어 넘기며 크게 웃고 있었다.

나는 한두 가지 더 부탁을 하고, 그곳을 떠나 왔다. 나오면서 보니 문지기 앞에는 수영복을 챙겨 온 네 사람이 있었는데, 괴로워하며 쫓겨나고 있었다. 문지기의 얼굴은 아주 만족스러워 보였다.

4

거리가 어두워지고 찾던 술집이 문을 열 때까지 나는 길가에서 기다렸다. 기다리면서 나는 그 남자의 사진을 다시 살펴보았다. 너무 아름답기 때문에 어디로 도망가든지 쉽게 잡히는 사람. 남자를 보고 첫눈에 사랑에 빠진 사람들은 모두 그를 기억하게 되고 결국 사랑에 빠진 사람들이 모두 그의 덜미를 붙드는 덫이 되었다. 그러면서도 항상 남자는 자신을 좋아하는 사람과 도망치고 있다. 문제는 그 남자가 지금은 어떤 부류의 사람과 함께 있느냐 하는 것이었고, 나는 그때 거의 답을 갖고 있다고 생각했다.

노을이 질 무렵이 되자 거리의 사람들이 많아졌다. 술을 마시고 노래를 들으려는 사람들 중에 내가 쳐다보고 있던 문을 열고 안으로 들어가는 사람도 있었다. 가장 부지런한 게으름뱅이들부터 차례로 오늘의 첫 손님, 두번째 손님이 되었다. 나는 혹시 그 앞에서 내가 찾는 사람을 만날 수도 있지 않을까 기대했다. 해가 완전히 지고 길거리의 진흙과 휴지 조각들이 모두 보이지 않도록 깜깜해질 때까지 기다려보았다. 하지만, 알아볼 수 있는 사람은 없었다. 역시 안에 들어가서 살펴보는 수밖에 없었다.

그 문 앞에는 공손함과 더불어 살인을 잘할 것 같은 느낌이 알맞게 뒤섞인 잘 차려입은 남자가 서 있었다. 나는 비렁뱅이가 아니라는 것을 증명하고, 오늘 가게에서 노래 부를 아무개를 보러 왔다고 그에게 말했다. 그는 다행히도 공손함 쪽으로 실력을 발휘해서 나를 문안으로 안내해주었다.

"인기가 많은 편인 가수는 아닌데도, 꾸준히 찾는 분들이 몇몇 계시네요."

"그렇습니까?"

"원래 이쪽에서 계속 노래 부르시던 분은 아니니까 아무래도 무대가 익숙한 분은 아니시지 않겠습니까. 광복 전에는 학교에서 성악하시던 분이라고 들었는데, 그래서 노래 부르는 것이 조금 다른지, 그게 특이해서 좋아하시는 손님들은 계신 것 같습니다."

그가 원한 것은 아니었지만 그는 내가 제대로 찾아왔
다는 것을 확인해주었다.

나는 무대조명이 바로 옆으로 빗나가 앞에서 보이지
않을 자리에 앉았다. 담배를 파는 귀여운 사람들이 부지
런히 손님이 앉은 탁자 사이를 돌아다니고 있었다. 손님
들은 곧잘 담배를 사고 기쁜 듯이 대화를 나누었지만 아
무도 담배를 피우는 사람은 없었다. 나는 가장 값싼 맥주
를 시키고 모자를 벗어 탁자 위에 올려놓았다. 지금껏 그
맥주를 주문하는 사람은 한 명도 없었는지, 탁자 위의 맥
주병과 모자를 보고 사람들은 내가 모자를 먹으려고 하는
것은 아닐까 생각하는 듯 보였다. 맥주의 색과 향을 맡아
보니, 나 역시 이 맥주보다는 모자 쪽이 더 목 넘김이 좋을
것 같다고 생각하게 되었다.

무대 위에는 노래하는 사람들이 올라왔다가 내려가
고 또 다른 사람이 올라갔다 내려왔다. 반짝거리는 옷을
입고 춤을 추며 열렬한 환호를 받던 여자도 나왔고, 노래
를 부르면서 중간중간 만주에서 돌아온 어리숙한 광부를
비웃는 농담을 하던 남자도 나왔다. 피아노 치는 사람은
어디가 아픈지 식은땀을 흘리고 있었지만, 아직 숨을 쉬
고 있고 건반을 누를 수 있었으므로 별로 상관하는 사람
은 없었다. 숨을 안 쉬더라도 건반만 누를 수 있다면 곡이

끝날 때마다 박수는 언제까지나 받을 수 있었다.

여섯 번인가 일곱 번인가 무대 위가 바뀌었을 때, 아주 좋은 구두를 신은 여자가 무대에 나타났다. 마침내 내가 기다리던 사람이었다. 구두만 놓고 보면 이곳의 어느 손님이 신은 구두보다도 좋아 보였다. 무대에 어울리도록 꾸민 화장 때문인지 상상하던 얼굴과는 좀 달라 보였다. 그렇지만 노래를 시작하자 좋은 소리를 내던지는 듯이 하는 그 얼굴 속에 내가 기대하던 것들이 있어 보였다.

노랫소리가 계속될수록 자리에 앉아 떠들던 소리들은 점점 사그라들었다. 피아노를 치던 사람은 오늘 그 노래가 만족스러운지 점차 병석에서 일어나는 모양으로 변해갔다. 노래는 일었던 불이 어느 날 깜빡거리더니, 곧 그 불이 죽어 없어지더라 하는 가사가 들어가 있는 것이었다. 아까 그 익살꾼은 내 뒤에 앉아 한 손님이 사는 술을 받아 마시면서 "저게 요즘 전기 사정이 안 좋다는 노래잖아요"라면서 제 술값을 해보려고 했다.

노래가 끝나고 사람들은 박수를 쳤다. 나는 박수가 계속되고 있는 동안 모자를 다시 썼다. 맥주는 그대로 남겨둔 채 자리에서 빠른 걸음으로 벗어 났다. 나는 무대에 섰던 사람들이 되돌아가는 대기실 쪽으로 걸어갔다.

무대 뒤편은 아주 캄캄했다. 나는 뭐든 보려고 했다. 노래를 부른 여자가 들어가는 것이 어렴풋이 보였다. 나는 어느 방으로 들어가는지 봐두었다가 그 방으로 들어갔다.

"저는 따로 선물은 안 받아요. 이야기해주지 않던가요?"

내가 들어왔을 때 그녀는 그렇게 물었다.

방 안이 갑자기 너무 밝아서 눈이 부셨다. 한동안 그냥 밝은 것 이외에 아무것도 볼 수 없었다. 얼마 후 눈이 익숙해지자, 여러 가수들이 아무 데나 벗어던진 옷가지와 내다 버린 시든 꽃 따위가 방 안에 너저분하게 널려 있는 것이 보였다. 그녀는 그 가운데에 여전히 값비싼 구두를 신은 채 앉아 있었다.

나는 그 남자의 사진을 꺼내서 그녀 앞에 내밀었다.

"이분 아시지 않습니까? 어디에 숨겨두셨습니까?"

나는 그녀의 얼굴이 변하는 것을 보려고 했다.

그녀의 얼굴은 내 생각 이상으로 큰 폭으로 변했다. 한동안 변화의 과정을 지켜볼 수 있을 정도였다. 해변에 앉아 파도가 치는 것을 쳐다보거나, 높은 건물 위에 올라가 도시 멀리 가물가물한 끝을 바라보듯이, 그녀의 얼굴에 여러 가지 생각이 퍼졌다가 사라지는 것을 나는 쳐다보았다. 화장을 바꾸느라 지워버린 얼굴은 아름다웠다. 나에게 영화를 만들라고 한다면, 재미없는 내용 대신에 그저 저 얼굴만 2시간 동안 가만히 촬영해 영화를 만들고 싶었다.

그녀가 말이 없는 동안, 여럿이 몰려나와 춤을 추며

부르는 노랫소리만 벽 너머에서 조그맣게 전해져 계속 들려왔다.

"애는 왜 그렇게 누가 자기를 잡으러 온다는 걸 무서워했을까요?"

마침내 그녀가 말했다. 내가 대답할 수 없는 물음이었다. 나는 다른 것을 물었다.

"두 가지 중에 하나라고 생각하고 있습니다. 도망치는 데 방해가 되는 얼굴을 없애려고 자기 스스로 얼굴을 망가뜨렸든지, 아니면 누가 덤벼들어서 얼굴을 부수어버렸든지. 어떻습니까?"

그녀의 얼굴은 다시 한번 변했다.

"병원에서 제가 있는 곳을 알려주던가요?"

그녀는 대답하는 대신 역시 또 나에게 물어보았다. 대답 없이 질문만 계속되는 대화였다.

"쉽게 어디로 도망 다니고 있는지 소식을 찾아내던 사람들이 갑자기 행적을 못 찾게 되는 때가 있다는 것을 알고, 저는 바로 그 무렵에 행적을 찾기 쉬웠던 이유가 사라졌을 거라고 추측했습니다. 그래서 저는 그때 이분이 얼굴을 잃어버렸을 거라고 생각했습니다. 근처에서 그때 심하게 다친 얼굴을 치료해준 적이 있다는 병원들을 찾아 연락해보았는데, 별로 어렵지도 않았습니다. 그전까지 이분을 찾기가 워낙 쉬웠기 때문에 지레 다들 포기했던 겁니다."

나는 내가 대답을 한 번 했으니, 그녀도 이제 대답을 한 번은 해줄 거라고 기대했다. 그녀가 말했다.

"찾는 사람들이 아직도 있었어요?"

"이제 저는 돌아가서 의뢰인에게 제가 알게 된 것을 이야기하려고 합니다. 그래서 한 가지 더 알아야 할 것이 있습니다. 저는 이분이 직접 자기 손으로 일을 저지른 것인지, 아니면 다른 분이 얼굴에 뜨거운 물을 끼얹었거나 몽둥이를 휘두른 것인지 알고 싶습니다."

내 말을 듣고 그녀는 웃으려고 했다. 하지만 웃음이 나오지 않았다.

"차이가 있어요?"

"제 의뢰인이 이제 이분을 다시 만나게 되면 어떻게 대해야 할지 결정하려면, 최대한 많은 것을 알려드려야 합니다. 얼굴을 숨기는 것이 목표라면 머리카락이나 수염을 기른다거나 색안경을 쓰고 입을 가리는 방법도 있었을 겁니다. 그런데 그러기 전에 대뜸 일부터 저지른 것을 보면, 스스로 한 일이 아니라 누구 다른 사람이 저지른 일이 아닐까 저는 처음에 의심했습니다."

"온갖 것들과 다 엮이는 난봉꾼이니까, 다시는 그 꼴 보기 싫어서 얼굴을 바뀌게 해버렸다는 건가요? 아니면, 그 얼굴이 아니더라도 계속 옆에 같이 있어줄 수 있는 사람은 자기밖에 없다고 증명하고 싶어서 그렇게 만들어버렸을까?"

아직도 그녀는 대답하지 않고 있었다.

"아닙니다. 남의 얼굴을 후려치는 사람은 그런 이유로 사람을 해치지 않습니다. 그런 잘못을 저지르는 사람들은 그 이유가 아니라, 누군가에게 무시당한 느낌을 이유로 내세웁니다. 그리고 자신을 무시한 듯한 그 상대가 절대로 자기를 무시해서는 안 되는 사람이라는 꼬인 생각을 갖고 있을 때, 누군가를 해치는 것입니다."

그녀는 내 얼굴을 쳐다보았다. 전등 뒤로 지는 그늘에 그 얼굴의 절반이 어둡게 가려져 있었다. 반쪽만 보이는 얼굴을 봐서는 기분을 알기 어려웠다. 나머지 반쪽의 얼굴은 웃고 있어도 울고 있어도 어울릴 것 같아 보였다.

나는 마지막으로 다시 그녀에게 물었다.

"저는 갑자기 힘든 삶을 살게 된 명문 양반의 자손이면서, 노비 자식을 보고 있는 사람이라면 그 경우일 수도 있다고 생각했습니다. 양반이니 노비니 하는 것이 다 쓸데없는 세월이 된 지 오랜 시간이 지났지만, 이 남자가 자기보다 위에 있고 자기가 그 남자에 매여야 한다고 여기면서 그 사실을 참지 못한다면, 쳐다보는 그 얼굴을 갈겨주고 싶다는 생각이 드는 겁니까? 그래서 처음에 저는 다른 사람들보다 훨씬 더 긴 시간 동안 두 분이 같이 있었던 것도 그 증거라고 생각했습니다. 그만큼 더 집요하고 강한 결심을 갖고 있었기 때문이었다는 것입니다. 그렇지만 지금은 다른 이유가 있을 수도 있다는 생각이 들었습니다. 그것은 이분이 오랫동안 머무르려고 했던 이유가 정말로 마음에 깊이 두고 있었기 때문이라는 겁니다. 그래서 자기 얼굴을 버린 것이 오히려 그렇게 해달라는 부탁을 받고 스스로 결정한 일일 수도 있다는 것입니다. 저는 둘 중에 어느 쪽이 사실인지 여쭙고 싶습니다."

그녀는 고개를 숙였다. 그녀의 머리카락만이 밝은 전등 앞에 드러났다.

"정말로 특경대에 잡힐까요? 그러면 그 사람이 견뎌낼 수 있을까요?"

"제가 찾아내는 일이 이렇게 쉬웠으니, 특경대도 찾아낼 생각만 있다면 곧 찾아낼 겁니다."

나는 혹시라도 그녀가 다시 도망칠까 싶어서, 거기에 돈이라도 걸 수 있다고 말할까 싶었다. 그러나 그녀는 무슨 대화이건 더 이상 하려고 들지 않았다. 얼마 후, 다음 노래를 불러야 할 차례가 되었다고 문을 두드리는 사람이 올 때까지 나는 그 앞에 서 있었지만, 한 마디도 더 들을 수 없었다.

나는 내가 알아낸 것을 보고서로 꾸며서 보여주었고, 곧 남자는 숨어서 살던 곳에서 나와 다시 원래 살던 집으로 돌아가게 되었다고 했다. 소문에는 남자가 얼굴을 다

쳤다는 소식을 듣고 자기 눈을 일부러 멀게 한 뒤에 남자를 찾아갔다는 여자들이 셋 있었다는 말도 있었지만, 황금 오뚝이가 그 이야기를 전해주었을 때 나는 믿지 않는다고 대답했다.

사흘이 지난 후, 서울 경찰들이 동료 경찰을 특경대가 잡아간 것에 항의하며 반민특위 사무실로 쳐들어갔다. 그때 많은 다른 서류와 함께 화양기업에 관한 자료도 사라져버렸다. 조사는 그때 끊어졌고 영영 다시 시작되지 않았다.

탐정이 살인하는 법을 배우다

1

단기 4282년. 서기로는 1949년이라고 하던 해의 여름은 대체로 사람을 놀리는 것 같았다. 그 시작 무렵은 정말 그랬다.

아침에 일어나면 서늘한 바람이 문틈으로 들어온다. 그러면 낡아빠진 양복 외투를 입게 된다. 그러나 사무실에 나가 앉아 있으면 날씨는 점차 초여름답게 변한다. 오는 사람도 없고 장사도 되지 않는 빈 사무실의 바뀌지 않는 풍경을 보면서 지루하다는 느낌이 들기 시작할 때, 더위도 같이 느껴지기 시작한다. 한 시간, 두 시간, 세 시간, 점심때가 지날 때까지도 아무도 찾아오지 않아 아무 것도 바뀌지 않는 똑같은 사무실을 쳐다보고 있다 보면, 괜히 벽이 조금 움직이는 것 같기도 하고, 책상이 꿈틀거리는 것 같기도 하다.

내가 왜 이러지? 정신을 차리려고 들면 후덥지근한 초여름 공기가 무덤에 채워 넣은 흙더미처럼 방 안 가득 들어와 있다. 바깥에는 온통 태양 빛이 가득하지만 볕이 들지 않는 귀퉁이의 작은 사무실에 밝은 것은 아무것도 없고, 대신 밝은 곳에서 데워진 공기가 이리저리 대류를 따라 돌다가 잘못 처박혀 흘러 들어오며 생기는 후덥지근하다는 느낌만 계속 쌓이고 또 쌓였다. 그런 날이 똑같이 하루, 이틀, 사흘, 계속되었다.

바뀌지 않는 벽을 보고 있으면 머릿속에서 생각은 오히려 많아진다. 머릿속이 몇 시간 동안 변화 없이 그대로라면 정신이 이상해질 수도 있을 테니, 나는 무엇이든 생각해보기로 한다. 왜 내가 직장을 그만두고 혼자 사무실을 차렸을까. 그래도 누군가와 같이 만나서 같이 일을 하면 마음은 좀 덜 답답하지 않을까. 내가 외로움을 느끼고 있나. 그렇지만 이렇게 가만히 있다 보니까 이제 누구와 같이 일하라고 하면 그것도 불편하고 귀찮아져서 이제는 잘 못할 것 같은데. 이런 식으로 사람이 망가져가는 거지. 그러면 이제 점점 일할 수 있는 재주도 없어지겠지. 그러면 뭘 해야 하는 거지. 가만히 있는 거지. 벽을 보면서. 움직이지 않는 책상을 보면서. 아무도 오지 않는 장사가 안 되는 탐정 사무소의 사무실을 보면서. 그러면 점점 더 사람이 망가져가겠지. 그러다 보면, 빈 공기의 움직임을 노려보면서 초여름 무더위가 퍼져나가는 모양을 눈으로 감지할 수 있다는 환각도 보게 되겠지.

다행히 그런 환각을 보기 전에 사무실에 찾아온 사람이 있었다. 여섯 번쯤 회사가 망했다가 다른 사람 손에 넘어가는 동안에도 항상 같은 자리를 지키고 있던 회사의 총무 담당 비서였다.

"지난번에 비단지네랑 같이 일하셨죠? 저희 사장님께서 비단지네 어디 있는지 알아 오라고 난리예요. 아니, 난리라는 말은 빼고. 알아 오라고 정말 심하게 다그치시거든요."

"사장님이 누구십니까? 지난번에 하와이에서 오신 미국인이 사장이 되셨다고 하지 않으셨습니까?"

"에휴, 그분 사장 되고 나서 또 한 번 망했죠. 지금 사장님은 망한 회사를 다시 사신 분이에요."

"이름은 어떻게 되십니까?"

"용산 쌍룡 아시죠?"

어떤 사람이 호가 용산인데 성이 쌍씨에 이름은 외자로 용이라서 용산 쌍용이라고 할 리는 없었다. 그러니 그 이름은 별명인 듯싶었다. 그러고 보니, 용산 쪽에 근거를 둔 사채업자 중에 일을 험하게 하기로 유명한 사람으로 쌍룡이라는 별명을 갖고 있는 사람이 둘 있었던 것이 기억났다.

"용산 쌍룡이라면 두 분이 아니셨던가?"

"한 분이 백룡이고 한 분이 흑룡이셨죠."

사채업자치고는 제법 다채롭게 구색을 갖출 줄 아는 사람들인 것 같은 별명이었다. 비서는 말을 이어나갔다.

"그런데, 그 비단지네가 엮인 무슨 다툼에 휘말리셨다가 얼마 전에 둘 중에 흑룡께서 돌아가셨어요. 그래서 백룡만 남았죠. 그리고, 그 백룡이 저희 사장님이시고요."

"그러면 이제 더 이상은 용산 쌍룡이 아니라 용산 단룡이라니까, 용산 일룡이라고 해야 하지 않습니까?"

"하여튼, 긴 세월 같이 일하던 가족 같은 사람을 비단지네 때문에 잃어버렸다고 하시면서 그 작자를 찾아내서 어떻게든 갚아주겠다고 저희 사장님께서 난리시거든요. 그래서 비단지네와 연락을 할 때 어떻게 해야 하는지, 비단지네와 이야기할 때 무슨 말을 해야 비단지네와 연결될 수 있는지, 닥치는 대로 다 조사하고 있어요. 그런데 정작 비단지네가 백룡 사장님을 피하고 있네요. 비단지네가 누구인지는 도무지 모르겠고."

"비단지네를 싫어하시고, 그러면서 비단지네와 연락하는 방법을 많이 조사하셨는데, 그런데 비단지네를 찾지는 못했다는 이야기인 것 같은데, 그게 나하고는 무슨 관계가 있는 일입니까?"

"선생님은 비단지네를 아시잖아요? 저희 사장님이 값은 잘 쳐주신다고 했으니까."

용산의 사채업자가 쳐주는 값으로 값을 잘 쳐주겠다

니. 사막 모래의 습기를 모아 술을 담근다거나, 안구건조증 환자들이 흘린 눈물만 모아서 수영장을 만든다는 계획처럼 들렸다.

"저는 탐정입니다. 탐정에게 찾아온 손님이 누구이신지 제가 알려드릴 수는 없습니다. 어디에 계신지에 대해서는 의논도 할 수 없습니다."

그러자 비서는 잠시 대화를 멈추었다. 방금 전까지 내가 들여다보고 있는 사무실의 휑뎅그렁한 벽들을 쳐다보았다. 내가 할 일이 없어 몇 시간이고 보던 풍경이었지만, 비서는 2초도 보지 않았다. 그렇지만 내가 본 만큼은 충분히 본 것 같았다.

"사업이 별로 잘되시는 분위기는 아닌데. 일거리가 많을 게 뻔한 용산 쌍룡 같은 분하고 이참에 거래를 트게 되시면 좋지 않을까요? 연락해주세요. 비단지네에 대해 해주실 수 있는 이야기가 있으면 뭐든지. 저희 사장님 직통 전화번호예요."

비서는 나에게 종이쪽지 한 장을 내밀었다. 무척 외우기 쉬운 번호였다. 그만큼 많은 사람에게 빚을 지우고 싶은 거겠지.

"말씀드릴 일이 있으면 그 전화번호로 연락을 드리기는 하겠습니다. 그렇습니다만, 보신 대로, 저는 사업이 별로 잘 안 되는 사람이기 때문에, 그나마 유지해나가려면 최소한 손님이 누구였는지 돈 받고 이야기해주는 일은 결코 있어서는 안 되는 겁니다."

비서는 가만히 내 눈을 바라보았다. 무슨 표정을 지어야 할 지 알 수 없었다. 잠시 후, 비서가 말했다.

"잘 알겠고요. 그런데 아쉽기는 하네요. 다음번에는 내가 아니라 다른 분이 오실텐데."

"이번에는 돈을 주겠다는 비서가 와서 비단지네의 행방을 묻지만, 다음 번에는 몽둥이를 든 고릴라들이 와서 비단지네의 행방을 물을 거라는 뜻입니까?"

"재미있는 분이시네."

비서는 그렇게 말하고 웃고는 그대로 문 밖으로 나갔다. 재미있다는 말과 웃음이 대체로 긍정적인 의미를 지니는 것으로 미루어 짐작해보건대, 몽둥이를 든 고릴라들이 나를 찾아올 수도 있다는 데 대해서도 긍정적이라는 의미인 것 같았다. 그러니 기분 좋은 작별 인사는 아니었다.

사무실은 다시 조용해졌다. 몸에 땀이 흘렀다는 사실이 느껴졌다. 가만히 앉아 있자니, 아까 보던 부분부터 다시 빈 벽을 보면서 시간을 보내야 하나 싶었다. 그런데 곧 다시 다른 한 사람이 사무실에 찾아왔다.

"오늘 이 선생님 행사에 오시기로 하셨죠?"

찾아온 사람은 극장 직원이었다. 처음 보는 얼굴이었지만 전화 목소리로 극장 직원이라는 사실은 알 수 있었다. 사실 목소리라기보다는 말투가 기억에 오래 남을 만한 사람이었다.

"정확하게 답을 안 주셨던 것 같아서요. 그래서 이렇게 직접 왔어요."

"초대장에 답을 안 드리면, 그냥 안 가겠다는 뜻이라고 생각하시면 되지 않습니까?"

"저희 사장님께서 이 선생님은 정말 귀한 분이시니 잘 대해드려야 한다고 하시던데요. 그런데 이 선생님께서 탐정 선생님을 모시고 오는 편이 좋겠다고 하시더라고요."

"다시 한번 여쭙겠습니다. 그 이 선생님이란 사람이 이 형사, 맞습니까?"

"네, 맞아요. 원래는 형사였다고 하시더라고요."

이 형사는 광복 전에 일본인의 경찰에서 일하던 사람이었다. 살인 사건을 담당하던 형사였는데, 수사하는 솜씨는 좋았으나 그를 싫어하는 사람이 많았다. 나 역시 그 시절에 누구누구는 그를 탐탁지 않아 한다는 따위의 이야기를 여러 번 들은 적이 있었다. 광복 후 세상이 바뀐 뒤에 이 형사는 일본인의 앞잡이라고 하여 경찰에서 쫓겨났는데, 그러다 얼마 후에 일 잘하는, 몇몇 쫓겨난 형사들이 경찰서에 특별히 다시 고용될 때에도 그는 경찰서로 돌아가지 못했다. 그렇다 보니, 경찰이었던 사람이 경찰이 아닌 상태에서 한동안 지내는 사이에는 쓸쓸하고 골치 아프게 흘러가는 시간이 있었다. 그러면서 그는 이런저런 새로운 일을 했는데, 그때 몇 번 별로 달갑지 않게 그와 엮인 일도 있었다.

"다시 만나고 싶은 분은 아닌데. 특히 오늘은 더 그렇고."

"저희 사장님께서 만약 탐정님께서 오신다고 하신다면 나중에 영화 보고 싶을 때 쓰실 영화표는 넉넉히 드릴 수 있다고 하셨어요."

극장 직원은 표 뭉치를 내 앞으로 내밀었다. 그리고 직원은 호흡기 질환처럼 들리는 짧은 웃음을 뱉었다. 그 웃음소리에 속삭이는 목소리가 이어져 "그리고 그 표 뭉치를 되파신다면 몇 푼은 되지 않겠어요"라고 말하는 것 같은 환청이 들렸다. 정말로 그렇게 말한 것은 아니었지만, 맞는 말이었다. 그러고 보니 변함없는 사무실의 텅빈 벽이었지만 한 가지 변화는 알 수 있었다. 시간이 한참 지나 차차 벽도 어두워진 것이다. 벌써 아무 일도 하지 못한 오늘 하루가 다 지나가고 있다는 뜻이었다.

나는 극장 직원을 따라 극장 방향으로 걷기 시작했다. 해질 무렵이었다. 극장에 도착하고, 하나, 둘, 셋을 세고 나면 온 세상이 주문에 걸린 것처럼 바로 캄캄한 밤으로 변해버릴 것 같은 시각이었다.

극장 건물에는 새로 개봉한 범죄 영화의 포스터가 가

득 붙어 있었다. 그러나 보기 흉하게 찢어지고 뜯겨 나간 것이 대부분이었다. 경쟁하는 극장에서 넝마주이 어린이에게 건빵 한 봉지를 들려 주며, 포스터를 뜯으라고 시킨 것이 분명했다. 그 어린이를 붙잡을 수도 있고, 경찰에 이런 짓을 한 놈이 있다고 넘길 수도 있겠지만, 경쟁 극장에서 그런 짓을 시킨 적이 없다고 잡아떼면 그 이상은 수가 없다. 설령 경찰에 어린이 한 명이 붙들려 간다고 해도, 건빵 한 봉지에 영화 포스터를 찢어줄 넝마주이들은 골목마다 있을 것이다.

영화 포스터 옆에는 크게 손글씨로 쓴 오늘 저녁 행사 포스터가 있었다.

"유명 경찰학자, 현실의 명탐정! 문전성시의 호황, 저녁 이야기회! 전기 조명 완비! 믿거나 말거나 지상 최대의 범죄를 알려드립니다"

현실의 명탐정이라는 인물은 이 형사를 말하는 것이 분명했다. 유명 경찰학자?

"이 형사가 유명 경찰학자입니까?"

"네. 현실의 명탐정."

학자라고? 이 형사가? 웃음이 헤픈 사람이 들었다면 배를 잡고 웃었을 만한 이야기였다. 나조차도 조금만 더 이번 달 수입이 많았다면 소리를 내어 웃었을 것이다.

그러나, 막상 극장 안에 들어가보니, 웃기만 할 이야기는 아니었다. 이 형사의 이야기는 막 시작된 것 같았는데 극장 안에는 꽤 많은 사람들이 와 있었다. 저런 자가 하는 이야기를 돈 내고 들으려는 사람이 저 정도로 많다는 사실이 신비롭게 느껴졌다.

"자, 여러분!"

극장에서 고용한 변사 한 사람이 무대 위로 올라가더니 먼저 말을 시작했다. 그의 곁, 무대 가운데에는 연사를 위한 좁은 탁자가 하나 있고, 방금 막 인사를 하고 박수를 받은 것으로 보이는 사람이 서 있었다. 이 형사였다.

"과거, 왜정 때에는 어땠습니까? 그때는 일본인들이 모두 경찰을 지휘하고 있었으므로, 범죄를 당하게 되는, 누가 죄가 있니 없니 시비가 붙든, 모두 일본 경찰이 그 문제를 해결했습니다. 간교하고 치졸한 일본 경찰이 시비도 따지고 죄도 따졌다는 것입니다, 여러분! 그렇다면, 평소 얼마나 일본인들에게 잘 보였느냐, 밉보였느냐가 중요한 문제가 됩니다. 일본인에게 평소에 밉보였다면 죄가 없어도 경찰에 붙들려가게 되고, 죄가 있는 사람도 경찰이 잡지 않았습니다. 그러므로, 광복 전에는 법과 수사가 중요한 것이 아니라, 평소에 어떻게 일본인들과 친하게 지내며 누구에게 선심을 써두는 것이 좋은지가 중요했다, 그 말입니다. 그렇지 않습니까? 그렇지 않습니까?"

극장 직원은 나를 극장 맨 앞자리, 비어 있는 한 줄에서 맨 가운데에 앉으라고 말했다. 나는 가리키는 쪽으로 걸어갔다. 변사의 이야기는 다시 이어졌다.

"그런데, 이제는 광복이 되어, 모든 사람은 다들 자유롭고 평등하며, 만백성 모두, 한 사람 한 사람이 각각 나라의 주인인, 민주국가요, 공화국이 되어 있다, 그 말입니다. 그러니, 이제, 법과 수사를 잘 아는 사람이 죄를 피해 갈수도 있고, 죄인을 잡을 수도 있는 세상이 되지 않았느냐, 그 말입니다. 그렇지 않습니까? 그렇지 않습니까?"

"옳소!"

관객 중 몇이 소리쳤다. 나를 데리고 왔던 극장 직원의 그 독특한 목소리도 들렸다. 분위기를 돋울 수 있도록, 극장 직원 몇이 같이 앉아 이야기를 듣고 있으면서 별로 재미없는 이야기라도 재미있는 척하는 것 같았다.

"그래서, 이렇게 전직 경찰로서, 온갖 흉포하고 악독한 살인범들을 수없이 찾아내고 조사하고 잡아들이신 범죄학 그리고 경찰학의 대가이신 이 선생님을 여기에 모시고, 오늘 저녁, 우리가 이렇게 세상을 사는 데 꼭 알아두어야 할 좋은 이야기를 들으려고 하는 것 아니냐, 그 말입니다. 그렇지 않습니까? 그렇지 않습니까?"

변사가 박수를 유도하자, 사람들은 박수를 쳤다. 몇몇

사람들은 극장 직원이 아닌데도 꽤 열심히 박수를 쳤다.

잠시 후, 이 형사가 나와서 자기 이야기를 하기 시작했다. 이 형사는 자리에 나서면서 맨 앞줄 가운데에 있는 나를 흘깃 보는 것 같았다. 그렇지만, 정확히 나를 알아보지는 못했는지 나를 보지 못한 것처럼 행동했다. 이 형사는 내 기대를 간단히 뛰어넘을 정도로 사람들 앞에서 말하는 재주가 뛰어났다.

"제가 살인마들을 잡았을 때마다, 하나같이 느끼는 점이 있었습니다."

거짓말이었다. 살인범들에게 모두 들어맞는 하나의 또렷한 공통점 같은 것은 없다.

"바로, 살인마들 간에 또렷한 공통점은 없으며, 대단히 다양한 형태의 살인마들이 각양각색으로 세상에서 죄를 짓고 있다는 점입니다."

아는 것도 없고, 할 말도 없다는 이야기를 이 정도로 재미있게 할 수 있다는 것은 인정해줄 만한 재주라고 생각했다. 그런 식으로 그의 말은 끊임없이 이어졌다. 그가 한 이야기를 짧게 요약한다면 손바닥에 저녁 장 볼 것을 써두는 정도로 줄일 수 있는 이야기였다. 그러나 그는 그런 내용을 두고 영화표보다 더 비싼 값을 주고 구경하러 온 사람들의 돈을 제법 알뜰히 걱정하는 것처럼 긴 이야기로 꾸며 떠들어주고 있었다.

"자, 그러면, 이제 저는 완전범죄에 대해 이야기를 해 보겠습니다. 이 이야기는 조금 어려운 이야기이기 때문에 저와 함께 이야기를 해나갈 말 상대가 필요합니다. 누가 좋을지요?"

관객들 중에 자신이 무대에 나가 이 형사와 함께 대화하고 싶다는 사람 몇이 있었다. 이 형사는 그중에 하나를 고르려는 듯 두리번거렸다. 그러더니 갑자기 고개를 앞으로 돌렸다. 이 형사가 보는 방향은 내 쪽이었다.

"여러분, 여기 서울 시내에서 탐정 일로 유명하신 진짜 명탐정께서 와 계십니다. 진짜 탐정 일을 하시는 명탐정을 모시고, 완전범죄에 대해 이야기해보면 어떻겠습니까?"

그는 나를 쳐다보며 웃었다. 유명한 탐정이라니. 값이 싸기로 유명하다면 유명하겠지. 나는 고개를 돌려 다른 자리에 앉아 있는 극장 직원을 쳐다보았다. 극장 직원은 행복한 얼굴로 웃고 있었다. 빨리 무대 위로 올라가지 않으면 영화표는 주지 않겠다는 의미의 표정인 것 같았다.

나는 무대 위로 올라갔다. 그리고 낮은 목소리로 이 형사에게 말했다.

"오래간만에 아는 척하는 방법이 특이하네."

이 형사는 "맞아. 잘 지내고 있네. 자네도 여전하지?" 하고 주변 관객들에게 크게 들리는 목소리로 대답했다.

그는 나에게 두 발짝 정도 떨어진 곳에 있는 의자에

앉으라고 했다. 나는 시키는 대로 자리에 앉았다. 조련사가 자기 원숭이를 데리고 나와서 올려두고 손뼉을 쳐보라고 할 때 앉힐 만한 위치였다. "저 사람이 탐정이야?" "탐정 모자도 안 쓰고 있는데." "뭐가 탐정 모자인데?" 곳곳에서 수군거리는 소리가 들렸다.

이 형사는 다시 이야기를 시작했다. 그런데 몇 마디 말을 하다 말고 나에게 다시 물었다. 관객 모두가 들으라고 하는 소리였다.

"완전범죄가 무엇입니까? 살인으로 예를 든다면?"

나는 그가 묻는 말에 적당히 그가 원할 만한 대답을 해주는 역할을 맡은 것 같았다. 나는 그가 바라는 대로 대답하기로 했다.

"완전범죄는 범죄를 꿈꾼 대로 완전히 완성하는 것 아니겠습니까? 그러니까, 사람을 죽이고도 경찰에 잡혀 처벌받지 않는다면, 그런 게 완전범죄 아닙니까?"

"그렇습니다."

그는 흡족한 표정으로 고개를 끄덕였다.

"오늘, 저는 바로 그 완전범죄를 해내는 방법에 대해서 말씀을 드리도록 하겠습니다."

객석에서는 "와!" "이야!" 하는 소리가 들려왔다. 이야기의 절정인 듯싶었다. 가만 보니 애초에 이 대목의 이야기로 유명한 장사인 것 같았다.

"사람을 살해하고도 경찰에 잡히지 않는 가장 좋은 방법은 우선 경찰이 손쓸 범위를 벗어나는 방법으로 사람을 살해하는 것입니다."

그는 나를 쳐다보았다. 그는 내가 무슨 말을 해주기를 기다리고 있었다. 적당한 부분에서 그에게 맞장구치는 것이 내 역할인 것 같았다.

"사람을 살해했는데 경찰이 손쓸 범위를 벗어난다는 것이 무슨 말입니까?"

"현대의 경찰은 법을 어기거나 법에서 처벌할 수 있는 죄만을 대상으로 범죄를 추적합니다. 그러므로 만약 애초에 법을 어기지 않는 방법으로 사람을 살해한다면, 그 일은 당국에서 처벌할 수 있는 대상이 되지 않습니다."

"사람의 목숨을 빼앗는데, 법을 어기지 않는 수가 있습니까?"

"두 친구가 있다고 해봅시다. 한때는 비슷비슷하게 친하게 지냈는데, 한 친구는 성공하여 높은 벼슬을 살고 벼슬에서 물러난 뒤에도 명성을 떨치며 돈도 많이 벌고 있습니다. 그런데 다른 친구는 실패하여 힘든 일을 하며 겨우겨우 끼니나 잇고 있는 형편으로 힘겹게 지내고 있습니다. 실패한 친구는 성공한 친구를 마음속으로 깊이 질투하여 살해하고 싶어 합니다."

그는 나를 보며 미소를 지었다. 이야기는 이어졌다.

"그래서 실패한 친구는 성공한 친구와 만날 때마다 성공한 친구에게 술을 마시고 다니며 방탕하게 사는 것이 재미있는 일이라고 부추기는 이야기를 들려줍니다. 아편 같은 약을 들이마시면서 걱정을 잊는 것이 얼마나 즐거운 일이겠냐고 친구에게 이야기하며 바람을 불어넣습니다. 그러면 성공한 친구는 차차 그 분위기에 휩쓸립니다. 성공한 친구는 술독에 빠져 흥청망청 살다가 결국 몸을 망치고 병들어 일찍 죽게 됩니다."

"그런 것을 살인이라고 할 수 있겠습니까?"

"항상 웃는 낯으로 친구를 대하고, 언제나 친하게 지냈기 때문에, 아무도 실패한 친구를 의심하는 사람은 없습니다. 피해자인 성공한 친구조차도 자신이 그렇게 병들어 죽는 것이 실패한 친구의 의도였다고 생각하지는 않습니다. 그렇지만, 그것은 실패한 친구의 의도였고, 실패한 친구가 바랐던 일이며, 그 일을 위해 행동하여 성공한 친구가 죽는다는 결과를 얻은 것입니다. 그렇다면, 그 사람은 다른 사람의 생명을 빼앗기 위한 행동을 했고, 성공한 것입니다. 이런 방법으로 사람의 목숨을 빼앗는다면, 결코 처벌받지 않습니다."

"그렇지만, 그런 방법은 너무 사용하기 어렵고 드문 것 아닙니까? 친구의 버릇을 나쁜 쪽으로 바꾸어놓고 싶다고 해도 어지간해서는 한 사람이 다른 사람이 목숨을 잃을 정도로 술과 약에 빠지게 만들어놓을 수는 없을 것입니다."

"하지만 이런 방법이 아주 드물기만 한 것은 아닙니다. 전쟁이 터졌다고 해봅시다. 선배 장군은 평소에 미워하던 후배 장군을 이 기회에 처치하고자 합니다. 그래서 후배 장군이 지휘하는 부대를 질 게 뻔한 불리한 싸움터에 보냅니다. 후배 장군은 적과 싸우다가 예상대로 죽습니다. 후배 장군의 싸움은 전쟁에서 질 것을 각오하고 싸운 미끼였다고 한다면, 누가 뭐라고 하겠습니까? 지난 조선 시대나, 고려 시대에는 실제로 이런 식으로 반대파의 실력자를 죽인 양반들이 여럿 있지 않았습니까?"

"그러나 그런 방법은 장군 정도나 되어야 쓸 수 있는 방법 아닙니까? 히로시마에 원수가 살고 있다는 것을 알았는데, 그 사람을 없애기 위해 독립운동가가 된 다음에 명성을 얻어 미군에 입대하고 그 뒤에 원자폭탄 계획에 참여하여 폭격기를 타고 날아가 히로시마에 원자폭탄을 떨어뜨린다는 식의 이야기인데."

그는 소리를 내어 웃었다. 그가 웃기 시작하자, 관객석에서도 하나둘 웃는 소리가 터져 나왔다. 그가 말했다.

"잘 찾아보면, 그래도 그 비슷한 기회를 찾는 것이 가끔 가능할 때가 드물지 않게 있을 겁니다. 예를 들어, 나비 수집하는 취미를 정말로 좋아하는 사람을 안다고 해봅시다. 그에게 방금 무너질 것 같은 어느 건물 안에서 아주 희귀한 나비를 봤다고 이야기해줍니다. 그 사람은 재빨리 다녀오면 된다고 생각하고 그 건물 안으로 들어갑니다. 나는 '그 건물은 곧 무너질 테니 너무 위험하니 가면 안 된다'라고 말까지 하지만, 그는 그 건물 안에서 나비를 찾으러 들어갑니다. 그리고 건물이 무너지는 바람에 그는 사망합니다. 분명히 나는 그가 목숨을 잃기를 바라면서 그를 함정에 들어가게 했지만, 내가 죄를 받지는 않습니다. 나는 심지어 들어가지 말라는 말까지 그에게 해주었으니 말입니다. 목표물의 성격을 잘 알고 있고, 그 성격을 이용할 수 있는 기회를 잘 찾아낸다면, 제법 많은 경우에 그 사람의 목숨을 잃도록 할 수 있을 것입니다."

사람들은 수긍하는 분위기였다. 한편, 고작 이 정도를 두고 완전범죄의 비밀이라고 했나 싶어 실망하는 기색도 있는 것 같았다.

그러나 그의 말은 그 뒤에도 계속 이어졌다.

"단, 이런 수법은 법을 어긴 것은 아닙니다. 그 때문에 처벌받지는 않습니다만, 한편으로는 그렇기 때문에 이런 수법으로 남의 목숨을 잃게 했다고 해서 그것을 범죄라고 하기는 어렵습니다. 법을 어기지 않았는데 그것이 범죄일까요? 그렇다면, 당연히 이런 수법을 완전범죄라고 부르기도 어려울 것입니다. 물론 죄라고 할 수는 있고, 나쁜 행동이라고 할 수도 있을 겁니다. 그렇다면, 이런 행동은 완전 악행 정도로 부를 수는 있겠지만, 완전범죄라고 부를 수는 없을 것입니다."

"그러면, 완전 악행이 아니라 정말 완전범죄를 저지르는 방법도 있습니까?"

"물론 있습니다. 그게 있으니까 제가 여기에 온 것 아니겠습니까?"

그가 말하자, 극장 직원들은 서로 눈치를 보내며 "와하하" 하고 웃는 소리를 일부러 냈다. 그러자 극장에 있던 사람들은 다 같이 따라 웃었다.

"저는 완전범죄를 크게 두 가지로 나눕니다. 제1종 완전범죄와 제2종 완전범죄입니다."

"처음 들어보는 이야기입니다."

정말 처음 들어보는 이야기였다. 사람들의 관심을 끌만한 전문용어인 듯한 말을 그가 적당히 지어낸 것 아닌가 싶었다.

"두 사람이 높은 곳에 있는 절벽 길을 나란히 걸어가고 있다고 해봅시다. 그런데 한 사람이 다른 사람에게 평소 원한이 있었습니다. 사랑의 연적이었다고 해보지요. 누군가 어떤 사람을 짝사랑하는데, 그 짝사랑 대상이 결혼을 하게 되어 그 결혼 상대를 증오하게 되었다고 해봅시다. 그런데 마침 그 짝사랑의 결혼 상대와 절벽 길을 같이 걷게 된 것입니다. 범인이 주변을 살펴보니 아무도 보는 사람은 없는 것 같습니다. 그 기회를 노려 범인은 그 사람을 밀어서 떨어뜨립니다. 수백 미터를 떨어져 내려가며 시체는 엉망이 됩니다. 찾아내는 데만 긴 시간이 걸립니다. 사람들은 그 사람이 발을 헛디뎌 떨어진 사고라고 생각합니다. 사랑의 내밀한 마음을 모르는 다른 사람들은 범인이 그 사람을 죽일 이유는 없다고 생각하니 범행이라고는 상상도 하지 못합니다. 누가 일부러 밀어 떨어뜨려 살해했다고 생각조차 하지 못하는 것입니다."

"완전범죄를 저지르고 싶다면, 피해자와 절벽 길을 같이 걸어갈 기회가 있을 때까지 기다려야 한다는 겁니까?"

"꼭 절벽 길을 걸어갈 기회를 기다려야 하는 것만은 아닙니다. 운전을 위험하게 하는 버릇이 있지만 또한 스스로 운전하는 것을 아주 좋아하는 부자가 있다고 해봅시다. 그 부자의 목숨을 노리는 범인은 자동차의 부품 중에 고장이 잘 날 듯한 부품 하나를 일부러 고장 나게 해둡니다. 그 때문에 부자는 자동차를 제대로 운전할 수 없어 교통사고가 나고 부자는 사망합니다. 그러면 다들 부자는 그냥 평소 버릇 때문에 자동차 사고가 나서 사망하게 되었을 뿐, 살인에 희생되었다고는 상상도 하지 못합니다. 다시 말해서, 범인이 피해자의 버릇이나 습성을 최대한 잘 관찰해보고 그 습관의 허점을 이용하면 그 틈을 이용해서 살인의 기회를 찾을 수 있다는 것입니다."

"살인을 사고로 위장하는 방법을 찾아본다는 뜻처럼 들립니다."

"꼭 살인을 사고로 위장하는 것만 방법은 아닙니다. 병이 든 노인이 있다고 해봅시다. 노인은 자신이 언젠가 사망할 것이라고 생각하고 유서를 씁니다. 그런데 노인이 유서를 쓴 그날, 그 사실을 지켜보고 있던 범인은 노인이 지병 때문에 평소에 먹던 약을 독약으로 바꿔치기해놓습니다. 노인이 독약을 먹고 사망하면, 하필 유서를 쓴 날 독약을 먹었기 때문에 사람들은 스스로 목숨을 끊었다고 생각할 것입니다."

"이제 알겠습니다. 그러니까, 범죄를 저질렀지만, 그게 주변 사람들에게는 범죄가 아닌 것처럼 보일 수만 있다면 완전범죄가 된다는 말을 하시는 것 같습니다."

나는 그가 듣고 싶어 할 만한 이야기를 해주었다. 그는 고개를 끄덕였다.

"그렇습니다. 범죄를 저질렀지만 범죄인 것을 다른 사람들이 모르게 하는 방식. 그게 바로 제2종 완전범죄입니다."

"그런 방식이 많이 있겠습니까?"

"세상에는 암수범죄라는 것도 있지 않습니까? 범죄

가 벌어졌지만, 경찰에 신고가 되지 않거나, 세상 사람들이 범죄에 당했는지 알지 못해 범죄 취급도 받지 못하는 사건들을 암수범죄라고 합니다. 그리고 그런 사건들은 종종 일어납니다. 서울역 거리 앞의 부랑자들 사이에 싸움이 일어나 투닥거리다가 누구 하나가 사망했다고 해봅시다. 눈에 안 뜨이는 구석에 시체가 던져져 있다가 며칠 만에 발견되면, 그냥 어느 가난뱅이가 또 굶거나 병들어 죽었구나 하고 생각하고 화장할 뿐입니다. 누가 알겠습니까? 배를 타고 홍콩이나 미국으로 밀항해서 잘 살아보겠다고 고향을 떠난 젊은이가 바다 위에서 밀항꾼들에게 사기당해 소지품을 빼앗기고 바다 한가운데 내던져졌다고 해봅시다. 고향의 가족들은 언제까지나 먼 외국에 가서 잘 살고 있을 거라고 생각할 뿐, 바다 한복판에서 그렇게 살해당했을 거라고는 생각하지 않을 것입니다. 자식이 밀항자이니 경찰에 신고할 생각도 하지 못할 겁니다. 살인이 일어났지만, 범죄인지 알지도 못하고 그냥 묻혀서 잊혀져가는 것입니다."

관객들은 저마다 "그렇군" "그렇겠다" 하는 소리를 냈다. 그는 말을 이어갔다.

"심지어 정말 교묘한 상황에서 벌어지는 제2종 완전범죄는 범죄가 아닌 완전 악행과 구분하기 어려운 경우가 되는 경우도 있습니다."

"무슨 말씀이신지 얼른 떠오르지 않습니다."

"수술을 아주 잘하는 의사가 있다고 해봅시다. 그런데 자신의 원수가 병이 들어 수술을 받으러 왔는데 마침 자신이 수술을 하게 된 것입니다. 이 의사는 뛰어난 실력으로는 원수를 충분히 살릴 수 있습니다. 그러나 다른 의사라면 수술에 실패하여 원수가 죽을 가능성이 충분할 만큼 큰 병입니다. 의사는 일부러 제 실력을 발휘하지 않고 수술에 실패해버립니다. 이것은 의사의 마음을 누군가 읽을 수 있다면, 의사로서 의무를 일부러 소홀히 하여 사람을 죽게 만든 것이 되겠지만 의사 본인 외에 그것을 입증할 수 있는 사람이 없습니다."

"완전범죄를 저지르려면 먼저 열심히 공부하고 연습하여 훌륭한 의사가 되어야 하겠군요."

"운명에 따라서는 누구나 한번쯤 그런 기회를 가지게 될 수도 있습니다. 여러분의 원수가 우연히 물에 빠졌다고 생각해봅시다. 전속력으로 달려가 원수의 손을 붙잡고 힘차게 끌어낸다면 여러분은 원수를 살릴 수 있습니다. 그런데 여러분이 일부러 조금만 천천히 달려간다면? 혹은 원수의 손을 붙잡을 때 일부러 조금 느슨하게 붙잡아서 놓친다면? 여러분 때문에 원수는 물에 빠져 목숨을 잃겠지만, 그게 누구에게나 이상하게 보일 정도로 심하지만 않다면 여러분 때문이라고는 아무도 지적할 수 없습니다."

관객들 중에 서로를 쳐다보면서 무엇인가 생각하는 사람들이 보였다. 내가 그런 처지가 되어 아무도 모르게 해칠 수 있다면, 누구를 해칠 수 있을까를 상상하고 있을까?

"제2종 완전범죄에 대해서는 잘 알겠습니다. 그렇다면 제1종 완전범죄는 무엇입니까?"

"제1종 완전범죄는 말 그대로, 완전범죄 중의 완전범죄, 가장 완전한 범죄입니다. 범인이 누군가를 살해하는 범죄를 저질렀다는 사실이 명백하지만, 그 범인이 누구인지는 도저히 알아낼 수가 없는 것입니다. 즉 구분하자면, 범죄가 아닌 것으로 속이는 방식이 제2종 완전범죄, 범죄인 것이 밝혀지지만 그러면서도 범인을 알아낼 수 없게 하는 것을 제1종 완전범죄라고 할 수 있겠습니다."

"예를 들어주시겠습니까?"

"누군가 칼부림을 당해 죽은 시체로 길 위에서 발견되었다고 해봅시다. 그러면 칼을 휘두른 사람이 있을 테니, 범인이 있는 범죄일 것입니다. 그런데 누가 칼을 휘둘렀는지 아무리 조사해도 알아낼 수 없다면, 그것이 바로 제1종 완전범죄라는 이야기입니다."

"범인을 알아냈지만, 증거 부족으로 체포하거나 처벌할 수 없는 사례도 있지 않겠습니까?"

"증거를 완전히 갖출 수 있을 만큼 확실하게 범인을 알아낸 것은 아니므로, 넓게 보면 그것도 제1종 완전범죄에 속할 것입니다."

그는 그러고 나서, 제1종 완전범죄의 방식과 특징에 대해서 긴 설명을 늘어놓았다. 그러다, 그는 갑자기 자리에서 일어났다. 그러더니 큰 소리로 힘을 주어 말했다.

"여러분, 그런데 이쯤 되면 한 가지 깨닫게 되는 것이 있을 겁니다. 제1종 완전범죄든, 제2종 완전범죄든, 결국 범인이 추적을 피하려면 범죄를 저지를 동기가 없어 보여야 한다는 점이 중요할 겁니다. 범죄를 저지를 동기가 분명한 사람이 있다면, 수사 당국은 그 사람을 노리고 철저히 조사하기 시작할 것이고, 그렇다면 결국 허점은 드러날 가능성이 높습니다. 허점이 드러나지 않는다고 하더라도 보통 사람이라면 조사받는 과정에서의 압박감과 피로감 때문에라도 언제인가 모든 것을 포기하고 자백하게 될 가능성도 있습니다."

"역시 예를 들어 설명해주시겠습니까?"

"앞서 설명한 유서를 쓴 노인이 먹는 약을 독약으로 바꿔치기해서 살인을 저지른 범인이 있다고 해봅시다. 이런 수법을 썼을 거라고 밝혀내기란 쉽지 않을 것입니다. 그런데 만약 평소 그 노인이 죽기를 아주 깊이 바라던 사람이 있었다면, 경찰은 그 사람을 의심하고 조사할 것입니다. 조사하다 보면, 그 사람이 언제인가 독약을 사 오려고 주문한 흔적이라든가, 수상하게 노인의 약병에 접근한

혼적 같은 것을 찾아낼 수 있을 것입니다. 그러면 범인을 밝히고 증거를 찾아내어 체포할 수 있습니다."

"그렇다면, 반대로 살해할 동기가 아예 없으면서도 어떤 사람을 살해하는 사람이라면 완전범죄를 해낼 가능성이 높은 것 아닙니까?"

"그렇습니다."

"그런데, 동기도 없이 누군가를 살해하고 싶은 사람이 세상에 있겠습니까?"

"만약, 나는 완전범죄를 할 수 있다면서 누군가에게 자랑하고 싶어 안달 난 유치한 얼간이가 있다고 해봅시다. 그러면 그 사람은 오직 완전범죄를 저지르고 싶다는 그 목적 하나 때문에 평소 원한도 없던 사람을 살해할 수도 있을 겁니다. 한편, 수십억 명이나 되는 세상 사람들 중에는 살인 자체에서 기쁨을 느끼는 얼뜨기도 있지 않겠습니까?"

"그러면 그런 사람이야말로 최악의 완전범죄자라는 이야기입니까?"

"그렇지 않습니다. 그런 사람은 이유도 없이 그저 범죄를 저지르기 위해 범죄를 저지르는 사람입니다. 그런 사람들은 제대로 된 완전범죄자가 못 됩니다. 그런 자들은 자신의 필요에 의해 범죄를 저지르는 사람과 구분되어야 합니다. 저는 단지 범죄를 저지른다는 그 자체를 위해서 범죄를 저지르다가 성공한 완전범죄는 가짜 완전범죄라고 생각합니다. 그래서 그런 완전범죄는 위성 완전범죄라고 부릅니다. 그게 아니라 범죄 그 자체 이외에, 어떤 사람을 살해해야 할 만한 다른 이유가 있어서 살인을 하고, 그리고 그 범죄가 완전범죄로 성공한 사례야말로 진정한 완전범죄입니다. 저는 그것을 진성 완전범죄라고 부릅니다."

"그러니까, 제1종 완전범죄이면서, 진성 완전범죄인 완전범죄야말로, 진짜 완전범죄라는 뜻이라는 말씀 같습니다."

"그렇습니다. 그리고……"

그는 여기까지만 말하고, 관객들을 보면서 잠시 뜸을 들였다.

"저는 진성 완전범죄이자 제1종 완전범죄를 저지르는 가장 완벽한 방법 한 가지를 고안하였습니다."

관객들은 웅성거렸다. 감탄의 소리를 내는 사람도 있었다.

"지금 그것을 여러분들에게 언급하려고 합니다."

관객석에서 나오는 감탄의 소리는 더욱 커졌다.

"다만, 말 그대로 그런 것이 있다고 언급할 뿐입니다. 상세한 내용을 여러분들께 공개해 설명해드릴 수는 없습니다. 만약, 그런 방법을 제가 널리 알려드린다면, 그 방법을 이용해서 사람을 살해하고도 결코 경찰에 검거되지 않는 사람들이 세상에 생겨날 것입니다. 그런 나쁜 일을 할 수는 없지 않겠습니까? 그런 행동은 세상에 악마를 풀어 놓는 행동입니다."

"그렇다면, 어떻게 그런 완벽한 완전범죄의 수법을 고안하셨다는 것을 저희들이 믿을 수 있습니까?"

"바로, 그래서 제가 탐정 선생을 모셔 오라고 한 것입니다."

그는 나와 관객들을 보며 웃었다.

"저는 무대 뒤로 가서, 여기 계신 탐정 선생에게 제가 고안한 완전범죄의 방법을 이야기해드릴 겁니다. 그러면 탐정 선생만 그 방법을 들으실 것입니다. 이 탐정 선생이라면, 설령 완전범죄 방법을 알게 된다고 하더라도 살인을 저지르실 분은 아니니까요. 그리고 탐정 선생이 제 방법을 듣고 다시 무대로 나오셔서 여러분께, 제가 한 말이 얼마나 가치 있는 이야기인지 말씀해주실 것입니다."

곧, 나는 그의 설명대로 무대 뒤로 들어갔다. 그리고 잠시 후 나는 무대 바깥으로 나와 관객들을 보며 이렇게 이야기했다.

"적어도 어느 정도의 가치는 지닌 이야기였습니다."

관객들의 탄성과 박수 소리가 이어졌다. 변사가 올라와서, 얼마나 놀라운 이야기였는지 호들갑을 떨며 길게 설명했다. 곧 성질 급한 관객들이 일어서서 나가려는 소리, 그 관객들이 앞을 가리는 것이 싫어서 다른 관객이 짜증을 내는 소리, 갑자기 소란스럽게 울리는 음악 소리 따위가 극장 안에서 퍼져나가기 시작했다. 변사는 더욱 크게 목소리를 높여, 다음에 얼마의 돈을 내고 오면 또 어떤 재미있는 이야기를 들을 수 있고, 무슨 공연을 볼 수 있는지 외쳤다.

극장 바깥으로 나와 보니, 이미 해가 져서 캄캄한 밤이 되어 있었다. 서울 시내의 전기 사정은 여전히 좋지 않아, 밤은 매우 어두워 보였을 뿐만 아니라, 얼마든지 더 어두워질 수 있을 것처럼 보였다.

나는 그 어둠 속으로 발걸음을 옮겨 돌아가려고 했다. 그런데, 내가 충분히 깊은 어둠 속으로 들어와 눈에 잘 띄지 않게 되었다 싶었을 때 처음 들어보는 낯선 남자의 음성이 등 뒤에서 들려왔다.

"꼼짝 마. 움직이면 죽이겠다."

그리고 그 사람은 내 앞에 새카만 것을 하나 내보였다. 처음에는 너무 어두워 잘 알 수 없었지만, 별빛에 반짝이는 그것의 윤곽이 드러났다.

권총이었다.

2

그럴 필요까지는 없다고 몇 번이나 설명을 해주었는데도, 나에게 권총을 들이댄 남자는 나를 몇 차례나 때렸다. 한번은 제대로 맞아서 거의 정신을 잃을 정도였다. 그러면서 나는 어디인가로 끌려갔다. 어디로 가는지 짐작하기도 어려웠다. 과연 나를 끌고 간 사람이 그 한 명뿐이었는지, 아니면 몇 명의 무리가 있었던 것인지도 정확히 알 수는 없었다. 여러 사람이 나를 제압하고 짊어지고 간 것일까? 그러나 힘이 세고 스스로 자동차를 구해 운전할 수 있는 사람이라면 비록 한 명이라도 머리통을 두들겨 맞고 자빠진 멍청한 탐정 하나 정도를 끌고 가는 것은 어렵지 않을 것이다.

나는 줄에 묶인 채 빛이 거의 들지 않는 어느 방에 던져졌다. 바닥은 그냥 흙바닥이었다. 그렇다면 제대로 된 방이라기보다는 무슨 창고인 것 같았다. 정신을 차리고 주변을 살펴보았다. 벽체는 나무와 흙으로 되어 있는 것 같았고 내 주변에는 대개 나무로 만든 부서진 물건 같은 것들이 나뒹굴고 있었다. 가만 살펴보니, 옛날 양반집의 조상을 모시기 위해 세운 사당에서 사용하던 물건의 조각처럼 보였다.

아마도 내가 갇혀 있는 곳은 대한제국이 망하고, 그러

214

고 나서 들어온 일본 제국도 망하는 사이에 어디인가 줄을 잘못 타 같이 망한 어느 양반의 버려진 흉가 같은 곳 아닌가 싶었다. 그렇다면 내가 있는 곳은 사람이 찾아오지 않을 만한 곳에 있는 빈집의 광일 것이다. 나에게 권총을 들이댄 사람은 이런 곳이 있다는 사실을 미리 알고, 여기까지 나를 끌고 올 만큼 준비가 되어 있는 인물이겠지.

점차 정신이 들고 마음이 진정되자, 입안에서 슬며시 피 맛이 났다. 얻어맞고 엎어지고 자빠지는 사이에 입안에 상처가 생긴 것 같았다. 쾨쾨한 광 안에서 피어오르는 흙먼지와 곰팡이 냄새도 점차 진해지는 느낌이 들었다. 긴 시간 가만히 갇혀 있자니, 그 냄새는 사람을 더 빠른 속도로 지루한 기분으로 이끌었다.

혓바닥으로 느낄 수 있는 맛이 세상에 피와 섞인 흙먼지 말고 무엇이 또 있는지, 더 이상 잘 생각이 나지 않을 정도로 긴 시간이 흘렀다. 그때가 되어서야 빼꼼히 문이 열렸다.

날이 밝았는지 바깥에서는 빛이 들어왔다. 열린 문으로 들어선 사람의 모습은 정확히 보이지 않아 그림자만 보였다. 줄을 세워 다린 바지를 입고 칼라가 있는 웃옷을 입어 정장을 차려입은 행색이 아닌가 싶었는데, 가만 보니 옷의 색깔이 짙은 초록색 비슷해 보이기도 했다. 언뜻 군복 같기도 했다.

"정신 차렸나?"

처음 나에게 권총을 들이댔던 바로 그 목소리였다. 똑똑히 알아차릴 수 있었다.

그러나 나는 일부러 아무 말 하지 않고 가만히 있었다. 내 상태를 확인하려고 상대가 가까이 다가오면 좀더 정확하게 그 행색을 살펴볼 생각이었다. 운이 좋으면 그때 상대를 공격할 기회를 포착할 수 있을지도 몰랐다.

그렇지만, 상대는 다가오는 대신 돌멩이를 하나 주워 나를 향해 던졌다. 나는 돌멩이를 피하기 위해 움찔거려야 했다. 그래도 몸을 제대로 움직일 수 없어 머리를 겨우 피할 수 있을 뿐이었다. 돌이 어깨에 부딪히니 허리까지 뼈를 타고 아픔이 전해지는 것 같았다.

내가 말했다.

"묻는 태도가 별로 안부를 걱정해주시는 것 같지는 않은데.

픽,하고 웃는 소리가 들렸다. 그러더니 말소리가 이어졌다.

"너한테 다른 용건은 없다. 이 선생에게 들은 완전범죄 방법을 나에게 설명하라. 그러면 너를 풀어주마."

"반대로 내 제안은 어떤가? 나를 풀어줘. 그리고 주소를 알려주면, 내가 집에 가서 꽃무늬 편지지에 펜글씨 정자체로 반듯하게 완전범죄를 하는 방법을 써서 편지로 부처주지."

그 남자는 내 쪽으로 들어오더니, 나를 한 대 걷어찼다. 족히 그 발로 백 명에서 2백 명 정도는 걷어차본 솜씨였다. 창자의 위치가 위장과 한번 바뀌는 것 같은 느낌이 들었다.

아파서 몸을 꿈틀거리는 동안, 남자의 행색을 볼 수 있었다. 입고 있는 옷은 확실히 군복이 맞는 것 같았다. 그러나 대한민국 군대의 군복은 아니었다. 어쩌면 무슨 단체나 조직에서 군복처럼 만든 옷인지도 모르겠다는 생각이 들었다. 간교하고 사악한 무리들을 몰아내고 진정한 새 나라를 만들어야 한다고 부르짖어대는 조직들이 남북한에 걸쳐 득시글댔던 것이 고작 몇 년 전이었으니, 미끈해 보이는 저런 군복을 맞춰 입은 조직이 하나쯤 있어도 이상할 것은 없다.

남자가 말했다.

"개수작하지 마. 네가 풀려나면, 약속대로 나에게 완전범죄 방법을 알려주겠다는 것을 어떻게 믿지? 그냥 도망치든지, 오히려 경찰에 신고를 해서 나를 공격하러 들 수도 있는 것 아닌가?"

"피차—"

바로 이어서 대답하려 했는데, 걷어차인 곳이 아파서 말이 잘 나오지 않았다. 그러면서도 잘난 척하는 말투로 이야기하려는 내 꼴이 우스운지, 협박범은 싱그러운 미소를 지었다. 나는 힘을 내어 말을 계속했다.

"피차 마찬가지 아닌가? 보아하니 무슨무슨 무력단원 단장님이시라거나, 무슨무슨 군병대의 장군님이신가 본데, 장군님께서 내가 완전범죄 저지르는 방법을 알려드리면 그 방법만 들은 뒤에 나를 풀어주지 않는다면 어떻게 하지?"

"나는 너를 풀어준다. 너 같은 놈을 내가 계속 데리고 있어서 무엇 하겠나?"

"데리고 있기가 거추장스러우면, 내 머리통 속에 납덩이를 심어주실 수도 있겠지. 들고 계신 권총이 납덩이를 파종할 때 요긴하게 쓰이는 기구 아닌가?"

"내 말을 믿어라. 완전범죄를 저지르는 방법만 알려준다면, 나는 너를 풀어준다."

"내 말을 믿는 게 더 좋지 않을까? 서로 전적을 비교해보자고. 나는 장군님께서 물어보시는 말씀에 공손히 대답하면서 이렇게 예의를 갖춘 모습으로 앉아 있지. 그러나 장군님께서는 권총을 들이대고 사람을 두들겨 패면서 이런 특이한 집무실에 나를 강제로 끌고 오지 않으셨나? 믿음직한 행동을 한 사람은 장군님보다는 내 쪽이지. 그러니, 장군님 주장보다는 내 주장을 믿는 게 좋지 않겠어?"

협박범은 내 말에 대답하지 않았다. 한참 그 그림자만

보일 뿐, 움직임도, 소리도 없었다.

그러더니 문이 서서히 닫혔다. 빛도 점차 줄어들었다. 주변은 캄캄해져갔다. 거의 모든 것이 암흑이 될 때 즈음 목소리만 들렸다.

"완전범죄 저지르는 방법을 말해주면, 물과 먹을 것을 주겠다. 계속 말하지 않으면 목이 말라 죽겠지."

그리고, 다시 긴 시간 동안 나는 먼지 냄새 맡는 방법만 연습하며 가만히 있어야 했다. 어떻게 하면 광에서 나갈 수 있을까를 고민하면서 한 평생과 같은 시간을 보내고 나서, 나는 마땅한 방법이 없다는 결론에 이르렀다. 그리고 나서는 그나마 묶여 있는 줄을 풀 수 있는 방법이 있을까 없을까를 고민하며 또 한평생 같은 시간을 보냈다. 그리고 내가 살아남을 수 있을 가능성이 있는 방법은 뭐가 있을까를 고민하며 또 한평생. 그리고 나서, 도대체 왜 내 삶은 이렇게 되었을까, 내가 어디서 잘못된 선택을 했을까 반성하는 시간을 한평생 동안 보내고, 거의 모든 선택들을 다 잘못하기만 했다는 결론에 도달했다. 그리고 나서는 더 이상 아무런 다른 궁리도, 반성도 하지 못하고 그저 물을 마시고 싶다, 물 마시고 싶다, 물, 물. 물 생각에만 빠졌다.

그리고 다시 빛이 들어왔고, 문이 열렸다.

협박범은 이번에는 감질나지 않게 내 눈앞으로 빠르

게 쑥 들어왔다. 그 숨결을 느낄 수 있을 정도로 가까웠다. 손에는 한 사발의 물이 들려 있었다. 나는 목을 내밀어 그 물로 얼굴을 드밀었고, 혀를 내밀었다. 간신히 혀끝에 몇 방울의 물이 닿았을 때, 협박범은 물을 치웠다.

"완전범죄를 저지르는 방법을 말해주면, 물을 주겠다."

"물을 먼저. 물부터."

"완전범죄 방법부터 먼저 알려줘야 해."

"물, 물을 줘. 아무, 생각을, 말을 못 하겠어. 물을 줘. 물부터. 물부터."

"말부터 먼저 해줘야 한다니까."

"물이 먼저야, 물, 물."

결국 협박범은 내 얼굴 앞에 물을 내밀었다. 나는 얼굴을 물속에 처박고 싶었다. 정신없이 물을 마셨다. 어떻게 물을 마셨는지 느낄 수도 없어서 그냥 얼굴 전체로 물그릇 속을 수영하고 다녔더니 물이 저절로 몸으로 흡수된 느낌이었다. 차가운 물이 배 속을 갑자기 휘감으며 흘러내려가자 배가 뒤틀리듯 아프다는 느낌이 들었다. 그러나 그 느낌마저도 싫지 않았다. 그게 바로 물 느낌이니까. 물을 마시고 있으니까.

"말을 해주면, 물 정도는 마음껏 마시게 해주지."

"물을 더 마시고 싶어."

"이제 주둥이가 터졌군. 이제 네 차례야. 완전범죄를

저지르는 방법을 말해."

"그럴 수는 없지."

그렇게 말했지만, 바로 후회스럽다는 생각이 들었다. 물이 더 마시고 싶었다. 협박범이 말했다.

"그러면 죽는 수밖에 없겠지."

협박범은 일어나서 나가려고 했다. 나는 등 뒤에 대고 말했다.

"생각해보면 이상하다고. 완전범죄라는 것은 범죄를 저질렀지만 모르게 하려는 거잖아. 그런데, 너는 그 방법을 알아내기 위해서 이미 나를 붙잡아 가두고 괴롭히는 죄를 저질렀지. 완전범죄를 저지르는 방법을 결국 알게 된다고 해도, 그 방법을 알아내는 과정에서 나를 붙잡고 가두는 지금 이 범죄는 결국 들키게 되고 말 거야."

"누가 너를 찾을까? 너를 애타게 찾는 가족이 있나?"

"애타게 찾는 가족은 없지만, 때가 될 때마다 이자를 갖다주지 않으면 애가 탈 빚쟁이들은 몇 있지. 경찰이 조사를 할 거라고. 나를 죽이든 살리든 결국 네가 새로 저지르는 범죄를 완전범죄로 저지를 수 있게 된다고 하더라도 나를 여기에 붙잡아 온 방법 때문에 수상한 점이 드러날 거야."

"네가 알 바는 아니지."

"아니야. 너를 믿고 말을 하기 위해서는 알아야 하는

바지. 나는 그게 궁금해. 이미 납치라는 범죄를 저질러버린 네가 왜 완전범죄 살인 계획을 알고 싶어 하는지. 어떻게 그럴 수가 있지? 혹시, 네가 저지르는 이 범죄는 들켜도 상관이 없고 붙잡혀도 되지만, 완전범죄 수법을 새로 알아서 저지르는 그 살인만은 깨끗하게 성공시키겠다는 그런 식의 계획은 아닐까? 누군가를 살해하고 싶은데, 그 살인만큼은 절대 세상에 들키고 싶지 않고 완전히 성공시키고 싶은 거야. 자신을 희생해서라도. 그만한 가치가 있는 일이 있을까?"

"가치를 따지기에 좋은 자리는 아닌 것 같은데."

"너는 이런 먼지 구덩이에서 물 한 잔을 가지고 흥정하는 짓거리를 하고 있어. 그런데도 잘 다린 제복을 입고 계시지. 그런 걸 보면 무슨 정치 단체를 위해서 일하시는 걸까? 그러면 어떤 정치인을 암살할 계획을 꾸미시는 건가? 어느 쪽이야? 누구누구는 사실 공산당의 첩자니 제거해야 한다는 신념을 품고 계시나? 아니면 반대로 친일파 부스러기였는데도 벼슬아치가 된 누구를 죽여야 세상이 좋아진다고 믿고 계시나? 미국 앞잡이를 암살할 계획이신가? 소련 앞잡이를 암살할 계획이신가? 임시정부 출신으로 정치 단체를 만들었다는 누구누구를 암살할 계획이신가?"

협박범은 그 자리에 멈춰 서더니 돌아섰다.

"한 마디만 더하면 그냥 총으로 쏘아 죽이겠다."

나는 그의 말이 끝나기도 전에 빠르게 먼저 말했다.

"우리 관계에 생긴 갈등을 내가 제대로 짚어주지. 나는 내가 먼저 완전범죄 수법을 너에게 알려준 뒤에 네가 나를 배신하고 나를 죽일 것을 걱정하고 있어. 반대로 너는 나를 먼저 풀어주면 내가 너를 배신하고 완전범죄 수법을 알려주지 않을 것을 걱정하고 있지. 서로 믿지 못해. 이게 우리의 문제야."

나는 한 마디라고 하기에는 훨씬 더 많은 말을 했는데도, 총소리가 들리지 않았다는 사실을 확인했다. 그러면서 잠시 숨을 골랐다. 그리고 이어서 말했다.

"나는 이런 경우에 쓸 수 있는 해결책을 하나 갖고 있어."

"무슨 해결책?"

"에스크로."

"에스크로?"

"그래. 서로 믿지 못하는 두 사람이 거래하려고 할 때 쓰는 방법이야. 물건을 건네고 돈을 받아야 하는데, 물건을 파는 쪽은 물건만 받고 돈을 주기 전에 상대가 그대로 도망갈까 봐 걱정이야. 반대로 돈을 내는 쪽은 돈을 먼저 내면 물건은 주지 않고 상대가 그대로 도망갈까 봐 걱정이지. 그럴 때, 에스크로 방식으로 거래를 하는 거야."

"어떤 방식인데?"

"중간에 둘 다 믿을 수 있는 명망 높은 총잡이 한 사람을 찾아야 해. 그 명망 높은 총잡이를 두고, 그 총잡이에게 동시에 물건과 돈을 맡기지. 총잡이는 물건과 돈이 둘 다 정확히 맡겨진 것을 확인한 후에야, 각자 물건과 돈을 받아 갈 수 있도록 허락하는 거야. 누군가 속이려고 하면 총잡이가 처단할 테니 거래를 믿을 수 있어. 그 대가로 총잡이에게 돈을 좀 집어 줘야 하겠지."

"너하고 내가 그런 관계인가?"

"생각해봐. 이대로라면 나는 그냥 멍청하게 고집을 부리다가 잠시 후면 목이 말라 정신을 잃고 미쳐버리겠지. 그러면 너는 아무것도 얻을 수 없어."

협박범은 말없이 문 앞에 서 있었다. 어둠 때문에 얼굴이 가려져 어떤 표정인지는 알아볼 수 없었다. 나는 이어서 말했다.

"나도 목이 말라 정신을 잃고 미쳐버리는 것을 좋아하지는 않고."

협박범은 문을 닫고 나갔다. 나는 이제라도 모든 걸 다 말할 테니 목숨만 살려달라고 빌 걸 그랬나 싶었다. 그렇게 말을 할까, 말까 망설이고 있는데, 곧 다시 문이 열렸다.

"에스크로 거래를 하게 해줄 총잡이 같은 사람이 있나?"

나는 문 쪽의 눈부신 빛을 향해 대답했다.

"비단지네라고 들어본 적이 있나?"

그는 그 이름을 듣고 놀란 것 같았다. 이따위 일에 관심을 쏟고 다니는 위인이라면, 비단지네의 이름 정도는 한 번쯤 들어본 적이 있겠지. 돈만 주면 무슨 일이든 하는 벌레 같은 인간. 대신에 돈 앞에서는 절대 배신하지 않는 황금 같은 인간.

"비단지네에게 연락할 수 있는 전화번호를 줄게. 그리고 비단지네에 일을 부탁하려면 어떻게 해야 하는지 알려주지. 비단지네에게 부탁하면 일을 맡아줄 거야. 비단지네가 너 대신 나를 붙잡아둘 테고, 내가 너에게 정확히 완전범죄 수법을 알려준 것이 확인되면 그 뒤에야 비단지네는 나를 풀어줄 거야. 아니면 너에게 다시 나를 돌려주겠지. 어떤가, 비단지네라면 믿을 만하지 않나?"

나는 전화번호를 말했다. 그리고 어떤 말을 건네야 비단지네가 대화를 받아주는지 설명해주었다. 다시 문은 닫혔고 시간이 흘렀다.

나는 협박범이 전화기가 있는 곳을 찾아가서 전화를 하고 있기를 빌었다. 이대로 목이 말라 죽는다면, 내 인생의 마지막 생각이란 협박범이 전화기를 잘 찾기를 바라는 기도문이 될 텐데, 삶의 마지막 순간에 머릿속을 채운 생각치고는 참 볼품없겠다 싶었다. 조잡하게 짜맞춰 남의 나라 군복을 흉내 내어 만든 싸구려 제복을 조선 시대에 임금님께서 내려주신 소중한 관복인 양 자랑스러워하고 있는 멍청이. 그런 녀석 때문에 나도 이렇게 멍청하게 죽는 거지. 그렇다면, 차라리 그 멍청이가 사실은 조국과 민족의 발전을 위해 목숨을 걸고 있는 의로운 인물이기를 기도해볼까?

그런 애처로운 짓을 하기 직전, 협박범이 다시 나타났다.

"비단지네를 만나러 간다."

그리고 문이 열렸다. 빛이 들어왔다. 파란 하늘이 보였다. 그렇지. 하늘의 파란색은 저랬지. 반가웠다. 그런데 하늘이 충분히 많이 보이지 않았다. 들어오는 빛도 충분히 밝지 않았다. 문 바로 앞에 자동차가 세워져 있었다. 자동차의 덩치가 열린 문 앞을 가리고 있었다. 자동차의 뒤쪽 트렁크는 열려 있었다.

"트렁크 안으로."

나는 그 말을 그대로 따랐다. 트렁크는 비좁았지만, 불평을 하면 협박범은 팔이나 다리를 부러뜨려서라도 나를 그 안에 끼워 넣을 기세였다.

곧 자동차는 움직였고, 다시 상상하기 어려운 어딘가로 움직여 갔다. 나는 지난 여러 사건에서 일을 하다가 자동차 트렁크에 들어가 있어야 했던 때가 또 있었다는 기억을 떠올렸다. 곰곰이 생각해보니, 이번 말고도 두 번이나 더 자동차 트렁크에 들어가 있었던 적이 있었다. 예전에 비해서 이번에는 그래도 트렁크 안에 들어가 있는 느낌이 약간은 더 아늑하다는 생각이 들었다. 나는 비열한 놈들의 자동차 트렁크에서는 어쩐지 역겨운 냄새가 진하게 난다는 선입견을 갖고 있었는데, 이 차 안에는 희미한 기름 냄새 같은 것 외에는 별다른 냄새도 없었다. 잘하면 한숨 잘 수도 있지 않겠나 싶었다.

그러나 그 전에 다시 트렁크 문이 열렸다.

차가 도착한 곳은 어느 무너져가는 커다란 건물 안이었다. 어디인가 싶었지만 조금 둘러보니 알 수 있을 것 같았다. 재작년인가에 있었던 노동조합 시위 진압 때에 불타버린 후에 그대로 버려져 있는 한강 변의 공장이었다. 잠깐 기다리고 있으니, 건물 반대편에서 멋진 옷을 입은 한 여자가 나타났다. 상상하던 모습과는 약간 달라 보였지만 풍기는 분위기는 상상 그대로였다.

협박범이 여자를 향해 말했다.

"선생이 비단지네요? 약속했던 대로, 내가 말을 묻고 싶은 사람을 데려왔소. 이 사람을 맡아주실 수 있겠소?"

그러자 상대는 고개를 끄덕였다. 협박범은 그 여자를 한번 살펴보더니 말을 덧붙였다.

"비단지네가 이런 분이신 줄은 몰랐는데."

"모르기를 잘했네."

여자가 대답했다. 여자는 주변을 한 바퀴 돌며 걸어다니더니 협박범의 얼굴을 찬찬히 들여다보았다. 그러고는 다시 말하기 시작했다.

"뭐, 다 좋은 이야기인데. 나도 우리 군인 나리께 뭔가 좀 여쭙고 싶은 게 있는데 말이야. 사실, 어디서 어떻게 비단지네와 연락하는 법을 배우셨는지, 뭐, 그런 여러 의문 사항들을 솔직하게 들어보고 싶단 말이지."

"무슨 말이야? 너는 돈을 받고 맡은 일이라면 무슨 일이든 정확하게 한다는 비단지네 아닌가? 너에게는 돈만 주면 되잖아?"

그러자, 여자의 옆으로 고릴라 같은 덩치를 가진 남자 대여섯 명이 커다란 몽둥이를 들고 어슬렁거리며 나타났다. 여자가 말했다.

"정직한 이야기를 듣고 싶은 마당에, 좀 설명을 대충 하고 넘어가서 미안하구먼. 그렇지만 거짓말한 것은 아니야. 네가 연락한 상대인 나는 비단지네가 아니라, 용산 쌍룡이라고. 나, 용산 쌍룡, 그중에서도 백룡."

"네가, 누구라고? 용산 쌍룡? 그게 누군데?"

"비단지네를 찾느라, 별의별 곳을 다 찌르고 다니고 있었는데, 누가 비단지네에 대해서 제법 아는 것 같은 사람이 나한테 연락을 했더라고. 그래서 이렇게 한번 물어보려고 나와본 거야."

그 말을 듣고 당황한 협박범은 나를 돌아보았다.

"비단지네에게 연락하는 전화번호라면서 엉뚱하게

이 자식 전화번호를 알려줬던 건가?

내가 협박범의 질문에 대답하기 전에 백룡이라는 그 여자가 대신 말했다.

"아이고, 이 자식, 저 자식이 무슨 말버릇이신가. 이렇게 멋있는 군복을 입고 계신 군인 나리께서 어째 말씀하시는 예절은 그 정도이신가 모르겠네. 나는 비단지네에 대해서는 뭘 어디까지 어떻게 아시는 분인지, 제법 많이 알고 계신 것 같길래, 이렇게 한번 모셔서 길게 이야기를 듣고 싶어서, 아주 길고 길게 이야기를 듣고 싶어서. 그래서 이렇게 널찍한 곳에 모셨는데."

"난 비단지네에 대해서는 몰라."

"모르겠지. 암, 모르겠지. 지금은 아무것도 모르겠지요? 그렇지만, 결국은 다 이야기하게 되지 않겠어요?"

백룡은 그렇게 말했다. 그러자 몽둥이를 든 남자들은 주변으로 좀더 가까이 걸어 들어왔다.

곧이어 백룡은 자동차 트렁크 쪽으로 걸어왔다. 그러더니 내 쪽을 향해 말했다.

"선생은 누구신가? 대강 돌아가는 분위기를 보니 전에 우리 비서가 한번 찾아뵀었던 분 아닌가 싶은데."

"탐정 일을 하는 사람입니다. 약속대로 비단지네에 대해서 알려줄 사람을 찾았기에 연락하도록 했습니다. 나를 풀어주면, 진짜 비단지네를 만나게 해주겠습니다."

"내가 그 말을 어떻게 믿지?"

"못 믿겠거든 관두십시오. 지금 여기서 나를 죽여버리면 영영 비단지네를 직접 만나지는 못하지 않겠습니까? 비단지네를 붙잡아 흑룡의 원한을 갚으려면 나를 풀어주어야 할 겁니다."

"그런데 탐정 선생은 꽤 열심히 탐정 일을 하신다는 것 같던데. 손님에 대해 이런 식으로 쉽게 말씀을 해주신다는 것은 도리에 어긋나지 않는가? 손님에 대한 배신인데?"

백룡은 내 대답을 기다리고 있었다. 그사이에 보이지 않는 곳에서 협박범과 부하들이 내는 소리가 들려왔다. 그 소리는 격렬한 논쟁 같았고 논쟁 중에서도 보통 논쟁의 예절을 훌쩍 뛰어넘는 방식의 논쟁 같았지만 그 내용은 알아들을 수가 없었다. 나는 백룡에게 대답했다.

"이제는 나도 비단지네에게 받을 빚이 생겼소. 도리가 이제 더 이상은 도리가 아니오."

30분 후, 백룡의 부하들이 나를 태운 차는 내 탐정 사무실 앞에 도착했다. 백룡의 부하들은 차 문을 열어주며 공손한 말투로 다 왔다고 말했다. 그렇지만 그들의 눈빛은 짐짝을 내던지는 사람들과 같았다.

사무실은 여전히 텅 비어 있었다. 도둑이 들어 물건을 훔쳐 갔다든가 하는 일조차 없었다. 나는 우선 사무실 주전자에 있는 물을 벌컥거리며 모조리 다 들이켰다. 입안의 피와 흙먼지가 그대로 씻겨 내려가며 찝찔한 맛이 났지만 상관없었다. 세상의 모든 깨끗한 물이 다 내 위장 속에서 더러워질 때까지 영원히 물만 마실 수 있을 것 같았다.

나는 사무실 의자에 몸을 앉혔다. 힘이 남아 있지 않았지만, 그 상태에서 일부러 온몸에 힘을 더 빼보았다. 힘을 끝까지 다 빼면 생명조차 그대로 빠져나가는 것이 아닐까 싶을 때까지 힘을 뺐다. 그러니 온몸이 줄에 조이고 두들겨 맞아 아프고 쓰린 감각이 생생하게 다시 피어 올랐다. 의자에 닿는 부위부터 고통이 누르는 힘이 퍼져 몸 곳곳으로 퍼져나갔다. 여름철의 눅눅하고 힘없는 바람이 부는데, 그 쇠퇴한 바람이 피부에 닿을 때마다 그 부위가 웅웅거리며 울리듯이 아픈 느낌이 들었다.

그러고 있는데, 사무실로 이 형사가 찾아왔다. 술병과 술잔을 들고 있었다.

"병든 사람 같은 모습인데. 술 한잔 같이 마시면 다시 나을 수 있는 병인가?"

"자네는 예전부터 재미없는 농담밖에 할 줄 모르는 것 같았어."

"남을 재미있게 하자고 하는 농담은 아니니까."

이 형사는 말소리 말고는 아무 소리도 내지 않았다. 그런데도 꼭 내 귀에는 그의 웃음소리가 들리는 것 같았다. 이 형사가 말했다.

"내가 비단지네라는 이야기를 했나?"

"아직은 안 했어. 그렇지만, 용산 쌍룡인가, 백룡인가 하는 사채업자에게 자네가 연락을 해주면 좋겠어. 자네 때문에 내가 이렇게 고생했으니까. 그 정도는 해결해줘야 할 것 같은데."

"미안하게 됐어. 완전범죄 수법을 알고 싶은 사람이 있다면, 나를 직접 찾아올 거라고 생각했어. 자네를 찾아갈 확률이 높다고는 생각을 못 했는데 말이야."

"생각을 못 한 게 아니라, 처음부터 그럴 가능성도 예상을 했겠지. 그래서 어떻게든 돌아와서 사정을 연결해줄 수 있을 만한 나를 불렀을 것이고."

"그렇게 매정하게 말할 수도 있는데, 좀더 다정하게 말해보자고. 정확히 말하자면 완전범죄 수법을 알고 싶어하는 사람이 자네를 찾아갈 가능성은 아주 낮다고 생각했어. 틀린 말도 아니지. 자네가 한 사람을 만나 실랑이하는 동안, 나에게는 완전범죄 수법을 알고 싶다는 사람 여섯이 찾아왔다네."

그는 내가 바라지도 않았던 술을 그가 직접 가져온 술잔에 따르고 있었다. 그는 술이 채워진 잔을 내 쪽으로 건네주었다. 나는 비단지네에게 물었다.

"도대체 왜 그런 짓을 한 거야?"

"아무리 기묘한 수법으로 완전범죄를 저지른다고 해

도, 수사 당국에서 범죄의 동기가 있는 사람을 지목해 붙잡고 늘어지면 결국은 빠져나오기 힘들어지지. 누가 살해당했다면, 살해하고 싶었던 사람 중에 범인이 있는 법이니까. 그러니까, 애초에 그 사람을 죽일 이유가 없는 사람이 살해하게 해야 해. 그런데, 그렇다면 그것은 죽이고 싶은 사람을 죽이는 게 아니야. 그냥 살인을 자랑하고 싶어서 죽일 이유도 없는 사람을 죽인 것이지. 그것은 진성 완전범죄가 아니지. 위성 완전범죄에 불과해."

"그건 했던 이야기잖아."

"그런데, 말이야. 만약에 내가 죽이고 싶은 사람이 있는데, 그 사람을 누군가 대신 죽여준다면 어떨까?"

"누가 왜 그런 짓을 하는데? 왜 그런 자선사업을 하지?"

"사람을 죽이는 일이니까. 자선사업이 아니라 자악사업이라고 해야겠지. 자네라면 그런 일을 대신할 사람을 쉽게 떠올리지 못하겠지만, 비단지네라면 무슨 생각을 할까? 돈만 주면 무슨 일이든 맹세대로 정확히 한다는 비단지네라면?"

"돈 받고 사람을 죽여주는 일을 한다는 말인가?"

"그렇지. 그러면, 설령 경찰이 살인자를 붙잡는다고 해도 살인자가 그냥 적당히 술 마시고 시비가 붙어서 싸우다가 사람을 죽였다고 해버린다면 그것으로 끝이야. 살인자에게 돈을 주며 살인을 부탁한 진짜 범인은 알아낼 수가 없어. 알겠나? 현대의 수사는 죄를 밝히는 것으로 끝나는 게 아니라 처벌할 사람을 찾아서 처벌만 하면 끝이 난다고. 그 점을 노리는 거야. 살인자는 돈을 목적으로 사람을 죽였으니 이유가 있어서 사람을 죽인 거야. 범인은 자기가 죽일 이유가 있는 사람을 공범인 살인자를 이용해 죽인 셈이니 역시 이유가 있어서 사람을 죽인 거지. 이것은 완전한 진성 완전범죄요, 제1종 완전범죄야."

그렇게 말을 마치고 기뻐서 웃기라도 하면 적당한 악당의 얼굴로 어울렸을 것이다. 그러나 그의 얼굴에는 표정이 없었다. 나는 비단지네에게 물었다.

"그렇지만, 만약 살인자가 형을 감경받기 위해 자신에게 살인을 의뢰한 사람을 자백해버린다면? 그게 아니라도 살인자에게 돈을 건네준 사실을 수사 당국이 찾아낼 수도 있지 않겠나? 누군가 살해당했는데, 그 사람에게 원한이 될 만한 사람을 조사하다 보니, 어떤 사람이 어느 날 수상쩍은 곳에 갑자기 거액의 돈을 입금했다는 흔적이 나타난다면 혹시 돈을 주고 살해를 부탁한 것은 아닐까 의심을 사겠지."

"그렇지. 만약에 혼자서 돈 받고 살인해주는 사업을 하는 사람이 있다면, 그런 몇 가지 허점 때문에 골치 아플 거란 말이야. 그렇지만, 요즘 세상은 관료화된 조직 사회 아니겠나? 만약 누군가 변호사들의 법률 회사 같은 조직을 차려서, 돈을 받는 쪽과 실제로 살인을 하는 쪽을 중간에서 연결해주면서 서로가 서로를 전혀 모르게 한다면 어떨까? 그러면 한쪽이 모든 것을 실토하려고 해도 절대 범죄의 전모가 알려질 수는 없겠지. 돈을 받는 방법도 조직의 신뢰만 있다면 꼭 티 나게 한 번에 큰돈을 받을 필요도 없어. 예를 들어서, 살인값으로 큰돈을 받지 않고, 대신 '조선 수중발레 애호가 협회' 정도 되는 적당한 단체 이름을 붙여놓고 그 단체의 자선활동을 위해서 매년 조금씩 10년, 20년 동안 계속 그 단체에 기부하기로 약속해두면 되는 거지. 물론 조선 수중발레 애호가 협회는 허울뿐인 단체로 그 단체에 기부되는 돈은 살인하는 조직에서 가져가는 것이고. 이런 것이 가능하지 않겠나? 서로 믿을 수만 있다면."

"그런 조직을 만드는 게 가능할까?"

"믿을 수 있는 우두머리와 사람을 죽이고 싶어 하는 살인자 지망생들만 적당히 모여 있다면 어려울 것도 없지. 나는 해방 이후에 온갖 더러운 일을 맡아 전부 믿을 만하게 해치운 비단지네라면 우두머리 자격이 충분하다고 생각하네."

그는 내가 수긍하며 고개라도 끄덕여주기를 바라는 눈치였다. 나는 그냥 가만히 있었다. 그는 말을 이어갔다.

"그래서 그다음으로, 사람을 간절히 죽이고 싶어 하는 살인자 지망생들을 모으기 위해서 나는 몇 가지 행사를 하고 있는데, 그 행사 중에 하나를 잘 진행하는 데 자네 도움이 필요했던 거야. 똘똘한 살인자 지망생들을 모아서 네가 죽이고 싶어 하는 그 사람을 반드시 우리가 힘을 합해 없애줄 테니, 너도 두 사람만 살인해달라고 맹세하게 하는 거지."

그는 나에게 내민 술잔을 들더니 그 술의 향기를 한번 맡아보았다. 만족스럽다는 표정을 짓고 그는 술병도 술잔 옆에 내려놓았다.

"이 술은 고생한 값으로 주는 선물이니 받게."

나는 그에게 말했다.

"나는 이제 자네를 다시 만나고 싶지 않네. 그리고 나는 자네가 무슨 일을 꾸미고 있는지, 내가 아는 경찰들에게 다 말하겠네."

"그건 자네 마음대로 하게. 자네가 아는 경찰들이 다 내가 아는 그 경찰들 아닌가?"

그는 돌아서서 나가려고 했다. 나는 그에게 다시 물었다.

"어디로 가는 거지?"

"용산 백룡을 만나러 가야지. 앞으로 우리 회사의 훌륭한 신입 사원이 될 사람을 그자가 맡아두고 있다고 하지 않았나?"

"정말로 그런 황당한 일이 성공할 수 있다고 믿는가?"

"원수 같은 놈 몇몇만 죽여 없애면 이 세상이 훨씬 좋아질 거라고 떠드는 영감님들이 얼마나 많은 세상인가? 시장성은 충분한 사업이라네. 그리고 비록 내가 성공하지 못한다고 해도, 비슷한 일을 구상하는 후대에 모범은 될 수 있지 않겠나?"

그가 떠난 사무실은 다시 완전히 조용하고 완전히 아무것도 없는 상태로 되돌아갔다.

얼마 후, 비서는 더욱 밝아진 얼굴로 내 사무실을 찾아왔다. 그리고 용산 쌍룡이 다시 예전과 같은 모습으로 회복되었으므로 그를 기념하는 축하 파티를 어느 극장에서 연다는 초대장을 건넸다. 어찌 된 일이냐고 사정을 물어보니, 용산 백룡이 인기 좋은 무역 회사 주식 820주를 받고는, 이 형사를 제2의 흑룡으로 모시며 의남매를 맺기로 맹세했다고 명쾌하게 설명해주었다.

쓰레기를 비싼 값에 사다

1

1949년 12월에는「성벽을 뚫고」라는 영화가 극장에 걸렸다. 별로 가고 싶지도 않은 구질구질한 회사에 연습 삼아 입사 시험을 치렀다가, 합격자 발표일이 가까워올수록 그래도 합격하기를 바라게 되는 마음이 괜히 들 때 보면 어울릴 만한 영화였다. 나도 오늘 저녁에는 그 영화나 보러 갈까 생각했다. 그렇지만 굳이 영화를 보지 않아도, 그런 때일수록 막상 합격자 발표일이 되면 한심하게도 불합격 통지를 받게 된다는 것은 알고 있다. 어차피 그 영화의 내용이 정말로 입사 시험을 다루는 것도 아니었다.

극장 대신 나는 대동산업 건물에 찾아왔다. 역시 입사 시험을 치르러 온 것은 아니었다. 그 반대라고 할 수는 있었다. 한참 만에 부사장 대신 나온 직원이 나에게 말했다.

"사람을 보면 어떤 사람인지 한번에 알아보실 수 있죠?"

목소리가 좋은 편인 여자였다. 테가 가는 안경을 쓰고

있었는데 전등의 노란빛이 은색 안경테에 반사되어 섞였다. 직원은 옛날 취향의 벨벳 정장을 입고 있었는데, 그러면서도 솔기의 선이 그리는 곡선은 매우 현대적으로 보였다. 무슨 수를 썼는지 구김과 주름이 조금도 보이지 않아서, 그 옷 안에 사람의 살갗이 아니라 다리미로 만든 양철 인간이 있어야 할 것 같았다.

직원은 나에게 재차 물었다.

"탐정이라고 하셨잖아요. 한번 보고 어떤 사람인지 알아보는 걸 남들보다는 잘하는 편이죠?"

"한눈에 사람 성품을 알아보는 재주가 있다면, 중매서는 일을 하지 탐정 일을 하고 있지는 않을 겁니다."

내 대답을 듣더니, 직원은 웃었다. 웃을 때 드러나는 이는 새로 산 다리미처럼 반짝거렸다.

"32명을 차례대로 보실 거예요. 보시고 나면, 그 사람에 대한 평가를 상중하 세 가지로 해주시면 되고요. 사무실에서 일할 사람으로 채용할지 말지 회사에서 결정을 할 때, 그 평가 결과를 참고할 거예요. 한 사람 이상은 '상'을 주셔야 되고요."

나는 사람들을 만날 때 앉아 있을 의자와 탁자를 보았다. 급하게 빈방으로 들고 온 낡은 의자였다. 작년에 철수한 일본군 비품을 집어 온 것인지 왼쪽 구석에는 아직 지워지지 않은 일본 글씨가 남아 있었다. 이북에서는 아직까지도 서울로 전기를 보내주고 있지 않았기 때문에, 이 부유한 회사의 건물에도 켜져 있는 전등 숫자는 적었다. 사무실의 절반이 밤에 묻혀 보이지 않았다. 입사 시험보다는 범죄자 취조에 더 적합해 보였다.

"그게 제가 해야 할 일입니까? 왜 저에게 이런 일을 맡기신 겁니까?"

"저희 회사 사람이 아닌 사람이 내리는 객관적인 외부 평가가 필요해서 맡기는 거예요."

"제가 객관적인 평가를 내릴 수 있습니까?"

"무슨 평가든 내려주셔야, 수고비를 드릴 거예요."

어두운 방 안에서 뚜렷하게 보이는 것은 직원의 모습뿐이었다. 직원은 다시 밝게 웃었다. 오늘 하루에만 8백 번쯤 지어본 웃음이었다.

직원은 나에게 표찰 하나를 던져주고 바로 걸어 나갔다. 수고비 이야기만 하면 더 이상 내가 아무것도 묻지 않을 거라고 생각한 듯싶었다. 표찰에는 "특별 입사 평가관"이라고 적혀 있었다. 필체가 좋은 글씨여서 대단히 거창해 보였다.

묻고 싶은 것은 많았지만 그 직원이 대답을 해줄 것 같지는 않았다. 직원이 더 이상 나를 쳐다보지 않은 것은 효율적인 행동이었다. 걸어 나간 빈자리에는 희미한 향이 남아 있었다. 그러나 차가운 밤바람이 한 번 새어 들어오자 그 향은 곧 사라졌다.

　잠시 후 첫번째 수험자가 나타났다. 서른 살 정도 되어 보이는 남자였다.

　"이름을 말하십시오."

　"이름 말이오?"

　수험자는 대답을 바로 하지 못하고 되물었다. 수험자의 얼굴에는 줄무늬가 엇갈리듯 듬성듬성한 무늬를 이루며 탄 자국이 선명했다. 지푸라기로 얼굴을 덮고 해변에서 태운다면 생길 만한 모양이었다. 억지로 비누칠을 한 냄새가 퀴퀴한 냄새에 섞여 풍겼다. 옷차림은 그럭저럭 주위 입은 괜찮은 양복이었지만, 트고 갈라진 입술은 구걸해서 얻은 음식 이외의 것은 먹어보지 못한 것처럼 보였다. 탐정이랍시고 해야 하는 일이 이 사람이 걸인인지 눈치채는 것 정도라면, 세상에 탐정보다 해 먹기 쉬운 일은 국회의원밖에 없을 것이다.

　"성명을 대시오."

　"그것이 이름이, 도요…… 도요야마……"

　두 번이나 물었지만 수험자는 자기 이름도 똑바로 대답하지 못했다. 수험자는 아직도 광복이 되었다는 사실을 제대로 알지 못해서, 창씨개명한 일본식 이름을 기억해내서 대답하려고 애쓰고 있었다.

　책상 위에는 누런 종이가 한 장 놓여 있었다. 그 종이에는 내가 할 수 있는 질문이 적혀 있다. 그러나 질문은 어차피 한 가지밖에 없었다.

"이름은 대답하지 않아도 좋소. 다음 질문에 대답하시오. 가장 좋아하는 음식이 무엇이오?"

수험자는 음식이라는 말을 듣자마자 얼굴빛이 바뀌었다. 갑자기 무릎을 꿇고 손을 모았다. 그리고 눈물을 흘릴 것처럼 얼굴을 찌푸렸다. 접는 금에 맞춰 개어놓은 돗자리처럼 그의 얼굴은 금을 따라 접기만 하면 그대로 손쉽게 우는 얼굴이 되는 듯했다.

"국밥 한 그릇만 주십시오, 선생님. 이틀 동안 말린 고구마 반쪽밖에 못 먹었습니다, 선생님."

그의 입에서 저절로 말이 굴러 나왔다. 이 수험자는 제대로 대화를 할 수 있는 정신을 갖고 있지 못했다. 나는 평가표에 '하'를 선택해 표시하고 그를 내보냈다. 수험자는 어디든 붙잡고 울며 국밥을 달라고 했다. 뭐든 입안에 들어올 때까지 그저 매달렸다. 제 앞에 어린애가 있건 돌장승이 있건 아무에게나 달라붙어 그저 먹을 것을 줄 때까지 칭얼거릴 줄밖에 몰랐다. 수험자는 끌려갈 때까지 애원했다.

다음 수험자도 비슷했다. 마흔쯤 되는 남자였고, 걸인이었고, 두 마디 이상 말을 나누기 어려운 사람이었다. 세번째로 나온 남자부터는 좋아하는 음식에 빈대떡이라고 대답할 줄 알았다. 그러나 글자를 아는 사람은 없었다. 모두 똑같은 옷을 입고 있었다. 회사에서 나눠 준 옷인 것 같았다. 네번째로 나온 늙은 남자는 계속 히죽히죽 웃었다. 나는 조금도 그를 웃기고 싶지 않았다. 그렇지만 그는 대답 하나를 마칠 때마다 웃었다. 웃어서 미안하다고 말하면서도 키득거렸다. 좋아하는 음식은 사탕이라고 대답했다. 그 말을 하는데 힘겨워했다. 사탕이라는 말을 생각하자 웃음을 참지 못해 견딜 수 없는 듯했다. 간신히 "사탕"이라고 발음하자마자 배를 잡고 웃어댔다. 그가 방을 나갈 때, 그래도 사람이 그렇게 많이 웃는 것을 들어본 것은 무척 오래간만이었다는 생각이 들었다.

다섯번째 수험자로는 처음으로 여자가 들어왔다. 스물다섯 살이 채 안 되어 보이는 여자였다. 들어오면서 수험자의 눈은 내 등 뒤를 보고 있었다. 얼굴은 창백하여 오래도록 빛을 보지 못한 사람처럼 보였지만, 머리카락은 태양에 바싹 굽기라도 한 듯이 보였다. 수험자가 입고 있는 옷은 나를 맞이했던 직원의 옷과 같았다. 그렇지만 걷는 걸음에는 힘이 없었다. 구두를 신은 발이 익숙하지 않아 보였다.

"이름을 말하십시오."

내 말을 듣고 수험자는 나를 쳐다보았다. 그제야 우리의 눈이 마주쳤다. 겁먹은 눈이었다.

그 눈이 어제 본 사진 속 순박한 남자의 눈과 비슷하다는 생각이 들었다. 두 사람은 조금도 닮지 않았다. 표정도 전혀 달랐다. 사진 속의 남자는 부유한 사람처럼 흐뭇하게 웃고 있었고, 오늘 밤의 이 수험자는 무서워하고 있었다. 눈의 모양도 비슷하지 않았다. 여자의 눈은 달달 떨며 깜빡거리는 큰 눈이었고, 사진 속 남자는 둥근 얼굴에 어울리는 편안한 눈이었다. 그러나 어두운 방 안에서 희미한 반사광을 내는 것만은 비슷해 보였다.

수험자의 입술이 뭐라고 말할 것처럼 움직였다. 열리지는 않아 머뭇거렸지만 곧 소리를 낼 것 같았다. 그 입술은 떨렸다. 나는 그 수험자가 어떤 목소리로 이름을 말할지 궁금해서 입술을 유심히 보았다.

그러나 수험자의 입술이 열리자, 개 짖는 소리가 나왔다. 수험자는 몸을 웅크리며 뒤로 물러났다. 그리고 계속해서 개 짖는 소리를 내며 바닥에 엎드렸다. 무슨 지독한 일을 보고 이렇게 되었는지는 알 길이 없지만, 수험자는 제정신을 잃은 사람이었다. 내가 한숨을 쉬며 고개를 돌리자, 개 짖는 소리는 멈추었다. 그렇지만 무서워하는 그 눈빛이 바뀌었을 것 같다는 생각은 들지 않았다.

"가장 좋아하는 음식이 뭡니까?"

나는 일부러 큰 소리로 물었다. 그러자 수험자는 그에 맞서서 성을 내며 나를 쳐다보고는 다시 짖었다. 눈물이 맺혀 있었다. 곧 눈물이 흘렀고 수험자는 울기 시작했고, 그러면서 더 맹렬히 짖는 소리를 냈다. 힘을 다해 그런 소리를 내면 뭘 막아낼 수 있다고 믿기라도 하는 듯했다.

도대체 왜 이 회사에서 나를 고용했는지 다시 궁리해보았다. 사무실에서 일할 사람을 뽑을 거라면서, 왜 나에게 걸인들과 알코올중독자들과 미치광이들과 겁을 먹고 엎드려 우는 것밖에 할 줄 모르는 사람들을 계속 보게 하는지 알 수가 없었다. 똑똑한 척하던 사람은 공산주의에 솔깃해서 이북으로 빠져나가고 돈 있는 사람은 일본이나 미국으로 빠져나가는 세상이라고 유언비어가 돌았지만, 그래도 약삭빠른 사람이 살기에 아직 서울은 즐거운 곳이었다. 맨정신으로 걸어 들어와서 무슨 음식을 좋아한다고 말할 수 있는 사람을 찾기가 이렇게 어려울 까닭이 없었다.

어제 나를 여기에 보낸 사람을 생각해보았다. 그녀의 모습과 그녀가 보여준 사진과 사진 속의 그 남자를 다시 기억해냈다. 웃음을 머금은 남자의 표정이 다시 떠올랐다. 그녀의 아름다운 얼굴도 생각이 났다. 그러자 무슨 일인지 대강 짐작할 수 있을 것도 같았다.

어제 아침 그녀의 연락을 받고 태평호텔로 갔다. 큰 호텔은 아니었지만 둥근 지붕 꼭대기마다 금속 장식이 요란하게 달려 있다. 미드웨이해전* 이전까지만 해도, 저녁 파티가 벌어지면 그 노는 냄새라도 맡기 위해 옷을 차려 입은 남녀들이 오후부터 기웃거리는 곳이었다. 나도 아편 쟁이를 쫓아서 이곳에 두 번인가 왔었다.

지금은 예전 같아 보이지는 않았다. 커다란 창문은 그대로였는데, 안에 켜진 불빛은 예전보다 훨씬 어두웠다. 붉은 제복을 입은 직원들도 마찬가지였다. 깨끗한 옷을 입고 정중하게 인사하는 것은 예전과 다를 바 없었지만, 얼굴색은 피곤해 보였고 목소리는 지쳐 있었다. 아침이 밝아오면서 몇 안 되는 전등도 하나둘 꺼지기 시작했고, 그러자 건물 안은 더욱 어두워졌다.

투숙객을 맞이하는 남자에게 가서 사장이 불러서 왔다고 말하자, 그는 실망한 표정을 지었다. 오늘 처음 맞이하는 투숙객인가 싶어 반가운 얼굴을 보인 것이 괜히 아까운 행동이었다고 후회하는 듯싶었다. 그리고 내 행색을

---

* 1942년 6월 4일~6월 7일까지 태평양의 미드웨이 제도 인근에서 미국 해군과 일본 제국 해군 간에 벌어진 전투.

살폈는데, 그러자 이따위 꼴의 인간이 자기네 호텔 투숙객으로 어울릴 리가 있겠냐며 스스로의 안목을 자책하는 것 같았다.

그가 내 몰골을 멸시하는 것을 마칠 때쯤, 스물이 될까 말까 한 호리호리한 남자 직원이 내 앞에 섰다.

"사장님은 꼭대기 층에 계십니다. 엘리베이터로 가시지요. 제가 안내해드리겠습니다."

목소리가 맑고 듣기 좋았다. 옷은 색깔이 선명하고 깨끗했으며, 얼굴은 더 희고 깨끗했다.

그를 따라 들어간 곳은 호텔의 맨 가운데 최고층에 있는 가장 훌륭한 방이었다. 'OO년에 OO가 만든'이라고 설명하는 것이 어울릴 만한 가구들이 구석마다 모셔져 있었다. 열기가 가득하도록 난방이 되고 있어서 바깥 날씨는 조금도 짐작할 수 없었고, 언덕 아래로 서울 시내가 내려다보이는 경치 덕에 창문이 더 커 보여서 온실 같기도 했다.

"잠깐만 기다려주시겠습니까?"

직원이 말했다. 그냥 그렇게 말하고 바로 사장이라는 사람을 데려올 줄 알았는데, 직원은 굳이 내 대답을 기다리고 있었다.

"기다리겠습니다."

기다리기 싫다고 말하면 어떻게 할지 궁금했지만, 그렇게 말할 용기는 없었다. 미국 달러로 수고비를 주겠다는 손님이었다. 불법행위이거나 몸을 상하는 일이 아니라면 뭐든 시킬 때까지 기다리는 것이 현명한 판단이었다. 가만히 생각해보니, 몸을 상하는 일이라고 해도 2주 안에 치료될 수 있는 정도로 두들겨 맞는 것이라면 견딜 수 있을 것 같았다.

직원은 방 안쪽으로 걸어 들어갔다. 여자의 목소리가 들렸다. 아직 잠이 덜 깬 목소리였다. 술이 덜 깬 것 같기도 했다. 직원이 침대에서 나오기 싫어하는 여자를 어르는 소리도 들렸다. 여자는 사랑한다고 말했다. 여자가 입고 싶은 옷을 고르고, 직원이 그 옷을 가져다주는 발소리가 들렸고, 막상 옷을 보더니 마음이 바뀌어 싫다고 하는 말도 들렸다. 여자는 머리를 빗겨달라고 하기도 했다. 나는 그 사장이 어떤 사람일지 머릿속으로 상상해보고 있었다.

잠시 후 얌전히 기다리고 있는 내 앞으로 다시 그 직원이 걸어나왔다.

"기다리느라 지루하셨지요?"

직원이 나에게 말했다. 이 남자는 웃고 있었다. 이번에도 그냥 그렇게 말만 하는 게 아니라 내가 대답할 때까지 기다리고 있었다.

"아닙니다."

그제서야 직원은 나를 안쪽 방으로 안내했다. 더욱 큰 유리창이 있는 곳이었다. 어두운 건물 안에 막 밀어닥치기 시작한 아침 햇살이 사방에서 들어오고 있었다.

　그녀는 방 한가운데 식탁에 앉아 있었다. 내가 상상했던 어떤 모습보다도 두 배 이상 아름다웠다. 오른편을 보며 눈이 부신 듯한 표정을 짓자, 까맣고 짙은 속눈썹이 흰빛 속에서 물결처럼 움직였다. 그녀가 표정을 찡그리면 햇빛이라도 죄송스러워하며 물러나야 할 것 같았다.

　그녀의 안색을 살핀 직원이 재빨리 걸어가 창문에 차양을 쳤다. 그러자 그녀가 말했다.

　"괜찮아. 너무 어둡게 하지 마. 아침에는 햇빛이 들어야 아침이지."

　그리고 컵에 따라 놓은 과일즙을 마셨다. 탁자에는 아침거리가 이것저것 차려졌는데, 그중 하나를 조금 맛보곤 숟가락을 그냥 앞에 던졌다. 그녀는 아무 말도 하지 않고, 마시던 것을 마셨다. 잠깐 멈추고 창밖을 보거나, "오늘 바깥 날씨는 얼마나 춥지?" 하고 묻기도 했다. 대답을 듣는 것 같지는 않았다. 그리고 다시 컵을 기울여 과일즙을 마셨다. 다 마실 때까지 그녀는 나에게는 한마디도 하지 않았다.

　나는 기름 짤 차례를 기다리는 들깨처럼 서서 기다리고 있었다. 그녀는 빈 컵을 내려놓고 나를 쳐다보았다. 그녀의 속눈썹이 이제 양쪽 모두 똑바로 보였다. 그녀가 말했다.

"죽은 사람 조사도 하나요?"

그녀가 직접 나에게 말하는 목소리를 들었을 때, 지금까지의 그녀의 목소리와는 다르게 들린다는 생각을 했다.

"누가 죽었습니까?"

내가 다시 묻자, 그녀는 말을 하지 않고 가만히 나를 쳐다보았다. 얼마간 침묵의 시간이 지난 후에야 우선 내가 그녀의 질문에 대답해야 한다는 사실을 깨달았다.

"죽은 사람에 대해서 조사할 수도 있습니다. 그렇지만 누구를 어떻게 조사한다는 것인지 알아야, 제가 할 수 있는 일인지 못 하는 일인지 말씀드릴 수 있습니다. 제가 탐정이기는 하지만, 다른 탐정들처럼 정치단체들끼리 싸움이 났을 때 권총을 들고 가서 들러리를 서주는 일은 못 합니다."

그녀는 빈 컵을 들고 손가락으로 톡톡 두들겼다. 멀찍이 서 있던 남자 직원이 재빨리 움직여 과일즙을 새 컵에 담아 다시 가져왔다. 기다리는 동안 그녀는 다시 말이 없었다. 컵이 조금만 더 컸다면 컵을 기울여 마시는 손동작을 도와줄 하인도 있어야 할 것처럼 보였다. 나는 고개를 돌려 잠깐 방 안을 둘러보았다.

벽에 사진이 걸려 있었다. 사진의 오른쪽에는 그녀가 웃고 있었고, 왼쪽에는 젊은 남자가 웃고 있었다. 남자는 그녀와 같은 나이거나 한두 살 더 많아 보였지만, 웃는 얼굴은 어린아이 같았다. 그녀의 웃음은 잘 만든 조각상 같았고, 지금보다 몇 년은 더 어릴 때라서 젊은 사람이 장난치는 것 같은 심술궂은 기색이 천사 같은 얼굴에 깃들어 있었다. 때문에 더 생동감이 있었다. 다시 남자의 얼굴을 보니, 온통 행복한 일로 세상이 가득해서 다른 것은 생각할 줄도 모르는 사람 같았다.

그녀가 다시 입을 열었다. 나는 그녀에게 고개를 돌렸다. 사진 속의 그녀가 몇 년 더 지난 얼굴로 앉아 있었다.

"제 남편이 지난달에 죽었거든요. 경찰에서는 갑자기 술을 너무 많이 마셔서 주취사했다고 하는데 너무 이상해서요. 그걸 다시 알아봐주세요."

그녀가 말할 때 멈칫거림은 조금도 없었다. 햇빛을 가리지 말아달라고 할 때와 목소리의 차이가 없었다.

"남편께서 술을 많이 드시는 편이셨습니까?"

"아뇨. 전혀 안 마셔요. 그 사람 술 마시는 건 두 번밖에 못 봤어요. 나 처음 본 날이 처음이었고, 나랑 결혼한 날 내가 마셔보라고 했더니 억지로 마셨던 거, 그게 다예요. 원래 술을 못하는 사람이었거든요."

"그러면 돌아가신 날에는 왜 술을 드신 겁니까?"

그녀는 모르겠다고 대답했다.

나는 남편이 어디서 어떻게 죽어 있었는지 물었다. 그녀와 직원은 남편이 술을 마시고 죽어 있었다던 방을 보여주었다. 그 남자는 병째로 술을 마시다 병을 손에 쥔 채 쓰러져 있었고, 눈으로 보기에 다른 상처는 없었다고 했다. 호텔의 이 방은 직원들이 철저히 지키고 있었기 때문에 누가 남편을 해치러 왔다 갈 수도 없었다. 그러니 달리 남자가 죽을 만한 다른 이유는 없었다. 그냥 술을 마시다가 저 혼자 죽은 것일 뿐이라고 경찰은 결론 내렸다고 했다. 평생 술을 마시지 않던 사람이 갑자기 과음을 했다가 그만 몸이 견뎌내지 못한 거라는 이야기였다.

"남편께서 술을 드실 만한 이유는 정말 아무것도 없습니까?"

"그게 이상하거든요. 누가 억지로 먹이든지 한 거 아닐까?"

"아무도 들어온 사람이 없다고 했으니, 그건 아닐 겁니다."

"그래도 혼자 술 마시다 죽을 사람은 아니에요."

"그러면 남편을 죽이고 싶어 했던 사람이나, 남편과 다툰 사람이 있었습니까?"

그녀는 남편과 함께 찍은 사진을 한 번 보았다. 그녀의 옆에 서서 웃는 남편의 얼굴을 보는 것 같았다. 그녀는 대답했다.

"아무도 그 사람을 죽이고 싶었던 사람은 없었을 거예요. 그 사람과 싸운 사람도 나밖에 없었지. 그렇지만 내가 개를 죽인 건 정말 아니니까."

농담같이 들리기는 했지만, 거짓말은 아닌 것 같았다.

"이 호텔 사업 때문에 손해를 보거나 원한을 진 사람은 없었습니까?"

"아니요. 4년쯤 전에 일본 사람 회사로부터 웃돈을 주고 샀고, 그때부터 이 호텔에서 살았죠."

남자는 수원에 있는 넓은 땅을 물려받은 부자로, 대학에서 식물학을 전공하려 했다. 그러다 대학 친구들과 평양에 놀러 갔을 때, 한 댄스 클럽에서 그녀를 만났고 여섯 달 뒤에 결혼했다. 그녀는 농사일에 잠깐씩이라도 신경을 쓰는 것을 지겹게 여겼고, 대조적으로 이 호텔에서 열리는 사교 행사에 빠지는 일은 없었다.

"전쟁이 길어지니까 쌀농사는 지어봤자 일본군이 헐값에 거둬 간다는 말이 많았거든요."

그녀는 남자에게 그런 이야기를 전하며 땅을 정리하자고 말했고, 남자는 땅을 팔고 호텔을 산 뒤 그녀와 함께 호텔에서 살기 시작했다고 한다. 그녀와 남자가 같이 찍은 사진이 호텔로 이사 온 직후에 촬영한 것이었다.

"남편이 정말 왜 죽었는지 조사해보세요. 아는 의사가 있다면 무덤에서 시체를 다시 파서 검사하든가 경찰을 다시 만나본다든가, 뭐든 해보세요. 경비가 들어가는 대로 지급할 테니까."

그녀는 말을 마치고 다시 직원을 불러들였다. 다른 옷으로 갈아입기 위해 도와달라고 하는 것 같았다.

"남편이 어디에 다니셨는지, 운전기사가 기록해놓은 일지 같은 것을 볼 수 있겠습니까?"

"나는 잘 모르겠는데, 넌 아니?"

그녀는 직원에게 물었다. 직원은 운전기사 일지를 보관하는 사무실을 1층에서 어떻게 찾으면 되는지 알려주었다.

옷을 갈아입으려는 그녀와 직원은 나를 내쫓으려는 눈치였다. 나는 방을 떠나기 전에 그녀에게 하나 더 물었다.

"갑자기 술을 드셨다는 것이 이상하기는 하지만, 갑자기 괴로우면 술을 찾을 때도 있는 것 아니겠습니까? 경찰 이야기가 많이 엉뚱하진 않은데, 굳이 한 번 더 조사해보시려는 이유가 있습니까?"

그녀가 대답했다.

"걘 괴로워할 줄도 모르는 애였어요. 분명히 뭔가 있을 거라고요. 나랑 같이 살던 남자가 죽었는데, 그냥 가만히 있고 싶지는 않거든."

그녀는 가까이 다가온 직원의 머리를 쓰다듬었다.

"남편을 죽인 애가 있는데, 걔가 날 두고 '별수 있겠어, 멍청하게 경찰 말만 듣고 있겠지'라고, 그렇게 생각하고 있다면, 견디기 어려워."

그녀가 대화를 끝내고 고개를 돌리자, 나는 그 고갯짓에 튕겨 1층으로 떨어졌다.

나는 직원이 알려준 대로, 1층에서 운전기사의 장부를 찾아보았다. 남자가 죽은 날 찾아간 곳이 기록되어 있었다. 바로 대동산업 공장이었다.

3

대동산업에 들어가기 위해, 그곳의 정문을 통과할 방법을 궁리하기 시작했다. 문지기에게 찾아가서 정직하게 말하는 건 좋은 방법이 아니었다. 술 먹고 죽은 부자를 조사하기 위해서 왔다고 하면서 문지기에게 싸구려 탐정 사무소 명함을 보여준다면, 아마 문지기는 청소부를 불러서 담배꽁초를 치울 때 나도 같이 쓸어 담아 버리라고 지시할 것이다.

호텔 언덕길을 다 내려올 때쯤, 이름 하나가 떠올랐다. 양천종이란 자가 몇 년 전 독립운동 혐의로 일본 경찰에 붙잡혔을 때, 그는 가짜 술을 비싼 술과 바꿔치기하는 사기꾼에 불과할 뿐 독립운동과는 아무 상관이 없다는 것을 내가 증명해준 적이 있었다. 그 덕분에 그는 뺨을 두 대 맞은 것 말고는 사소한 고문 한 번 당하지 않고 형무소로 건너갈 수 있었다. 뺨 두 대 맞는 일이야, 그 시절에는 뺨이 있는 사람이라면 누구나 심심하면 겪는 일이었다. 그는 나를 기억하고 있을 것이고, 돈이 안 드는 일이라면 나를 도와줄 가능성도 있을 것이다.

정오가 되기 전에 나는 양천종의 사무실에 도착했다. 그의 사무실은 양키 시장에서 빠져나오는 골목에 있었다. 불법으로 지었거나 불법으로 철거될 것이 뻔한 판잣집이었는데, 있어서는 안 될 것 같은 2층에 방이 하나 있었다. 그 방이 그의 사무실이었다. "양 탐정 사무소"라는 문구가 쓰인 간판 아래쪽에는, 사흘 전쯤 덧붙여 쓴 것 같은 "DETECTIVE AGENCY"도 적혀 있었다.

"이게 얼마만입니까? 이제 이렇게 같은 바닥에서 일하게 됐는데 얼굴도 좀 자주 보고, 가끔 입이 궁금할 때 대포도 같이 한잔 하고 그러자니까요."

양천종은 밝게 인사했다. 보통 키였는데 지난번에 보았을 때보다 어쩐지 더 작아 보였다. 어깨가 두껍고 목이 굵은 편이라서 본래 키보다 더 작아 보이는 편이기는 했지만, 그사이에 키가 줄어들었나 싶기도 했다. 그는 일본군이 버리고 도망친 창고에서 흘러 나온 장교 군복을 고쳐서 만든 양복을 입고 있었는데, 꽤 솜씨가 좋은 업자가 만졌는지 자세히 살펴보지 않으면 알아보지 못할 정도로 말끔해 보였다.

양천종이 인사치레로 던지는 농담들을 다 받아주는 피곤한 시간은 꽤 오래 걸렸다. "하하" 웃는 소리를 마지막으로 내고, 양천종은 혹시 돈 빌려달라는 이야기를 하려는 거라면 창문 밖으로 뛰어내려 달아나겠다는 선언을 얼굴에 띠운 채로 말없이 눈웃음만 지었다. 이제 내가 무엇인가를 부탁한다는 말을 꺼낼 차례였다.

"자네, 대동산업이랑 엮인 일 뭐 알고 있는 게 있는가?"

내 말을 듣자 양천종은 반가워했다. 마음껏 잘난 척 떠들 수 있는 주제인 듯싶었다.

"그놈들이 술 만드는 공장 돌리는 놈들이거든요."

"양조장, 그런거 말인가?"

"그런데 얘네들이 이번에 법 새로 생기면서 일본 사람들이 남겨두고 간 맥주 공장을 차지하겠다고 난리치고 있습니다. 대한민국 정부 공무원들이 선심 쓰듯이 이런 공장들을 적합한 한국인에게 나눠 준다고 하니까, 그 '적합한 한국인'으로 보이겠다고 애를 쓰고 아양을 떠는 거죠."

적산 불하 제도 이야기였다. 해방이 되고 일본 사람들이 빠져나가면서, 주인이 없어진 일본 사람의 공장이나 건물이 곳곳에 널려 있었다. 정부에서는 심사를 거쳐서 그런 공장을 운영하기에 가장 적합한 한국 사람을 찾아 넘겨주었다. 미군이 들어왔을 때부터 시작된 일이지만, 며칠 후 국회에서 새로 법이 통과되고 나면 더 많은 공장이 새 주인을 찾게 될 거라고 했다.

"새 법이 통과되면 대동산업에게 유달리 유리해지는 일이 있는가?"

"유리하고 불리하고 할 게 있습니까? 국회의원들이야 해방 전까지 서당 훈장이나 하던 영감님들이고, 해방되고 나서는 동네 애들 몰고 다니며 영어로 '웰컴, 웰컴' 할 줄 밖에 모르던 양반들인데요, 뭘. 법 만들고 폐지하고 하는 것도 이제 갓 돌 지난 정부에서 투닥투닥 애들 소꿉장난하듯이 하는 일이죠, 뭘."

"대동산업이 일본군 술 공장을 넘겨받기에 적합해 보일 만한 자격은 있나?"

"적합한지 안 적합한지 공무원들이 알 게 뭡니까? 일본 애들 밑에서 머릿수 세는 일만 하던 사람들이 나사못하나 만드는 일이나 알겠습니까? 그냥 친한 사람한테 넘기는 거죠, 뭘."

양천종은 훤하게 웃었다. 문장 끝에 '뭘'이라는 말만 붙이면 농담처럼 들린다고 생각하고 있음이 분명했다. 그리고 양천종은 또 다른 이야기를 들려주었다.

"그래서 저도 한 건 했죠. 그 건 때문에 대동산업 놈들이 저라면 아주 공산당이 김일성 떠받들듯이 합니다."

과장일 게 뻔한 이야기였다.

그 이야기에 따르면, 대동산업이 맥주 공장 하나를 넘

겨받을 업체로 지정되기 위해 공무원 하나에게 뇌물을 주려 했었다고 한다. 큰돈을 현금으로 밤중에 들고 가야 했기 때문에 양천종이 돈 지킬 사람으로 고용되어 따라갔다는 것이다. 그런데 누구 하나 원한 진 사람이 그사이에 신고를 했는지, 막 돈을 넘기려는데 경찰인지 검찰인지가 들이닥쳤고, 그 자리에 온 부사장과 공무원도 붙잡힐 뻔했다고 한다.

"그때 제가 그놈들 도망가라고 대신 막아서서 순사한테 맞아줬죠. 그 은혜로 대동산업 그놈들이 저를 각별히 대접해주는 겁니다."

대신 붙잡힌 양천종은 며칠 감옥살이를 했다. 내가 대동산업과 양천종이 친하다는 소문을 들은 것도 붙잡혔다는 소식을 들었을 때였다. 양천종은 그 뒤의 일도 자세히 설명해주었는데, 대동산업에서는 어디서 얻었는지 공산당 활동을 하는 사람 이름 몇 개를 양천종에게 알려줬고, 그 덕에 양천종은 빨리 승진하고 싶어 하는 검사에게 그 이름을 들려주고는 금방 감옥에서 나오게 되었다고 했다. 지금 이 사무실도 그 후 대동산업에서 받은 돈으로 낸 것이라고 했다.

"태평호텔이나 거기 사장하고 대동산업이 엮여 있는 일은 없나?"

나는 이어서 물었다. 양천종은 잠깐 생각에 잠겨 "태

262

평호텔, 태평호텔" 하고 혼자 중얼거렸다. 원래 말이 빠른 편이었기 때문에 중얼거리는 속도도 노래 가사처럼 빠르게 들렸다.

"거기하고는 아무 일 없을걸요. 태평호텔 사장이라는 양반은 누가 잘 때 자기 허파를 잘라 가도 다음 날 아침에 일어나서 '내가 담배를 많이 태워서 벌을 받는구나' 그럴 양반이라고 했는데요, 뭘. 원한을 진 일은 없었을 겁니다. 사실 담배도 안 피우는 양반이었고요. 옛날부터 사기꾼들이야 많이 들러붙었지만, 사람이 좋아 불쌍해 보여서 그런지 큰 사기 친 사람은 없었다고 하고."

그날 양천종이 한 이야기 중에 유일하게 정말로 웃을 만한 이야기였다. 사람 좋아 보인다고 사기꾼들이 불쌍해서 사기를 안 친다니. 호랑이가 고기를 뜯어 먹기 전에 스테이크의 구운 정도를 따져보고 먹는다는 이야기처럼 들렸다. 양천종은 또 살짝 내 눈치를 보았다. 그리고 계속해서 말했다.

"태평호텔 사장 부인이 어떤 남자를 끌어들였네, 바람이 났네, 뭐 그런 이야기야 좀 있기는 했는데. 그것도 그냥 헛소문이었던 것 같고요. 부인이 그래도 사장을 사랑하기는 했다고 하더라고요. 젊은 부잣집 마나님에게 이상한 소문이야 없으면 더 이상한 거 아닙니까? 설령 그랬다고 해도 별일은 없었을 거예요. 여자 후리고 다니는 놈들 사이에서는, 태평호텔 사장은 지푸라기 대신 지폐 조각으로 채운 허수아비라고 했으니까요, 뭘."

　나는 대동산업에 대해 몇 가지 궁금한 것을 더 물어보았다. 하지만 양천종은 잡다한 소문 몇 가지 외에는, 자세한 사정에 대해서 그리 많이 알지 못했다. 그래도 내가 더 알아볼 것이 있다고 말하자, 양천종은 소개장 하나를 보여주었다.

　"그놈들이 친한 탐정들한테 이걸 하나씩 돌렸거든요. 쉬운 일거리 하나 줄 테니까 오늘까지 와서 한 건 하고 돈 받아 가라고요. 이거 들고 가면 대동산업 건물 안으로는 들어갈 수 있을 겁니다."

　나는 소개장을 받아 들었다. 한자를 많이 섞어서 쓴 내용으로, 정확히 무슨 일을 하는지는 나와 있지 않았다. 그렇지만 요란스러운 문구가 없고, 그냥 돈 준다는 이야기와 돈 벌고 싶으면 오라는 이야기만 있을 뿐이어서 오히려 믿을 만해 보였다.

　"자네가 가서 돈을 벌어야 할 일을 내가 대신 가서야 되겠나?"

　"아니요. 저는 오늘 저녁 다른 데에 더 큰 건이 있어서 가봐야 합니다. 이 정도야 제가 해드려야죠, 뭘."

　그는 기분 좋은 표정을 지었다. 다른 큰 건이 뭐냐고 물으면, 자랑스럽게 대답해줄 테니 얼른 물어봐달라고 하는 것 같았다. 나는 그것을 느끼고, 일부러 물어보지 않기로 했다. 들어봐야, 지저분한 일일 것임이 분명했다. 이미 별로 위생 상태가 좋지 않은 사무실에 와 있는 마당이었다. 그의 도움이 요긴했던 것은 사실이지만, 감격할 정도는 아니었다. 그 후 양천종은 농담 몇 마디를 더하면서 나를 내보내려는 인사를 시작했다. 젊은 여자의 사진 몇 장을 보여 주면서 비서를 뽑으려는데 누가 가장 좋아 보이냐고 자문을 구하기도 했다. 나는 적당히 의미 없는 말로 대답해주었다.

소개장을 받은 다음 쓸데 있는 이야기는 거의 들은 게 없었다. 다만, 내가 대동산업에 가겠다고 말했을 때 양천종이 해준 충고는 기억에 남았다.

"혹시 거기서 소주 마실 기회가 생기면, 소주는 드시지 마십시오."

"왜 그런가?"

"그놈들 해방되고 나서 일본 사람 공장을 급하게 계속 넘겨받고는 있는데, 공장 돌릴 기술을 가진 사람이 없는 판이거든요. 그래도 다른 건 괜찮은 편인데 소주 만드는 데는 상황이 많이 안 좋다고 합니다. 얼마 전에는 술에 독극물이 섞여 나와서, 그거 마시면 죽는다고 해서 팔았다가 다시 전부 거둬들이기도 했다고 하고요. 아직도 소주를 똑바로 못 만들고 있는데, 혹시 시험용으로 만든 거 줄지도 몰라요. 줘도 마시면 안 됩니다."

양천종은 또 농담을 덧붙였다.

"요즘 술 잘못 만든 거 사 먹고 사람 죽었다는 이야기 많잖아요. 그런 거 조금만 잘못 마셔도 눈 멀어서 장님 된다고 합니다. 봐도 못 본 척하는 게 좋은 세상이니까 장님이 더 살기 편한 세상이라고는 합디다만. 그래도 진짜 장님이 그런 말 들으면 안 좋아하죠, 뭘."

그의 2층 사무실에서 내려올 때 계단이 삐거덕거리는 소리도 꼭 그의 웃음소리처럼 들렸다. 계단이 그와 나를 보고 웃는 것 같기도 했다.

4

이렇게 해서 나는 대동산업의 사무실에 오게 되었고, 직원의 지시를 받아 정신 나간 사람들만 줄줄이 나오는 꿈 같은 입사 시험의 면접관이 되었다. 도대체 이런 입사 시험이 무엇 때문인지 내가 깨닫게 된 것은 여섯번째 수험자를 보았을 때였다.

여섯번째 수험자는 처음으로 똑바로 걸을 수 있고 이름을 한 번에 대답할 수 있는 사람이었다. 젊은 청년이었고, 어제도 그전에도 입어본 적이 있는 양복 정장을 차려

입었다. 조금도 주눅 들지 않고 나를 똑바로 쳐다볼 수 있었고, 영어와 일본어도 서너 단어쯤은 중얼거릴 줄 알 것처럼 보였다. 값비싼 옷과 어울리게 정리한 머리 모양이 크리스마스트리 장식처럼 보이기는 했지만, 요란한 머리카락에는 주변 사람을 조용하게 만드는 힘이 있었다.

"가장 좋아하는 음식은 무엇입니까?"

수험자는 즉시 대답했다.

"대동산업의 맥주입니다. 저는 맥주를 많이 마시면 배가 부르기 때문에 맥주보다는 소주를 더 좋아하는 편이기는 하지만, 대동산업 맥주는 목이 마를 때 마시면 특히 시원해서 지금처럼 목이 마를 때에는 가장 좋아합니다."

한 마디도 더듬거리지 않았다. 나도 그의 말을 알아듣는 데 조금의 어려움도 없었다. 그는 가장 빨리 시험을 마치고 일어서서 나갈 수 있었다.

그가 자리에서 나가자, 또 다른 걸인이 자기 차례가 맞는지 아닌지 헷갈려하며 기웃거리는 것이 보였다. 이제 이 입사 시험이 무슨 장난인지는 확신할 수 있었다. 그렇지만 알아내야 할 더 중요한 일이 남아 있었다. 나는 자리에서 일어섰다. 그리고 나를 여기에 앉혔던 직원을 찾아가 말했다.

"조금 쉬었다가 하고 싶습니다."

직원은 쉬고 말고 할 것이 뭐 있는지 의아해했다. 미

치광이들이 입사 시험을 보겠다고 계속 줄지어 걸어 들어올 것이다. 달리 달라질 것은 없었다. 직원은 쉬긴 왜 쉬냐고 되묻고 싶어 할 것이다. 그렇지만 나는 대답을 기다리지 않고 바로 한 번 더 물었다.

"괜찮겠습니까?"

직원은 무심코 고개를 끄덕였다. 직원은 일찍 퇴근하지 못하는 게 나 때문이라고 생각하고 있었다. 그 작은 동작에도 원망이 담겨 있었다. 내가 걸어 나가니, 자기 차례를 기다리던 걸인들 중에는 갑자기 나에게 허리를 깊게 굽히며 인사를 반복하는 자가 있었다.

나는 빠른 걸음으로 건물의 계단을 걸어 내려갔다. 어두웠기 때문에 발밑이 잘 보이지는 않았다. 하지만 1층 중앙 복도까지 가니, 달빛에 비쳐 여러 다른 사무실의 위치를 표시한 안내판이 보였다. 나는 폐기물 처리반을 찾았다. 애초에 가장 먼저 찾아갔어야 했던 곳이었다.

폐기물 처리반 직원들은 밤늦도록 열심히 일하고 있었다. 오히려 밤이 되자 본격적으로 일하기 시작하는 것처럼 보일 정도였다. 대부분 불이 꺼져 있는 캄캄한 건물 안에서, 끄트머리에 있는 폐기물 처리반 사무실은 등대처럼 불빛을 밝히고 있었다.

"평가 기초 자료로 참고해야겠습니다. 폐기물 처분 가격표를 보여주십시오."

나는 폐기물 처리반의 직원에게 말했다. 그리고 들고 있던 '특별 입사 평가관' 표찰을 보여주었다. 폐기물 처리반의 직원은 그 표찰을 나에게 주었던 직원과 쌍둥이처럼 생긴 사람이었다. 직원이 표찰을 살펴보았다. 그러나 자세히 보지는 않았다.

"쓰레기를 얼마에 파는지 아셔서 뭐 하시려고 그러세요?"

어차피 쓰레기를 사러 오는 고물상들에게 얼마든지 보여주는 가격표였다. 귀중하게 감추어두고 안 보여줄 이유는 없는 서류였다. 직원은 가격표를 나에게 건넸다.

나는 표에 적힌 값을 하나하나 읽어보았다. 공장에서 버리는 톱밥, 고철, 다 쓴 종이의 가격이 적혀 있었다. 겨울철이 되어 땔감으로 쓸 수 있게 되었으니 톱밥의 가격이 아주 약간 높아 보일 뿐, 나머지는 대체로 쓰레기에 어울릴 만한 값이었다. 고철을 녹여 망치를 만드는 업자나, 글자가 가득 적힌 종이를 사서 종이 인형을 만드는 사람이라면 싼값에 깊은 밤에도 사러 올 만해 보였다.

"이건 왜 이렇게 비싼 겁니까?"

나는 그중에서 폐기하는 술값이 특히 높다는 걸 찾아냈다. 직원이 대답했다.

"비싼 값을 주고라도 사려는 사람이 있으면 값이 높아지는 거죠."

직원은 정해진 대로 대답하는 것 같았다. 그러나 버리는 술의 가격은 과하게 높았다. 그 액수는 버리는 쓰레기의 값이 아니었다. 오히려 시장에 나와 팔리는 제대로 된 술의 값보다도 더 높았다. 상등품 술의 값보다 쓰레기 술이 더 비싸게 팔리고 있었다. 누군가 웃돈을 주고 쓰레기를 사 가고 있었다. 나는 직원이 기록하고 있던 장부도 잠깐 훔쳐보았다. 역시 술값을 받은 것에 대해서만 따로 표시가 되어 있었다. 나는 그것을 보고 한 가지를 확인할 수 있었다. 그렇지만 답을 맞혔다고 기뻐하지는 못했다. 아직 다른 문제까지 풀어야만 끝나는 시험이었다.

다시 수험자를 만나는 방으로 돌아가보니, 나를 기다리던 직원이 불쾌한 표정을 짓고 있었다. 나도 따라하고 싶을 정도로 그 순간에 잘 어울리는 표정이었다.

"이제 다시 시험을 계속하시죠?"

직원이 말했다. 나는 그러겠다고 하면서도 한 가지를 더 물었다.

"적산 불하에 대해서 간단하게라도 설명해주실 수 있겠습니까? 제 생각에는 오늘 시험을 치르는 목적은 그것 때문인 것 같으니 알아야겠습니다."

직원이 대답했다.

"저희에게 물어보실 일은 없어요. 다음 수험자, 그다음 수험자를 차례대로 보고 평가만 해주시면 돼요. 그게 끝이에요."

나는 직원의 얼굴을 다시 한번 살펴보았다. 사진으로 찍어두었다가, 보기 싫은 사람이 내 앞에 나타날 때마다 그 앞에 디밀어주고 싶은 표정이라는 생각이 들었다. 저런 얼굴 앞에서라면 사실을 있는 그대로 밝혀야 할 때라고 생각했다.

"이게 뭘 위해서 하는 일인지 알려주시지 않아도 잘 알고 있습니다. 아마 당신네 회사는 일본 사람이 남기고 간 공장 하나를 또 따내기 위해서 공무원 하나를 구슬리고 있을 겁니다. 그런데 뇌물을 직접 현금으로 건네주다가 들통난 적이 있으니까 다른 방법을 써서 뇌물을 주는 방법을 궁리했을 겁니다."

직원의 표정은 바뀌지 않았다. 나는 계속해서 말했다.

"그래서 공무원 자식 하나를 당신네 직원으로 뽑은 다음 그 자식을 높은 자리에 앉혀놓고 월급을 터무니없이 높게 주는 방법으로 공무원에게 간접적으로 뇌물을 건넨다는 방법을 생각해냈을 겁니다. 혹시라도 덜미가 잡히지 않기 위해, 회사 바깥 사람에게 부탁해서 객관적으로 입사 시험을 치렀다는 기록을 남기려고 하는 것 아닙니까? 주정뱅이와 걸인들 사이에 그 공무원의 자식을 섞어서 시험을 보게 하면, 누가 와서 시험을 주관하게 하더라도 분명히 그 공무원 자식이 1등 점수를 받을 겁니다."

그러자 직원이 물었다.

"그렇든 아니든 무슨 상관이죠? 수고비를 받고 해달라는 일을 해주면 그만 아닌가요?"

"당신들이 무슨 일을 하든 아무 상관 없습니다. 당신네들이 뇌물을 주는 공무원이 얼떨결에 면장이 된 날건달이건 아니면 프란체스카 여사건 내가 알 바는 아닙니다. 그렇지만, 만일 내가 심심해서라도 이 사실을 바깥에 말하고 다닌다면 좋지 않을 겁니다."

"그렇다고 해도 상관없는 일이죠. 우리 회사가 무슨 불법을 저지른 거는 아니잖아요. 처벌받을 사람도 아무도 없고 손해 볼 일도 아무것도 없을걸요."

상관없다는 그 말과 달리 직원은 내 대답에 귀를 기울이고 있었다. 내가 말했다.

"그렇지만 야당 의원이나 신문기자나 떠드는 입이 많은 곳에 그 이야기가 들어가면 귀찮아지기는 할 겁니다. 그리고 회사야 결국 별 손해가 없겠지만, 몇 푼 값어치도 없는 탐정 하나 썼다가 그런 시끄러운 일을 일으켰다고 하면, 선생님의 경력이 좋게 평가받지는 못할 겁니다. 그런 일을 굳이 일으킬 필요가 있겠습니까?"

직원은 대답하지 않았다. 내가 다시 말했다.

"다른 일 때문에 궁금한 것이 하나 있습니다. 내가 궁금한 일이 분명히 적산 불하와 상관이 있다고 생각하고 있습니다. 그런데 적산 불하에 대해서 내 주변에서 가장 잘 아는 사람들은 당신들입니다. 내가 전문적으로 하는 일로 당신네 회사를 돕는 만큼, 당신네 회사에서도 나를 도와주었으면 합니다."

직원은 잠시 생각하더니, 자기 자리로 돌아가서 종이 뭉치 하나를 서랍에서 꺼냈다. 내 앞에 돌아온 직원은 그것을 내 쪽으로 던졌다.

"전문적으로 하는 일은 무슨. 탐정이랍시고 돈 받고 얻어맞는 일이나 하고 다니는 사람들이. 회사 직원들한테 다 돌린 서류니까 당신이 봐도 안 될 것 없으니 보여드리는 거예요."

직원은 바로 방에서 나갔다. 온 힘을 다해 나를 모독하고 싶어 하는 것처럼 보였다. 하지만 직원이 떠난 자리에는 이번에도 좋은 향기가 남아 있었다. 그건 어떻게 조절할 수 없었다.

나는 직원의 믿음을 배신할 수 없었다. 다음 수험자에게 들어오라고 말했다. 분명히 몇 번 씻고 왔을 테지만 아직도 온몸에서 먼지가 떨어지고 있는 것 같은 남자였다.

"좋아하는 음식을 모두 다 말해보십시오. 길고 자세하게 말할수록 좋습니다."

수험자는 골똘히 생각하더니 더듬거리며 말을 시작했다.

"찹쌀떡이 맛이 있고 좋습니다. 겨울에는. 그리고, 엿도 좋아합니다. 호박엿도 좋아하고, 가래엿도 좋아합니다. 봄에도, 겨울에도 좋아합니다. 여름에는 엿을 좋아하지 않습니다. 그리고 찹쌀떡은 가루를 많이 묻히지 않은 것이 더 좋습니다. 그리고 안에 든 것이 달콤할수록 좋아합니다. 그리고……"

수험자는 계속해서 이어나갔다. 나는 그의 대답을 배경음악 삼아, 직원이 건네준 서류를 읽어보았다. 12월 19일 국회에서 적산 불하에 관한 법률이 통과되면, 일본인 소유였던 땅과 공장들이 법과 제도에 따라 체계적으로 처분될 것이다. 그러므로 그 전에 더욱더 밀접하게 관련 공무원들과 친분을 쌓아야 한다는 원칙으로 문서는 시작되었다.

5

깊은 밤이었다. 하지만 태평호텔의 사장은 당장 들을 수 있다면서 보고 받길 원했다. 나는 인적 드문 거리에서 겨우 차를 잡아 타고 태평호텔로 갔다. 한강에는 밤낚시를 하느라 불을 켜고 다니는 고깃배들이 추락한 별처럼 떠다니고 있었다.

언덕길 입구에 도착하니, 먼 곳의 호텔이 벌써부터 눈

에 띄었다. 전기가 부족한 서울 시내는 온통 캄캄했기 때문에, 혼자 전등을 환히 밝히고 파티 중인 호텔이 허공을 떠다니는 성처럼 위에서 빛나고 있었다. 고요한 밤에 엔진 소리를 내며 언덕을 올라가는 동안, 마치 자동차가 날아서 구름 위 건물로 올라가는 듯했다. 구름에 가까워질수록, 춤을 추는 남녀들이 웃는 소리와 구슬프게 우는 듯한 트럼펫 소리가 뒤섞이며 차를 붙잡아 끌어올리는 것 같았다.

호텔에 도착하자 나를 맞이한 직원은 우선 볼룸으로 안내했다. 호텔 안의 전기를 모두 끌어 모아서 환하게 밝혀두고 있었다. 인형놀이처럼 예쁜 옷을 입은 남자와 여자가 가득 모여 그 밝은 불빛 속에서 즐거워하는 중이었다. 어느 여학교를 다닐 법한 학생이 그중에서도 쳐다보기 어려울 만큼 현란한 옷을 입고는 탁자 위에 걸터앉아 있었다. 근사한 남자 예닐곱이 주위에 모여들어 그 학생을 기쁘게 하기 위해 서로 겨루고 있었다. 오늘 저녁에 머물렀던 그 공장 주인이나, 내가 면접을 봤던 듬직한 청년도 끼어 있을 것 같았다.

"이쪽으로 오십시오. 사장님께서는 방으로 올라가서 기다리고 계십니다."

아침에 나를 안내해주었던 직원이 내 앞으로 찾아왔다. 그는 전등 불빛 아래에서 더 잘생겨 보였다. 그는 그곳에 조금도 어울리지 않는 중절모와 코트 차림의 나를 다른 사람들로부터 숨기듯 하면서 문을 빠져나가게 도와주었다.

전기를 내려 보내준 그녀의 방은 어두웠다. 희미하게 번지는 빛에 드러난 가구들은 여전히 호사스러워 보였지만 아침과는 달라 보였다. 멸망을 맞이한 후 찾아간 대한제국 황후의 궁전 같았다. 그녀가 보이는 곳까지 걸어가자, 직원은 나만 남겨두고 방에서 나갔다. 그녀는 가장 아늑한 곳에 자리한 의자에 앉아 있었다. 그 눈동자와 입술은 어두운 속에서도 선명하게 보였다. 술에 많이 취한 것 같지는 않았지만, 더 피곤해 보일 정도의 취기는 돌고 있었다. 내가 서 있는 곳까지 향긋한 술 냄새가 풍겼다.

"오늘까지 조사한 내용을 말씀드리려고 왔습니다."

그녀는 나 대신 벽에 걸린 사진을 보았다. 그녀가 말했다.

"무덤에서 남편 시체를 파내야 하나요?"

나는 아니라고 대답했다.

"남편께서 돌아가신 이유는 어제 아침 처음 이야기를 듣고 바로 알 수 있었습니다. 아마 경찰 중에서도 한 명은 그런 생각을 했을 겁니다."

"그럼, 내 남편이 왜 죽었어요?"

나는 그녀가 보고 있는 쪽을 바라보았다. 방 안이 너

무 어두워서 사진이 잘 보이진 않았다. 그러나 그녀의 옆에 서서 행복에 빠져 있던 남자의 희고 둥근 얼굴은 다시 생각해낼 수 있었다. 나는 대답했다.

"아무리 신나게 세상을 사는 사람이라고 하더라도 하루 정도는 술에 취하고 싶을 수도 있을 겁니다. 남편께서 술을 많이 드셨다는 것까지는 이해할 수 있었습니다. 그렇지만, 남편께서 병째로 들고 마셨다는 것은 훨씬 더 이상한 이야기였습니다. 부인이나 돌아가신 남편분께서는 아무리 목이 마르더라도 누가 깨끗이 씻은 잔에 물을 따라서 탁자 조각보 위에 대령하기 전까지는 아무것도 마시지 않을 분들이라고 생각했기 때문입니다."

나는 손에 들고 있던 봉투에서 서류를 꺼냈다. 오늘 일을 간단히 정리한 보고서였다.

"남편께서 술의 종류와 상표를 일부러 드러내기 위해서 그런 모양으로 술을 드신 것이라고 생각했습니다. 그렇게 보면 쉽게 떠올릴 수 있는 연결 지점이 하나 있습니다. 남편께서는 보험 사기를 저지르려고 하신 것입니다."

그녀가 물었다.

"고의로 술을 많이 마시고 죽는다면 자살로 처리될 텐데요. 그러면 생명보험을 들었더라도 보험금을 못 받지 않나요?"

"맞습니다. 그래서 남편께서는 굳이 대동산업에서 쓰

레기로 버리는 소주를 구해서 마신 것입니다. 대동산업에서 잘못 만들어 유통된 소주가 손에 들어왔고 그걸 마시는 바람에 죽었다면 사고로 인정될 것이고, 그러면 보험금을 받을 수 있을 거라고 생각하신 겁니다."

"그런 생각을 해낼 수 있는 사람이 아니에요."

그녀가 말했다. 화를 내는 말투를 쓰려고 한 것 같았지만, 취한 것 같은 목소리가 나왔다.

"직접 생각해내신 것은 아닐 겁니다. 아마 여기저기서 협잡꾼과 뇌물꾼들을 만나고 다니다가 그런 수가 있다고 전해 들으셨을 겁니다."

그녀는 남편과 협잡꾼이라는 단어를 잇질 못해 놀라고 있었다. 다음 말도 잘 알아듣지 못하는 것 같았다. 나는 더 천천히 말했다.

"저는 대동산업에서 유독성 물질이 섞인 소주가 나왔다고 했을 때, 그 술을 모두 버려야 하니까 대동산업이 큰 손해를 볼 거라고 생각했습니다. 그렇지만 막상 조사해보니 그렇지 않았습니다. 실수로 마시면 죽는 술이 된 그 소주를 비싼 값에 사려는 사람은 서울에 얼마든지 있었습니다. 그걸 마시고 죽으면 보험 사기를 칠 수 있다고 생각한 사람들이 그렇게 많았던 겁니다. 오히려 대동산업은 마시면 죽는 쓰레기 술을 더 비싸게 팔 수 있었습니다. 해방되면서 일본 사람들이 갑자기 다 나가는 바람에 보험회사에서 업무를 잘 아는 이들이 없어졌고, 그래서 보험 사기를 치기 쉽다는 소문이 돈 것 같습니다. 사람값은 너무 싸고 현금은 너무 부족한 도시 아니겠습니까."

그녀는 아니라고, 내 말을 믿을 수 없다고 했다.

"왜 보험 사기를, 그런 걸 걔가 왜 했겠어요? 갑자기 그렇게 돈이 필요한 일이 뭐가 있다고."

나는 들고 있던 보고서의 다른 장을 넘겼다.

"제가 마지막까지 이해할 수 없었던 것도 그것이었습니다. 그런데 적산 불하 제도를 살펴보다가, 답을 알게 되었습니다."

나는 서류에 적혀 있는 날짜들을 다시 한번 확인했다.

"해방이 된 후 일본 사람들의 재산은 모두 정부에 몰수되었습니다. 이 호텔은 과거 일본인의 재산이기는 했지만, 일본인으로부터 이 호텔을 사들인 남편께서는 한국인이셨으니 이 호텔이 정부에 몰수될 리 없다고 생각하셨을 겁니다."

나는 서류에 적혀 있던 날짜를 읽었다.

"그런데, 그러니까 작년에 새로 들어선 대한민국 정부에서 표기하는 대로 하자면 단기 4278년 8월 15일 남편께서는 이 호텔을 일본인으로부터 구입하셨습니다. 그러니까 서기로 1945년 8월 15일 남편께서는 전 재산을 이 호텔과 맞바꾸신 것입니다. 그러나 1945년 8월 15일은 일본 제국이 패망한 날입니다. 그날 모든 일본인 재산은 정부에 몰수된 것으로 처리되어 있습니다. 그러니까, 남편께서 이 호텔을 일본 사람에게 사들일 때 이미 이 호텔은 정부에 몰수되어 있었고, 일본인에게 돈을 주고 호텔을 산 계약이 무효가 된 겁니다."

그녀는 고개를 움직였다. 헤드라이트를 켜놓은 자동차가 멀리서 지나가는 바람에 그녀의 하얀 얼굴과 빨간 입술이 갑자기 환하게 나타났다가 깜깜한 어둠 속으로 사라졌다. 나는 계속 말했다.

"엉뚱한 날짜에 계약을 하는 바람에 전 재산을 날린 남편께서는 그동안 어떻게든 호텔을 지키려고 잡다한 거간꾼들을 만나 돈을 건네주면서 버티려 했을 겁니다. 지난 4년 동안 남편과 부인께서 호텔 주인으로 행세하실 수 있었던 것은 그 때문이었을 겁니다. 그런데 오는 19일 국회에서 적산 불하 법률이 통과되면, 더 이상은 그렇게 얼렁뚱땅 호텔에 머물 수 없게 된다는 사실을 아셨던 겁니다."

그녀는 물었다.

"얼마짜리 보험 때문에 걔가 죽은 거예요?"

"남편분과 부인께는 죄송스럽지만, 보험금을 받으실 수는 없습니다. 술을 파는 대동산업이 보험회사와 친분 관계가 있기 때문에, 버리는 술을 일부러 사간 사람의 명단을 보험회사로 보내주고 있었습니다. 일본 사람이 다

빠져나가는 바람에 보험회사에 얼뜨기만 남아 있다는 것은 헛소문입니다. 보험회사에서는 명단을 확인해서 마시면 죽는 술을 사 가는 사람이 청구하는 보험금은 주지 않고 있습니다."

그녀는 그 말에 별로 놀라지 않았다.

"걔는 그동안 맨날 기분 좋고 신나는 일만 보고 사는 줄 알았는데."

나에게 묻는 말인지는 알 수 없었다. 나는 남자의 사진을 보았다.

"남편께서 행복했던 것은 부인을 사랑했기 때문이라고 생각합니다."

오늘 나에게 기분 좋고 신나는 일이 뭐가 일어났는지 생각해보았다. 수험자를 평가할 때, 여섯번째로 나온 멀쩡한 청년에게 '중'을 주고, 다섯번째로 나와서 울고 있던 젊은 여자에게 '상'을 주었던 것을 돌이켜보았다. 그렇지만 별로 기쁜 일은 아니었다. 내가 평가한 것은 찢어버리고 새 사람을 불러서 다시 시험을 치르게 하면 그만이었다. 거기 양반들은 자기들이 원하는 결과가 나올 때까지 대신 점수를 매겨줄 한량들을 얼마든지 더 불러들일 수 있다. 나는 그녀에게 말했다.

"남편께서는 부인께서 행복하게 지내시려면 재산이 얼마쯤 필요한지 잘 알고 계셨습니다. 그리고 남편께서 돌아가시면, 부인께서 한동안 기분이 나빠져 탐정이 든 뭐든 고용해서 죽음을 조사하실 것도 예상하셨습니다. 남편께서는 아마 그렇게만 하면, 잘못 만든 술을 마시고 사고로 죽은 걸 인정받아 보험금을 수령할 수 있다고 생각하셨던 것 같습니다."

그녀는 그때까지도 남편의 사진을 보고 있는 것 같았다. 어둠 때문인지 사진 속 행복한 남자는 잠깐 살아 움직이며 웃는 것처럼 보이기도 했다.

"죄송스러운 말씀입니다만, 남편께서 돌아가신 것은 죗값이라고 할 수도 있을 겁니다. 그분은 부인께 이 모든 일을 숨기고 계셨고 그것은 잘못입니다."

그러나 내 말에 대답은 들려오지 않았다.

"왜 그런 거지? 왜 이런 거야."

그녀는 누구에게 하는지 모를 말을 했다.

"아마 남편께서는 부인에 대해서는 잘 알고 계셨지만, 세상에 대해서는 너무 모르셨던 것 아닌가 합니다."

나는 보고서가 든 봉투를 내려놓고 돌아섰다. 걸어 나올 때 흐느끼는 음악 소리와 깔깔거리는 웃음소리가 다시 들려오는 것 같았다.

손님이 주인을 내쫓다

1

1949년 늦겨울의 하루를 한 푼어치도 되지 않는 일에 허비하고 사무실로 다시 돌아가는 길이었다. 멀리서 자동차 한 대가 시내 거리를 달려오고 있었고, 두꺼운 옷이 없어서 덜덜 떨며 걷고 있는 사람 둘이 내 앞을 막고 있었다.

나는 자동차를 타고 있는 사람 쪽을 보았다. 말끔하게 옷을 차려입은 깨끗한 사람 하나가 뒷자리에 앉아 가지런히 앞을 보고 있었다. 더러운 거리를 쳐다보지 않기 위해 필사적인 얼굴이었다. 잠깐 잘못해서 고개를 돌리면 온갖 값싼 것들이 가득 차 있는 서울 거리가 그대로 눈에 보일 것이다. 그 사람은 머릿속에 그 지저분한 느낌이 스며드는 것이 싫어서 아무것도 보지 않으려고 애쓰고 있었다.

가게 유리창을 보니 내 모습이 비쳐 보였다. 아직 더러워 보이지는 않았지만 값어치가 있어 보이지는 않았다. 실제로 하루 종일 여기저기 불려 다녔지만 돈은 줄어들기만 한 날을 마치고 있는 참이었다.

유리창 안에는 "영어를 배워서 미국인들과 유창하게 대화해보시라"라는 말이 붙어 있는 유성기판이 돌아가고 있었다. "안녕하세요? 반갑습니다. 오늘은 무슨 요일인가요? 좋은 날입니다." 교향곡이나 사랑 노래 대신에 누군가 영어로 실없는 이야기를 끝없이 중얼거리는 소리가 들려왔다. 그 위에는 작은 달력이 놓여 있었다. "하루에 몇 번씩 이것을 들으며 연습했는지 달력에 표시해보시라."

나는 그 달력을 보면서 도대체 올해 들어 돈을 번 날이 며칠이나 있는지 찬찬히 헤아려보았다. 오늘 날짜까지 헤아려보니, 설마. 믿을 수 없는 숫자라는 생각이 들었다. 나는 다시 한번 셈해보려고 했다. 그런데 멀리서 크게 술 취해서 웃는 소리가 들려왔다. 세상에서 가장 비겁한 남자가 오직 취한 기운을 빌어서만 크게 낼 수 있는 그런 소리였다. 나는 길에서 다른 곳으로 피하고 싶었다.

갈 곳은 결국 사무실밖에 없었다. 사무실에도 달력은 있으니까 후회하기 위한 장소로는 부족할 것이 없었다. 나는 음반 가게가 있는 건물의 계단을 걸어 올라갔다. 계단을 올라 돌아갈 때마다 컴컴한 건물 안으로 어떻게든 비집고 들어온 거리 불빛이 얼룩처럼 이곳저곳에 비치는 것이 보였다.

"여기서 일하세요?"

내 사무실 앞에 서 있는 사람이 말했다. 누가 서 있을 줄은 몰랐다. 나는 여기가 내 사무실은 맞지만 이 사무실에 내가 있는 것은 일이 없을 때입니다, 하고 대답하려고 했다가 그만두었다. 돈은 못 벌고 있었지만 그 정도 말을 재미있다고 주절거리는 사람이 되고 싶지는 않았다.

"제 사무실이 맞습니다. 어떻게 찾아오셨습니까?"

"제가 약간 험한 곳에 가야 하는데요. 같이 가주셨으면 해서요."

"탐정 사무소라고 해도 노동조합 파벌 싸움하는 데 같이 가서 각목을 휘두르는 일은 하지 않습니다."

"아니요. 그런 일은 아니고요."

서 있던 사람은 내게 자신의 명함을 내밀었다. 무슨 투자회사의 주임이라는 직함을 갖고 있는 신씨라는 사람이었다. 얼굴이 새로 갈아 끼운 전구처럼 하얬다. 웃는 얼굴이 아니었다면 시체라고 해도 믿을 수 있을 것 같아 보였다.

"서류 처리가 애매한 건물이 있어서 그 건물 주인을 확실히 하려고 하는데, 혹시 싸움이 날 수도 있을 것 같아서요. 저 혼자 가기는 조금 위험할 것 같기도 하고 그래서 그런데. 같이 가주실 수 있나 해서요."

"여러 사람을 데리고 가지는 못합니다. 지금 총이 있는 것도 아닙니다."

"그 정도까지 위험할 것 같지는 않고요. 이런 비슷한 일 많이 해보셨다고 하던데요."

말하는 걸 들어보니 신 주임은 다른 탐정 사무소에 이미 한 번 들렀다 오는 것 같았다. 회사 경비로 쓸 수 있는 돈은 정해져 있었다. 탐정을 고용한다고는 해도 비용에 한계가 있었을 것이다. 몰래 준비한 무기들을 쌓아 놓고 있는 그런 탐정 사무소를 통할 수는 없었겠지. 얼마나 돈을 쓸 수 있냐고 물어봤을 때 예산을 이야기해주면 그런 탐정들은 "그 값에는 코 푸는 소리 들려주는 일도 할 수 없다"라고 대답할 것이다. 그러면서 그 돈으로 무슨 일이든 해보려거든 저쪽 골목에 있는 나를 찾아가보라고 했겠지.

"이게 제가 계약금으로 준비한 돈인데요."

신 주임은 나에게 봉투 하나를 내밀었다. 나는 봉투 속을 들여다보았다.

"지금 당장 출발해야 하는 일입니까?"

내가 물어보니, 신 주임은 다시 생글거리며 웃었다. 이어진 "네" 하는 대답 소리조차도 눈웃음에 묻혀버리는 것 같았다.

2

신 주임은 차분하고 깨끗하게 운전을 할 줄 아는 사람이었다. 요즘 같은 시절에는 보기 드문 인물이라고 할 수도 있었다. 자동차가 시내의 복잡한 곳을 빠져나오자 나는 어디로 가는 것인지 들을 수 있었다.

"'라우자'라는 집 들어봤어요?"

"그게 무슨 말입니까? 건물 이름입니까?"

"맞아요. 요기로 돌아가면 있는 산 중턱에 있는 큰 집인데. 한 몇 년 빈집이었죠. 원래 처음 옛날 옛날에 집 처음 지을 때는 그, 갑오경장 때쯤에 아주아주 부자인 아주머니랑 아저씨가 같이 살자고 번듯하게 지은 집이었다고 하거든요."

자동차는 산비탈의 험한 길을 오르고 있었다. 길도 좁아졌다. 운전은 점점 힘들어졌다.

"왜 이런 데 이렇게 큰 집을 지었을까요?"

"갑오경장이 된다더라, 신분제도도 없어지고, 과거제도도 없어지고, 새로운 세상이 온다더라, 분명히 엄청 살기 좋아질 거야. 뭐 그런 생각으로 좋은 세월 좋게 보낼 좋은 집을 지으려고 했다던데. 그 집주인 아주머니랑 아저씨가 한참 둘이 세계 여행을 다녔다고 하거든요. 이란에서는 좀 오래 머물면서 지냈다고도 하고. 그러고 나서 조선으로 돌아와서 여기저기 다른 나라에서 구경 다니면서 본 것 생각하면서 멋지고 좋은 집을 지었다는 거예요. 그런데 서울 시내 가까운 데에 이렇게 큰 집을 지을 터가 마땅치 않으니까 좀 산으로 높이 올라가서 터를 잡았겠죠."

"지금 거기로 가는 겁니까?"

신 주임은 천천히 고개를 끄덕거렸다. 그러면서도 손은 재빠르게 움직였다. 낡은 자동차의 삐걱거리는 변속기를 조절하면서도 조랑말을 타고 꽃동산을 달리는 리듬을 타고 있었다.

그러나 곧 신 주임은 차를 세웠다.

"여기에는 눈 때문에 길이 엉망이네요. 차는 더 못 들어가겠고."

신 주임은 차에서 내려섰다. 나도 따라 내렸다.

"조금만 가면 돼요."

신 주임은 진창 옆에 서 있었다.

"여기가 옛날 사람들은 풍수지리가 그렇게 좋은 자리라고 해서 몰래 무덤을 많이 만들었대요. 그런데 그 집주인 부부가 그걸 다 싹 밀어버리고 이 집을 세운 거예요. 그래서 옛날에 사람들이 죄받는다, 벌받는다 그런 이야기를 엄청 많이 했대요. 치사하지 않아요? 몰래 무덤 만든 사람은 풍수가 좋아서 복 받고, 거기에 자기 돈 주고 땅 사서 집 지은 사람은 벌받고."

신 주임은 집이 있는 방향을 바라보았다.

"어때요? 풍수지리가 좋아 보여요?"

나는 신 주임이 보는 방향을 같이 보았다. 그때 서 있는 자리에는 작은 빛도 들지 않아 아무것도 보이지 않는 밤의 캄캄한 구렁텅이만 있을 뿐이었다. 신 주임은 곧 진창에 빠지지 않도록 가장자리를 딛고 앞으로 걸어가고 있었다. 그러면서도 걸음은 빨랐다. 나도 그 뒤를 따라갔다.

"그런데 라우자가 왜 빈집이 되었답니까?"

"거기에 무슨 사연이 있대요. 무덤 파낸 것 때문에 벌받는다고 하면서 그 무덤 후손인 무슨 집안의 아씨인가 마님인가가 찾아왔대요. 그 마님이 그런 풍수지리, 귀신의 음덕 이런 거 엄청 많이 믿는 사람이었다고 하거든요. 그래서 아주 목숨 걸고 매달렸대요. 그런데 신식 문물 좋아하는 집주인 부인이랑 남편이 그런 걸 들으려고나 했겠어요. 대판 싸운 뒤에 그 마님이 험하게 쫓겨났다고 그러거든요. 그러면서—"

신 주임은 나를 돌아보았다. 어두워서 그 얼굴은 캄캄하게만 보였다. 무슨 표정을 짓고 있는 것인지 알 수 없었다.

"너희들 그러면 몇 날 며칠에 죽을 거다, 너는 며칠에 죽고, 너는 며칠에 죽고, 너는 며칠 날 죽을 거다. 어디 내 말이 맞나 틀리나 보자—그랬대요."

목소리는 떨리는 것 같기도 했고 희미하게 웃고 있는 것 같기도 했다.

"그래서 그 날짜에 정말로 사람이 죽었다는 이야기입니까?"

"이야기에서는 그렇죠. 그때 라우자에 있던 사람들이 다 그 마님이 말한 날짜에 다 정확하게 맞춰서 죽었다는 거예요. 마님이 정해준 날짜에서는 먼저 무덤을 파헤쳤던 일꾼이 죽을 날이 제일 가까웠다고 하거든요. 그 일꾼은 폐병이 있었는데 점점 병이 심해지더니 급하게 세상을 떠났대요. 그런데 그날이 하필 정말로 마님이 정해준 그 날짜였대요. 집 공사를 하면서 집 도면을 그렸던 사람이 그 다음인데 그 사람은 공사를 끝내고도 계속 라우자에서 살았거든요. 그 사람은 어느 날 길에서 놀란 말을 만났다가 말발굽에 밟혀 죽었다고 해요. 그런데 그 날짜가 바로 그 죽는다고 정해주었던 날짜였대요. 세번째는 집사였는데 건강했고 항상 길 조심도 각별히 하면서 지냈는데 종로 어딘가로 나갔다가 갑자기 무슨 폭동에 휘말려서 어디로 날아가는지도 모르는 화승총 총알에 맞아 죽었는데, 그것도 역시 죽는다던 바로 그 날짜였다고 하고."

"세 명이 줄줄이 죽었다는 이야기입니까?"

"잡다하게 뒤에 이야기가 더 있어요. 정원사가 그다음에 죽었다는 이야기도 있어요. 정원사는 앞서서 세 사람이 죽는다고 한 날짜에 정확하게 죽는 걸 보고 너무 겁이 났다고 해요. 그래서 죽는다고 한 날짜가 다가오자 여기 저쪽으로 깊은 산속에 들어가서 숨어서 기도하면서 지냈다고 하거든요. 아무도 안 만나고, 아무 일도 안 생기도록. 그런데 그러다가 어느 날 새벽에 산에서 호랑이에게 물려 죽었다는 거예요. 정원사가 죽은 그 날짜는 죽는다고 했던 딱 그 날짜고.”

“믿을 만한 이야기입니까?”

“집값 떨어뜨리려고 부동산꾼들이 퍼뜨린 이야기겠죠. 구한말에 사기꾼들이 좀 많았어요? 잘 먹힌 이야기 같기는 해요. 이 아랫동네 사람들도 이 집이 무섭다고 싫어하는 사람들 많거든요.”

몇 걸음을 더 내딛자 나뭇가지 너머로 커다란 건물이 보였다.

지붕은 삼각형으로 튀어나온 부분이 둘 있어서 양쪽에 괴물의 뿔처럼 높이 솟아 있었다. 다른 부분은 네모반듯한 모양인 듯했지만 어두워서 자세한 모습은 보이지 않았다. 아마 2층 아니면 3층 건물인 것 같았는데 1층은 유독 높게 지어져 있었다. 촘촘히 벽돌을 쌓은 벽채는 두꺼워 보였고, 그에 비해 창문은 작아 보였다. 정말로 갑자기 정원사가 세상을 떠나고 아무도 돌보지 않은 것처럼 주변은 멋대로 자란 잡초 따위가 가득했다. 아무렇게나 자라난 산의 작달막한 나무들도 집을 할퀴려는 모양으로 이리저리 가지를 내뻗고 있었다.

다가서서 보니 건물의 벽은 엷은 적색이었다. 원래부터 그런 색깔이었는지, 그동안 색깔이 낡고 바래 그런 색으로 변해버린 것인지 알 수 없었다. 살아 있는 사람은 아무도 살고 있지 않을 것처럼 라우자라는 건물은 무겁고 어두워 보였다. 아무 소리도 들리지 않았을 뿐만 아니라, 주변에서 들리는 무슨 소리든 빨아들이고 있는 것 같았다.

그러나 신 주임이 라우자의 문을 두드리니 그 소리는 똑똑히 울려 퍼졌다. 얼마 지나지 않아 낡은 문이 소리를 내며 열렸다. 나는 문틈으로 뭔가가 엉뚱한 것이 튀어나온다면 곧 발로 차버리겠다고 생각하며 기다렸다.

"주임님 오셨습니까?"

우리를 맞이해준 사람은 검은 양복을 차려입은 마른 남자였다. 족히 30년 동안 피곤해보지 않은 순간이 한 번도 없었던 사람 같아 보였다. 목소리는 대단히 공손했고 희미하게 웃고 있기는 했지만 웃음은 그 얼굴에 어울려 보이지 않았다.

신 주임은 그가 김 주사라고 소개했다.

"지금 이 집 관리하고 계시는 분이예요. 민보단 소속이시고."

나는 그가 민보단 사람이라는 이야기에는 조금 놀랐다. 민보단 사람이라고 해서 모두들 몽둥이를 들고 몰려다니면서 무슨 구호나 외치고 다니는 사람인 것은 아니겠지만, 이런 모습을 한 단원은 쉽게 어울릴 것 같지 않았다.

"민보단 사업으로 집집마다 전기 절약하라는 이야

기하러 이 동네까지 왔다가 이 건물에 지금도 살고 계시는 분이 있다는 것을 알게 되었습니다. 집주인이신 분들은 아니고 제대로 된 계약을 맺고 사시는 분들도 아니지요. 알아보니 이 집은 제대로 된 주인이 없는 곳이었습니다. 그래서 저는 민보단 쪽 윗분들을 움직여서 허가를 받고 돈을 좀 구하면 이 집을 정식으로 사들일 수 있을 거라고 생각했습니다."

"그래서 저희 회사에서 돈을 대고, 이분이 허가를 얻은 거고. 그래서 지금은 이 집 주인이 저희 회사랑 김 주사님이 될 수 있는 거지요."

문안은 집 바깥보다도 더욱 어두웠다. 그렇지만 넓은 방 건너 안쪽에서는 전등이 켜져 있었다. 그 빛 때문에 안쪽으로 걸어갈수록 건물 안은 더 밝아 보였다. 빛이 있는 쪽에서 한 사람이 더 걸어 나왔다.

"안녕하세요? 오신다는 이야기를 듣고 제가 저녁을 좀 준비했죠. 괜히 옛날 생각도 나고 해서 옷도 좀 차려입었고. 혹시 이 집에서 나가게 되면 언제 이런 옷을 또 입어 보겠나, 그런 생각도 나고."

걸어 나온 사람은 마흔 전후로 보였다. 어깨가 드러나는 화려한 차림이었다. 어떤 일을 하기에도 편해 보이지 않는 옷이었다. 가만히 서 있거나 가만히 앉아 있는 것조차도 불편할 것 같아 보였다.

"박 사장님이십니다."

김 주사는 그 사람을 역시 공손한 말로 소개했다. 박 사장은 김 주사를 웃으며 바라보았다. 웃고는 있지만 그 얼굴에 증오하는 기분이 담겨 있었다. 그것은 불빛이 아무리 희미하더라도 쉽게 알아볼 수 있었다.

"사장은 무슨 사장이에요. 애들 아버지 친일파로 몰려서 반민특위에 잡혀간 뒤에는 재산이고 회사고 남은 게 뭐가 있어요. 홀라당 다 날아가고 이름만 망한 회사 사장이지. 빚만 쌓여서 빚 이자만 자꾸 늘어나는 빚 공장 사장."

박 사장은 웃으면서 말했지만 한 마디도 농담인 것 같지는 않았다. 박 사장은 우리를 집 안쪽 식당으로 안내했다. 식당에는 환하게 전등이 밝혀져 있었다. 이 정도로 전기를 함부로 쓰는 가정집이라니 과연 민보단 사람이 차지하고 있는 집인가 싶었다. 우리가 들어가니 자리에 앉아 있던 남자 한 사람이 일어나 우리 쪽으로 돌아섰다.

남자는 닳아빠진 군복을 입고 있었다. 그나마 새벽부터 온종일 다림질을 해서 겨우 그 모양으로 만들어놓은 모양이었다. 남자는 나이보다 열 살은 더 늙어 보이는 얼굴이었고, 목소리는 그 얼굴보다도 더 늙게 들렸다.

"다시 또 못 볼 얼굴일지 모르겠지만 하여튼 반갑소. 어쨌든 서류는 잘 정리되어야 이 집에 남든, 어디로 가든, 집을 떠나든 제대로 될 테니."

"최 중령이십니다."

김 주사가 그 남자를 최 중령이라고 소개했다. 군복으로 봐서는 지금 대한민국 군대에서 계급을 갖고 있는 중령 같지는 않았다. 아마도 광복 전에 적당한 독립군 단체에서 장교 군복을 입고 다녔던 사람인 것 같았다. 몇 년 만에 고향으로 돌아왔지만 전 재산이라고는 깨끗하게 닦은 장교용 권총 한 자루뿐이더라, 하는 부류로 보였다. 아마도 군대에서 적당히 일자리를 얻어보려고 시도는 했겠지만 모두 실패했겠지. 그런 결론을 내리기까지는 별 추리력도 필요 없었다.

"군인으로 살면서 힘들고 가난해도 명예와 긍지만은 잊지 않고 살고자 했소. 빈집에 들어와 주소도 없이 살아온 것은 부끄러운 일이었소. 이제라도 일을 깨끗하게 정리할 수 있으니 오히려 잘된 일 아니겠소."

우리가 식탁 앞자리에 앉자 묻지도 않았는데 최 중령은 그렇게 이야기를 늘어놓았다. 최 중령은 몇 가지 재미없는 농담과 따지고 볼수록 우스운 전투 무용담을 늘어놓았다.

얼마 후 음식을 들고 한 젊은 남자가 나타났다. 남자는 두꺼운 스웨터를 입고 있었다. 그의 코끝은 날카로웠고 눈매는 어리광 부리는 것처럼 보였다. 영화 포스터에 나온다면 배우라고 생각해볼 만한 얼굴이었다.

"박 사장님께서 말씀하신대로 요리를 해봤는데 잘 되었을지는 모르겠습니다. 다 같이 식사할 기회가 거의 없었는데, 마지막 날일지도 모르는 오늘 밤에라도 이렇게 같이 모일 기회가 있어서 다행이네요. 슬프기는 하지만 뭐 어쩔 수 없겠죠."

그는 걱정하는 기색을 숨기지 못했다. 김 주사는 그를 서 기사라고 불렀다.

"기사라고 하셨는데 무슨 기사입니까?"

"운전기사입니다. 하시는 일은 자동차경주 선수입니다. 전쟁 전에는 대회에서 우승도 여러 번 하신 분입니다."

그 말은 제대로 된 경주가 열리지 않는 요즘은 일거리가 없어서 굶고 있는 사람이라는 이야기였다.

우리는 음식 맛을 보고, 모여야 할 사람이 다들 모였는지 확인했다. 조명은 밝았고 웃는 소리가 많이 들리는 자리였지만, 누구 하나 정말로 밝아 보이는 사람은 없었다. 박 사장이 자꾸 무엇인가 농담을 하려고는 했지만 최 중령은 어울리지 않는 대답으로 그 말을 받았다. 서 기사는 어떻게든 웃으며 넘어가보려고 했는데 그것도 잘되지는 않았다. 다만 음식은 무척 맛이 있었다. 돈 한 푼 없는 사람들이 모여 살고 있는, 저주받은 것으로 소문난 집의 음식이라고는 아무도 상상할 수 없을 것 같은 맛이었다.

음식을 반쯤 먹었을 때, 발소리가 들리더니 단정하게

차려 입은 사람이 한 명 더 걸어 들어왔다.

"이 교수님이십니다."

"김 주사님은 항상 저를 교수라고 불러주시지요. 벌써 학교에서 쫓겨난 지가 얼마나 되었는데."

이 교수라고 한 사람은 소리 내어 웃었다. 이 교수는 그러고 나서 작게 중얼거리는 목소리로 "이제 집에서도 곧 쫓겨나겠지" 하고 말했다. 내 옆에 앉으면서 말했는데, 나만 그 말을 들은 것인지, 아니면 다들 그 이야기를 들었는데 모른 척하는 것인지 알 수 없었다.

"늦으셨네?"

"마지막 날이잖아요. 서재에 있던 그 공책을 방으로 가져가서 다시 한번 잘 읽어봤어요. 이제 여기 나가면 어디서 그런 이야기를 또 보겠어요?"

박 사장은 이 교수의 대답을 듣더니 얼굴이 살짝 바뀌었다. 먹는 소리에 잡담하는 소리가 울려 퍼지던 것이 문득 멈추는 듯했다. 잠깐 자리에 앉은 사람들을 돌아보니 최 중령과 서 기사도 어딘가 멈칫하는 느낌이 있어 보였다.

김 주사의 숟가락이 그릇에 닿는 소리만 멈춤 없이 짤랑거리며 울려 퍼졌다. 잠시 후 김 주사가 나에게 말했다.

"선생님께서는 아마 친숙하지 못한 이야기일 것 같습니다. 저희들끼리만 아는 이야기를 한 것 같아 죄송합니다."

"무슨 이야기인지요?"

다들 한마디도 하지 않고 있었다. 서 기사는 고개를 숙이고 음식을 먹는데 몰두하는 척했다. 넓은 집 복도를 도는 바람 소리가 이상하게 들려왔다. 집이 내고 있는 소리였다. 김 주사가 이어서 말했다.

"이 집을 처음 지으신 분들의 이야기를 말하는 것입니다. 집을 짓기 전에 이 터에 무덤을 함부로 없앴다고 죄를 받았고 그래서 마님이라는 사람이 다들 죽을 거라고 했다지요. 그리고 그 마님이 말한 날짜에 집에 살던 사람들이 하나씩 죽었다는 겁니다. 옛날 옛날 조선 시대 적의 전설입니다."

"이야기가 거기서 끝나는 건 아니에요. 결국 죽는 날짜가 다가올 때마다 벌벌 떨면서 죽는 걸 집에 있던 사람들이 너무 무서워하니까, 그 집 집사가 다시 마님한테 대신 사죄하러 갔다고 해요. 그랬더니 마님이 죄를 빌고 싶으면 이 집 자체를 무덤으로 바꿔달라고 했대요."

이 교수가 말했다. 신 주임이 물었다.

"그게 무슨 말이예요? 집을 무덤으로 바꿔요?"

"기둥 밑에, 어디 바닥에, 계단 밑에, 그렇게 정해준 자리에 파내서 없앴던 뼈랑 무덤에서 파낸 걸 다시 묻으라는 거예요. 그리고 그거 말고도 무슨 이상한 짓을 시켰다고 하는데, 그건 공책에 정확하게 안 나와 있어서 아무도 모르지요. 그리고 제사도 시킨 대로 지내주고."

"그놈의 제사. 뭘 죽은 양반들이 그렇게 밥을 챙겨 먹으려고 하는지. 죽어서 묻혀 있으면 위장도 소장도 다 썩어 없어졌을 텐데 도대체 밥이 무슨 소용이라고."

박 사장이 웃으면서 말했다.

"그리고 그런 다음에는 사람 죽는 게 멈췄대요?"

"그랬다고는 하는데 어차피 그게 사람들이 다 죽고 난 후였다고 하오. 게다가 집주인 남편은 그전에 먼저 죽었소. 결국 이 집에 마지막까지 남아 있던 사람은 집주인 중에 부인뿐이었소."

최 중령이 말했다. 내가 물었다.

"그 부인이라는 사람은 어떻게 되었다고 합니까? 그것도 공책에 나와 있습니까?"

"그건 제가 알아요."

신 주임이 말했다.

"그 부인은 말년에 세상 뜰 무렵까지 혼자 이 집을 지키고 있었다고 하거든요. 그런데 전쟁 터지고 나서 일제 조선총독부에서 부인이 꾸준히 미국, 영국 등지의 인사들과 교류해온 불온 인물이라고 지목받은 거예요. 그래서 여기서 쫓겨나서 어디로 추방당했다든가 하지요. 그리고 얼마 안 되어서 세상을 떴고요. 그 후로는 이 집도 조선총독부 관할 재산이 되었어요. 계속 빈집이었고. 광복 후로는 그나마 아무도 관리 안 하는 집이 됐고요."

김 주사가 말했다.

"그리고 그 후에 갈 곳 없는 사람들이 하나둘 이 집에 들어와서 살게 된 겁니다. 사람 죽어 나가는 집이라고 다들 무서워하는 곳이었습니다만, 세상에는 죽는 것보다 누추한 집에서 사는 것을 싫어하는 사람들이 있지 않겠습니까?"

그의 말투는 계속 공손했지만 말의 내용은 다른 네 사람을 비웃고 있는 것이었다. 말없이 있던 서 기사가 말했다.

"저는 아니에요. 저는 애초에 사기꾼한테 속아서 여기에 왔다고요. 저는 주인이 있어서 방세를 꼬박꼬박 내고 살아야 하는 집인 줄 알았어요. 여기 소개해준 사기꾼한테 첫 달치 방세도 냈어요. 애초에 주인 없는 집인 줄도 모르고요."

"다른 곳으로 가겠다는 생각은 못 했습니까?"

"생각은 항상 하고 있지요. 그런데 방 얻을 돈을 다 날렸는데 어디로 갑니까? 돈이 조금만 더 모이면 이 집에서 나가서 내려갈 생각이긴 한데요."

박 사장은 서 기사를 보고 있었다. 추위에 떨고 있는 강아지를 보고 있는 듯한 눈빛이었다. 어떻게 보면 사랑하고 있는 것처럼 보이기도 했다. 한편으로는 상대를 사람으로 여기지 않는 것 같은 눈빛이었다.

이 교수가 말했다.

"김 주사님 말은 조금 틀렸어요. 누추한 집에 사는 것이 죽는 것보다 싫은 사람들이 여기에 있는 게 아니라, 누추한 집에 사는 것이 죽는다는 헛소문보다 싫은 사람들이 여기에 있는 거죠. 이 집에 대한 이야기는 그냥 소문이고 누가 지어내서 퍼뜨린 이야기일 뿐 일테니까요."

"그래도 나는 이야기의 어느 정도까지는 사실일 수도 있다고 생각하오."

최 중령이 말했다.

"무덤이 있던 자리에 지었다거나 이 집에 예전에 살던 사람들이 불행한 일을 겪었다거 집에서 이 집을 무덤처럼 만들었다는 것 중에 실제로 일어난 일인 대목이 있을 거요. 내가 지내는 동안에도 밤에 이상한 반짝거리는 불빛을 보았던 적이 있소."

"도깨비불이 있단 말입니까?"

서 기사가 물었다. 그러자 이 교수가 대신 대답했다.

"사람이나 동물 시체에서 인 성분이 나오면 그중에는 저절로 불이 잘 붙는 게 있을 때가 있어요. 그런게 하늘에 날리면 도깨비 불빛처럼 보일 때가 있는 거죠."

"맞는 말이오. 나도 큰 전투가 벌어졌던 전쟁터에서 그런 것을 몇 번 본 적이 있소. 그 비슷한 것이 집 안에서 보인다는 말이오."

"그러면 도깨비가 불빛을 보여주는 것까지는 아니라도 시체나 뼈를 집 곳곳에 묻어놓은 것은 사실이라는 이야기잖아요?"

서 기사는 눈이 커졌다. 원래부터 크고 부리부리하던 눈이 더 커지자 얼굴의 대부분이 눈으로 변해버린 모양이 되었다. 박 사장이 말했다.

"벽에 뼈 좀 있을 수도 있지. 뭘 그걸 갖고 그래. 서 기사, 자주 입고 다니는 그 멋쟁이 외투는 가죽으로 만든 거 아닌가? 돼지가죽으로 만든 외투는 죽은 돼지 껍질을 몸에 두르고 다니는 거잖아. 무슨 징그러운 짐승도 아니고 사람 뼈가 가까이 있다는 게 그렇게 놀랄 일인가?"

박 사장은 다시 웃음소리를 냈다. 이번에도 아무도 같이 웃는 사람은 없었다. 대신 이 교수가 뒤이어 말했다.

"그래서 그 마님이 시킨 대로 이 집을 통째로 무덤으로 바꾼 뒤에는 더 이상 죽는 사람은 안 나왔다고 하는 게 공책에 적혀 있는 이야기예요. 그래서 혼자 남은 마님은 계속해서 오래 살았다는 거고요. 만약에 이 집을 고치거나 부수어서 다시 무덤이 훼손되면 또 여기 사는 사람들이 죽기 시작할 거라는 이야기지요."

이 교수는 말을 마치고 김 주사를 쳐다보았다. 김 주사는 먼저 미소로 대답했다.

"조선 시대의 풍수지리 이야기입니다. 허황된 이야기

지요."

그는 자기 자리에 있던 잔을 들어 술을 한 모금 들이
켰다.

"저는 민보단 일을 하기 전에 40년 동안 남의 집에 얹
혀살면서 그 집의 작은 일들을 돌봐주는 일을 했습니다.
그러다가 저를 고용해주던 그 선생님이라는 사람이 어느
날 갑자기 자기는 사회주의자라면서 몰래 북으로 가버렸
습니다. 저는 갈 곳도 없어졌고 공산주의자의 부하라는
이유로 이상한 기관에서 별별 이상한 조사를 다 당했습니
다. 제가 민보단원이 된 것도 공산주의자 부하라고 끌려
다니는 일을 피하기 위해서였습니다. 골치 아프고 고민
스러운 문제는 세상에 얼마든지 많습니다. 무덤 자리 때
문에 화를 입는다거나 죽을 날짜를 맞힌다거나 하는 이야
기는 느긋한 어린애들의 동화일 뿐입니다. 세상이 그렇게
한가한 일에 신경을 쓰는 곳이라면 얼마나 좋겠습니까?"

서 기사가 물었다.

"그래서 김 주사님은 정말로 우리를 내쫓고 이 집을
고칠 건가요?"

"집이 넓으니 고치는 동안 방을 좀 옮겨 다니시면 나
갈 필요는 없을 겁니다. 대신에 방세는 제대로 내셔야 할
겁니다. 집이 다 고쳐지면 저는 이 집을 호텔이나 클럽으
로 바꿀 겁니다. 아니면 집값을 제대로 치를 수 있는 어느

부유한 진짜 주인을 찾아 이 집을 팔 수도 있을 겁니다."

"제대로 낼 방세가 지갑에 있으면 왜 이런 데서 살고 있겠어."

박 사장이 말했다. 혼잣말이었지만 다 들으라고 하는 이야기였다. 서 기사는 다시 김 주사에게 물었다

"김 주사님은 정말 무덤으로 꾸며놓은 이 집을 망가뜨린다는 게 하나도 안 꺼림칙하세요? 남의 무덤 망가뜨린다는 이야기잖아요. 무덤에 손을 대면 여기 살던 우리는 다 죽는다는데."

"이야기가 무서운 거라면 공책에는 조금 다른 이야기도 남아 있습니다."

"집주인 남자가 의병이 되었다는 그 이야기 말이오?"

최 중령이 묻자 김 주사는 그렇다고 대답했다. 신 주임은 그러자 새로운 이야기는 무엇이냐고 다시 물었다. 신 주임은 여전히 밝은 얼굴이었다. 신 주임의 물음에는 이 교수가 대답했다.

"다른 이야기가 또 있어요?"

"집주인 중에 남편은 끝까지 그 마님에게 사죄를 안 했다는 이야기도 있기는 있어요."

"그러면 어떻게 했는데요?"

"주인 남편은 자기가 죽을 날짜가 점점 다가오니까 점점 무서워했대요. 그리고 그 부인은 더 무서워하고 걱

306

정했다고 하고요. 남편은 그게 너무 싫은 거예요. 게다가 이제 개화 세상이 되어서 세상이 확 좋아지고 조선도 아주 좋은 나라가 될 거다, 하고 돌아와서 지은 집이 여기 이라우자였는데요. 아시잖아요. 전혀 안 그렇게 된 거. 그러는 중에 이것저것 다른 일도 다 꼬이고, 망하고, 그래서 아주 사람이 절망에 빠진 거예요. 그런데 얼마 안 있으면 무슨 풍수지리 때문에 죄받아서 자기가 곧 죽는다는 말까지 나온 상황인 거죠."

누구인가 한숨을 쉬는 소리가 들렸다.

"그래서 이 사람이 결심을 한 거예요. 자기가 마님을 한 번은 이겨야겠다. 마님은 그 집에 살던 사람들이 곧 죽을 거라면서 죽는 날짜를 다 정해줬잖아요. 그리고 그 날짜가 오면 아무리 도망치고 숨고 발버둥을 쳐도 꼭 사람이 죽는단 말이에요. 사람 운수가 딱 정해져 있는 것처럼요."

"그런 게 정말 될까?"

박 사장이 말했다. 이 교수는 대답했다.

"옛날에 조선 성종 때 사람들 사이에 떠돌던 이야기 중에 보면 그런 게 있어요. 서해의 바다 깊숙한 곳에 어디인가에 가면 무슨 책 한 권이 숨겨져 있대요. 그게 『조선국 인명 총록책』이라는 책인데요. 그 책을 열어보면, 조선에 사는 사람들은 언제 태어나서 뭘 하다가 언제 죽는지 전부 다 적혀 있다는 거예요."

"어떻게 그럴 수가 있지?"

"그 책에는 오늘 여기에 모여서 우리들이 '어떻게 그럴 수가 있지'라고 말하는 것까지 적혀 있는지도 모르죠."

"저는 그런 이야기는 믿지 않습니다. 만약 그런 책이 있다면 그 책에 나오는 내용을 보고 일부러 그 반대로 말할 겁니다."

"그 책에는 '일부러 그 반대로 말 할 겁니다' 하는 방금 그 말도 적혀 있겠죠. 하여튼 중요한 거는 정말로 그런 책이 있었다는 게 아니라 그런 걸 옛날 사람들은 잘 믿었다는 거죠."

이 교수가 김 주사에게 말하는 것은 조금 싸우는 것처럼 보이기도 했다. 그러고 보면, 그 식사 자리는 잠시 후 서류에 서명이 끝나고 나면 곧 지낼 곳 없이 쫓겨날 사람이 마지막으로 힘차게 말할 수 있는 기회였다.

"그래서 집주인 남편은 그런 식으로 자기에게 죽을 운수를 걸어놓은 마님을 자기 목숨을 걸고라도 그런 게 한 번은 틀리게 만들겠다 생각한 거예요. 운수, 풍수지리, 그런 게 없고 세상에는 다른 실용적인 새로운 학문이 훨씬 중요하다는 게 집주인 부부의 생각이었잖아요. 라우자를 지은 것도 그런 생각에 미래를 낙관하고 지었던 거고. 그러니까 마님이라는 사람이 자기 죽을 날짜 정해준 것, 그것만은 모든 걸 다 바쳐서라도 꼭 엎어버리겠다, 집주인 중에 남편은 그렇게 생각한 거죠."

"어떻게 한 건데요?"

이 교수는 대답하기 전에 다른 사람들의 얼굴을 쳐다보았다. 무슨 이야기가 이어지는 것인지는 다들 어느 정도 이미 알고 있는 것 같았다. 이 집에 사는 사람들에게는 이 역시 친숙한 이야기였던 듯싶다.

"마님이 죽는다고 한 날짜가 오기 한 달도 넘게 전에 집주인 남편은 갑자기 집에서 나가서 무슨 의병인가 뭐에 들어갔대요. 그때 조선의 왕비가 죽었다고 여기저기서 일본군을 몰아내야 된다고 총 들고 싸우자는 사람들 있었거든요. 거기 들어가서 총 들고 제일 위험한 일을 하겠다고 나서서는 바로 세상을 떠난 거죠. 일부러 그런 거예요. 마님이 말했던 죽는다는 날짜를 틀리게 하려고요."

이 교수의 설명 뒤에 김 주사가 말했다.

"저는 이 이야기가 차라리 마음에 듭니다. 그 남편이 결국 자기 목숨을 바쳐서 마님의 말을 틀리게 만든 것 아닙니까? 그리고 그 후로 부인은 늙을 때까지 잘 지냈다는 거니까, 결국 남편이 마님이 꾸며놓은 사악한 것을 다 깨뜨린 겁니다."

그리고 김 주사는 지금껏 한 번도 보이지 않았던 웃음을 보였다. 그리고 다시 말했다

"다 깨지고 다 끝난 겁니다. 그래서 이 집은 무덤이 된

것도 아니고 이 집을 부수거나 고친다고 죄를 받아 죽을 사람도 아무도 없는 겁니다."

그런데 그 말을 마칠 즈음 갑자기 전등이 꺼졌다. 집 안은 온통 아무것도 보이지 않게 되었다.

3

잠시 후 전등이 켜졌다.

특별히 달라진 것은 없었다. 조금씩 놀라고 조금 긴장한 얼굴빛도 보이기는 했지만 대수롭지 않게 여겼다. 결국 다들 서울 시민이었다. 이북에서 전기를 제대로 보내주지 않아 요즘 전력 사정이 엉망이라는 데는 익숙해져 있었다. 소리 지르는 사람도 허둥대는 사람도 없었다. 아마 조금만 더 캄캄한 시간이 길어졌다면, 누군가 자연스럽게 호롱불이나 촛불을 밝히기도 했을 것이다.

라우자 사람들은 그 후로 운명이나 죽음에 대한 시시한 이야기를 조금 더 나누면서 식사를 이어나갔다.

시간이 흐르자 그들은 다 같이 모여 있으면 제법 잘 어울린다는 사실이 차차 드러났다. 이 교수에게는 새로운 화제가 많았고 박 사장은 거기에 맞장구치며 웃긴 이야기를 만드는 데 재주가 좋았다. 최 중령은 모든 것이 너무 뻔해지지 않게 가끔 엉뚱한 소리를 던지는 사람이었는데 그러면서도 자기 고집을 심하게 부리지는 않았다. 그는 무슨 고집을 부리기에는 삶에 아무런 용기가 없는 사람이었다. 그래서 대화는 항상 부드럽게 흘러갔다. 서 기사는 무슨 이야기이건 푹 빠져서 듣는 사람이어서, 어린아이가 구구단을 외는 것을 듣고도 감동의 눈물을 흘릴 수 있을 성싶었다. 식사가 끝날 무렵이 되자 김 주사가 먼저 자리에서 일어섰다.

"제가 차를 내어드리겠습니다. 서재에 가서 이제 이야기를 하면 어떠시겠습니까?"

우리는 어두운 복도와 방을 지났다. 서재는 건너편에 있었다. 어두운 곳을 조심스레 걷고 있자니 거리는 더 멀게 느껴졌고 집은 더 크게 느껴졌다. 서재도 어두운 곳이었다. 하지만 전기는 들어오는 방인 듯했다. 이 교수가 전등을 켜니 널찍한 방 안이 환해졌다.

사방에 책장이 있었다. 돌덩어리같이 튼튼하게 제본된 책들이 가장 먼저 보였다. 누가 언제 들어오든 읽을 것은 있다는 넉넉한 자신감을 보여주는 모양이었다. 그 밖에 다른 책들도 많았다. 이런저런 잡지도 꽂혀 있었고 책이 아니라 무슨 자료 뭉치나 기록장 같은 서류를 철해놓은 듯한 것도 보였다. 한쪽에는 가로로 눕혀서 쌓아놓는 옛날 필사본 책들도 적지 않았다. 신 주임은 천천히 걸음

을 옮기며 대체 무슨 책이 이렇게 많이 꽂혀 있는지 이리
저리 훑어보았다.

한편에는 책상이 있고 중앙에는 편안히 앉을 수 있는
푹신한 의자들이 여럿 놓여 있었다. 이런 집에서 그런 의
자에 몸을 기대고 앉아 술술 책장이 잘 넘어가는 소설책
을 느긋하게 읽으면서 겨울밤이 다 가도록 쉬고 있으면
얼마나 아늑한 기분일까 하고 나는 생각해보았다. 내 상
상력으로는 쉽지 않았다. 그렇다고 옆에 있는 누군가에게
물어보기에도 좋은 상황은 아니었다. 집이 사실 무덤 역
할을 하고 있다는 생각이나, 곧 이 집에서 쫓겨나서 길거
리로 나서야 한다는 생각 없이, 그렇게 마음 편하게 책에
빠져 있을 수 있는 사람은 그때 곁에 없었다.

이 교수는 책상 앞에 앉았다. 다른 사람들은 방 가운
데의 푹신한 의자에 앉았다. 그 사람들은 말이 없었다. 표
정은 저마다 달랐지만 아주 비슷한 생각을 하고 있다는
것을 짐작할 수 있었다. 나는 방문 앞에 서서 불 꺼진 캄캄
한 건너편에서 김 주사가 걸어오기를 기다렸다.

곧 어둠 속에서 김 주사의 희미하게 웃는 입이 가장
먼저 보였다. 그리고 전등불에 반짝거리는 찻잔들이 보였
다. 막상 불빛 속에 그의 모습이 다 드러나자 웃는 얼굴이
라는 생각은 들지 않았다. 그는 찻잔을 책상 한편에 올려
두었다. 다들 자리에서 일어나 찻잔을 들고 돌아갔다. 나

는 그대로 문 옆에 서 있기로 했다. 김 주사가 말했다.

"라우자에 풍수지리가 어떻다는 이야기나 죽는 운수가 미리 정해져 있다는 이야기가 있습니다만, 그런 것들은 그냥 떠도는 이야기에 불과합니다. 확실한 것은 전쟁 때 집주인 부인이 영국, 미국과 친한 사람이라고 당국으로부터 쫓겨나면서 빈집이 되어 일제 조선총독부 관할 부동산이 되었고, 광복 후에는 주인이 누구인지 애매해졌다는 겁니다. 그래서 여러분들이 여기에 들어와 사실 수 있었던 겁니다. 이제 제가 정식으로 이 집의 주인이 될 수 있는 허가를 서울시에서 얻었고, 투자회사에서 거기에 필요한 돈을 낼 겁니다. 그렇게되면 이 집의 서류상 소유자는 제가 될 것입니다. 이 집에 살고 계시는 여러분께서 여기에 동의한다는 서류에 오늘 저녁 서명을 해주시면, 모든 절차는 평화롭게 끝이 납니다."

서 기사가 물었다.

"한 번만 더 여쭤볼게요. 만약에 제가 서명을 안 하면 어떻게 되는데요?"

"그러면 제가 경찰에 신고를 할 것이고, 하루 이틀 더 있다가 경찰에 끌려가게 되시게 될 겁니다. 아마 제 집에 무단으로 침입한 상태였다는 점 때문에 다른 처벌을 더 받게 될 겁니다. 이삿짐도 챙기시기 힘드실지도 모릅니다. 그렇지만 오늘 이 자리에서 서명해주시면 차근차근 준비해서 내일 나가면 될 것이고 다른 어떤 처벌도 받지 않을 겁니다."

그 말을 듣고 박 사장이 이야기했다.

"짧게 말하면 그런 거지. 맞고 나갈래, 그냥 나갈래."

김 주사가 다시 말했다.

"말씀드렸던대로, 집을 고치는 것이 끝나고 다시 세입자를 받게 되면 주변 시세보다 훨씬 싼값에 여러분께는 들어올 수 있는 권리를 드릴 예정입니다."

김 주사는 신 주임에게 서류를 가져다달라고 말했다. 신 주임이 서류를 꺼내주자, 김 주사는 빠르게 서류를 읽어 보았다. 그리고 먼저 이 교수에게 서류를 넘겼다.

"제가 설명드린 내용과 서류에 적혀 있는 내용이 본질적으로 차이가 없음을 다시 한번 말씀드립니다. 거기에 대해서는 투자회사의 신 주임께서도 증인이 되어주실 겁니다."

"예, 맞습니다. 김 주사님 설명이 틀린 것은 없어요."

신 주임이 말했다. 맑고 밝은 목소리였다. 그러면서도 곧 집에서 쫓겨날 사람들에게 들려주는 목소리로 걸맞게 들리는 목소리이기도 했다.

이 교수가 먼저 서명을 하고, 서류를 최 중령에게 넘기자 최 중령 역시 서명을 마쳤다. 박 사장이 뒤이어 서명을 했고, 마지막으로 서 기사도 서명하게 되었다. 서명을

마치고 서 기사가 질문했다

"정말로 집을 고치실 거예요? 전해 내려오는 이야기
대로라면 그랬다가 화를 입어서 여기에 살던 우리도 다
죽고 김 주사님도 죽을 수 있다는 거잖아요."

"수리하고 구조를 조금 바꾸는 것이 훨씬 더 집의 가
치를 높일 수 있는 길입니다. 투자회사가 돈을 벌려면 그
런 식으로 하는 것이 맞을 겁니다."

김 주사는 덧붙여 설명했다.

"최대한 빨리 모든 일을 막힘없이 밀고 나가서 진행
할 생각입니다. 지금 제가 이 집의 소유를 명확히 서류로
정리할 수 있는 허가를 받는 일은 쉬운 일이 아니었습니
다. 제 성격에 맞지 않는 말과 행동을 하며 수없이 많은 공
무원들과 실력자들을 만나고 다니면서 이루어낸 일입니
다. 그렇게 여러 고비를 넘긴 끝에 겨우겨우 줄을 대어 이
제야 겨우 저는 이 집의 소유자가 되려고 하는 참입니다.
만약 제가 이 일을 지금 빨리 진행하지 않으면 제가 제 이
름으로 이제야 겨우 얻어놓은 모든 신고와 허가와 서류에
대한 인증은 무효가 될 것입니다. 나중에 누군가 다시 서
류를 만들어 자기 것으로 사들일 수 있는 기회를 만드는
데는 또 한세월이 필요할 겁니다."

그런데 그때 그 대답을 하는 김 주사가 말하는 것을
약간 힘겨워한다는 기색이 있었다. 이상하게 땀을 흘리는

것처럼 보이기도 했다. 그것이 갑자기 남의 못자리를 훼손한 벌을 두려워하게 된 것 같아 보이지는 않았다. 어떤 다른 문제가 있는 것처럼 보였다.

이제 서류는 김 주사 자신만 서명을 마치면 완성될 참이었다. 그런데 김 주사는 서 기사가 건네주는 서류가 자기에게 오는 것을 서서 기다리지 못했다. 김 주사는 한쪽 팔로 책상을 짚고 섰다. 그런데 다리에 힘이 없는지 몸이 휘청거렸다. 나는 그의 눈이 생명력을 잃는 순간을 보았다. 받은 서류를 한 손으로 받는가 싶더니 곧 서류를 놓치고 김 주사는 쓰러졌다.

바닥에 그는 처박히듯이 무너졌다. 머리를 바닥에 찧었다. 무생물이 떨어지는 소리가 빈 공간에 울려 퍼졌다. 김 주사는 몸을 조금 더 움직일 것처럼 보이는가 싶더니 아무 움직임 없이 곧 힘이 빠져 늘어졌다.

"괜찮소?"

김 주사가 고꾸라지는 것을 보고 서재 안에 있던 사람들은 모두 놀랐다. 적어도 놀라는 모습을 서로에게 보여주었다. 최 중령은 김 주사에게 다가가 맥박을 쟀다.

최 중령은 바로 상태를 확인한 것 같았다. 그렇지만 몇 번이고 다시 김 주사를 살폈다. 김 주사의 상태를 확인하는 작업은 다소 길게 이어졌다. 다들 조금은 지루해하기 시작할 때 그가 말했다.

"맥박이 뛰지 않소. 이미 목숨이 끊어진 것 같소."

몇 분 동안 라우자에 사는 사람들은 각자 자기 방식으로 놀람과 걱정과 공포를 표현했다. 그 표현 방식은 각양각색이었지만 또한 한 사람 한 사람의 모습에 잘 어울렸다. 묵묵한 표정을 가능한 한 지키고 있는 최 중령조차도 그런 감정을 나름대로 내비쳤다. 다만 그런 중에도 김 주사가 죽었다는 사실이 반갑다는 생각은 모두가 약간씩은 보여주는 것 같아 보였다.

그러나 신 주임은 다양한 감정이 짜증에 다 뒤섞여 엉킨 모습이었다.

"갑자기 여기서 쓰러졌으니 참 큰일이네요. 서류 처리니 계약이니 뭐니 다 그냥 끝이네요. 오늘 내로 처리한다고 이 밤에 굳이 찾아오라더니. 몇 날 며칠을 준비한 일이 이게 뭐야. 허무하게."

나는 이 집에 전화가 있는지 물어보았다. 전화기는 예전부터 있었는데 전화국에 가입을 안 하고 있었다는데, 얼마 전에 김 주사가 들어오면서 전화가 개통되었다고 했다.

"그러면 신 주임님은 경찰에 연락해주십시오. 사람이 갑자기 쓰러졌는데 아무래도 그냥 병으로 쓰러진 것 같지는 않다고 말씀하십시오."

신 주임은 그러겠다고 대답을 하면서 자리에서 일어

섰다. 서 기사가 그 큰 눈을 한 번 더 크게 떴다.

"그냥 병으로 쓰러진 게 아니면요? 김 주사님이 왜 돌아가신 건데요?"

"보면 몰라요? 누가 뭘 먹인 거지."

"누가요?"

서 기사가 말했다. 이 교수가 대답했다.

"아까 저녁 식사 중에 잠깐 전등이 꺼졌을 때가 있었잖아요? 그때 김 주사 음식에 누가 몰래 독약을 넣었다면 지금쯤 김 주사가 쓰러질 수 있겠죠."

"그러면 우리 중에 김 주사를 죽인 사람이 있어요? 누구요? 왜요?"

박 사장은 피식 웃었다. 나도 따라 웃을 뻔할 정도로 잘 만들어진 웃음이었다. 김 주사가 죽으면 무엇이 누구에게 득인지는 다들 잘 알고 있었다. 서 기사조차도 모르고 묻는 것 같지는 않았다. 서 기사가 말했다.

"물론 김 주사님이 돌아가셔서 이 집이 안 넘어가면 우리들이 얼마간은 더 살 수도 있겠죠. 그리고 집을 안 고쳐도 되니까 무덤을 망가뜨려서 화를 입는 것도 피할 수는 있을 거고. 그런데, 그렇다고 정말 사람을 죽여요? 우리 중에 누가 그럴 수가 있어요?"

다시 이 교수가 대답했다

"무덤을 망가뜨려서 사람들이 정해진 날짜에 운수에

살이 끼인 것처럼 꼬박꼬박 죽었다는 이야기를 정말 진지
하게 믿는 사람이 있지 않을까요? 그런 사람이라면 김 주
사를 지금 죽이는 것이 나중에 건물을 고치는 것 때문에
화를 입어서 죽는 것보다는 낫겠다고 믿었을 거니까요.
겸사겸사 다른 좋은 점도 있다고 생각했을지도 모르고."

　"그런데, 교수님. 그 무덤 건드린 것 때문에 죽는다는
주술은 주인 남편이 일부러 그 이야기를 틀리게 하려고 그
것보다 앞서서 죽으면서 깨진 것 아닌가요? 저는 그래서
이제는 그것은 끝난 이야기라고 생각했는데요."

　"그렇지만 주인 부인은 남편이 죽고 얼마 후에 결국
이 집의 벽에 뼈를 묻고 제사를 치렀다고 하오. 그쪽 이야
기에 따른다면 그 부인조차 주술이 그대로 남아 있다고
생각하고 두려워했다는 뜻 아니겠소?"

　최 중령이 말했다. 그러자 박 사장이 대신 대답했다.

　"중령님은 그래서 그 주술이 아직 남아 있다고 생각
하세요? 그걸 믿어요?"

　"믿지 않소. 세상에 두려운 것은 총알이나 감옥 같은
것 아니겠소? 풍수지리나 죽을 날짜를 지목하는 주술 같
은 것은 우스운 일일 뿐이라고 생각하오. 실제로 있었던
일인지 아닌지도 모르는 일인데 그런 일에 깊이 마음을
쏟지는 않소."

　최 중령은 거기까지 말을 한 뒤에 다른 세 사람을 한

번 둘러보았다. 그리고 말을 덧붙였다.

"그렇지만, 이 집에서 살다 보면 그런 주술 이야기에 자칫 깊이 빠지게 될 것 같은 이상한 기운이 감도는 것 같을 때가 있기는 있다 느꼈소."

박 사장이 다시 말했다.

"그래도 이상하잖아요. 주인 남편이 미리 짚어준 날짜보다 먼저 죽었으면 그것으로 죽는 날짜를 지정해준다는 주술은 깨진거고, 땡이고, 끝인 거죠. 한번 죽은 사람이 또 죽을 수는 없잖아요. 그걸로 주술은 틀린 게 되는 거죠. 그리고 나서도 주인 부인이 계속 그걸 믿었다는 게 이상한데. 목숨을 바친 남편을 생각한다면 그럴 리가 없을 것 같은데?"

"그렇지만 주인 부인은 주인 남편이 목숨을 바쳐서 죽을 날짜를 틀리게 한 후에도 주술을 계속 믿기는 했던 것 같아요."

이 교수가 대답했다.

"공책에 적혀 있는 이야기들을 제가 자세히 살펴본 바로는 확실히 그래요."

"지금 이 이야기들을 다들 그 공책을 읽어보고 아시게 된 겁니까?"

내가 묻자, 그들은 그렇다고 대답했다. 서 기사가 말했다.

"그 공책이 원래는 이 서재 책상 위에 놓여 있었거든요. 이 집에 들어온 사람들은 한두 번씩은 그걸 읽어보게 돼요. 이 집에서 꼭 지켜야 할 일이 그 공책에 적혀 있다는 식으로들 이야기했거든요."

서 기사는 거기까지 말하고 박 사장을 흘깃 쳐다보는 듯싶었다. 아마 서 기사가 이 집에 처음 들어왔을 때, 박 사장이 서 기사에게 그런 이야기를 전해주었다는 뜻인 것 같았다.

"지금 그 공책은 어디 있습니까?"

"제가 지내는 방에 있어요."

이 교수는 그렇게 대답했다. 내가 그 공책을 실제로 보고 싶다고 하자, 그렇다면 다 같이 자기 방에 가서 보자고 했다. 계단을 걸어 이 교수의 방으로 가는 동안 박 사장이 중얼거렸다.

"다 같이 몰려가는 게 맞겠지. 안 그러면 사람 죽인 그 인간이 '나는 잠깐 여기 앉아서 쉬고 있겠다' 하고 말해놓고 사람들 없을 때 도망칠 거 아냐."

어떻게 들으면 즐거워하는 목소리 같기도 했고, 어떻게 들으면 두려워하는 목소리 같기도 했다. 일부러 고개를 돌려 보지는 않았다. 때문에 어떤 모습으로 그런 말을 하는지 나는 보지 못했다.

이 교수의 방에는 가지런하게 정돈되어 꽂힌 책이 벽

마다 수북했다. 책상이나 의자 위에는 어질러져 있는 책이 이리저리 쌓여 있었다. 책 더미 중에 어떤 것은 위태로울 정도로 높다랗게 쌓인 것도 있었다. 평평한 곳에는 어디든지 책이나 종이 뭉치가 있었고, 책장 틈새나 가구 사이 같은 곳에도 책이 곳곳에 들어가 있었다. 여러 나라의 말로 된 책이 있어 보였는데, 『장화홍련전 연구』나 『강도몽유록 연구』 같은 조선 시대 소설을 연구한 자료는 금방 알아볼 수 있었다. 책꽂이에 잘 꽂힌 책들은 높이 솟은 절벽 같았고 바닥에 흩어진 책들은 절벽 앞에 출렁거리는 파도 같아 보였다. 그런 혼란에 잘 어울리도록 옷가지들이 이리저리 널브러져 있었다. 그것은 누가 바다에 뭔가를 내다버린 것 같아 보였다.

"이게 그 공책입니다. 앞부분은 주인 남편이 정리한 내용이 많이 남아 있고, 뒷부분은 주인 부인이 정리한 내용들이 주요 내용으로 되어 있어요."

이 교수는 책상 위에 쌓여 있는 것들 사이에서 공책 몇 권을 찾아 꺼냈다. 다른 사람들은 그 공책을 알아보는 것 같았다.

"내용을 제가 다시 잘 따져 봤는데요. 지금까지 우리가 이야기했던 내용이 다 맞아요. 희망에 찬 부부가 집을 지었는데 집 지으면서 못자리를 훼손했다는 말이 들려와요. 그때 마님이란 사람이 나타나서 다 죽는다고 이야기하고, 마님이 죽을 거라고 미리 말해준 날짜에 맞춰서 사람들이 줄줄이 죽어나가지요. 주인 부부는 겁을 먹는데 주인 남편은 절대 지지 않겠다는 생각으로 죽을 거라는 날짜를 틀리게 하려고 자기가 죽는다던 날짜 한두 달 전에 의병에 뛰어들어요."

"그리고 그렇게 했는데도 주인 부인은 주술을 계속 믿어서 집을 무덤으로 바꾸었고."

이 교수는 이야기를 설명하면서 그 이야기를 확실히 밝힐 수 있는 대목들을 공책 이곳저곳에서 몇 군데씩 짚어주었다. 이 교수의 설명은 상세했고 그날 밤 사람들 사이의 분위기에도 맞았다. 갑자기 아는 사람이 세상을 떠났는데 또한 진심으로 슬퍼할 만큼 친한 사람은 아니라는 그 분위기는 한창 무르익고 있었다.

"죽는 날짜가 틀리는 것을 분명히 봤는데, 어떻게 계속 주술이 이어지고 있다고 믿었던 거죠?"

"정말 두 번 죽은 건가? 죽었던 사람이 되살아났다가 다시 죽은 건가?"

"죽었던 사람이 되살아나는 일은 불가능하오."

최 중령이 말했다. 그러자 박 사장이 말했다.

"죽는 날짜를 미리 정해주는 일은 가능한가?"

"그것은 완전히 불가능하지는 않소."

"어떻게 가능한데요?"

"굳이 예를 들자면 그저 우연히 들어맞을 수도 있는 거요."

"한 명이라면 모르겠지만, 여러 사람이 죽는 날짜가 줄줄이 다 맞아떨어질 수가 있어요?"

"월과 일만 맞춘다면 1년에 365일이 있으니 한 사람이 죽는 날짜를 우연히 맞힐 수 있는 확률은 365분의 1이죠."

이 교수가 설명하기 시작했다. 한번 스스로 고민해본 일이 있는 문제인 듯 보였다.

"두 사람이 죽는 날짜를 우연히 맞힐 수 있는 확률은 13만분의 1 정도고. 세 명이면 4천9백만분의 1. 네 명이면 177억분의 1 정도거든요. 177억분의 1 정도면, 온 세상 사람들이 계속 남의 죽는 날짜를 추측해서 말한다고 하면 몇 번 만에 그중에 몇 사람은 맞춘다는 이야기니까."

"그래도 177억분의 1이잖아요. 어떻게 그런 일이 일어났다고 할 수 있어요?"

"더 이상한 것은 거기까지는 우연으로 설명한다고 해도 한번 틀린 날짜가 바뀔 수는 없다는 거예요. 분명히 남편이 날짜를 틀리게 만들었는데 왜 부인은 주술이 안 깨졌다고 계속 믿은 걸까요?"

이 교수가 말을 마치자 다시 박 사장이 말했다.

"시간 여행? 죽기 전에 살아 있는 상태의 남편을 누가

324

미래로 데려갔는데 원래 정해준 날짜가 되자 다시 죽는다."

박 사장은 장난을 치는 태도였다. 최 중령이 말했다.

"시간 여행도 불가능하오."

"대한의 광복이 불가능하다고 하던 사람도 많았는데."

"나는 광복이 가능하다는 것을 의심해본 적은 한 번도 없소. 광복이 어려워 보일 때가 있었을 뿐이지, 언제였든 완전히 불가능한 목표였던 적은 결코 없었소. 그렇지만 시간 여행은 그 자체로 모순이오."

최 중령은 자뭇 비장하게 말했다. 그러나 초라하기 짝이 없는 제복과 가난에 전 늙은이의 그런 모습이 그 태도에 어울린다고 생각하는 사람은 없어 보였다. 최 중령 스스로도 곧 부끄러워하는 것 같았다.

서 기사가 말했다.

"그러면 남편이 주술을 틀리게 했지만 뭔가 더 무서운 것이 나타났다거나 한 것이 아닐까요? 아니면 너무 극심하게 부인이 겁을 먹어서 아예 정신도 못 차리게 되어서 남편이 주술을 깼다는 것을 받아들이지도 못할 지경이 되었다거나."

"그건 말이 되네. 남편이 주술을 깼는데 깬 줄도 모르고 계속 겁먹고 있었던 거지. 그래서 해골을 집 벽에 파묻는 공사를 하고, 제사를 하고, 굿을 하고. 죽을 운수에서 벗어나보겠다고 그런 것일 수도 있지 않아요? 거기다가 원래 남편이라는 사람들을 믿기가 쉽지는 않잖아."

박 사장의 태도는 농담을 하는 것인지 진담을 하는 것인지 알기가 어려웠다. 이 교수는 웃지 않았고 그 말에 찬성하지도 않았다. 이 교수는 공책의 내용 몇 군데를 더 짚어가며 보여주었다.

"공책에 적혀 있는 주인 부인이 남긴 쪽의 내용을 보면 그렇게 상황을 아예 이해 못 했던 것 같지도 않아요. 주인 부인은 분명히 남편이 무슨 행동을 왜 했는지 알고 있었어요. 그리고 남편의 희생 덕분에 이제는 주술이 깨졌다고 잠깐 생각했던 적도 있는 것 같고요. 그런데 그런데도 얼마 후에는 오히려 더 굳게 주술을 믿는 태도로 갑자기 바뀌거든요."

"그렇게 태도가 바뀌었으면 왜 무엇 때문에 태도가 바뀐 건지는 공책에 안 써놓은 거죠?"

"혹시 진짜 그 묫자리가 파헤쳐졌다는 그 시체가 아예 직접 나타난 거 아닐까? 무덤에서 나온 시체가 남편이 애는 써서 한 번은 내가 정해준 죽는 날짜를 벗어났지만 이제부터 계속 피할 수는 없다, 그런 거지."

박 사장이 말했다. 서 기사는 고개를 끄덕거렸다.

"만약에 그렇게 무덤 속 시체가 말하는 걸 봤다면 정말로 겁을 먹고 모든 걸 다 믿게 되겠죠. 그리고 함부로 그런 내용을 주절주절 밝히면 부정 탈까 봐 공책에 세세한 내용은 안 적었을 수도 있을 거고. 공책에 그 이야기를 세세하게 쓰는 것 자체가 너무 무서웠을 수도 있고요."

"무덤 속 시체가 나타나서 묫자리가 잘못되었으니 너희들은 죽을 거라고 말한다?"

박 사장의 말에 이 교수가 덧붙여 설명했다.

"조선 시대 이야기 책 중에 『동패락송』이라는 책이 있는데 거기에 비슷한 전설이 있기는 있어요. 무덤이 망가진 곳의 시체가 나타나서 무덤을 좀 고쳐달라고 하는 이야기인데요. 그 이야기 속에서는 어떤 모습으로 나타난 뭘 봤는지 묘사가 자세한 편이죠. 그런데 공책에 그런 내용은 없어요. 주인 부인의 이야기를 보면 뭔가가 나타난 것을 봤다거나 했던 것 같지 않아요. 뭔가가 더 나타나거나 새로운 이야기를 들었다는 느낌이 아니거든요. 그보다는 그냥 예전의 주술이 그대로 계속 남아 있다는 느낌이지요."

"그러면 정말 말이 안 되는데. 남편은 죽는 날짜를 분명히 틀리게 하려 했고 그래서 날짜가 틀려졌는데, 얼마 후에 부인은 그냥 그 주술이 그대로 잘 맞고 있다고 생각했다? 이상한데요."

"그래서 서 기사 자네나 나나 이 이야기를 대충 알면서도 주술은 그냥 깨졌다고만 생각하지 않았나?"

최 중령은 답답해했다.

"나는 누가 되었든 그 주인 부인의 행동이 도대체 어떻게 된 영문인지 알아낸 사람이 우리 중에 한 사람은 있었을 거라고 생각하오. 그리고 그 사람은 주술이 아직 남아 있다고 믿고 집을 고치려는 김 주사를 막아야 할 거라고 느끼고 김 주사를 해쳤다고 생각하오. 설령 주술을 아주 깊게 믿지 않았더라도 김 주사를 없애야겠다는 마음이 더욱 치밀기는 할 거요."

최 중령이 김 주사 이야기를 하자 갑자기 모든 사람이 말이 없어졌다. 내가 말을 할 차례였다.

"집 안에 사람을 해칠 수 있는 독약 같은 것이 있습니까?"

그러자 사람들은 모두 최 중령 쪽을 보았다. 최 중령이 무슨 말이든 안 할 수 없었다.

"내가 가져다놓은 극약이 있소. 부끄러운 일이지만 나는 양식을 마련할 방편이 마땅치 않아 겨울 동안 이 산에서 토끼나 꿩을 잡는 일을 했소. 그래서 그 짐승들이 먹이로 착각하고 먹을 극약을 구해다놓았소."

"최 중령님께 미안한 이야기이기는 한데. 최 중령님은 사람 죽이는 일을 전에도 많이 해보신 분 아니에요?"

박 사장이 말하자, 최 중령의 얼굴에 조금 붉은 기색이 나타냈다.

"군인으로 광복을 위해 전투를 한 것을 어떻게 살인

자와 비교하는 거요? 더군다나 내가 가져다놓은 극약은 다락방에 갖다놓았고 집 안의 쥐를 잡을 거라면 누구든 써도 된다고 말한 적이 있지 않소? 누구든 그 다락방에 갈 수는 있었을 거요."

이 교수는 최 중령이 그런 말을 한 적이 있기는 있었다고 확인해주었다. 우리는 그 다락방 쪽으로 갔다. 이 교수의 방에서는 조금 떨어져 있는 곳이었다. 그렇지만 최 중령의 방에서는 가까운 위치에 있었다.

최 중령은 자기가 언제 그 극약을 가져다놓았는지, 극약이 어떻게 포장된 모양인지 보여주었다. 극약의 포장은 뜯겨져 있었고 그의 말대로 누구든 집어갈 수 있도록 다락방에 던져져 있었다. 도대체 어디서 구한 것인지 양이 무슨 곡식 자루처럼 대단히 많아 보였다. 그러니 누가 언제 몇 알을 썼는지 알아보고 짐작하기란 어려워 보였다.

"이것은 짐승을 잡기 위한 극약이요. 이것을 얼마나 어떻게 써야 사람을 죽일 수 있는지를 나는 알지도 못하오. 그런 일에 익숙하지 않은 사람이 극약으로 사람을 해칠 결심을 하고 행동을 하기가 쉽겠소? 사람을 죽이는 것과 짐승을 잡는 것은 다르다는 것은 전에도 여러분 모두에게 설명한 적이 있지 않소?"

"그러면 이런 극약에 대해 지식이 많은 사람이 저지른 일이 아닐까요? 그러니까 여러 많은 지식을 깊게 갖고 있는 사람이요."

서 기사의 말에 이 교수가 대답했다.

"서 기사님, 저를 쳐다보는 게 너무 우습네요. 저는 대학에서 학생들을 가르쳤지만, 제 전공은 독약이나 사람 몸의 생리학과는 아무 상관이 없잖아요. 극약에 대해서 뭘 알든 모르든 여러분하고 다를 바가 없을 것 같은데요."

우리는 그러는 동안 최 중령의 방을 같이 둘러봤다.

최 중령의 방은 휑해서 거의 아무것도 없어 보였다. 총알은 한 발도 없는 권총 한 자루가 눈에 뜨일 뿐이었다. 그 밖에는 처음 부부가 라우자를 세웠을 때부터 있었을 낡은 가구들만 놓여 있었다.

몇 벌의 군복과 제복이 옷장에 걸려 있었는데, 그것을 보고 우리는 지금 최 중령이 입고 있는 못 봐줄 정도로 낡은 군복이 그나마 가장 좋은 옷이라는 사실을 알게 되었다. 그의 방에 걸려 있는 군복 중 한 벌은 족히 김춘추와 김유신이 삼국 통일을 하던 때 어느 병사가 입던 것이라고 해도 믿을 수 있을 것 같아 보였다.

방 안을 서성거리는 가운데 몇 마디 이야기가 더 오갔다. 대체로 김 주사를 죽인 것이 그 극약이라는 것까지는 다들 동의하는 것 같았다. 나도 거기까지는 맞는 이야기라고 생각했다. 다들 생각이 다른 것은 누가 그 극약을 썼느냐였다.

"투자회사에서 서류를 들고 찾아와서 우리를 쫓아낼 거라는 이야기를 들은 것은 사흘 전이오. 그렇다면 누군가 김 주사를 해칠 결심을 하고 극약을 준비했다면 그 사흘 사이일 거요. 혹시 지난 사흘 동안 누가 수상하게 이 다락방 앞을 드나든 것을 본 적은 없소?"

"최 중령님."

"나는 당연히 사냥을 위해 매일 당당하게 극약을 집어 가고 있소. 나 말고 누가 있는지가 궁금한 거요. 나는 내가 김 주사를 해치지 않았다는 것을 잘 알고 있소. 그러니 다른 사람들 중에 누군가 마음을 잘못 먹은 사람이 있지 않겠소?"

그 말을 듣고 서 기사가 말했다.

"그건 저도 마찬가지예요. 저도 제가 김 주사님을 해친 건 아니라는 걸 알아요. 그러니까 저 말고 누가 김 주사님을 해치고 나서 안 한 척 숨기고 있는 거겠죠. 거짓말 하고 있는 사람이 있는 거예요. 저는 제가 거짓말을 안 하고 있다는 걸 알지만."

이 교수가 말했다.

"서 기사님 방은 다락방 아래쪽이니까 누가 다락방으로 올라가면 소리 들리지 않아요? 밤에 몰래 걸어 다니면 소리 다 들릴 것 같은데요?"

"소리가 들리기는 하는데, 다락방으로 가는 소리인지

어떤지 구분은 안 돼요. 그래서 저는 누가 어디로 가는가 보다 그런 것은 아예 신경을 안 쓰고 지내요."

그 말에 최 중령은 정말로 그런지 다 같이 살펴보자고 제안했다. 우리는 곧 서 기사의 방으로 가서, 실험해보았다. 서 기사의 말대로 바깥에서 들리는 발소리가 어느 방향으로 가는 것인지 알기란 쉽지 않았다.

서 기사의 방 안은 생기 있고 깔끔해 보였다. 다만 최 중령의 방과는 다르게 여러 옷가지들이 가지런히 정리되어 놓여 있었다. 책상 앞에는 무거워 보이는 장식품 몇 개가 놓여 있었다. 자동차경주 대회에서 3등, 2등을 했을 때 받은 트로피였다. 최 중령은 그것을 유심히 살펴보았다.

"이건 가짜 같은데? 돈이 없는 부대에서 대충 훈장을 만들어서 나눠 줄 때 쓰는 수법하고 비슷하게 만든 것 같소."

그 말을 듣자 서 기사는 최 중령을 똑바로 쳐다보았다. 최 중령은 트로피와 서 기사를 번갈아가며 보았다. 서 기사에게 내 말이 틀린 것 같거든 트로피를 한번 같이 보자고 하는 눈치였다. 그렇지만 서 기사는 최 중령만 보고 있을 뿐이었다. 마침내 서 기사는 짧게 최 중령에게 이야기했다. 그런데 서 기사의 목소리는 지금까지 그의 말소리가 나오던 입이 아닌 다른 곳에서 나는 것 같았다.

"그것은 최 중령님이 상관할 바가 아니지 않습니까?"

사람들은 모두 놀랐다. 박 사장은 털이 곤두설 정도로 겁을 먹은 것처럼 보였다. 잠깐 동안 서 기사가 아니라 다른 이상한 것이 지금 이 집 안에 나타나 소리치는 것 같았다. 서 기사는 박 사장의 얼굴을 잠깐 바라보고는 다시 눈길을 다른 곳으로 옮겼다. 얼마 지나지 않아 박 사장은 원래의 태도로 돌아갔다. 박 사장이 말했다.

"최 중령님은 이 집의 주술이 아직 깨지지 않았다는 사실을 알게 된 사람이 아마 욱해서 독약을 탔을 거라고 했잖아요. 저게 가짜든 진짜든 그거하고 무슨 상관이 있나? 그렇게 치면, 최 중령님은 진짜 중령 맞아요?"

"박 사장님은 저녁에 포도주를 조금 과하게 마신 것 같소."

"포도주는 진짜 포도주였나 보지."

박 사장은 작게 소리 내어 웃었다. 그 작은 웃음이 커다란 집을 가득 채우며 울렸다.

"이 집의 주술에 대해 뭔가 다른 생각을 갖고 있는 사람이 엉뚱한 짓을 저질렀을 가능성이 크다는 생각은 변함이 없소."

"그러면 중령님이 도깨비불을 봤다는 곳에 가보면 어떨까요?"

이 교수의 제안에 따라 우리는 마지막으로 중앙 계단으로 걸어갔다. 그곳은 박 사장의 방 바로 옆이었다. 이 교수는 벽을 두드려보자고 했다. 소리가 다른 곳은 벽 속에 다른 물체가 있거나 빈 공간이 있는 곳일 가능성이 크다고 했다. 그리고 그렇다면 그곳에 아마 시체라든가 주술을 걸 수 있는 물체가 묻혀 있을 거라고 말했다.

가장 먼저 이상한 곳을 찾아낸 사람은 서 기사였다. 서 기사가 소리가 이상하다고 한 곳 근처를 다른 사람들은 같이 두들겼다. 곧 우리는 어느 산 풍경을 그린 그림이 걸려 있는 벽 뒤편 뭔가 이상하다는 것을 알게 되었다. 과연 그림 뒤에는 붉은 글씨를 써놓은 작은 종이 부적 같은 것도 하나 붙어 있었다.

"벽 반대쪽에서도 한번 두들기면서 가늠해보면 어떻겠소?"

최 중령의 제안에 따라 우리는 벽 반대편인 박 사장의 방 안으로 들어갔다. 박 사장의 방은 이 집의 방이 원래 어떻게 장식되어 있어야 하는지 보여주는 전시관 같아 보였다. 침대는 훌륭하게 치장되어 있었고 걸려 있는 모자와 옷도 이 집에 완전히 어울려 보였다. 침대 옆의 탁자에는 술 한 병과 술잔이 놓여 있었다. 그것도 둘 다 오랫동안 귀하게 보관해 온 것을 최근에 사용하기 시작한 것으로 보여서 역시 이 커다란 집에 잘 어울리는 모습이었다.

유일하게 너저분해 보이는 곳은 책상 위였다. 그런데 거기에는 잡다한 재산 기록과 법정 서류들이 있었다. 그 역시 이 집에 어울린다면 어울려 보였다.

"나 같은 처지에 이혼 준비하려면 해야 하는 일이 많아요."

그것은 감옥에 갇혀 있는 남편과 지금 이혼하게 되면 어떻게 해야 자기 수중으로 최대한 재산을 가져올 수 있을지를 연구한 것이라고 박 사장은 설명했다. 이 교수는 책상 위의 서류 뭉치 중에 가장 두껍고 낡아 보이는 것을 쳐다보았다. 박 사장이 다시 말했다.

"남편 잡혀 들어갈 때까지 집안 재산을 매년 정리해놓은 서류거든. 이혼하면서 이것만 잘 써먹으면 이런 이상한 곳에서 더 안 살아도 될 만큼 재산을 빼낼 수 있을 텐데. 거기 무슨 영조 때, 정조 때, 어디서 땅을 샀다는 이야기부터 작년까지 돈 모은 이야기가 다 있다니까."

사람들은 곧 박 사장의 방 안에서 벽을 두드려보았다. 그리고 그곳의 벽 속에 분명히 누가 시체나 사람의 뼈를 넣어두었을 거라고, 틀림없다고 저마다 한마디씩 던졌다. 그 모든 것은 공책에 적힌 이야기의 후반부와 비슷해 보인다는 데에도 다들 생각이 비슷했다.

박 사장은 침대에 비스듬히 앉았다. 그리고 술이 든 잔을 한 손에 들었다. 박 사장은 그 술의 맛을 보았다.

"벽에 시체가 들어 있는 방에서 계속 지낼 수는 없잖아. 또 한동안은 이 집에서 살게 될 텐데 방을 바꿔야 되나? 어제저녁까지 잘 놀고 잘 자다가 이제 와서 무서워서 도망친다는 게 좀 부끄럽기는 하네."

곧 술잔을 비운 박 사장은 그 방에서 나가고 싶어 했고, 우리는 방에서 나왔다.

4

결국 우리는 다시 서재로 내려왔다. 김 주사의 시체는 쓰러진 그 모습 그대로 바닥에 있었다. 모범적인 현장 보존이라고 경찰에서 표창이라도 줄 만큼 아무도 시체 가까이 가지 않고 있었다. 거품을 뱉으며 쓰러진 시체를 사람들은 그저 더럽고 지저분하다고 여기는 것 같았다.

시시한 이야기를 얼마간 더 나누었고, 이승만 박사가 뭘 잘못하고 있다든가 요즘 미국의 경제 원조가 어떻다든가 하는 더 쓸모없는 이야기를 더 주고받기도 했다. 그러는 중에도 농담 한두 가지 정도는 괴상할 정도로 웃긴 것이 있었다. 시체를 옆에 두고 서로를 살인자로 의심하고 있는 중에도 정말로 웃긴 이야기가 나오면 쿡쿡거리며 웃을 수밖에 없다는 것은 오늘 밤 내가 새롭게 깨달은 사실이었다.

그러다가 도저히 더 이상 웃긴 이야기가 나올 가능성

이 없을 정도가 되었을 때, 신 주임이 나에게 말했다.

"오늘 저녁 일은 아주 엉망이 됐는데, 탐정이 뭐 할 이야기 없어요?"

"사람이 한 명 죽었고 일을 저지른 사람이 누구인지는 모르지만 우리 사이에 아직 그대로 있습니다. 그런데 경찰이 올 때까지 아무도 그 이상은 다치지 않도록 탐정인 제가 잘 지켜보고 있지 않았습니까? 저는 제가 올 만한 곳에 와서 제 일을 잘하고 있다고 생각합니다."

그러나 신 주임은 재차 물었다.

"방금 그 말대로 조금 있으면 경찰이 올 거잖아요. 뭐 해주고 싶은 이야기 없어요? 이렇게 될 거라든가. 어떻게 될 거 같다든가."

나는 집 안과 라우자 사람들을 다시 바라보았다. 밝은 전등 불빛에 밤이 깊어갈수록 피곤해하는 그 모습은 더 또렷하게 보였다.

"그러면 조금 무례하게 들릴지도 모르는 제 생각을 그대로 말해도 되겠습니까?"

나는 네 사람의 대답을 들었다. 그리고 그 사람들이 듣고 싶어할 만한 이야기를 해주었다.

"저는 최 중령님이 준비한 극약으로 사람을 해칠 생각을 한 적이 있다고 생각합니다. 어쨌건 최 중령님은 극약에 가장 익숙한 사람이라는 것은 사실입니다. 짐승을 잡는 일과 사람을 해치는 일이 다르다고 설명하신 것도 그 차이를 알아보실 만큼 사람 해치는 일을 궁리해보셨다는 뜻도 될 겁니다. 물론 그렇다고 정말로 최 중령님이 극약을 김 주사의 음식에 넣었다는 이야기가 되는 것은 아닙니다."

최 중령은 아무 말이 없었다.

"그런데 최 중령님은 그 극약에 대한 이야기를 다른 사람들에게 전부터 들려주었습니다. 저는 그 이야기가 누군가를 해치려는 사람에게는 '약은 여기에 준비되어 있으니 쓰고 싶을 때 잘 알아보고 쓰라'라는 말처럼 들렸을 수도 있을 거라고 생각합니다."

나는 서재 책상 위의 책들을 쳐다보았다.

"결국 그 말을 듣고 누가 일을 저질렀는지는 저도 모릅니다. 그렇지만 못자리를 잘못 쓴 것 때문에 화를 당했다는 그 이야기를 깊게 믿게 된 사람이 독약을 넣었다는 것이 최 중령님과 이 교수님의 의견입니다."

이 교수가 내 쪽을 쳐다보았다. 나는 이어서 말했다.

"그런데 저는 그 이야기는 대체로 이 교수님이 지어낸 이야기일 거라고 생각합니다. 라우자라는 크고 생소한 건물을 지을 때 이런저런 소문이 있기는 했을 겁니다. 산에 생긴 신식 벽돌 건물이 옛날 조상의 못자리를 망가뜨렸다는 이야기는 아주 흔하기도 합니다. 새로운 시대를 낯설어하는 사람들은 그따위 이야기를 유독 신기하고 중요하게 여기기도 합니다. 그렇지만, 사람이 죽는 날짜를 정해준다든가, 그 날짜에 사람들이 차례차례 죽어나가니까 누군가 독하게 마음먹은 사람이 일부러 그 날짜를 틀리게 하기 위해 희생했다든가 하는 이야기는 조금 더 특색이 있습니다. 그런 내용 중에 이 교수님께서 일부러 더 신기하게 들리라고 이야기를 가다듬은 점이 있을 겁니다."

이 교수는 나에게 뭐라고 대답을 할까, 더 이야기를 들을까 망설이는 듯이 보였다. 나는 그 대답을 기다리지 않았다.

"처음에는 이상한 이야기를 더 그럴듯하게 꾸며서 이 집에 더 찾아올 사람이 없게 하려는 생각도 있었을지 모르겠습니다. 아니면 김 주사가 그 이야기를 꺼림칙하게 여겨서 이 집을 더 건드리지 않게 하려는 생각이었는지도 모르겠습니다. 그것도 아니면, 그냥 있는 이야기 재료에 이것저것 내용을 더 조사해서 살을 붙이다 보니 점점 이야기가 불어났고, 그런 이야기를 듣고 누군가 무슨 일을 저지르기를 기대한 것일 수도 있을 겁니다."

그때 박 사장은 또 웃는 소리를 냈다. 나는 계속해서 말했다.

"그런데 다들 아시다시피 이 이야기에는 제대로 이어지지 못하는 점이 한 군데 있었습니다. 주인 남편이 주술을 깨기 위해서 희생했다는 이야기와, 주술을 너무 믿어서 집을 무덤으로 고쳤다는 주인 부인의 이야기가 제대로 이어지지 않습니다. 이 이야기가 이어지려면 주인 남편이 이미 시간을 한번 틀리게 만들었는데, 주인 부인에게는 그 시간이 나중에 맞는 시간으로 변해야 합니다. 그런데 이런 일은 이상해 보입니다. 한번 지나간 과거의 시간을 누가 나중에 바꿀 수는 없습니다."

"그러면 그게 이 교수가 이야기를 완성하지 못한 부분인가요?"

신 주임이 물었다. 나는 모르겠다고 대답했다. 대신 다른 이야기를 들려주었다.

"그런데 시간은 바꿀 수 없지만, 날짜를 바꿀 수는 있습니다. 날짜라는 것이 팔자나 사주와 관련이 있는 하늘이 내려준 운명과 직접 연결되어 있는 것이라고 생각하는 사람들도 있습니다만, 사실 날짜라는 것은 사람들이 적당히 제도로 만들어서 정해놓은 규칙에 불과합니다."

"무슨 뜻이지요?"

이 교수가 나에게 물었다. 나는 대답했다.

"라우자는 갑오경장과 을미사변 즈음에 건설되었습니다. 그러니까 죽는 날짜라면서 정해준 날짜도 다 그즈음일 겁니다. 저는 그렇다면 이야기가 이어질 수 있는 가능성이 한 가지 있다고 생각합니다."

나는 박 사장을 보면서 다음 부분을 말했다.

"묏자리를 건드렸기 때문에 화를 입어서 주인 남편이 죽는다고 정해준 날짜가 단기 4229년 1월 1일, 그러니까 서기 1896년 1월 1일이라면 이야기가 이상하게 돌아갈 가능성이 생기는 겁니다. 주인 남편은 1896년 1월 1일에 자신이 죽는다는 주술이 틀리게 하기 위해서 그보다 앞서 의병 전투에 참가했을 겁니다. 예를 들어서 한 달 넘게 앞서서 1895년 11월에 의병이 되었고, 1895년 11월 17일에 전사했다고 해봅시다."

내가 거기까지 이야기하자 이 교수는 이제 알겠다는 듯이 "아" 하는 소리를 냈다.

"그런데 1895년에 고종은 어명을 내려 조선의 달력 체계를 음력에서 양력으로 바꾸어버렸습니다. 그래서 1895년 11월 17일은 1896년 1월 1일이 됩니다. 주인 부인이 이 사실을 나중에 알았다면 정말 놀랐을 겁니다. 주술을 깨기 위해 11월에 앞서서 남편이 세상을 떠났는데 달력이 바뀌는 바람에 그 날짜가 1896년 1월 1일로 변해서 오히려 딱 맞아버린 겁니다. 주인 부인은 주술이 기막히게 맞아떨어진다고 믿게 되고 집을 무덤으로 바꾸게 된다, 그렇게 이야기는 완성됩니다."

이 교수도 박 사장을 바라보았다. 나는 계속해서 말했다.

"저는 이런 식으로 이야기의 아귀가 맞아 들어간다는 사실을, 박 사장이 1890년대 후반의 재산 자료의 날짜 기록에서 날짜가 이상하게 바뀌는 대목을 보는 도중에 알게 되었을 거라고 생각합니다."

서 기사는 "말도 안된다" 하고 중얼거렸다. 나는 서 기사에게 말했다.

"저는 서 기사님만은 이 일과 아무 상관이 없는 분이라고 생각합니다. 죄송한 말씀입니다만, 저는 서 기사님이 직업적인 사기꾼일 가능성이 높다고 생각합니다. 자동차경주 선수로 화려한 과거를 갖고 있지만 지금은 몰락한 불쌍한 사람 흉내를 내면서 누군가를 속이려고 하는 사람인 것 같습니다. 서 기사님은 이 집에서 당장 나가게 되시더라도 어떻게든 머물 곳을 쉽게 찾아낼 분이시고, 괜히 엉뚱한 풍수지리 이야기를 믿고 위험한 큰 사건을 함부로 일으키실 분도 아닙니다. 애초에 이 집에 온 과정을 분명히 밝히고 계시다는 것도 특이한 점입니다. 이 집에 서 기사님이 오신 것은 그런저런 사연 속에서 자신이 화려한 과거가 있는 사람인 척 흉내 내기 위해서였든지, 아니면 이 집에 사는 부유한 누군가를 유혹하려는 정도의 목적이었을 겁니다."

"사실은 이 집에는 빈털터리들만 살고 있었지만."

박 사장의 말이었다. 박 사장은 자기가 살인범이라는

말을 듣고 태도가 바뀌어 있었다. 다만 무슨 생각을 하는지 오히려 더 졸려 하는 듯한 모습이 되었다.

"서 기사가 자기는 사기꾼이라는 이야기는 사실 나한테 진작에 했어요. 그런데 자기는 정말로 나를 사랑한다고 하더라고."

조금 더 이어지는 말을 들어보니 박 사장은 완연히 술 취한 목소리였다. 서 기사는 나를 노려보고 있었다. 노려보는 얼굴은 더 반듯한 미남의 얼굴이었다.

"그래서 박 사장님이 달력이 바뀌면 주술이 맞는 이야기가 된다는 사실을 알아서 그 주술이 아직까지도 이어진다고 믿고 집을 고치려는 김 주사님을 해쳤다고요? 거기에는 아무 증거도 없잖아요?"

"맞는 말씀입니다. 박 사장님이 그 사실을 알아냈다고 해도 박 사장님이 독약을 탔다는 증거는 없습니다. 저희들이 도착하기 전에 박 사장님이 이미 다른 분들께 자신이 알아낸 것을 다 털어놓았고 그 말을 듣고 실제로 일을 저지른 사람은 다른 사람일 수도 있을 겁니다."

멀리서 희미하게 들려오는 듯 마는 듯싶던 경찰의 사이렌 소리가 점점 더 분명하게 들려왔다.

"그런데 이제 경찰이 오면 그런 것은 중요하지 않습니다. 어쨌거나 여러분 네 사람 중에 한 사람이 일을 저지른 것은 사실입니다. 넷 중에 최소한 한 사람은 범인입니다. 대한민국 경찰은 뭔가 탓할 일이 필요하고 책임질 일이 필요하다면 어떻게든 한 명은 잡아넣을 겁니다. 경찰이 무슨 생각으로 누구를 살인범이라고 할지는 모르겠습니다. 하여간 누구든 한 분은 범인이라고 할 것이고 그렇게 지목된 사람은 경찰을 한번 겪고 나면 살인범으로 취급될 겁니다. 그게 제가 말씀드리고 싶은 이야기의 결론입니다."

내 말을 듣더니 서 기사는 다시 박 사장을 바라보았다.

"박 사장님, 경찰에는 제가 자수할게요. 어차피 저는 감옥살이해본 경험도 있어요. 김 주사는 민보단 사람이잖아요. 요즘 민보단이 워낙 횡포를 부리니까 사람들이 다들 싫어하는 분위기인 거 아시죠? 김 주사가 민보단 위세를 등에 업고 거들먹거리며 상전인 척하길래 다투다가 죽였다고 하면 큰 벌은 피할 수 있을 거예요. 저는 검사들이랑 판사들을 어떻게 다루는지 잘 알거든요. 대충 이런 판결을 내리는 게 그럴듯하게 보이는 일이다 싶고, 자기들 멋있게 보일 수 있는 것처럼 누가 모양만 좀 맞춰주면 딱 그대로 움직이는 사람들이에요. 독약을 쓴 것도 어차피 동물 잡는 독약이니까 애초에 죽일 생각은 없었고 그냥 배 아프게 골탕만 먹일 생각이었다고 둘러대도 되고요. 저는 별 대단한 형 안 받을 자신 있어요. 박 사장님은 한 3, 4년만 기다려주시면 돼요."

박 사장은 그 말에 바로 그러라든가 그러지 말라든가 하는 대답을 하지 않았다. 대신에 이 교수와 최 중령에게 뭔가를 물었고, 그 사람들은 다시 서 기사에게 뭐라고 대답했다. 그러다 보니 그 대화는 갑자기 다시 생기를 띠고 있어서 죽어서 누워 있는 김 주사도 잠깐 한마디씩 끼어드는 듯한 느낌이 들 정도였다. 라우자 사람들은 그런 식으로 경찰이 오기 직전까지 처량한 토론을 이어나갔다.

　　얼마가 지나자 다시 전기가 불안해져서 서재의 전등불빛이 흔들렸다. 전등에서 오락가락하는 전류 때문에 웅웅거리는 소리가 났다. 그러자 누군가 "집이 우는 소리를 내는 것 같다"라고 말했다. 내 귀에는 깜빡이는 불빛 사이에 시커멓게 눈앞을 뒤덮는 어둠이 낄낄거리며 웃는 소리를 내는 것처럼 들렸다.

마귀들의 울음소리로 음악회를 열다

1

"뇌물은 겁쟁이들의 강도 짓이다." 아래층 사무실 라디오에서 나오는 소리였다. 무슨 말인지 잘 알 수가 없었다.

나라에서 건물 짓는 공사를 한다고 치자. 원래는 김 씨네 회사에게 맡겨야 마땅한 공사였지만, 뇌물을 받고 솜씨가 부족한 이 씨네 회사에 공무원은 공사를 맡긴다. 김 씨 입장에서는 공사로 벌어야 할 돈을 억울한 이유로 벌지 못하게 된 셈이다. 김 씨가 벌어야 할 돈은 이 씨의 회사가 벌어갔다. 그 돈 중 일부를 공무원이 뇌물로 챙긴 것이다. 그렇다면, 김 씨네 회사의 돈을 법을 어기고 공무원이 가져간 것이라고 할 수도 있을까? 강도는 권총이나 칼을 들이밀며 그 힘으로 돈을 빼앗지만, 공무원은 나라에서 받은 권한으로 돈을 빼앗는다. 그러니까 강도 짓 비슷한 걸까? 그렇게 설명하려면 너무 말이 길어지잖아. 그렇지만 단기 4282년, 서기 1949년의 대한민국에서는 너무 자주 일어나는 일이지. 정리하기 어려운 이야기였다.

명확하게 알 수 있는 것은, 다른 사람 사무실에는 라디오도 있구먼, 하는 생각뿐이었다. 그러나 그 이상 생각을 할 수는 없었다. 아래층 사무실을 지나 내 사무실 앞에 오니 이상한 풍경이 펼쳐져 있었기 때문이다. 아주 조금이지만 사무실 문이 열려 있었다. 사무실에 들어서기 전에 문이 정확히 닫혀 있는지 세밀히 확인하는 일은 결코 빠뜨리지 않는다. 내 버릇 중에서는 가장 소중한 버릇이었다. 세상을 살면서 숨을 들이 쉰 다음에 깜빡하고 내쉬는 일을 잊는다면 모를까, 나는 사무실 문을 확인하는 일은 잊지 않는다. 이 버릇 때문에 몇 번이나 나는 목숨을 구했다. 목숨을 부지하는 데 도움이 된다는 점에서도 숨 쉬는 일 못지않게 귀중한 일이었다.

나는 품에서 권총을 뽑아 들었다. 짤깍거리는 소리가나지 않게 조심하면서 총을 열어 총알이 몇 발이나 들어 있는지 보았다. 두 발이 들어 있었다. 괜찮은 숫자였다. 아무리 나와 원한이 깊은 자라고 하더라도 장사도 안 되는 싸구려 탐정 사무소에 두 명 이상을 보내서야 수지가 맞지는 않을 것이다. 나는 총을 들고 조심스럽게 살며시 문을 열어보았다. 그리고 문안으로 보이는 풍경을 보았다.

내 자리에 누군가 앉아 있었다. 고개를 책상 위에 옆으로 누인 채 엎드려 있는 것 같았다. 얼핏 보니 20대 후반에서 30대 초반 정도로 되어 보이는 여성 같았다. 살아 있는 사람일까?

나는 문을 열고 방 안으로 들어서며, 바로 좌우를 둘러보았다. 아무도 없었다. 그러면 이 방 안에서 더 이상 숨을 곳은 없다. 더 많은 악당이 숨어 있을 만한 공간을 사무실로 빌리려면 지금보다는 탐정 장사가 훨씬 잘되어야 한다. 나는 권총을 겨눈 채로 한 걸음씩 천천히 내 책상에 엎어져 있는 사람 앞으로 걸어갔다.

자세히 보니 삼십대 초반보다는 나이가 들어 보였다. 책상 위에 엎드린 동안 부드럽게 흩어진 머리카락이 비단 베일처럼 얼굴을 가리고 있었다. 그사이로 보이는 모습을 보자니 사십대일지도 모른다는 생각도 들었다. 사십대 중반? 정확히 알기 어려운 사람이었다. 나는 얼굴을 가까이 대며 냄새를 맡아보았다. 피 비린내도 나지 않고, 총을 쏜 뒤에 생기는 화약 냄새도 나지 않았다. 10년 전쯤 한 번 맡아본 것 같은 향수 냄새가 대신 피어올랐다. 한 번도 맡아보지 않은 화장품 냄새도 났다. 그리고 나서는 아주 진하게 그 모든 냄새를 휘감는 술 냄새가 났다. 나는 그 사람이 죽어 있는지, 살아 있는지 확인하기 위해 맥박을 짚어보기로 했다. 그런데 그럴 필요가 없었다. 내가 가까이 코를 대고 있을 때, 희미하게 코 고는 소리가 들렸기 때문이다. 나는 다시 고개를 들었다. 그리고 다른 쪽에서 엎드린 사람의 얼굴을 보았다. 3분의 1밖에 보이지 않았지만,

행복한 꿈을 꾸는 표정인 것 같았다. 얼굴 한쪽에 보조개가 들어가 있었다. 사무실에 총을 든 악당들이 숨어 있다거나, 피 웅덩이에 시체가 널브러져 있는 모습은 자주 상상해본 적이 있다. 하루에 세 번씩, 이를 닦을 때마다 하는 것 같기도 하다. 그렇지만, 이렇게 웃으며 잠든 사람을 발견하는 일은 전혀 상상해 본 적이 없다.

나는 엎드려 있는 사람의 뺨을 향해 권총을 들이댔다. 그리고 총구 끝으로 뺨을 한번 살짝 찔러보았다.

"아이, 왜 이래. 그만, 그만."

엎드려 있는 사람은 권총을 향해 손을 휘저었다. 그렇게 손을 휘저으면 권총도 막을 수 있을 거라는 듯이. 나는 다시 뺨을 건드렸다.

"그만하라니까. 아직 더 잘 거라고."

엎드려 있는 사람은 그렇게 말하고 고개를 돌렸다. 입을 벌리니 술 냄새는 더욱 진해졌다. 머리카락이 걷히면서 얼굴이 더 분명하게 드러났다. 처음 내가 생각했던 것보다 확실히 나이 들어 보였다. 세월보다 먼저 나이를 먹은 모습이라고 생각했다. 가볍게 팔랑거릴 만한 블라우스가 밤공기처럼 몸 위에 가라앉아 있는 모습도 어째 평범해 보이지는 않았다. 종합적으로 보았을 때, 결코 이틀 연속으로 두들겨 맞고 들어오는 탐정의 책상에 어울릴 만한 사람은 아니었다. 나는 드러난 반대쪽 뺨을 다시 권총으로 건드렸다. 그리고 인사를 건넸다.

"꼼짝 말고 그대로 입만 열어서 말해. 안 그러면 죽는다."

"뭐야?"

엎드려 있던 사람은 내 말을 조금도 이행하지 않고 그대로 일어났다. 놀란 듯이 주변을 두리번거리더니, 갑자기 입에 닿는 느낌이 이상한지 한쪽 손목으로 입 주변에 흘린 침을 닦았다. 아직 얼떨떨한 것 같았다. 그러나, 곧 내가 든 총을 쳐다보았다.

"뭐야? 너? 왜 이래? 나 소리 지를 거야. 여기 탐정 사무소인 거 몰라? 탐정 사무소라고. 탐정 중에서도 진짜 지독하고 더러운 놈이라던데. 여기서 사고 치면 골치 아플걸."

말하는 목소리는 의외로 듣기 좋았다. 나는 다시 물었다.

"네가 누구인지 말해."

"싫어. 네가 누구인지부터 먼저 말해."

"나는 탐정 중에서도 진짜 지독하고 더러운 놈인데."

"뭐라고?"

엎드려 있던 사람은 눈을 커다랗게 떴다. 그러더니 말없이 내 얼굴을 한참 쳐다보았다.

"진짜 탐정 맞아?"

내가 고개를 끄덕이자, 다시 물었다.

"그런데 왜 얼굴에 그렇게 흉터가 많아? 갱단 졸개 같잖아. 그리고 탐정이 왜 의뢰인한테 총부터 들이대는데?"

"체신부 국장 아들 도련님이 자기가 예전에 괜히 시비 걸었던 댄스홀에 가고 싶은데, 무섭다고 해서 따라가 주는 일을 이틀 연속으로 했거든. 그러고 나면, 그쪽에서 일하던 놈들이 사무실에 미리 사람을 보내서 나를 공격하려고 할 수가 있으니까."

"뭐야? 댄스홀에서 두들겨 맞고 왔다는 거야? 무슨 탐정이 맞고 다니는 게 일이야?"

마지막 질문은 쉽사리 대답하기 어려운 난이도가 높은 문제였다. 나는 다른 일로 말을 돌렸다.

"지금 당신 입장에서 너무 편안하게 말하고 있는 것 아닌가?"

"네가 탐정이면 내가 의뢰인 입장이잖아. 내가 손님이라고. 그리고 그게 아니더라도 네가 그렇게 아주 나쁜 사람 같지는 않았고."

"뭘 봐서?"

"아까 꼼짝하면 죽인다고 했는데, 꼼짝 많이 했는데도 안 죽였으니까."

의뢰인이라는 사람은 그리고 반은 웃고 있고, 반은 짜증을 내고 있는 표정을 지었다. 둘 다 좋은 표정이었다. 그러나 나는 따라 웃을 수가 없었다. 의뢰인은 그렇게 웃다 말고 갑자기 스커트 뒤에서 숨겨놓은 조그마한 권총 한 자루를 꺼내도 전혀 이상할 게 없을 만한 사람이라는 생각이 들었다. 그러면 나는 뇌로 가는 피가 끊기고 목숨을 잃을 때까지, '어, 이게 뭐 어떻게 된 거지'라는 생각을 이 세상에서 마지막 유언으로 머릿속에서 중얼거리겠지.

"일을 맡기러 온 의뢰인이란 말을 내가 어떻게 믿지? 왜 여기서 자고 있는 거야?"

"탐정 사무소로 찾아왔는데 탐정이 안 나타났잖아. 자정이 넘도록. 그러면 기다려야지. 그렇게 치면 네가 더 수상해. 이렇게 늦은 시간에 나타나서 갑자기 총부터 꺼내고."

"일이 있어서 늦게 온 것 뿐이야."

"무슨 일? 높은 공무원 아들이랑 댄스홀에 가서 처맞고 오는 일?"

"기다리면 그냥 기다릴 것이지 왜 내 자리에서 자고 있지?"

"사람이 밤에는 일찍 자야 얼굴이 좋아지는 법이야. 그 왜, 2년 전인가 3년 전인가에 나온 노래도 있잖아. '새나라의 어린이는 일찍 일어납니다' 몰라? 늦게 기다리다 보니까 잠든 거지."

"해방되던 해에 나온 노래잖아. 그리고 그다음 가사는 '잠꾸러기 없는 나라'인데."

"사무실이 이따위라서 앉아서 오래 있을 수 있는 의자가 여기밖에 없어서 앉아 있다 보니까 잠든 거라니까."

"못 믿겠어."

"그래? 그럼 나 자세히 봐. 보라고. 많이 보던 사람 같지 않아?"

나는 다시 한번 의뢰인의 얼굴을 잘 살펴보았다. 피곤한 눈매는 탐정 못지않게 지저분한 사람들을 많이 만나본 것처럼 보였다. 그렇지만 자신감 있는 코나 입술은 그대로 국회의원 자리에 앉아 있는 얼굴을 장식하는 데 사용해도 좋을 정도로 당당했다. 무엇을 하던 사람인지 알 수가 없었다. 혹시, 어느 독립군 부대에서 활동하다가 최근에 한국에 돌아왔다는 무슨 장군이니, 대령이니 하는 사람일까? 그러나 밝게 웃는 얼굴색은 사람을 죽여 본 것 같지는 않았다.

"나 몰라? 최 나이팅게일?"

"나이팅게일이면 간호사인가?"

"뭔 소리야? 최 나이팅게일. 나이팅게일 새처럼 노래를 잘 부르는 가수. 20년 전에는 꽤 유명했잖아. 그러고 나서 몇 년간 여기저기 많이 나왔고. 라디오에도 자주 나왔잖아. 서울, 이쪽 동네에서 오래 일했으면 오다가다 포스터에서도 내 얼굴 많이 봤을 건데."

"모르겠어."

언뜻 생각날 것 같기도 했다. 그렇지만 정말 생각이 나지는 않았다. 20년 전의 모습으로, 20년 전의 클럽에서 노래를 부르면 어울릴 만한 모습일 것 같기는 했다. 그러나 지금의 모습만 봐서는 뭐가 뭔지 알 수가 없었다.

"안 되겠구면."

나이팅게일은 노래를 부르기 시작했다. "왜인지는 몰라. 하늘에 해가 없어. 비바람 몰아치는 날씨. 내 님과 내가 함께하지 못한 그날부터. 계속 비만 내리고 또 내리네."

"알겠습니다. 최 나이팅게일. 맞는 것 같습니다."

그 정도 노래를 들으니 더 이상 들을 필요는 없었다. 최 나이팅게일은 가수가 확실했다. 그 노래는 충분한 증거였다. 만약 지금 내 앞에서 이 정도로 노래 부르는 사람이 가수가 아니라면, 세상에서 더는 아무것도 믿을 수가 없다. 소크라테스는 사람이 아니고, 모든 사람이 죽지도 않을 것이다.

"도대체 무슨 일을 부탁하러 오신 겁니까?"

의뢰인은 내가 태도를 바꾸자 소리를 내어 웃었다. 의자에 기대며 제법 편하게 앉은 자세도 바꾸었다.

"걱정 마. 또 어디 가서 두들겨 맞아달라는 부탁은 아니니까."

나는 아무런 대답을 하지 않고 의뢰인의 얼굴을 쳐다보았다. 방금까지 자신에게 총을 겨누고 있던 사람을 바라보는 눈동자치고는 친근해 보였다. 의뢰인은 무슨 일때문에 나를 찾아왔는지 설명하기 시작했다.

"내가 오래간만에 공연을 해달라는 연락을 받았어.

그런데, 이렇게 공연다운 공연에서 노래하게 되는 건 정말 오래간만이거든."

"노래 연습을 할 수 있도록 도와 달라는 이야기를 하시는 겁니까?"

"답답하시네. 내가 노래 연습을 더 해야 할 것처럼 들렸나?"

나는 그건 아니라고 대답하려고 했는데, 대답을 듣지도 않고 의뢰인은 또 웃었다.

"그게 아니야. 나를 부른 공연장 놈들이 옳은 놈들인지, 사기꾼이나 아니면 내 얼굴 팔아서 쓸데없는 짓 벌이는 협잡꾼인지 좀 알아봐달라고. 내가 그래도 한때는 꽤나 노래 잘하고 다녔던 최 나이팅게일인데, 무슨 얼치기들 모아놓고 약 파는 판 벌이는 데서 노래할 수는 없잖아."

"어디에서 하는 공연입니까?"

내가 묻자 의뢰인은 품에서 작은 포스터를 한 장 꺼냈다. "모던 밴드왜건 드림 쇼." 별 알 수도 없는 제목이 윗부분에 크게 적혀 있고 그 아래에 제목이 영어로도 적혀 있었다. 꽤 그럴듯해 보이는 포스터였다. 나는 포스터를 뒤집어보기도 하고 종이 질을 확인해보기도 하면서 이리저리 살펴보았다. 포스터에는 아직 의뢰인의 체온이 약간 남아 있는 것 같기도 했다. 포스터 아랫부분을 자세히 보니 장소 부분에 "반도홀"이라고 적혀 있었다.

"반도홀에서 하는 공연이라면 믿을 만한 것 아닙니까?"

"돈만 내면 공연장이야 빌릴 수 있는 거지. 그런데 골치 아픈 시절이잖아. 이런 데서 노래 해보는 건 20······ 21년 만이야. 나는 요즘 놈들이 무슨 복잡한 일에 말려 있는지 몰라. 뭐 그런 이야기 있잖아? 몇 년 전까지 최고로 훌륭한 작곡가라고 해서 같이 노래를 하나 불렀는데 알고 보니 그 양반은 친일이었고 그 덕에 친일파 노래 부른 가수라고 소문이 나서 길 가다가 돌멩이를 맞았다더라. 아니면, 몇 년 전까지 최고로 인기 있는 음반사 사장이라고 해서 노래를 하나 녹음해줬는데 알고 보니 그 양반은 공산주의자였고 가수는 공산당 노래 부른 사람이라고 소문이 나서 무슨 기관에 붙들려 갔다더라. 뭐 그런 이야기. 그렇게 되긴 싫은데. 워낙에 요즘 분위기를 모르겠거든."

"공연료는 얼마나 받기로 하셨습니까?"

"꽤 많아. 꽤 많아. 정말 꽤. 꽤, 꽤."

의뢰인은 '꽤'라는 발음이 재미있는지, 몇 번 반복하다가 다시 소리 내 웃었다. 내가 되물었다.

"괜히 돈을 많이 주겠다고 해놓고 나중에 떼어먹으려는 수작일 수도 있을 겁니다."

"그런 것 같지는 않아. 미리 계약금을 선금으로 꽤 주겠다고 하거든. 꽤 많이. 꽤, 꽤, 꽤, 꽤. 그리고 그 사람들은 다른 음악가들에게도 다 넉넉하게 쳐준다고 하더라고.

걱정하지 말라고 하면서. 의심스러우면 출연했던 다른 음악가들에게 물어보라고 하더라고."

"물어보셨습니까?"

"아니, 다 모르는 애들이야. 아는 애들이 하나도 없어. 요즘 가수들을 내가 알 턱이 있겠어."

의뢰인은 고개를 흔들었다. 술기운을 털어내려고 그러는가 싶었는데, 그러는 동안 오히려 술 냄새가 더 피어올라 그 주변을 휘감았다. 내가 말했다.

"공연료로 충분한 액수를 들이는 사람들이고, 미리 계약금도 주려고 한다면 어느 정도는 믿을 만하지 않겠습니까? 그 정도로 공을 들이는 사람들이니까, 허투루 공연하는 흉내만 내면서 무슨 속임수를 쓰려는 사람들은 아닐 겁니다."

"아니야. 돈을 그렇게 꽤 많이 준다는 것도 좀 이상해. 그러니까 탐정이 좀 탐정 노릇을 하면서 어떤 사람들인지 알아봐줘. 21년 만에 공연을 맡아도 되는 사람들인지. 선금은 이 책상 서랍 안에 내가 적당히 챙겨놨어."

"그렇게까지 못 믿을 것 같고 의심스럽다면 그냥 일을 안 하기로 하는 것이 안전하실 겁니다. 깔끔하지 않은 일 같아 걱정이라면 그냥 물러서시는 것도 방법입니다."

내 말에 대답하지 않고 의뢰인은 그냥 빙그레 웃으면서 일어났다. 그리고 방 가운데에 서더니 창 바깥쪽을 무대인 것처럼 잠깐 응시했다. 팔다리를 흐느적거리며 노래할 때의 몸짓을 잠깐 연습하는 것 같았다.

그러더니 나이팅게일은 날아가는 것처럼 부드럽게 사무실 바깥으로 바로 걸어 나갔다. 걸어 나가면서 의뢰인은 이렇게 말했다.

"탐정 양반. 탐정 양반이 별로 깔끔하지 않은 일을 하기 싫다면 내 일을 안 하면 되겠네. 꼭 내 일을 해야 한다고 내가 권총을 들이대고 있는 것도 아니잖아. 군이 탐정 양반이 내 일을 맡아야 할 이유는 뭐야? 그렇게 꺼림칙한 일은 하지 말라고 할 거면, 탐정 양반이야말로 그냥 꺼림칙한 일은 맡지 말라고."

2

다음 날, 나는 의뢰인의 일을 맡아 열심히 수행하기 위해 부지런히 반도홀에 찾아갔다.

간판 아래에는 대단히 요란해서 눈물이 날 것 같은 글씨로 "38선 이남 최고의 뮤직 클럽, 밤 없이 언제나 빛나는 곳"이라고 적혀 있었다. 그러나 밤이 없는지 있는지는 둘째 치고, 대낮인 지금도 문이 굳게 잠겨 있었다. 저녁 공연 준비로 바빠야 하지 않겠나 싶었는데, 어젯밤 이후로 사람들이 드나든 흔적이 없어 보였다. 문은 아예 쇠사슬을 감아둔 상태였다. 이제는 어디를 살펴봐야 하나 싶어서, 어디로 가지도 못하고 나는 극장 앞에 서서 건물을 두리번거리고 있었다. 어제 보았던 '모던 밴드왜건 드림 쇼' 포스터가 보였다. 나는 그 앞에 서서 자세히 살펴보려고 했다. 그러고 있으니 낮잠 자는 토끼를 발견한 살쾡이처럼 암표 파는 아이가 내 곁에 들러붙었다.

"선생님, 여기서는 오늘 공연은 안 합니다. 다른 날이라도 그 공연은 없는 셈 치는 게 맞고요. 숙녀분과 함께 오신다면 다른 더 좋은 볼만한 공연이 얼마든지 있지요. '그 아이에게 표를 사서 쇼를 보면 항상 사랑이 이루어지더라' 하는 명동 큐피드를 선생님께서는 들어보셨습니까? 그 아이가 성장한 게 바로 저올시다. 키는 훌쩍 커졌고, 생김새는 더 늠름해졌습니다만, 사랑의 화살은 조금도 무뎌지지 않았습니다."

그러고는 자신이 들고 있는 표를 내밀었다. 잘 팔릴 만한 공연 표를 자기가 먼저 싹쓸이해 와서는 웃돈을 붙여 파는 수법이었다. 명동 큐피드의 등에는 날개 대신에 거스름돈을 주기 위해 마련해둔 돈꾸러미가 가방처럼 매달려 있었다. 나는 그에게 물었다.

"왜 다른 날이라도 반도홀의 이 공연은 없는 셈 치는 건가?"

"그 모던 드림인가 하는 그 공연은 야간 통행금지 시간에 딱 붙여서 시작되잖아요. 그걸 보고 나면 통행금지 시간이 되어서 집에 가기가 곤란하지요. 그래서야 사람들이 편히 볼 수 있는 공연이 될 수가 없어요. 통행금지라는 게 있는지도 모르면서 아무 음악회나 듣겠다고 들어오는 시골뜨기나 미군 가족 즈음이면 모를까, 괜히 발이 묶여 오도 가도 못할 줄 알면서 그런 음악회를 들으러 가는 사람이 어찌 요즘 서울 도시 사람이라 하겠나요?"

그 말을 듣고 나는 포스터의 글자와 숫자를 자세히 살펴보았다. 명동 큐피드의 말대로 시간은 많은 사람을 모으기에는 불리한 시간이었다. 나는 다시 그에게 물었다

"그럼 오늘 공연은 왜 안 하는 거지?"

"에이, 밥을 먹으면 밥값을 내고, 노래를 들으면 표 값을 내고, 연극을 봐도 입장료를 내는데, 뭘 그렇게 공짜로 많이 들으려고 하세요."

"해줄 수 있는 이야기 아닌가?"

"그러면 제 이야기도 값을 좀 쳐주시면 좋지 않겠습니까?"

명동 큐피드는 웃어 보였다. 나도 같이 웃었다.

"암표를 팔고 있다는 이야기를 경찰에 해주고 싶은데."

"아이고. 그러시지요. 그러세요. 그러십시오. 그 엄혹한 왜정 때 칼 찬 순사 나리가 나타나셔도 작은 종이 돈 두

장만 곱게 찔러 드리면 아주 참선하는 스님처럼 고요하게 눈을 감아주셨는데. 이제 자유 대한 해방 강산에서 내가 산 물건 내가 팔겠다는데, 민주 경찰이 나를 어떻게 하려고요."

그는 극장 앞에 있는 긴 의자에 앉았다.

"다른 신기한 마술 이야기를 해드릴까? 조 형사, 최 형사, 김 형사님이 항상 쇼 보러 가실 때에는 표를 안 사신대요. 그래도 저절로 표가 생긴대. 명동 큐피드가 사랑의 화살로 쏘아 드리거든. 그래서 누구는 그때 어느 아가씨랑 애인 사이가 되어 요즘에는 월요일, 수요일 밤마다 그 집에 찾아간다든가, 화요일, 목요일 밤마다 그 집에 찾아간다든가."

광복이 된 지는 4년밖에 안 지났는데, 새 나라에서 40년은 살아본 사람 같은 아이였다. 나는 그의 옆에 앉았다.

"좋아, 표를 전부 다 줘봐. 뭘 살지 보고 통으로 사 가지."

"예술에 깊이 빠진 선생님이시네."

명동 큐피드는 싱글거리며 표 꾸러미를 나에게 넘겼다. 나는 표를 한 장씩 넘기며 살펴보면서, 고르기도 하고, 그냥 넘겨놓기도 했다. 그러면서 그에게 물었다.

"좋아. 오늘 반도홀 밤 공연을 안 하는 이유는 뭔데?"

"포스터에 맨 밑에 있는 이름 있잖아요. 김영환."

포스터 맨 밑에는 그 이름이 있었다.

"그 사람이 원래 나오기로 했는데 못 나오게 됐대요. 원래는 나머지만 나오는 공연이라도 하려고 했다든가 어쩐다든가 했는데, 생각보다 수습에 시간도 좀 오래 걸리는 것 같다고 하고 그래서."

"김영환이 누군데?"

"신인 가수 아니겠어요? 처음 이름이 올라온 사람이니까."

"본 적 있나?"

"본 적이야 있지요. 이 장사 하면서 극장마다 드나드는 가수, 배우, 익살꾼, 재주꾼 얼굴 보는 것도 재미니까."

"그럼 김영환이 온 것도 본 적이 있나?"

"김영환인지는 모르겠고. 신인 가수인지 처음 보는 사람이 일전에 반도홀 뒷문 쪽으로 드나든 적은 있었어요."

"언제 왔다가 언제 갔지?"

"이보쇼, 선생님. 제가 예술 거래하는 사람이지 무슨 사람 감시하는 간첩이요? 내가 탐정이라도 되는 줄 아쇼? 일일히 누가 왔다 갔다 하는 걸 어떻게 압니까?"

"본 적은 있는데, 왔다 갔다 하는 걸 본 게 정확하지는 않아?"

나는 반도홀 건물 옆의 으슥한 골목을 보았다. 길을 보니 그쪽으로 들어가면 출연자들이 분장실로 드나드는 뒷문이 있는 것 같았다. 나는 자리에서 일어서서 그쪽으로 걸었다.

"아니, 표는 주고 가셔야지. 무슨 표를 사실 건지 고르시라니까."

큐피드는 내 뒤를 따라왔다. 골목 안은 확실히 어두웠다. 그래서인지 바닥은 마르지 않아 질퍽했다. 사람들의 발자국이 어지럽게 나 있었다. 그 발자국을 최대한 손상시키고 싶지 않았다. 나는 벽에 바짝 붙어 걸었다. 큐피드에게도 손짓해서 나처럼 걸으라고 말했다. 그리고 골목 끝에 도달하자, 나는 한 손에 표를 든 채 다른 손으로 반도홀 뒷문을 열어보려고 했다. 뒷문도 잠겨 있었다.

"공연을 안 하는데 뒷문이라고 열어둘 리는 없죠."

나는 그냥 돌아 나갈까 하다가 걸어 들어온 골목 바닥을 보았다. 온갖 구두 발자국들이 보였다.

"김영환은 구두를 신고 있었나?"

"제가 그걸 어떻게 압니까. 반도홀에서 공연하는 사람들은 대부분 양복쟁이기는 해요. 그러니까 다들 구두를 신고 다니기는 하겠죠."

나는 발자국을 좀더 찬찬히 살펴보았다. 그런데 발자국 사이에 단순하게 생략해 표현한 꽃무늬가 바닥에 찍혀 있는 것이 보였다. 가만 살펴 보니, 꽃무늬의 일부만 찍힌 자국이 그 주변에 한둘 더 보이는 것 같기도 했다. 내가

자세히 그 모양을 들여다보는 것을 옆에서 보던 큐피드가
말했다.

"꽃무늬 발자국도 있나?"

내가 큐피드에게 물었다.

"김영환이 사람이 좀 거드름을 피우고 다른 사람들을
아래로 내려다보는 눈빛이었나?"

"모른다니까요. 나한테서 표를 살 사람은 아니죠. 거
래한 사람이면 내가 더 자세히 기억했을 텐데. 그 노래 있
잖아요. 꽃사슴은 사뿐사뿐 걸어 다닐 때마다, 꽃향기가
피어나."

퀴퀴한 냄새가 퍼져 있는 공연장 뒷문 옆 그늘 골목
끝에 어디서 끌려왔는지 꽃사슴이 사뿐거리며 걸어 다닌
다면 측은해 보이겠지. 나는 발자국과 꽃무늬 자국의 모
양을 다른 방향에서 다시 살펴보았다.

"이건 꽃 모양의 장신구 같은 게 바닥에 찍힌 거야."

"왜 꽃 모양 장신구를 진흙 바닥에 찍어요?"

"찍으려고 찍은 건 아니겠지. 넘어졌다든가, 자빠졌
다든가, 넘어질 수밖에 없는 상황이 되어서 바닥에 쓰러
졌다든가."

"그런데, 여기는 꽃비녀로 장식한 조선 옷 입은 아가
씨들이 노래하지는 않는데요. 거의 아메리칸, 유로피언,
모던 뮤직 쇼, 그런 거만 하던 곳인데요."

고개를 들어서 다시 골목 안을 살펴보니, 벽 쪽으로 쓰레기통으로 쓰는 것으로 보이는 커다란 철통이 두 개가 있고, 그 위에 잡동사니들이 가득 쌓여 있었다. 쓰레기통 안을 들여다볼 수 없는 구조였다. 높다랗게 쌓여 있는 물건 중에는 나무토막 같은 쓰레기도 많았고, 공연장 안에서 쓰다가 버린 소도구나 장비 같은 것들도 있었다. 나는 그 철통 곁으로 다가가 가만히 냄새를 맡아보았다. 나는 힘을 주어 철통을 쓰러뜨리기로 했다. 손에 들고 있던 표를 바닥에 내려놓았다.

"아, 왜 표를 진흙 묻게 바닥에 내려놔."

큐피드는 질겁을 하며, 표가 바닥에 닿을 듯 말 듯 할 때 그것을 가져갔다. 나는 두 손으로 힘을 다해 철통을 밀어보았다. 온몸의 무게를 실었다. 그러자 힘겹게 철통이 자빠졌다. 위에 쌓여 있던 것들이 와르르 무너지며 골목 안으로 쏟아졌다. 주위는 엉망이 되었다. 자빠진 철통 안에 있던 쓰레기들도 바깥으로 튀어나왔다. 썩은 냄새가 피어올랐다. 그런데 자빠진 철통 뒤에는 철통이 하나 더 있었다. 나는 그 통도 끌어당겨 다시 쓰러뜨렸다.

"에구머니."

큐피드가 말했다. 그 통 안에서는 양복을 입은 남자의 시체가 나왔다.

옷깃 한쪽에는 말단 공무원들이 달고 다니는 무궁화

모양을 흉내 낸 공무원 배지가 달려 있었다. 명동 큐피드에게는 미안했다. 이제 내 일이 살인 사건이 되었으니 경찰을 부를 수밖에 없고, 아무래도 그런 상황에서는 큐피드의 사업은 어려울 테니까.

3

찻집에서 박 형사에게 전화를 걸어 사실을 알렸더니, 그는 신경이 날카로워진 것 같았다.

"어떤 시체인데, 쉬운 건이야, 어려운 건이야?"

"쉽게 사건이 해결될 거라고 보느냐, 아니냐, 그 말인가? 그게 중요한가? 살인 사건 신고를 다른 사람이 아닌 자네한테 가장 먼저 하면, 자네도 실적 쌓는 데 좋을 거 아닌가? 대신에 조사 내용 중에 알려줘도 되는 것만 나한테 알려달라고. 그러면 어디로 오면 시체를 볼 수 있는지 자네한테 먼저 알려주겠네."

"아니야, 아니야. 요새 경찰 돌아가는 게 힘들어. 경찰이 살인 사건 같은 중범죄를 해결하지 못한다고 난리잖아? 그래서, 지금 위에서 살인 사건이 접수되면 무조건 3주일 내에 해결하라고 지시가 내려왔어. 빨리 해결 못 하는 담당 형사는 엄하게 죄를 묻겠다면서 다그친다니까. 그래서 괜히 어려운 살인 사건이 접수되면 힘든 일만 생기는 거라고. 해결 못 하는 사건을 맡으면 나한테 죄가 돼."

"사건을 조사하기도 전에 어려운 사건인지, 쉬운 사건인지, 알 수가 있나?"

"자네는 탐정이잖아. 자네가 보기에는 어때?"

"글쎄. 그냥 강도 사건일 수도 있을 것 같고. 공연 판에 얽힌 갱들과 관련된 일일 수도 있을 것 같고. 피해자는 공무원이야."

"안돼, 안돼. 공무원 사건은 힘들어. 윗분들이 더 따지고 더 예리하게 보라고 한다고. 그런 사건은 힘들이. 니한테 신고하지 마."

"아무리 그래도 시체가 있는데 경찰이 처리하지 않을 수도 없잖은가?"

박 형사는 잠깐 말이 없었다. 무엇인가를 찾아보고 있는 것 같았다. 박 형사의 말이 이어졌다.

"지금 거기서 3백 미터만 더 가면, 병원이 하나 있어. 그 병원은 우리 관할구역 밖에 있어. 옆 경찰서 관할구역이야. 그 병원에 시체를 끌고 가. 그러면 그 병원에서 시체를 옆 경찰서에 신고할 거야. 그러면 내 손을 떠나는 거지."

"죽은 게 확실한 시체를 업고 3백 미터를 가라고?"

"시체가 눈으로 보기에도 완전히 썩었나?"

"그 정도는 아닐세. 냄새는 나는데."

"그러면 지나가는 사람들 보기에 그렇게 이상해 보이지는 않을 거 아니야. 병원에 도착하면 그냥 확실히 알 수 없어서 혹시나 해서 병원으로 데려왔다고 하면 되잖아. 옛날 친구 좋다는 게 뭔가."

"옛날 친구가 좋아서 쓰레기통에서 건진 냄새 나는 시체를 업고 3백 미터나 걸을 정도는 아니지."

"좋아, 좋아. 그렇게 해주면, 내가 그쪽 경찰서에 전화해서 나중에 기본 사항이 조사 돼서 수사 결과가 나오면 알아다주지. 너한테 알려주겠다고. 그러면 어때?"

30분 후, 시체를 업고 간 나는 병원의 의사에게 "몸이 이렇게 뻣뻣하게 굳었는데, 살아 있을 수도 있다고 생각했다는 게 말이나 됩니까?"라고 욕을 먹고 있었다. 입을 다물고 앉아 있으니, 의사는 박 형사의 말대로 박 형사 경찰서의 옆 구역 경찰서에 시체 발견 신고를 접수했다.

찾아온 형사들에게 어디서 시체가 왔는지 이야기해 주고, 그들이 묻는 말에 대답하면서 조사를 받고 나니 하루가 다 지나가고 있었다. 시체가 원래 발견되었던 반도홀 앞에 온 형사들은, "빌어먹을, 여기서 발견하자마자 신고했던 것 같으면 우리 구역이 아니라 저쪽 구역으로 넘어가는 건데"라면서 툴툴거렸다. 나는 "앞으로는 형사님들께 폐가 되지 않도록 형사님들 구역으로 넘어가기 전에 신고하겠습니다"라고 말했다. 그 말을 듣더니 형사들은 좋아했다.

형사들이 돌아간 후, 나는 다시 찻집에 가서 한참 반
도홀 앞을 바라보며 시간을 보냈다.

　　해가 지도록 아무도 나타나지 않았다. 더 깊은 밤이
되어서야 무슨 일을 시작할 모양인가? 알 수 없었다. 그러
는 사이에 거리를 돌아다니며 자기 일을 하던 명동 큐피
드가 나타나 나를 쏘아보며, 또 뭐라고 말을 걸었다. 그를
부드럽게 쫓아내는 것은 첫 만남 때보다 더욱 어려웠다.

　　서울 경찰들이 그날 낮의 일을 정리하고 있을 때가 될
만큼 어둠이 깊어졌을 때, 나는 박 형사에게 전화를 걸었다.

　　"알려주기로 한 내용은 정리가 되었나?"

　　"이 사람이, 왜정 때 헌병처럼 사람을 들볶는구먼."

　　"시체가 김영환 맞는가? 공무원인 것도 맞는가?"

　　"맞아. 말단 공무원이야. 서울시 도로관리과 소속이
야. 아침에 통행금지가 해제되기 전, 예비 기간에 아침 일
빨리 시작해야 하는 사람들에게 확인 도장 찍어주는 일을
하는 사람이야. 말단 공무원들이 맨 먼저 하는 일일세. 서
울시에 그런 일 하는 사람만 수십 명 있을거야."

　　"통행금지 문제 때문에 밤에 돌아다니는 갱이나 술집
건달들하고 시비가 붙은 건가?"

　　"몰라. 용산 쪽이 원래 근무지인데, 귀찮은 일에 얽히
기 싫은 건지 그쪽 동료 공무원들이 말을 잘 안 하려고 해."

　　"김영환이 반도홀에서 노래 부르는 공연을 한 적이

있나?"

"그것도 모르겠어. 그런데 김영환이 음악학교를 다닌 적이 있어. 졸업은 못했지만. 공무원으로 일하기 직전까지 다녔어. 그런데 그 양반 동생인가 누군가가 해방 직후에 공산당 활동을 좀 했거든. 그걸 누가 뒤늦게 말해서, 집안이 좀 힘들어졌어. 그 양반 부모는 자식이 공산당 간첩이라고 붙잡혀 가서 죽으면 안 된다고, 빼낸다고 여기저기 줄을 대고 돈도 많이 쓰고 그랬나봐. 그러다가 집안 형편이 힘들어졌다."

"그래서 음악학교를 그만두고 취직을 하기로 한 건가?"

"그런가 봐. 이래저래 애쓰다가 최근에 서울시 공무원으로 처음 들어와서 일하기 시작한 거고."

직업을 바꾸기 전, 학생 때의 꿈을 펼칠 장소를 찾고 있다가 반도홀로 흘러들었던 걸까? 그런데 왜 쓰레기통에 들어가서 저승 공연을 준비하게 된 걸까? 그러나 그 이상 더 확인할 수 있는 것은 없었다. 박 형사가 알려줄 수 있는 이야기는 그 정도가 전부였다. 박 형사가 나에게 물었다.

"용산에 김영환이가 일하던 데에 가보겠나?"

"정 안 되면 거기라도 가봐야겠지. 그런데 이야기를 안 하려고 한다고 했지 않은가. 거기서는 별다른 게 나오지 않을 거라고 봐야겠지. 일단 다른 방법으로 좀더 애를 써보고."

"좋아. 알겠네. 이제 자네하고 이번 건으로 할 이야기는 더 없는 걸로 하세. 제발 다음번에 나한테 연락할 때는 정말 돈이 되든지, 무슨 기회가 되든지, 그런 일로 좀 연락을 주게."

그 정도면 박 형사에게 들을 수 있는 작별 인사치고는 희망찬 인사말이었다. 곧 밤이 깊어질 시간이었다. 나는 용산으로 가서 잠을 자기로 했다. 도깨비시장 방향에 가면 익숙한 숙소가 한 군데 있었다.

군부대와 외국인들을 통해 흘러나오는 온갖 물건을 거래하는 시장은 밤이 깊도록 성업이었다. 옥새가 찌힌 대한제국 황실의 문서라고 하는 알 수 없는 글을 써놓은 종잇조각이라든가, 잘 섞어서 포장만 잘하면 총알을 만들 수 있다는 화약이라고 주장하는 이상한 가루라든가, 불량 통조림이라서 버려야 하지만 바짝 구워 먹기만 하면 아무 탈이 없다는 수입 고기라든가, 파괴된 일본 신사에서 빼돌린 것이 분명해 보이는 술잔인데 무슨 근거인지 사람으로 변신한 너구리가 준 보물이라는 전설이 서려 있다고 주장하는 은 제품 등등을 구경하고 있으면, 오르막길을 오르는 동안에도 심심할 겨를이 없었다.

숙소로 가는 길목에 들어서자, 옆에 있는 미국식 클럽에서 커다란 재즈 음악이 즉흥연주로 흘러나오고 있었다. 술 취한 사람의 눈동자로 피아노 건반을 누르는 것 같은 음악이었다. 음악 소리가 굉장히 시끄러워서 숙소에 도착한 후에도 방 안까지 그 소리는 들려왔다. 방 안에는 반대편에 있는 다른 미국식 클럽의 재즈 즉흥연주도 같이 흘러들었다. 커다란 두 음악 소리가 섞이니까, 양쪽 귀 속으로 누가 손을 집어넣어 내 두뇌를 꾹꾹 눌러 반죽하는 것 같았다. 자리에 누워서 눈을 감으니, 두 음악 사이로 깔깔거리며 웃는 취한 사람들의 목소리도 들려왔다.

나는 다음 날 이른 새벽에 자리에서 일어났다. 음악은 분명히 그친 것 같았지만 귓가에는 희미하게 무엇인가 소리가 들리는 것 같았다. 그러고 보면, 차라리 두 가지 음악이 뒤섞여 들린 것이 다행이었다는 생각이 들었다. 뭘 들었는지 알 수가 없다는 점은 상쾌한 기분을 갖는 데 조금이나마 도움이 될 것이다.

"아침에 해장국이나 국밥 같은 것, 잘 파는 가게가 용산에 어디 어디 있습니까?"

도대체 언제 일어났기에 이 새벽에 그렇게 완벽한 단장을 했는지 알 수 없는 숙소의 직원은 그 모습에 어울리는 좋은 대답을 해주었다. 나는 그의 말대로 서너 군데 정도의 해장국 가게를 돌아보기로 했다.

겨우 동이 튼 무렵이었지만, 가게는 분주했다. 서울은 언제나 이른 새벽부터 일을 하지 않으면 굶을 수밖에 없는 사람들이 많은 도시였다. 가게에서 눈에 뜨이는 것은 마부들이었다. 나는 가장 심심해 보이는 사람, 그리고 누군가에게 욕하고 싶어 하는 사람을 찾아보았다. 대개 둘은 같은 사람이었다.

"얼마를 값으로 쳐주면 일을 하십니까?"

"값을 쳐서 하는 일은 사장에게 물어보시오. 죽자고 온 서울 바닥 걸어 다니는 거는, 나하고 저 망아지 새끼인데 돈 챙기는 놈은 따로 있지 않소? 말 한 마리를 통으로 빌린다면, 내가 따로 값을 좀 잘 쳐줄 수도 있소만."

"오늘은 새벽부터 어디를 다녀오십니까?"

"명동으로 가는 길이 가장 분주하지. 은행 많고, 돈놀이하는 사람 많은 길목. 나 같은 놈 망하면 사람들이 돈만 아닥아닥 챙겨 가서 묻어두는 동네."

마부들은 트럭이나 자동차로 운반하자면 돈이 많이 드는 물건들을 싼값에 운반해주고 먹고사는 사람들이었다. 서울의 마부들은 말에게 채찍질하며 타고 달리는 대신, 말과 함께 걷는다. 조그마한 수레를 조랑말 한 마리에 연결해두고, 수레에 짐을 싣고 나면 그 조랑말 고삐를 손에 쥐고 이리저리 빠른 걸음으로 끌고 다니며 일을 한다. 자동차가 다닐 수 없는 진창길, 골목길을 오르내리며 일을 하기도 하고, 도저히 자동차를 부를 형편은 못 된다고 가난한 가게 주인들이 사정하면 빈 수레로 돌아갈 길에 재미 삼아 헐값에 물건을 운반해주기도 한다. 그래서 아침 이른 시각, 가장 먼저 서울 길바닥에서 일을 시작하는 무리들이기도 했다.

"요즘은 트럭이랑 지프차가 많아져서 장사가 좀더 힘들지 않습니까?"

"그래도 새벽 장사는 아직 할 만하지. 새벽 이른 시간에 제일 먼저 통행금지 끝났다는 확인을 받을 수 있는 게 마부들 아니오? 자동차가 다니기 전부터 이른 시간에 일할 수 있거든. 말 끌고 걸어 다니는 마부들은 얼굴과 행색이 보이니까 자동차보다는 야간 통행금지를 덜 엄격하게 적용하는 거요. 하다못해, 말 끌고 다니는 놈이면 수레에 폭탄이나 총을 싣고 도망치고 있다고 해도 경찰이 금방 차를 타고 따라가 붙잡기도 좋고. 그런 짓거리를 경찰 놈들은 은근히 바라는 거 아니야? 그래서 이 박사 앞에 가서 막 자랑하는 거지. '우리가 또 정치 집회 테러 준비하는 놈들 잡았습니다. 잘했지요?' 이렇게 아주 살랑살랑 꼬리 흔들면서."

"요즘은 무슨 물건 실어달라는 주문이 많습니까?"

"양이 많고 멀리 가는 거는 신문이랑 잡지요. 그런데 그 망할 것들은 돈도 별로 되지 않고. 맨날 잠 덜 깬 비실비실한 얼굴로 이거 실어주쇼, 저거 실어주쇼, 아이고, 큰일 났네, 오늘은 오자가 크게 났네…… 그런 소리 하는 기자쟁이들이 뭔 돈 되는 일을 하겠소? 얼굴이 반질반질하니 돈깨나 있는 놈들하고 장사하는 놈들은 이 장사를 하면서도 일이 잘 풀리는 것 같은데. 나랑 내 망아지는……무슨, 망한다고 망아지인지……"

음식 맛은 좋았다. 먹고 있을 때는 다들 이런 음식이면 속 쓰린 것도 낫고 힘도 얻을 수 있을 것 같다고 생각하는 것 같았다. 눈도 빛나 보였다. 그러나 먹으며 쉬어가는 아침 짧은 시간이 지나고 다시 가게에 나설 때에 사람들은 전보다 더 지친 얼굴로 바뀌었다. 눈에서 빛이 꺼졌다. 나도 거기에 예외라고 할 수는 없었다.

피곤하다는 생각을 하니 뼈마디 곳곳이 아파왔다. 어제 잠을 잘 못 잤기 때문인지, 아니면 아침에 너무 부산을 떨며 돌아다녔기 때문인지, 그것도 아니면 수십 년 전부터 힘이 빠져 있었기 때문인지는 잘 알 수 없었다. 그사이에 해는 제법 높다랗게 떠 세상에 제빛을 자랑하고 있었다. 이제 하루가 시작인데 벌써 그 꼴은 뭐냐고 놀리고 있는 것 같았다. 생각 없이 뜬 아침 해를 보고도 자기를 조롱한다고 생각한다니. 심사가 꼬인 것인가 반성을 해보지만, 좋은 태도라고 격려해줄 사람은 없었다. 시간이 지나면서 아침 거리를 다니는 사람들의 숫자는 점점 더 늘어났다.

이제 쉽게 조사할 수 있는 이야기는 다 알아보았다. 앞으로는 그냥 기다리면서 경찰이나 반도홀에서 새로운 소식이 들려오기를 바라는 방법을 택하거나, 아니면 어렵게 조사할 수 있는 이야기를 알아보려고 애 쓰는 방법을 택할 수 있었다. 경험상, 그냥 기다려서 좋은 소식을 듣기란 쉽지 않다는 것을 알고 있다. 그리고 어렵게 조사하려고 애를 쓰면 굉장히 많은 고생을 한 뒤, 역시 좋은 소식을 듣지 못한다.

사무실로 돌아가서 쉬겠다고 생각하고 발걸음을 돌리려고 했다. 그런데 옷 주머니에 넣은 손에 종잇조각이 와 닿았다. 나이팅게일이 준 포스터였다. 20년 만에 다시 무대에 설 수 있게 되었다고 하던 얼굴이 생각났다. 포스터를 꺼내 보았다. 나이팅게일이 부르던 노랫소리가 생각났다. 노래 가사는 잘 떠오르지 않았다. 나이팅게일의 목소리로 "멍청한 짓 하지 마. 고생만 한단다. 제발 멍청한 짓 하지 마" 하는 노래를 부르는 소리가 들리는 것 같았다. 그렇지만 탐정과 코미디언의 공통점은 돈을 받고 멍청한 짓 하는 모습을 보여주는 것이니까. 마지막으로 이 포스터만. 바로 이 포스터만 더 조사해보자고 결심했다. 그렇게 해서 나는 마치 바나나 껍질을 밟고 미끄러지듯 인쇄소 골목으로 갔다.

골목 몇 곳을 돌아가며 창문 하나가 나 있는 곳마다 작은 인쇄 기계를 하나씩 놓은 동네를 살폈다. 근방 학교의 시험 문제부터 태극 무공훈장까지 뭐든 다 인쇄해준다는 가게들이 빡빡하게 모여들어 있는 곳이다. 조금 잘못 들어서면 길을 잃기 쉬울 정도로 어지럽게 가게 출입구들이 거리 여러 방향으로 나 있었다. 그렇지만 길을 잃어도 아쉬울 것은 없었다. 나는 내 발길에 닿는 첫번째 가게, 첫번째 직원부터 공연 포스터를 보여주고 물었다.

"혹시 이 포스터 종이와 이 포스터 활자가 어느 가게 것인지 알아보시겠습니까?"

그러면 대부분, "종이가 그냥 종이고, 활자가 그냥 활자이지 뭘 알아보긴 알아보나"라는 퉁명스러운 목소리가 돌아왔다. 가끔씩 좀더 격하게 말하는 사람들도 있었다. "안 그래도 장사가 안 되어서 속이 터지는데, 돈 한 푼 안 되는 헛소리나 물어보는 작자가 신경까지 쓰이게 하니 재수가 없네"라면서 일부러 기분을 나쁘게 해주겠다는 사람들도 많았다. 상상했던 대로였다. 아주 가끔씩, 착한 사람들은 이렇게 말해주었다. "이보쇼. 그따위 소리 할 거면 옷이라도 좀 잘 차려입고 말을 걸면, '저 사람 높은 사람이니까 잘 보이면 뭔 다른 일거리라도 하나 맡을 수 있겠지'라고 생각하면서 좀 잘 대해주는 사람이 있지 않겠소. 지금 꼬락서니는 간첩이나 진배없는 꼴이고, 잘해야 무슨 조사한다면서 사기나 치고 다니는 사람 같지 않소?"

아흔아홉 번 정도 욕을 얻어먹고 나서, 이제 한 군데만 더 돌아보고 나서 그냥 다 포기하자 싶을 때면, 기가 막히게도 다음 가게에서는 "이 종이는 그렇게 많이 쓰는 것은 아닌데. 요즘 누가 주문을 많이 했다던데"라는 귀가 솔깃해지는 소리를 해주었다. 그러면 그 말 한마디에 다시 욕을 먹으며 이 집 저 집 돌아다니며 묻고 다닌다. 다시 욕을 얻어먹고, 또 욕을 얻어먹고, 계속 욕을 얻어먹고, 이러다가 정신이 나가서 집에 가는 길도 잊어버리고 이제 노래를 부르고 춤을 추며 "모던! 밴드왜건! 드림!"이라고 외치며 거리를 뛰어다니겠지 싶을 때, 다시 어떤 가게에서 "인쇄잉크가 이런 식으로 밀리는 인쇄기를 쓴다면 요즘 새로 개업한 집 아니겠나" 같은 말 한마디를 더 듣는다.

교양 있는 사람들이 두루 쓰는 현대 서울말로 가능한 한 모든 조합의 욕을 다 들어보지 않았을까 싶었을 때, 마침내 나는 공연 포스터를 인쇄한 곳을 찾아낼 수가 있었다. 그 가게에는 "독립운동 인쇄물 100건 펴낸 집"이라는 말과, 그 아래에 더 큰 글씨로 "대한 독립 만세"라는 말이 붙어 있었다. 인쇄 골목에 있는 모든 가게들을 둘로 나누어 번듯한 가게와 작고 볼품없는 가게로 나눈다면, 그 가게는 작은 가게에 속할 것이다. 그러나 또 그런 가게들 중에서는 제법 그럴듯해 보이는 가게였다.

"주인어른, 계십니까?"

어떤 새로운 욕을 먹을까 기대를 하며 가게 문을 열자, 내 눈앞에는 전혀 생각하지 못한 광경이 펼쳐져 있었다.

김 기자였다. 귀부인 같은 모습으로 꾸미고 있었다. 김 기자는 가게의 구석의 잘 꾸며진 자리에 앉아 장부를 넘기고 있었다. 가게 영업이 끝나면 바로 다음에 무슨 약속이 있는지, 일하기에 적당해 보이면서도 말끔하고 격식 있게 차려입은 모습이었다. 무슨 회사의 높은 사람이나 사장이라고 하면 어울릴 만해 보였다. 곧 김 기자에게 그가 고용한 직원인 것으로 보이는 사람 두 사람이 김 기자에게 인사를 했다. 그러더니 내가 있는 쪽으로 걸어 나왔다. 퇴근하는 길인 것 같았다. 걸어 나오던 직원 둘 중 한 사람이 나를 쳐다보았다. 그리고 직원이 본능적으로 직감하는, 가게를 찾아왔지만 돈을 안 되는 손님을 보는 표정으로 나를 향해 "어떻게 오셨습니까?"라고 물었다.

그 소리에 김 기자는 내 쪽을 쳐다보았다.

"이게 누구야?"

김 기자 역시 바로 나를 알아보았다. 김 기자가 손짓하자, 내 앞에 서 있던 직원 둘은 그대로 가게 밖으로 나갔다.

김 기자가 말했다.

"탐정 선생 아냐?"

"기자님이 여기서 일하실 줄 몰랐습니다."

"나도 몰랐어. 그래도 이 짓이 훨씬 더 나을 것 같더라고."

"기자님의 회사입니까?"

"그래. 이제 기자가 아니야. 사장이야."

나는 김 사장에게 다가가 악수를 청해야 하나 생각했다. 그러나 그게 맞는 일일지 몰라 고민했다. 그러나 김 사장은 전혀 당황하지 않은 투로 말을 이어나갔다.

"함경도에 금광이 개발돼서 거기 가면 금 캐서 돈 번다, 노다지가 나온다, 그런 이야기 한창 돌 때, 일 때려치우고 함경도에 금 캐러 간 사람 중에 돈 번 사람 몇이나 있나? 다 고생만 죽자고 하다가 망했지. 그때 진짜 돈 번 사람들은 금 캐러 가던 사람들에게 삽이랑 곡괭이 팔던 사람들 아냐? 이런 소리, 옛날 신문에서도 몇 번이나 실었지."

"여기서 곡괭이를 팝니까?"

"38선 때문에 함경도에는 가지도 못하는데 곡괭이를 왜 파나? 대신에 자유 대한민국이 들어섰잖아? 다들 이제 언론의 자유, 출판의 자유가 있다고 하잖아. 책을 팔거나 잡지나 신문을 팔면 다 잘될 줄 알아. 일본군에서 일일이검열할 때보다 낫다고 생각하는 거야. 그래서 글 장사하겠다는 사람들이 정말 지겹도록 쏟아져 나오거든. 그렇지만, 잡지사고, 신문사고, 다들 꼬박꼬박 잘도 망한다고. 그래도 망하기 전까지 종이에 뭘 찍어 내는 일을 해주는 사람은 돈을 버니까. 이런 인쇄업을 하면 잘될 거라고 생각했어."

거기까지의 말투만 들어서는 김 사장이 예전 일을 어떻게 생각하고 있는지, 알 수가 없었다. 나는 김 사장에게 다시 물었다.

"그러면 사업을 시작하신 것은 해방 후이고, 몇 달 되지 않은 것 아닙니까? 어떻게 이 집이 독립운동 인쇄물 100건 펴낸 집이 될 수가 있습니까?"

"너, 요즘도 답답한 건 여전하구나."

김 사장은 즐거워했다. 옛날 김 사장의 얼굴에서 보던 표정이 다시 떠오르는 것 같았다. 그리고는 갑자기 엉뚱한 이야기를 하기 시작했다.

"나는 네가 나 좋아하는 거 알았어. 예전에 우리 같이 일할 때, 너 눈만 봐도 정말 뻔했거든. 내 품에 안겨서 아주 매달리고 싶어 했잖아? 그런데 나는 네가 너무 순진하고 답답한 게 싫었어."

김 사장은 웃느라고 말을 잠깐 멈추었다.

"아니, 아주 순진하고 답답한 건 아니지. 너, 약아빠졌어. 그런데 이상하게 결정적으로 내가 딱 좋아할 수 없을 만큼만 순진했어. 우리 사이에 뭐 이 정도 이야기는 이제 솔직하게 할 수 있는 거 아닌가. 그러니까, 이 친구야. 이 집이, 말 그대로, 이 집이라는 건물이 독립운동 인쇄물을 100건 찍어낸 건물이라는 거야. 예전에 이 건물에 들어서 있던 인쇄소가 위험한 사업 많이 했던 거 기자 일 할 때 알아뒀거든. 그런데 1944년에 전면 단속 사건 때, 여기서 인쇄소 하던 사람들이 제대로 걸렸지. 그때 다 박살 났어. 그때 여기서 일하던 직원들 중에 절반 정도는 총살 당했고,

절반 정도는 일본인 관리들에게 아주 산더미만큼 씩 뇌물을 갖다 바치고 겨우 몸을 빼냈고."

"그러니까, 사장님이 독립운동 인쇄물을 100건 찍어낸 것은 아니지만, 사장님 가게가 들어서 있는 이 건물이 독립운동 인쇄물을 100건 찍어냈던 일이 있었던 건물인 것은 맞으니까, '독립운동 인쇄물 100건 찍어낸 집'이라고 써 붙여놓아도 거짓말은 아니라는 겁니까?"

"거짓말이 아니지. 절대 아니지. 아니잖아? 사랑의 속삭임 같은 거라고."

김 사장은 그러고 나서 세상에서 아무도 이해할 수 없을 것 같은 농담을 계속해서 더 늘어놓았다. 나도 웃기지는 않았다. 하지만 그래도 농담이라고 널리 알려져 있는 이야기들보다는 오히려 더 들을 만했다. 한참은 더 들을 수 있을 것 같았다. 그러나 김 사장의 이야기는 갑자기 뚝 끊어졌다. 무슨 생각을 했는지, 말을 멈추고 내 눈을 보고 한숨을 쉬었다. 그러더니 내가 왜 하루 종일 포스터를 들고 돌아다녔는 지를 묻고, 나를 조금이라도 덜 멍청해 보이게 만드는 말을 해주려고 했다.

"이건 우리 회사에서 인쇄한 거 맞아. 괜찮은 손님이었어. 별로 가격을 깎으려고도 안 하고, 뭘 많이 고르지도 않더라고. 그냥 공연 포스터에 보통 자주 쓰는 대로, 보통 많이들 하는 대로 그냥 하자고 했던 사람들이야."

김 사장은 장부를 꺼내더니 자기에게 일을 맡긴 사람이 누구인지 확인했다. 내가 물었다.

"그렇게 손님 한 사람, 한 사람을 다 기억하십니까?"

"그런 버릇은 옛날에, 어릴 때, 기자 일 할 때 버릇이고. 무슨 예쁘게 자주 주문을 넣는 단골도 아닌데 그렇게 손님을 기억할 이유는 없지. 그런데, 얘네들은 좀 재미있는 일로 한 번 엮어서 재미난 사람들이겠구나, 생각을 했지."

김 사장이 말하는 재미난 사람들이라는 이야기가 코미디 쇼나 만담 쇼를 전문으로 하는 공연 회사라는 뜻은 분명히 아닌 것 같았다.

"잡지사들 중에 '허깨비찍기'를 하는 놈들이 있다고. '우리 잡지는 매달 5만 부씩 팔립니다'라고 해야, 잡지사에 광고를 실으려는 회사들이 '5만 명이나 그 잡지를 본다니 그러면 광고값으로 돈을 잘 쳐줘야겠구나' 하고 생각할 거잖아. 그래서 잡지가 1만 부밖에 안 팔려도 괜히 4만 부를 찍는다고. 그런 걸 허깨비찍기라고 하지."

"그런 짓을 많이 합니까?"

"다시 나랑 좀더 친해지면 그런 건 자세히 알려줄게. 옛날에는 정말 재미난 일도 많았어. 아예 5만 부를 찍는 시늉도 안 하고 그냥 인쇄소에 5만 부 찍었다고 영수증만 끊어달라고 하는 넉살 좋은 깜찍한 애들도 있었다고. 그러다가 그런 짓을 하면 사기죄로 붙잡혀 간다고 하니까,

요즘에는 5만 부를 찍는다고 하면 진짜 5만 부를 찍거든. 대신에 안 팔리는 4만 부는 바로 우리 회사로 다시 돌려 줘. 그러면 그 4만 부를 바로 다 찢어서 종이 낱장으로 뜯어다가 잡다한 곳에 종이 쓰는 사람들에게 팔아넘기지. 잡지 종이라면 생선이나 다른 음식 포장하는 데도 쓸 수 있고, 군밤 파는 사람들이 봉투로도 쓸 수 있으니까. 그렇잖아. 우리 같은 회사는 그거 팔아서 얻는 수입도 꽤 된다고."

"아무도 읽지도 보지도 않을 책을 그렇게 그냥 인쇄한 다음에 괜히 들고 갔다가 다시 그대로 들고 와서 그다음에는 그대로 뜯어서 폐지로 판다는 이야기입니까?"

"재미있는 사업이라니까."

그러고 보니, 가게에서 지하로 내려가는 통로 아래로 잡다한 종잇장이 가득 쌓여 있는 것이 보였다. 나는 김 사장에게 조금 더 캐물었다.

"그러면, 공연 포스터를 만든 사람들도 그렇게 허깨비찍기를 합니까?"

"그게 재미있어."

김 사장은 말을 멈추고 내 얼굴을 들여다보았다. 무엇인가를 찾는 것 같았다. 곧 말은 이어졌다.

"공연 포스터 같은 걸 허깨비찍기를 할 이유가 없잖아? 그렇잖아? 실제로 얘네들도 포스터를 허깨비찍기하지는 않았어."

"그러면 뭐가 문제입니까?"

"허깨비찍기를 안 했는데도, 허깨비가 돌아다녀."

"그게 무슨 말입니까?"

"보통 포스터 찍을 만큼만 찍었거든. 그런데도 그 포스터가 남아도는지 우리한테 종이를 받아 가는 군고구마 장수가 걔네 포스터를 쓰더라고. 가는 길에 한번 가보라고. 고구마는 맛있으니까."

"왜 많지도 않은 공연 포스터가 군고구마 장수들한테 가 있는 겁니까?"

"더 재미난 게 뭐냐면, 어떤 녀석은 포스터가 아니라 표를 인쇄한 종이로 군고구마를 싸고 있더라고. 보통 포스터 인쇄할 때 표도 같이 인쇄해주거든. 그런데 표는 대개 철저히 관리를 한단 말이야. 누가 빼돌리거나 위조할 수도 있으니까. 그런데 어떻게 그게 그냥 군고구마 봉투가 돼 있냐는 거야."

"그래서 수상하다는 겁니까?"

"더 재미있는 이야기라면 좋겠다는 거지, 뭐. 물론, 이미 공연이 다 끝나서 쓸모없어진 표가 있다면 그냥 군고구마 장수에게 줄 수도 있겠지. 일 맡은 녀석이 졸면서 실수로 포스터가 아주 조금만 필요한데 보통보다 많은 양을 주문했을 수도 있고. 그러면 이야기는 재미없게 되는 거긴 한데. 나는 재미난 이야기가 더 듣고 싶어."

김 사장은 다시 아까와 같은 표정으로 나를 쳐다보았다. 나는 포스터를 다시 내 옷 주머니 속에 넣으려고 했다. 그런데, 김 사장이 더 빠른 손동작으로 자기 앞으로 끌어 갔다.

"이런 음악 좋아했나? 그럴 리는 없고. 무슨 일을 하는 건데?"

"포스터 주문한 사람들은 어떤 사람들이었습니까?"

"그럴듯한 사람들이야. 너 같지 않아. 일단 들어서면 돈이 될 것 같아 보이는 느낌을 주는 사람들이었어. 그렇다고 부자 같지는 않았고. 우리를 찾아온 사람들은 사실 가난뱅이들 같아 보이기는 했지. 그렇지만 자기에게 일을 준 사람은 태어날 때부터 확실한 부자라고 굳게 믿고 있는 그런 가난뱅이들. 이렇게 말하면 무슨 말인지 알아? 그래, 너는 알아듣긴 알아듣겠다."

김 사장은 포스터를 찬찬히 들여다보았다.

"노래 부르는 사람들이 죄다 아마추어인 것 같은데."

"신인이라서 이름을 모르는 것 아닙니까?"

"먹고살려고 꾸준히 노래를 부르려는 사람들이라면 신인이라도 그 뒤로 여기저기서 이름을 듣거나 볼 기회가 있겠지. 나는 다른 포스터에서 한 번도 본 적이 없는 이름밖에 없어. 모던, 드림, 쇼? 이런 제목을 걸어놓고 무슨 노래자랑 대회를 하는 건가?"

김 사장이 반도홀 같은 곳에서 하는 공연에 대해 얼마

나 잘 알 만한 사람일까? 나는 내가 김 사장을 얼마나 잘 알고 있는지 궁금해졌다. 김 사장은 포스터를 이리저리 뒤집어보았다. 그러면서 흥얼흥얼 무슨 노래를 부르는 것처럼 중얼거렸다.

"그런 놈들 있잖아. 공연을 한다면서 오히려 가수들에게 돈을 받는 놈들. 무대에 한번 서봤다는 경력이 있어야 다른 데서 불러주니까 자기 생돈을 내고서라도 무대에 한번 서고 싶어 하는 가수들을 이용하는 놈들 말이야. 그런 놈들이라면, 표를 별로 팔고 싶어 하지도 않겠지. 그냥 그 가수 친구들이랑, 가족들이나, 친척들만 구경하러 오면 충분하니까. 그런 놈들일까, 아닐까. 모르겠네."

문득 문밖에서 비 오는 소리가 들리기 시작했다. 아직 그렇게 늦은 시각은 아니었지만 꼭 곧 밤이 다가올 것 같았다. 김 사장은 흥얼거리는 소리를 내다가 내 얼굴을 또 아까처럼 쳐다보았다. 한쪽 눈은 나를 응원해주는 것 같았지만 다른 눈은 당장 꺼지라는 것 같기도 했다. 비가 그칠 때까지 무슨 이야기를 더 나누어야 할지 알 수가 없었다.

4

반도홀에서 다시 공연이 시작되었다. 밤이 깊어 공연

시간이 다가오자, 최 나이팅게일이 내 앞에 나타났다. 대단히 많이 꾸민 옷차림이었고, 어디서든 쉽게 보기 힘든 모습이었다. 거리의 모든 사람들이 나이팅게일을 쳐다본다고 해도 이상할 것이 없었다. "그, 옛날 가수 아닌가"라고 속삭이는 행인들의 목소리가 언뜻 들리는 것 같았다.

"이제부터 공연을 보면서 이야기를 하자고?"

"그게 좋을 것 같아서 그렇게 부탁드렸습니다."

"하기야, 아니면 탐정 선생 그 사무실에서 이야기를 해야겠지. 그런데 그 사무실이 돈 줄 사람 입장에서 좋은 기분이 드는 상쾌한 곳은 아니니까."

나는 명동 큐피드를 찾았다. 그는 다른 공연장의 표를 이미 팔 만큼 다 팔고 일거리가 없어 어슬렁거리고 있었다. 내가 그에게 반도홀의 암표를 사려고 하자, 그의 얼굴은 갑자기 아주 밝아졌다. 그러나, 그에게 돈을 건네려는 나를 나이팅게일이 막았다.

"표는 살 필요 없어. 나는 여기랑 교섭 중인 가수잖아. 이야기하면 그냥 들어갈 수 있다고."

그리고 나이팅게일은 내 손을 붙잡고 나를 반도홀 안으로 이끌었다. 큐피드는 나를 노려보았다. 그 눈빛은 확실히 화살을 쏘는 것 같았다.

반도홀의 무대는 크지 않았다. 그렇지만 커 보였다. 손님이 없었기 때문이다. 우리 둘밖에 없어 보였다. 정말 그런가 싶어 어둠 속에서 돌아보면, 우리 말고 두셋이 더 앉아 있는 정도였다. 모든 자리가 거의 텅 비어 있었다. 나이팅게일은 가운데 쪽 자리에 앉았다. 그리고 두 눈으로 아무것도 없는 시커먼 무대를 쳐다보았다. 나는 그 옆에 앉았다.

"제가 조사한 결과를 말씀드리기 전에 의뢰인께 한 가지만 확인해드리도록 하겠습니다."

"뭔데?"

"제가 따로 조사해본 바로는 의뢰인께서 1920년대 후반에 가장 활발히 활동하던 시절에, 같이 공연을 하셨던 분 중에 유따따, 서따따 같은 사람들이 있었던 게 맞습니까?"

"맞아. 정말 오랫만에 들어보는 이름이네. 유따따, 서따따. 그 사람들 진짜 이름은 뭐였더라."

그 말을 듣고 나는 이제는 이 일을 끝낼 수 있게 되었다고 생각했다. 머릿속에서 다시 한번 모든 이야기를 정리해보았고, 앞뒤가 맞아떨어지는 것을 확인했다. 말을 시작하기 전에 나이팅게일이 무엇을 보고 있는가 싶어 그 시선을 따라가보았다. 그런데 아무리 보아도, 아무것도 없는 무대 위의 빈 공간을 보고 있을 뿐이었다. 나는 조사한 결과를 이야기했다.

"요즘 온갖 공무원들이 모두 뇌물을 받는다는 사실은 들어서 아실 겁니다. 새로 공관을 건설하는 공사가 있으면, 공사를 누구에게 맡길지 정하는 공무원에게 건설 회사가 뇌물을 주고 공사를 따내서 돈을 벌려고 합니다. 새로 생긴 경찰 조직이 있어서 새 제복을 만들려고 하면, 제복을 어느 회사에서 만들도록 할지 정하는 공무원에게 의류 회사들과 뇌물을 주고 공사를 따내서 돈을 벌려고 합니다. 이렇게 뇌물을 받는 관례는 높은 공무원들부터, 낮은 공무원들도, 심지어 이 정도의 일을 하는 공무원들이 무슨 이유로 뇌물을 받겠나 싶은 별 권한이 없는 신입 공무원들에게까지 아주 깊이 퍼져 있습니다."

"뇌물 문제가 심각하다? 그게 얼마나 심각하면 내 일하고 상관이 있지?"

"예를 들어, 가장 말단 공무원들이 맡아 일하는 곳에도 뇌물 문제는 스며 있습니다. 통행금지가 끝나고 새벽일을 하는 마부들에게는 이제부터 통행금지가 풀렸다는 도장을 매번 찍어주게 되어 있습니다. 이런 일은 가장 말단 공무원들이 처음 맡는 일입니다. 그런데, 도장을 맨 먼저 받는 사람과 맨 나중에 받는 마부 사이에는 25분 정도 시간 차이가 생깁니다. 그러니까, 도장 찍는 공무원에게 뇌물을 주고 먼저 도장을 받으면 딱 25분 먼저 일을 시작할 수 있습니다."

"고작 25분 차이가 그렇게 중요해?"

"그런 일이 있습니다. 예를 들어, 용산의 전보국으로

부터 외국에서 받은 국제무선전보로 얻은 중요한 소식을 빨리 전하는 문제는 돈이 될 수 있을 겁니다."

"그런 중요한 소식이 뭐가 있는데?"

"예를 들면 증권 소식 같은 것이 있을 겁니다. 밤 동안 미국이나 영국의 증권시장에서 거래된 시세를 최대한 먼저 알아내면, 그 정보로 바로 돈을 버는 거래를 할 수 있을 겁니다. 예를 들어 미국에서 금 시세가 밤 동안 2퍼센트 정도 올랐다고 해봅시다. 그 소식을 한국의 누구보다 빨리 알아내서 25분 먼저 금을 거래하는 곳에 가면, 아직 그 정보를 모르는 사람들로부터 2퍼센트 싼 값에 금에 대한 권리를 사들일 수 있을 겁니다. 나중에 소식이 전해지면 금값이 오를 것이고 그러면 그 금 권리를 팔아서 단 몇 시간 사이에 확실하게 2퍼센트에 해당하는 돈을 벌 수 있는 겁니다."

"그러면 최대한 전보국에서 빨리 소식을 얻어 오면 무조건 돈을 번다는 건가?"

"그렇습니다. 그런데, 당국에서도 그런 문제를 알기 때문에 전보국에서 그런 정보를 아침 시간에 전화나 전보로 다른 곳에 연락하는 것은 금지되어 있습니다. 그래서, 마부를 고용해서 증권업자들은 아침마다 용산 전보국에서 명동 증권가로 시세를 써놓은 쪽지를 직접 달려서 배달하도록 한 것입니다. 그리고 그 쪽지를 25분 먼저 받기 위해, 통행금지 도장 찍어주는 공무원들에게 모두 뇌물을 주려고 했을 겁니다."

"어떻게 이게 뇌물 사건이라고 그렇게 굳게 믿는 거지?"

나이팅게일은 고개를 돌려 무대의 다른 쪽을 쳐다보았다. 그 얼굴은 그늘에 가려졌다. 나는 대답을 이어갔다.

"구한말에는 뇌물을 주는 방법도 구식이라 그냥 벼슬아치에게 돈 꾸러미가 든 상자를 몰래 갖다주는 방법을 썼습니다. 그러다가 명절에 떡이나 과자를 선물할 때 떡속에 황금 구슬을 박아서 주거나, 떡을 싸는 종이 포장 사이사이에 가치가 높은 외국 지폐를 섞어 주는 방법을 쓰는 사람들이 나타났습니다."

"그래서, 그게 이 공연장이나, 노래하고는 무슨 상관인데?"

"해방 후에 대한민국이 들어선 후에는 사람들이 더 들킬 위험이 낮은 방법을 사용하고 있습니다. 뇌물을 줄 공무원에게 돈을 직접 주는 것이 아니라, 별 대단찮은 일을 하나 하는 회사를 하나 차린 뒤에 그 공무원의 아들이나 딸을 그 회사의 높은 자리로 고용하지요. 그리고 그 자들에게 월급이랍시고 아주 많은 돈을 주는 겁니다. 그러면 공무원에게 돈을 쥐여 주는 것과 같은 효과를 낼 수 있습니다. 나중에 혹시 들킨다고 해도 나름대로 가치 있는 일을 했기에 돈을 많이 준 거라고 둘러대면 더 이상 따지기란 어렵다고 계산한 것입니다. 이런 것 말고도 재치 있는 방법은 여럿 더 있습니다. 예를 들어서 공무원이 갖고 있는 아무 쓸모도 없는 값싼 땅을 두고 풍수쟁이 하나를 시켜서 최고의 명당이라고 하는 글을 쓰게 한 뒤에, 명당이니까 비싸다고 하면서 그 공무원의 땅을 아주 비싼 값에 사들이는 방법도 있습니다. 물론 세상에 명당 같은 건 없습니다. 사실 그 비싼 땅값은 그냥 다른 일의 대가를 바라고 넘기는 뇌물입니다."

"공연을 하는 사람들이랑, 공무원들이 뇌물을 주고 받았다는 말인가?"

"그렇습니다. 저는 이 공연을 진행하는 사람들이 명동 증권가에서 돈을 버는 무리와 연결되어 있다고 생각합니다. 그 사람들은 외국 증권 소식을 25분 먼저 들어오기 위해서, 용산 전보국에서 빨리 출발할 수 있도록 말단 공무원들에게 뇌물을 주는 것이 목적입니다. 그런데 그 정도 말단 공무원에게 약간의 뇌물을 주기 위해 회사를 차리고 자식을 고용한다든가 땅을 사고 판다는 것은 번거로운 일입니다. 그래서 이 사람들은 더 좋은 방법을 개발한 겁니다."

"어떤 방법?"

"공연을 보면서 설명해드리면 더 이해하기 쉬우실 겁니다."

나이팅게일과 나는 무대에 무엇인가가 나타나기를 기다렸다. 시간이 흐르자, 사람들이 오가며 무대 위에 무엇인가를 올려놓기도 했고, 올려놓은 것을 치우기도 했다. 원래 공연을 시작한다고 한 시간에서 20분 가량이 흘렀을 때, 모든 사람들이 무대에서 내려갔다. 사람들이 사라지니 무대 가운데에는 피아노 한 대만이 놓여 있었다.

"1910년대와 1920년대에, 세계 여러 나라에서는 '다다이즘'이라는 예술 풍조가 유행했던 적이 있었습니다. 예술이라면서 꾸미고 짜놓은 것 말고, 남들이 도저히 예술이라고 상상도 할 수 없을 만큼 무의미한 것을 예술이라고 내세우면 놀랍고 신기하고 충격적일 거라고 생각했던 현대적인 예술 풍조였습니다. 다다이즘 시대의 시인들을 시를 쓴다면서, 그냥 자기 주머니에 있는 소지품을 다 꺼낸 뒤에 그게 뭔지 차례로 써두고 그게 시라고 주장했습니다. '회중시계. 동전 네 개. 껌 종이. 먼지. 텅 빈 성냥갑.' 그런 게 시라는 겁니다. 그렇게 시를 발표하고 나면, 그게 현대 산업사회의 나약하면서도 기술에 얽매인 인간 군상을 상징한다고 해석하는 사람들이 나와서 시의 가치를 평가해주었습니다. 그런 다다이즘을 우리나라에서는……"

"따따이즘이라고 불렀지."

"그렇습니다. 그래서 우리나라에서 다다이즘 예술을 열심히 하는 사람은 자기 별명을 아예 따따라고 붙여서 자기 이름을 '고따따'라는 식으로 말하기도 했습니다."

곧 나이팅게일보다도 더욱 화려하게 차려입은 사람

이 무대에 올라왔다. 그 사람은 비어 있는 객석 쪽을 향해 맑은 목소리로 외쳤다.

"오늘의 첫 곡, 「모든 것이 뒤집어진 세상」을 듣겠습니다."

그 말이 끝나자, 무대 한편에서는 후줄근한 양복을 입은 남자 하나가 걸어 나왔다. 어색한 모습으로 객석을 향해 꾸벅 인사하더니, 그는 천천히 신고 있던 구두를 벗고 양말도 벗었다. 그리고 나서는 한 번 심호흡을 했다.

그리고 그는 맨발로 피아노 건반 위에 올라갔다. 그는 이리저리 걸어 다녔다. 그의 발에 피아노 건반이 밟히면서 소리가 울려 퍼졌다. 아무 소리도 없는 공연장이라 어지럽게 뒤섞인 피아노 소리는 더욱 시끄럽게 들렸다.

도대체 언제까지 저러고 있을 건가 싶은 생각이 들었을 때, 남자는 피아노에서 내려왔다. 그리고 그는 다시 객석을 향해 인사했다. 어디선가 누가 박수 치는 소리가 들렸다. 나이팅게일이 내는 소리는 아니었다. 나도 아니었다. 나는 나이팅게일에게 말했다.

"증권에 손을 댄 일당은 뇌물을 건네주기 위해, 그 뇌물을 받으려는 사람들을 모두 음악가로 고용해서 공연하게 하는 방법을 사용했습니다. 그리고 그 공연의 대가로 출연료를 두둑히 준 것입니다. 그러면 그 출연료가 곧 뇌물이 될 것입니다. 실제로 노래를 부르거나 연주한다면,

대가를 주는 것이 당연하니까, 적발이 되어도 문제가 되지 않을 거라고 생각했을 겁니다. '나는 노래를 못 부른다'라고 말하는 공무원도 있었겠지요. 그래서 아주 특이한 현대 다다이즘 예술 음악을 한다고 하면서 저런 엉뚱한 짓을 시키고는 그걸 두고 예술을 잘했다고 하면서 돈을 건네는 겁니다. 진짜 예술 공연을 하는 것처럼 꽤 그럴듯하게 포스터도 꾸미고 표도 만들었습니다. 그렇지만, 정말로 누가 공연을 보러 오는 것은 싫었기 때문에 가능한 한 관객이 아무도 없도록 하려고 애쓰기도 했습니다."

얼마 후 두번째 남자가 걸어 나왔다. 그 역시「모든 것이 뒤집어진 세상」을 연주했다. 첫번째 남자와 똑같은 소리를 낸 적은 한 번도 없었지만, 같은 곡이라는 사실은 쉽게 알 수 있었다. 세번째 남자, 네번째 남자, 다섯번째 남자가 연주하는 곡도「모든 것이 뒤집어진 세상」이었다.

"그래서 남아도는 포스터와 표는 잘 태워서 처리하든지 눈에 띄지 않게 잘 없애야 했는데, 그 일을 맡은 졸개 하나가 자기도 용돈을 좀 챙기고 싶어서 태워 없앤다고 했을 포스터와 표를 폐지 팔아넘기는 가게에서 처리한 겁니다. 그 덕분에 인쇄업자가 뭔가 이상한 집이라고 기억을 하게 된 것입니다. 저는 그 가게에서 이런저런 이야기를 확인하게 되었습니다."

나이팅게일은 이상한 웃음을 지으며 맨발로 피아노

위를 걸어 다니는 사람을 바라보았다.

"저 사람들이 사실은 전부 다 마부들 도장 찍어주는 일 하는 사람들이라고?"

"전부 다는 아닙니다. 다른 일로 뇌물을 받는 사람들도 섞여 있습니다. 여러 분야에서 뇌물을 주고받는 사람들을 위한 창구 역할을 이 공연이 하고 있는 것입니다."

"열차들이 드나드는 플랫폼 같은 거네."

그러고는 어떤 소리를 냈다. 그 소리에는 한숨과 웃음이 섞여 있었다.

"그런데, 저런 것들이 왜 내 노래를 듣고 싶다고 한 건데?"

"신입 공무원 한 사람이 뇌물을 받는 것을 거절한 것이 문제의 시작이었습니다. 김영환이라는 사람이 신입 공무원으로 들어오자, 그 사람에게도 뇌물을 주고 마부 도장을 받아야 증권 사업이 잘 돌아갈 수 있는데, 마침 김영환은 정말로 노래를 부르고 공연을 하는 데 관심이 많은 사람이었습니다. 그의 마음에 이런 가짜 공연은 받아들일 수 없었을 겁니다. 어쩌면, 이런 수법을 쓰고 있다는 것을 누구에게 알리겠다고 했는지도 모릅니다. 그러니 증권업자 패거리와 싸우게 되었을 겁니다. 저는 그 사람들이 일부러 김영환을 살해하려고 했다고 생각지는 않습니다. 허겁지겁 시체를 숨겨놓은 것을 보면, 그게 맞는 것 같습니다. 하여튼, 김영환은 그들에게 목숨을 잃었을 것입니다. 일이 그렇게 꼬여가는 동안, 혹시 누가 조사라도 나올까, 싶어서 증권업자 패거리들은 좀 고민스러웠을 겁니다. 아니면 그보다 좀더 앞서 계획했는지도 모릅니다. 그럴듯한 현대 다다이즘 공연으로 꾸미기 위해, 한 곡 정도는 다다이즘 공연을 예전에 정말로 잘했던 사람을 부르려고 했을 겁니다."

"그게 나라고?"

"그렇습니다. 1920년대 후반, 한국에서 다다이즘 공연이 나왔을 때, 의뢰인께서는 현대 예술가들 사이에서는 꽤 알려진 공연에 여러 번 참여하셨습니다. 시끄러운 축음기를 무대 위에서 돌려서 그 기계 소리를 반주라고 하면서 그 앞에서 대단히 아름다운 목소리로 노래를 같이 부르는 「절대적인 화음」이라는 공연도 훌륭했고, 대단히 구슬픈 느낌을 주는 감정이 강한 곡조의 노래를 부르지만 가사는 꼭 무슨 외국어같이 들려도 그 어느 나라 말로도 말이 되지 않는 의미 없는 발음만을 연속해서 이어가는 「슬픔의 표현」이라는 공연도 훌륭했다고 평가받았습니다. 아마, 저 사람들은 의뢰인께, 그런 공연을 하나쯤 부탁해서 구색을 맞춰보려고 했을 겁니다."

"절대적인 화음, 슬픔의 표현."

"저 사람들은 이제 또 다른 수법도 생각하고 있습니

다. 공무원들에게 큰 새하얀 도화지 가운데에 눈에 보일 듯 말 듯 작게 동그라미나 세모나 그리고 싶은 모양을 아무거나 그리라고 한 다음에 훌륭한 액자에 넣어서, 비싼 값을 쳐주면서 새로운 형태의 신선한 고정관념을 깨는 미술 작품이라면서 사들인다는 겁니다. 그러면 그 그림 값이 뇌물이 되는 방식입니다."

나이팅게일은 한숨을 쉬었다. 그러고는 무대를 보고 있던 눈을 몇 번 깜빡였다. 번져 나온 무대의 조명에 입고 있던 옷의 장식이 반짝거렸다.

"20여 년 만에 제대로 노래 부를 무대라고 생각했는데, 말이지."

나이팅게일은 누구에게 말하는 것인지 알 수 없는 말을 했다. 무대 위에서는 여섯번째인가 일곱번째인가로 「모든 것이 뒤집어진 세상」이 연주되고 있었다. 나는 나이팅게일에게 물었다.

"계속 보실 겁니까?"

"뭐, 조금만 더 보자고."

그리고 나이팅게일은 덧붙였다.

"웃기잖아."

작가의 말

　작가들은 필생의 과업을 저마다 하나씩 갖고 있는 경우가 많다. 너무 거창하게 들리는 것 같다면, 자주 떠올리지만 실행에는 잘 옮기지 않게 되는 집필 계획을 거의 대부분 갖고 있다고 생각해도 좋다. '내가 언젠가 이런 소설은 한번 써보겠다, 그런 것 써보면 참 재미있을 것 같은데' 싶은 구상을 각자 마음속에 품고 있다는 뜻이다. '역사상 참 놀라운 사건이었던 그 사건을 소재로 엎치락뒤치락하는 인간 군상을 다룬 이야기를 소설로 써보면 참 재미있을 텐데'라든가, '그때 가봤던 그 해변의 아름다운 풍경을 배경으로 기막힌 사랑 이야기를 써보면 멋지겠지'라든가 하는 생각이 흔한 예시다.

　일전에 글쓰기 방법론을 다룬 산문집 나는『삶에 지칠 때 작가가 버티는 법』(북스피어, 2019)이라는 책에서도 그에 대한 이야기를 쓴 적이 있다. 그때도 했던 이야기인데 그런 필생의 과업 같은 구상일수록 의외로 실천에 옮기게 되기란 쉽지 않다. 한번 꼭 써보고 싶은 소설이라고 마음속에서 긴 시간 품고 있었던 이야기인 만큼, 멋지게 잘 쓰고 싶다는 생각이 너무 앞서기 때문일 수도 있다. 훌륭한 글을 긴 분량으로 담아내려면 많은 여유가 필요할 것 같다. 그러나 그만한 여유가 있는 때는 잘 다가오지 않는다. 또 작가라 해도 항상 훌륭한 글, 아주 멋진 글을 쓸 수 있는 것은 아니기에 욕심에 걸맞은 준비를 하기도 쉽지 않다. 그러다 보면 나중에, 언젠가 시일이 지난 후에, 여유가 충분할 때 쓰자고 미루게 되기 쉽다. 다른 방향에서 생각해보자면 이렇게 설명해볼 수도 있다. 이런 부류의 꼭 한번 써보고 싶은 이야기일수록 잠깐잠깐 상상 속의 훌륭한 소설을 구상하는 것이 너무 달콤하다. 그에 비해 실제로 글을 써나가는 것은 피곤한 작업이다. 공상으로 '이런 글 써보면 좋겠지' 하는 시간의 즐거움과 실제 글 쓰는 어려움의 차이가 너무 크기에, 공상만 하게 되고 실천에 옮기기란 쉽지 않다.

그러다가 나는 그런 거창한 소설을 쓸 수 있는 시간적 여유가 영영 생기지 않을지도 모른다는 생각을 하게 되었다. 멀리 보면 그런 날이 올 가능성이야 있기는 있을 것이다. 그러나 과연 그때가 지금보다 훨씬 더 소설을 잘 쓸 수 있는 시기일까? 그 역시 의심스러운 문제다.

필생의 과업, 꼭 써보고 싶은 소설일수록, 너무 꿈만 꾸지 말고 당장 한번 써 보는 편이 오히려 낫지 않을까? 그게 답이 아닌가 싶었다. 고민해볼수록 그게 맞는 것 같았다. 작가 생활을 몇 년 하는 동안 나는 한 가지 지혜를 얻었다. 완벽한 글을 쓰는 것은 불가능하다는 것이다. 적어도 내가 완벽한 글을 쓸 수는 없다. 일단 그때그때 최선을 다해서 쓰고, 좀 마음에 안 들면 다음번에는 더 좋은 글을 쓸 수 있도록 노력해야 한다. 완벽의 경지를 애초에 노리면 안 된다. 그렇게 생각하면, 필생의 과업이라고 해서 꼭 엄청난 결심을 하면서 오래오래 때를 기다리며 그런 글을 쓰게 될 날을 상상만 할 이유가 없다. 일단 지금 한번 열심히 써보고, 나중에 시간 나면 더 좋게 또 써보면 될 일이다.

나에게도 이렇게 오랜 시간 마음에 품고 있었던 '언젠가 한번 꼭 써보고 싶은 이야기'가 몇 가지 있었다. 그중 하나는 해적 모험담이었다. 특히 나는 한국의 신라 시대를 배경으로 한 해적 모험담을 쓰면 개성이 있을 거라는 공상을 오랫동안 해왔다. 결국 나는 해적 소설을 몇 편 썼는데, 단편으로, 장편으로, 인터넷 오디오 소설로 세 가지 정도를 완성했다. 모두 반응은 나쁘지 않았고, 몇몇 대목은 내가 보기에도 무척 마음에 들었다.

다른 하나는 바로 1940년대 흑백 누아르 영화 분위기를 담아낸 소설을 써보자는 생각이었다. 1940년대, 1950년대에 나온 옛날 흑백영화 중에 범죄를 다룬 이야기들을 보면 그 시기에 유행했던 탐정이 주인공으로 나오는 것들이 여럿 있다. 특히 하드보일드 탐정이라고 하는, 도시의 뒷골목을 쓸쓸히 헤매다가 가끔 범죄자들과 껄렁한 싸움에 엮이기도 하는데, 그런 싸움에서도 두려움보다는 피곤함을 먼저 느끼는 탐정들이 나오는 이야기다. 이런 영화에서는 고독하고 과묵한 탐정이 나오기 마련이지만, 그런 사람이 또 이상한 비유법으로 가득한 독백, 내레이션을 읊조리는 장면을 무척 많이 보여준다. 나는 이 점이 또 굉장히 운치 있다고 생각했다. 어두운 도시의 밤거리 풍경이 대조가 강한 흑백 화면으로 잡혀 있고, 묘한 재즈 트럼펫 소리가 들려오는 가운데, 탐정 역할을 맡은 주연배우가 내레이션으로 "내가 이 도시를 사랑하는 까닭은 사랑에 빠진 멍청이들이 내는 우는 소리가 밤마다 노래처럼 거리에 울려 퍼지기 때문이다"라고 말하는 것이 깔린다.

나는 이런 이야기를 쓰면서 배경을 한국으로 하여 독자에게 가깝게 와닿을 수 있도록 펼쳐보되, 실제 이런 이야기들이 유행했던 1940년대라는 시대는 그대로 살리면 개성이 강한 이야기를 만들 수 있지 않을까 생각했다. 1940년대 후반, 광복 후 대한민국 제1공화국 정부가 생긴 뒤에 혼란스러웠던 여러 가지 도시 풍경을 범죄소설 소재와 결합하면 인상적이면서도 진지한 생각을 같이 잘 담아낼 수 있을 것 같았다. 이런 구상을 나는 몇 년 동안이나 마음속에만 품고 있었을까? 몇 년이나 실제로 글 쓰는 것을 미뤄왔을까?

다행히 실행에 옮길 기회가 그리 늦지 않게 찾아왔다. 2015년에 『미스테리아』라는 미스터리 전문 잡지가 창간되면서, 나에게 소설 원고를 청탁해온 것이다. 나는 어떤 추리소설을 쓸까, 생각해보다가 이때다 싶었다. 더는 미루지 않고 1940년대 대한민국을 배경으로 하는 옛날 흑백영화 시대의 필름누아르, 하드보일드 탐정 이야기라는 구성을 실행에 옮기기로 했다. 그렇게 해서 처음 쓴 추리소설이 『미스테리아』 2호에 실린 「범인이 탐정을 수사하다」라는 단편이다. 그것이 인연이 되어 나는 2호 이후로, 소설, 기획 기사, 서평, 옛날 실화 사건에 관한 이야기 등등 지금까지 한 호도 빼놓지 않고 『미스테리아』에 꾸준히 글을 기고하고 있다.

나는 흔히 SF 작가로 소개되는 편이고, 나 역시 SF 단편, 장편을 가장 많이 썼다고 생각한다. 그러나 정작 잡지, 문예지 지면에 청탁을 받고 실린 소설 중에서는 이상하게 다른 어떤 장르보다 추리소설을 쓴 것이 가장 많다. 나 자신도 이상할 정도다. 그러나 어릴 적부터 추리소설을 좋아했고, 지금도 추리를 다룬 영화를 즐겨 보는지라, 돌아보면 뿌듯하기도 하다. 그리고 바로 이 책『사설탐정사의 밤』이 잡지에 실렸던 내 추리소설 단편을 전부 모아놓은 것이다. 필생의 과업으로 마음속에 품고 있는 커다란 꿈이 있는데, 거기에 한 작가가 어떻게 현실 속에서 조금씩 도전해보았는지, 그 애쓴 기록이 남아 있는 책이라고 볼 수도 있겠다.

유일하게 빠져 있는 추리 단편은 1940년대 대한민국이 배경인 탐정소설이 아니라 현대를 배경으로 쓴, 탐정이 나오지 않는 소설 한 편이다. 이 이야기는 언젠가 또 비슷한 소설끼리 묶어낼 기회가 있을 때 다시 책으로 볼 수 있기를 기대해본다.

2023년 아산에서

곽재식